BERNARD CORNWELL
Sharpes Mission

AF197643

Weitere Titel des Autors:

Sharpes Feuerprobe
Sharpes Sieg
Sharpes Festung
Sharpes Trafalgar
Sharpes Beute
Sharpes Aufstieg
Sharpes Trophäe
Sharpes Gold
Sharpes Flucht
Sharpes Weihnacht
Sharpes Zorn
Sharpes Gefecht
Sharpes Rivalen
Sharpes Degen
Sharpes Abenteuer
Sharpes Feind
Sharpes Ehre
Sharpes Geheimnis
Sharpes Triumph
Sharpes Rache
Sharpes Waterloo
Sharpes Teufel
Sharpes Mörder

Über den Autor:

Bernard Cornwell wurde 1944 in London geboren und arbeitete lange für die BBC, unter anderem in Nordirland. Er hat zahlreiche international erfolgreiche historische Romane und Thriller veröffentlicht, darunter die SHARPE-Serie, die seit Jahren Kultstatus hat. Mit *Sharpes Mörder* legte Cornwell nach mehr als fünfzehn Jahren Pause im Herbst 2022 endlich ein neues Abenteuer von Richard Sharpe vor. Mit *Sharpes Kommando* folgt zur Freude der Fans im Sommer 2024 ein weiteres.

BERNARD CORNWELL

SHARPES MISSION

HISTORISCHER ROMAN

Übersetzung aus dem Englischen von
Joachim Honnef

lübbe

Vollständige Neuausgabe
der bei Bastei Lübbe erschienenen Taschenbuchausgabe

Copyright © 2003 by Bernard Cornwell
Titel der englischen Originalausgabe: »Sharpe's Havoc«
Originalverlag: HarperCollins*Publishers*

Für die deutschsprachige Ausgabe:
Copyright © 2011 und 2023 by
Bastei Lübbe AG, Schanzenstraße 6–20, 51063 Köln

Textredaktion: Rainer Delfs, Scheeßel
Umschlaggestaltung: ZERO Werbeagentur, München
Umschlagmotiv: © Collaboration JS/arcangel;
Macronatura.es/shutterstock.com
Satz: hanseatenSatz-bremen, Bremen
Gesetzt aus der Stempel Garamond
Druck und Verarbeitung: GGP Media GmbH, Pößneck

Printed in Germany
ISBN 978-3-404-19267-0

2   4   5   3   1

Sie finden uns im Internet unter:
luebbe.de
Bitte beachten Sie auch: lesejury.de

Sharpes Mission ist William T. Oughtred
gewidmet. Er weiß, warum.

KAPITEL 1

Miss Savage wurde vermisst.

Und die Franzosen kamen.

Das Nähern der Franzosen war das größere Problem. Musketenfeuer krachte vor der Stadt, und in den letzten zehn Minuten hatten fünf oder sechs Kanonenkugeln die Dächer der Häuser hoch am Nordufer des Flusses durchschlagen. Das Haus der Savages befand sich ein Stück hangabwärts und war im Augenblick vor dem französischen Kanonenfeuer geschützt, doch die warme Frühlingsluft summte bereits von Musketenkugeln, die manchmal mit lautem Krachen gegen die Dachziegel schlugen oder durch die Pinien fegten und Schauer von Nadeln über den Garten rieseln ließen.

Es war ein großes Haus, erbaut aus weiß angestrichenen Steinen und mit dunkelgrünen Läden vor den Fenstern. Über der Veranda hing ein Holzschild, das in vergoldeten Lettern den Namen des Hauses auf Englisch verkündete: Beautiful. Es schien ein komischer Name für ein Gebäude hoch auf einem steilen Hügelhang im nördlichen Portugal zu sein – wo man von der Stadt Oporto einen Blick über den Fluss Douro hatte –, besonders wenn das Haus überhaupt nicht schön war, sondern ziemlich hässlich und verwinkelt.

Ein Vogel baute ein Nest in einer der Zedern, die im Sommer willkommenen Schatten spendeten, und immer wenn eine Musketenkugel durch die Zweige pfiff, zwitscherte er erregt und flog auf, bevor er an seine Arbeit zurückkehrte.

Dutzende Flüchtlinge flohen am Haus Beautiful vorbei,

rannten den Hügel hinab zu den Fähren und der Pontonbrücke, auf denen sie sicher den Douro überqueren konnten. Einige der Flüchtlinge trieben Schweine und Rinder, andere schoben mit Möbeln beladene Handkarren und ein paar trugen ihre Großeltern auf dem Rücken.

Richard Sharpe, Lieutenant beim zweiten Bataillon der 95th Rifles seiner Majestät, knöpfte seine Hose auf und pinkelte auf die Narzissen des ersten Blumenbeets beim Haus Beautiful. Der Boden war ohnehin getränkt, weil es am Vortag ein Gewitter gegeben hatte. Der Himmel hatte seine Schleusen geöffnet, und jetzt dampften die Blumenbeete leicht, als die Feuchtigkeit der Nacht in der heißen Sonne verdampfte.

Sharpe hörte ein Haubitzengeschoss, das wie das Rollen eines Fasses über Bodendielen klang. Er blickte auf zu der Rauchspur und ihrer Kurve am Himmel, um festzustellen, wo die Haubitze in Stellung gebracht worden sein musste.

»Sie sind schon verdammt nah«, murmelte er.

»Sie werden diese armen Blumen ersäufen«, sagte Sergeant Harper und fügte hastig »Sir« hinzu, als er Sharpes Miene sah.

Das Haubitzengeschoss explodierte irgendwo über dem Gewirr der Gassen nahe beim Fluss, und einen Herzschlag später steigerte sich der Beschuss zu einem anhaltenden Donnern.

Eine neue Batterie, dachte Sharpe. Sie muss direkt vor der Stadt abgeprotzt worden sein, vielleicht eine halbe Meile von mir entfernt, und sie beschießt vermutlich die Flanke der großen nördlichen Schanze. Das Musketenfeuer, das wie das Brechen von trockenen Zweigen klang, ging in ein zeitweilig aussetzendes Knattern über, als sei die verteidigende Infanterie auf dem Rückzug. Einige ergriffen tatsächlich die Flucht, und Sharpe konnte es ihnen kaum verdenken. Eine große und schlecht organisierte portugiesische Streitmacht, angeführt vom Bischof von Oporto, versuchte zu verhindern, dass Marschall Soults Armee die Stadt – die zweitgrößte in Portugal – einnahm, und die Franzosen waren im Begriff zu siegen. Die Straße in die Sicherheit führte am Vorgarten des Hauses Beautiful vorbei, und die blau uniformierten Soldaten des Bischofs stürzten den Hügel hinab, so schnell sie konnten. Erst als sie die grün berockten britischen Schützen sahen, verlangsamten sie zum Schritttempo, wie um zu zeigen, dass sie nicht in Panik gerieten.

Sharpe nahm an, dass dies ein gutes Zeichen war. Die Portugiesen waren offensichtlich stolz, und stolze Soldaten würden gut kämpfen, wenn sie eine weitere Chance bekamen. Doch nicht alle der portugiesischen Soldaten zeigten solchen Geist. Die Männer von der *ordenança* rannten weiter, aber das war kaum überraschend. Die *ordenança* war eine begeisterte, aber unerfahrene Armee von Freiwilligen, aufgestellt zur Verteidigung der Heimat, und die schlachterfahrenen französischen Soldaten rissen sie in Fetzen.

Unterdessen wurde Miss Savage immer noch vermisst.

Captain Hogan erschien auf der vorderen Veranda. Er schloss behutsam die Tür hinter sich, blickte zum Himmel und fluchte ärgerlich. Sharpe knöpfte seine Hose zu, und seine zwei Dutzend Schützen inspizierten ihre Waffen, als hätten sie solche Dinge nie zuvor gesehen. Captain Hogan fügte ein paar weitere unfeine Worte hinzu und spuckte dann aus, als eine Kanonenkugel gar nicht so weit einschlug.

»Das ist eine verdammte Scheiße, Richard.« Der Captain zog seine Schnupftabakdose aus der Tasche und inhalierte eine Prise.

»Gesundheit«, sagte Sergeant Harper.

Captain Hogan nieste, und Harper lächelte.

»Ihr Name«, sagte Hogan und ignorierte Harper, »ist Katherine, kurz Kate. Kate Savage, neunzehn Jahre alt beziehungsweise jung, eine Zicke, wie sie im Buche steht. Sie braucht dringend jemanden, der ihr die Flausen austreibt.«

»Und wo, zum Teufel, ist sie?«, fragte Sharpe.

»Ihre Mutter meint, sie ist vielleicht in Vila Real de Zedes«, sagte Captain Hogan, »wo auch immer in Gottes Namen das sein mag. Die Familie hat dort ein Anwesen, auf dem sie den Sommer verbringt, um der Hitze zu entkommen.«

»Und warum sollte sie dorthin gehen, Sir?«, fragte Sergeant Harper.

»Weil sie ein vaterloses, neunzehnjähriges Mädchen ist, das seinen eigenen Weg gehen will. Sie hat sich mit ihrer Mutter überworfen. Weil sie so verdammt zickig ist, verdient sie mal eine ordentliche Abreibung. Sie ist jung und meint, sie könnte immer ihren Kopf durchsetzen.« Hogan war ein stämmiger Ire in mittlerem Alter, ein Königlicher Pionier, mit klug wirkendem Gesicht, graumeliertem Haar und einer gütigen Art. »Weil sie ein Dummkopf ist, geht sie dorthin«, beendete er die Antwort auf Sergeant Harpers Frage.

»Diese Vila Real sowieso«, sagte Sharpe. »Ist es weit bis dorthin? Weshalb holen wir sie nicht einfach?«

»Genau das werden Sie tun, Richard. Das habe ich Kates Mutter versprochen. Sie werden sich nach Vila Real de Zedes begeben, das verrückte Mädchen finden und über den Fluss zurückbringen. Wir werden in Vila Nova auf Sie warten, und wenn die verdammten Franzosen Vila Nova einnehmen, dann werden wir in Coimbra auf Sie warten.« Er legte eine Pause ein und notierte diese Anweisungen auf einem Zettel. »Und wenn die Bastarde Coimbra einnehmen, werden wir in London pinkeln, und Sie werden dann Gott weiß wo sein. Verlieben Sie sich nicht in sie«, fuhr er fort und reichte Sharpe den Zettel. »Schwängern Sie das verrückte Mädchen nicht, versohlen Sie ihr nicht den Arsch, sosehr sie das auch verdient, und verlieren

Sie sie um Himmels willen nicht. Und ebenso wenig Colonel Christopher. Ist das klar?«

»Colonel Christopher kommt mit?«, fragte Sharpe entgeistert.

»Haben Sie mir nicht zugehört?«, fragte Hogan, dann wandte er den Kopf, als Hufschlag die Ankunft der Kutsche mit der Witwe Savage aus der Remise hinter dem Haus ankündigte. Die Kutsche transportierte viel Gepäck und sogar einige Möbelstücke und zwei zusammengerollte Teppiche, die hinten an der Kutsche festgezurrt waren, wo ein Kutscher Hogans Rappstute an den Zügeln hielt.

Der Captain übernahm das Pferd und schwang sich in den Sattel. »Sie werden in ein paar Tagen wieder bei uns sein«, versicherte er Sharpe. »Sagen wir sechs, sieben Stunden bis Vila Real de Zedes? Das Gleiche zurück zur Fähre bei Barca d'Avintas und dann gemütlich heim. Sie wissen, wo Barca d'Avintas ist?«

»Nein, Sir.«

»In dieser Richtung.« Hogan wies ostwärts. »Ungefähr vier Meilen.« Er schob seinen rechten Stiefel in den Steigbügel. »Mit etwas Glück könnten sie sogar bereits morgen Nacht wieder zu uns stoßen.«

»Was ich nicht verstehe...«, begann Sharpe. Dann legte er eine Pause ein, weil die Haustür geöffnet wurde und Mrs Savage, Witwe und Mutter der vermissten Tochter, in den Sonnenschein heraustrat. Sie war eine gut aussehende Frau Anfang vierzig: dunkelhaarig, groß und schlank, mit blassem Gesicht und hohen Augenbrauen. Sie eilte die Treppe hinab, als eine Kanonenkugel grollte und alarmierend nahe Musketenfeuer einsetzte, so nahe, dass Sharpe die Treppe zur Veranda hinaufstieg und zur Kuppe des Hügels spähte, wo die Straße nach Braga zwischen einer großen Taverne und einer kleinen Kirche verschwand.

Eine portugiesische Sechspfünder-Kanone war soeben bei der Kirche eingesetzt worden und feuerte jetzt auf den unsichtbaren Feind. Die Kräfte des Bischofs hatten auf dem Hügel neue Schanzen angelegt und die mittelalterliche Mauer mit hastig errichteten Palisaden verstärkt, doch der Anblick des kleinen Geschützes, das aus seiner provisorischen Stellung mitten auf der Straße feuerte, ließ darauf schließen, dass diese Verteidigungsanlage nicht viel nutzte.

Mrs Savage schluchzte, dass ihre Tochter für immer verloren sei. Captain Hogan schaffte es, die Witwe zum Einsteigen in die Kutsche zu bewegen. Zwei Diener mit vollgestopften Kleiderbeuteln folgten ihrer Herrin in das Fahrzeug.

»Sie werden Kate suche?« Mrs Savage öffnete die Kutschentür und blickte Captain Hogan flehend an.

»Ihr kostbarer Liebling wird schon bald wieder bei Ihnen sein«, sagte Hogan zuversichtlich. »Mister Sharpe wird dafür sorgen«, fügte er hinzu. Dann schloss er die Kutschentür für Mrs Savage. Sie war die Witwe eines der vielen Weinhändler, die in der Stadt Oporto lebten und arbeiteten. Sie war reich, nahm Sharpe an, wohlhabend genug, um eine prächtige Kutsche und das mondäne Haus Beautiful zu besitzen, aber sie musste auch dumm sein, denn sie hätte die Stadt vor zwei oder drei Tagen verlassen sollen, doch sie war geblieben, weil sie offenbar der Versicherung des Bischofs geglaubt hatte, dass er Marschall Soults Armee zurückschlagen könnte.

Colonel Christopher, der einst im Haus Beautiful logiert hatte, hatte an die britischen Kräfte südlich des Flusses appelliert, Männer zu schicken, die Mrs Savage als Eskorte sicher fortgeleiteten, und Captain Hogan war der nächstranghohe Offizier. Sharpe und seine Schützen hatte Hogan beschützt, während der Pionier das nördliche Portugal kartografisch erfasst hatte, und so war Sharpe mit vierundzwanzig seiner Männer über den Douro nach Norden marschiert, um Mrs Savage und andere bedrohte britische Bewohner von Oporto in Sicherheit zu eskortieren. Was eine simple Aufgabe gewesen wäre. Doch dann hatte die Witwe Savage entdeckt, dass ihre Tochter ausgerissen war.

»Ich verstehe einfach nicht, dass sie ausgebüxt ist«, beharrte Sharpe.

»Vermutlich hat sie sich verliebt«, meinte Hogan. »Dafür sind neunzehnjährige Mädchen aus respektablen Familien anfällig bei all den Liebesromanen, die sie lesen. Ich sehe Sie in zwei Tagen wieder, Richard, oder vielleicht schon morgen? Warten Sie einfach auf Colonel Christopher.« Er neigte sich aus dem Sattel zu Sharpe hinab und senkte die Stimme, sodass nur Sharpe ihn hören konnte. »Halten Sie ein Auge auf den Colonel, Richard. Ich mache mir Sorgen um ihn.«

»Sie sollten sich um mich Sorgen machen, Sir.«

»Das mache ich auch, Richard, wirklich«, sagte Hogan. Dann richtete er sich auf, winkte zum Abschied und ritt hinter der Kutsche her, die durch das Tor des Anwesens fuhr zum Strom der Flüchtlinge, die auf dem Weg zum Douro waren.

Die Geräusche der Kutsche verklangen. Die Sonne kam gerade hinter einer Wolke hervor, als eine französische Kanonenkugel in einen Baum auf der Hügelkuppe schlug und eine rötliche Wolke entstand, die über den Hang trieb. Daniel Hagman starrte auf den Feuerball.

»Sieht fast wie bei einer Silvesterfeier aus«, sagte er und blickte auf, als eine Musketenkugel von einem Dachziegel abprallte. Er zog eine Schere aus der Tasche. »Soll ich Ihnen die Haare schneiden, Sir?«

»Warum nicht, Dan«, sagte Sharpe. Er setzte sich auf die Verandatreppe und nahm seinen Tschako ab.

Sergeant Harper überprüfte, dass die Posten den Norden

beobachteten. Ein Trupp portugiesischer Kavallerie war auf dem Hügelhang erschienen, wo die einzige Kanone tapfer feuerte.

Das Knattern von Musketenfeuer bewies, dass einige Infanterie noch kämpfte, aber immer mehr Soldaten zogen sich am Haus vorbei zurück, und Sharpe wusste, dass der Widerstand der Stadt bald ganz zusammenbrechen würde. Hagman begann Sharpes Haare zu schneiden.

»Sie mögen es nicht, wenn es über die Ohren fällt, richtig?«

»Ich mag es kurz, Dan.«

»Kurz wie eine gute Predigt, Sir«, sagte Hagman. »Halten Sie bitte still, Sir, sonst schneide ich noch was Falsches ab.« Hagman zerschnitt eine Laus. Er spuckte auf den Blutstropfen auf Sharpes Haaren und wischte ihn ab. »Die Franzmänner werden also die Stadt einnehmen, Sir?«

»Sieht so aus«, sagte Sharpe.

»Und sie werden als Nächstes nach Lissabon marschieren?«, fragte Hagman und schnitt eifrig weiter.

»Es ist ein weiter Weg bis Lissabon«, sagte Sharpe.

»Vielleicht, Sir, aber es sind schrecklich viele und wir sind nur wenige.«

»Aber es heißt, Wellesley kommt her«, sagte Sharpe.

»Das beteuern Sie uns dauernd, aber kann er tatsächlich Wunder bewirken?«

»Sie haben in Kopenhagen gekämpft, Dan«, sagte Sharpe, »und hier an der Küste.« Er bezog sich auf die Schlachten von Rolica und Vimeiro. »Da konnten Sie es selbst sehen.«

»Von der Schützenlinie aus sieht jeder General gleich aus«, sagte Hagman, »und wer weiß, ob Sir Arthur wirklich kommen wird. Es war schließlich nur ein Gerücht, dass Sir Arthur Wellesley von General Cradock das Kommando übernimmt, und nicht jeder hat es geglaubt. Viele dachten, die Briten würden sich zurückziehen, sie sollten das Spiel aufgeben und den Franzosen Portugal überlassen. Drehen Sie den Kopf bitte ein wenig nach rechts, Sir.«

Er schnitt eifrig weiter an Sharpes Haaren herum, hielt nicht mal inne, als eine Kanonenkugel in die kleine Kirche auf dem Hügel schlug. Eine Staubwolke war neben dem weiß getünchten Kirchturm zu sehen, in dem sich plötzlich ein Riss befand. Die portugiesische Kavallerie war vom Rauch des Geschützes eingehüllt worden, und in der Ferne schmetterte eine Trompete. Musketenfeuer setzte ein, dann herrschte Stille. Ein Gebäude musste jenseits der Hügelkuppe in Brand geraten sein, denn ein großer Rauchpilz stieg auf, zerfaserte und trieb westwärts.

»Warum würde jemand sein Haus ›Beautiful‹ nennen?«, überlegte Hagman verwundert.

»Ich wusste gar nicht, dass Sie lesen können, Dan«, sagte Sharpe.

»Das kann ich nicht, aber Isaiah hat es mir vorgelesen.«

»Tongue!«, rief Sharpe. »Warum würde jemand sein Haus ›Beautiful‹ nennen?«

Isaiah Tongue, lang und dünn und gebildet, der zur Armee gegangen war, weil er als Trunkenbold seinen respektablen Job verloren hatte, grinste breit. »Weil er ein guter Protestant ist, Sir.«

»Ein guter – was?«

»Es ist aus einem Buch von John Bunyan«, erklärte Tongue. »Es heißt *Pilgerreise zur seligen Ewigkeit*.«

»Davon habe ich gehört«, murmelte Sharpe.

»Einige Leute betrachten es als Pflichtlektüre«, sagte Tongue. »Es ist die Geschichte der Reise einer Seele von der Sünde bis zur Erlösung, Sir.«

»Genau das Richtige für Sie, um des Nachts bei Kerzenschein zu schmökern«, sagte Sharpe.

»Und der Held, Christ, besucht das Haus Beautiful, wo er mit vier Jungfrauen redet.«

Hagman lachte. »Da geht's also zur Sache, Sir.«

»Sie sind zu alt für eine Jungfrau, Dan«, sagte Sharpe.

»Einsicht«, sagte Tongue, »Frömmigkeit, Klugheit und Liebe.«

»Was ist damit?«, wollte Sharpe wissen.

»Das sind die Namen der Jungfrauen, Sir«, sagte Tongue.

Sharpe unterdrückte einen Fluch.

»Ich nehme die Liebe«, sagte Hagman. »Ziehen Sie bitte den Kragen etwas runter, Sir. Ja, so komme ich besser dran.« Er schnitt das schwarze Haar am Nacken kürzer. »Mister Savage scheint ein alter, langweiliger Mann gewesen zu sein, wenn er es war, der dem Haus den Namen gegeben hat.« Hagman begutachtete seine Arbeit an Sharpes Haar. »Warum hat der Captain uns eigentlich hiergelassen, Sir?«, fragte er dann.

»Wir sollen ein Auge auf Colonel Christopher halten«, sagte Sharpe.

»Kann Christopher nicht selbst auf sich aufpassen?« Hagman war der Älteste von Sharpes Schützen, ein Wilddieb aus Cheshire und ein tödlicher Schütze mit seinem Baker-Gewehr.

»Captain Hogan hat uns hiergelassen, Dan, weil der Captain denkt, der Colonel braucht uns.«

»Und der Captain ist ein guter Mann, Sir«, sagte Hagman. »Sie können sich jetzt entspannen, Sir, wir sind fast fertig.«

Aber warum hat Captain Hogan mich und meine Schützen wirklich hiergelassen?, überlegte Sharpe, während Hagman letzte Hand an sein Haar legte. Und hat in Hogans Befehl, ein Auge auf den Colonel zu halten, irgendeine besondere Bedeutung gelegen? Sharpe war dem Colonel nur einmal begegnet. Hogan hatte den Oberlauf des Flusses Cavado kartografiert, und der Colonel und seine Ordonnanz waren zu den Schützen geritten und hatten ein Biwak mit ihnen geteilt. Sharpe hatte keine Sympathie für Christopher empfunden, weil er hochnäsig gewesen war und geringschätzig über Hogans Arbeit gesprochen hatte.

»Sie kartografieren das Land, Hogan«, hatte der Colonel gesagt, »aber ich kartografiere den Geist der Leute. Der menschliche Geist ist eine sehr komplizierte Sache, nicht einfach wie Hügel und Flüsse und Brücken.«

Außer dieser Äußerung hatte er nichts über den Grund seiner Anwesenheit gesagt. Am nächsten Morgen war er einfach davongeritten. Er hatte gesagt, dass er in Oporto logiere, und folglich hatte er Mrs Savage und ihre Tochter hier kennengelernt. Sharpe fragte sich, weshalb Colonel Christopher die Witwe nicht überredet hatte, viel früher aus Oporto abzureisen.

»Fertig, Sir«, sagte Hagman. »Sie werden jetzt den Wind spüren wie ein frisch geschorenes Schaf.«

»Sie sollten sich das eigene Haar schneiden lassen, Dan«, sagte Sharpe.

»Das schwächt einen irgendwie furchtbar.« Hagman runzelte die Stirn, als zwei Kanonenkugeln vom Hügelhang auf die Straße prallten und eine davon einem portugiesischen Kanonier ein Bein abriss. Sharpes Männer beobachteten mit ausdruckslosen Mienen, wie die Kanonenkugel weiterrollte und Blut verspritzte wie ein Feuerrad, bis sie schließlich von einer Gartenmauer jenseits der Straße aufgehalten wurde.

Hagman lachte. »Komisch, ein Mädchen ›Einsicht‹ zu nennen. Das ist ein Fantasiename. Es ist nicht nett, ein Mädchen Einsicht zu nennen.«

»Es steht in dem Buch, Dan«, sagte Sharpe. »Bestimmt hat sich der Schriftsteller etwas dabei gedacht.« Er stieg auf die

Veranda und wollte die Haustür aufziehen, doch sie war verschlossen. Wo, zur Hölle, war Colonel Christopher?

Weitere Portugiesen zogen sich vom Hang zurück, und diese Männer waren so in Angst und Schrecken versetzt, dass sie beim Anblick der britischen Soldaten nicht anhielten, sondern einfach weiterrannten. Die portugiesische Kanone wurde auf ihre Lafette geladen, und Musketenkugeln peitschten gegen die Zedern und knallten gegen die Ziegel und Fensterläden des Hauses Beautiful. Sharpe hämmerte gegen die verschlossene Tür, erhielt jedoch keine Antwort.

»Sir?«, rief Sergeant Patrick Harper und wies zur Seite des Hauses.

Sharpe trat von der Tür fort und sah Lieutenant Colonel Christopher vom Stall heranreiten. Der Colonel, der mit Säbel und Pistole bewaffnet war, pulte mit einem Zahnstocher im Mund herum, was er häufig tat, denn er war stolz auf seine makellosen Zähne, wenn er strahlend lächelte. Er wurde von seinem portugiesischen Diener begleitet, der auf dem Ersatzpferd seines Herrn saß und einen großen Koffer im Arm hielt, der so mit Spitze, Seide und Satin vollgestopft war, dass er nicht geschlossen werden konnte.

Colonel Christopher zügelte sein Pferd, nahm den Zahnstocher aus dem Mund und starrte Sharpe erstaunt an. »Was, um Himmels willen, tun Sie hier, Lieutenant?«

»Ich habe den Befehl, bei Ihnen zu bleiben, Sir«, antwortete Sharpe. Er blickte wieder zum Koffer. Hatte Christopher im Haus Beautiful geplündert?

Der Colonel sah, wohin Sharpe schaute, und fuhr seinen Diener an: »Schließen Sie den Koffer, verdammt!« Obwohl der Diener gutes Englisch sprach, benutzte Christopher Portugiesisch, dann blickte er wieder zu Sharpe. »Captain Hogan hat Ihnen befohlen, bei mir zu bleiben? Ist das korrekt?«

»Jawohl, Sir.«

»Und wie, zum Teufel, soll das gehen? Ich habe ein Pferd, Sharpe, und Sie haben keins. Wollen Sie und Ihre Männer vielleicht abhauen?«

»Captain Hogan hat mir einen Befehl erteilt, Sir«, antwortete Sharpe stur. Er hatte als Sergeant gelernt, mit schwierigen Offizieren zurechtzukommen: wenig sagen, es tonlos sagen und, wenn nötig, alles wiederholen.

»Welchen Befehl haben Sie?«, fragte Christopher geduldig.

»Bei Ihnen bleiben, Sir. Ihnen helfen, Miss Savage zu finden.«

Colonel Christopher seufzte. Er war ein schwarzhaariger Mittvierziger, der immer noch gut aussah und nur ein wenig an den Schläfen ergraut war. Er trug eine schwarze Reithose und einen roten Rock mit schwarzen Aufschlägen. Diese schwarzen Aufschläge hatten Sharpe bei seinem ersten Treffen mit dem Colonel veranlasst, ihn zu fragen, ob er im »Schmutzigen Halben Hundert«, dem 50. Regiment, gedient hatte, aber der Colonel hatte die Frage als Anmaßung betrachtet.

»Sie brauchen nur zu wissen, Lieutenant, dass ich in General Cradocks Stab diene. Sie haben doch wohl von dem General gehört?«

Cradock hatte das Kommando über die britischen Kräfte im südlichen Portugal, und wenn Soult weitermarschierte, dann musste Cradock ihm entgegentreten.

Sharpe hatte nach Christophers Antwort geschwiegen, doch Captain Hogan hatte später gesagt, dass der Colonel vermutlich ein »politischer« Soldat sei, was bedeutete, dass er überhaupt kein Soldat war, sondern jemand, der das Leben angenehmer empfand, wenn er Uniform trug. »Ich bezweifle nicht, dass er einst ein Soldat war«, hatte Hogan gesagt, »aber jetzt? Ich nehme an, Cradock hat ihn von Whitehall bekommen.«

»Whitehall? Von den Horse Guards – der Gardekavallerie-brigade?«

»Du liebe Zeit, nein«, hatte Hogan gesagt. Die Horse Guards waren das Hauptquartier der Armee, und es war klar, dass seiner Meinung nach Christopher von etwas Böserem, Unheilvollen kommen musste. »Ich glaube, auf der Welt herrscht Irrsinn, Richard«, hatte Hogan gesagt, »und das Außenministerium glaubt, wir Soldaten sind schwerfällig und ungeschickt, deshalb haben sie gern ihre eigenen Leute vor Ort, um Fehler aus-zubügeln. Und, natürlich, um etwas herauszufinden.« Das war es, was Lieutenant Colonel Christopher anscheinend tat: Dinge herausfinden. »Er sagt, er kartografiert ihren Geist«, hatte Hogan nachdenklich gesagt, »und ich glaube, er meint da-mit, ob Portugal es wert ist, verteidigt zu werden. Ob die Briten kämpfen sollen. Und wenn er es weiß, wird er es dem Außenmi-nisterium sagen, bevor er mit General Cradock spricht.«

»Natürlich ist Portugal es wert, verteidigt zu werden«, hatte Sharpe sich ereifert.

»Ist es das wirklich? Wenn Sie genau hinsehen, Richard, könnte Ihnen auffallen, dass das Land vor dem Zusammen-bruch steht.« In Hogans Worten war eine beklagenswerte Wahrheit. Die königliche Familie Portugals war nach Brasilien geflüchtet und hatte das Land führerlos zurückgelassen, und nach ihrer Abreise hatte es in Lissabon Straßenkämpfe und Unruhen gegeben. Viele von Portugals Adligen waren jetzt mehr damit beschäftigt, sich selbst zu schützen, als ihr Land gegen die Franzosen zu verteidigen. Dutzende Offiziere der Armee waren bereits desertiert, hatten sich der Portugiesi-schen Legion angeschlossen, die für den Feind kämpfte. Die verbliebenen Offiziere waren wenig ausgebildet, und ihre Män-ner waren ein Pöbelhaufen, der mit veralteten Waffen ausge-rüstet war, wenn sie überhaupt welche besaßen.

In einigen Orten, wie in Oporto, war jegliche Ordnung zusammengebrochen, und die Straßen wurden von den Launen der *ordenança* beherrscht, die – aus Mangel an richtigen Waffen – mit Piken, Äxten und Hacken patrouillierten. Bevor die Franzosen gekommen waren, hatte die *ordenança* die halbe Oberschicht von Oporto massakriert und die andere Hälfte gezwungen, zu fliehen oder ihre Häuser zu verbarrikadieren.

Portugal war also im Begriff, zusammenzubrechen, aber Sharpe hatte ebenfalls gesehen, dass das einfache Volk die Franzosen hasste – wie die Soldaten langsamer geworden waren, als sie das Tor des Anwesens vom Haus Beautiful passiert hatten. Oporto mochte vom Feind erobert werden, doch es gab noch viel Kampfgeist in Portugal.

Lieutenant Colonel Christopher warf einen Blick auf die Flüchtlinge, dann sah er wieder Sharpe an. »Was, um Himmels willen, hat sich Captain Hogan dabei gedacht?«, fragte er und erwartete offenbar keine Antwort. »Zu welchem Nutzen könnte das für mich sein? Ihre Anwesenheit kann mich nur verlangsamen. Ich nehme an, Hogan wollte großzügig sein. Aber der Mann hat nicht mehr gesunden Menschenverstand als eine eingelegte Zwiebel. Sie können zu ihm zurückgehen, Sharpe, und ihm sagen, dass ich keine Hilfe brauche, um ein verdammt albernes Mädchen zu retten.« Der Colonel hatte lauter sprechen müssen, um nicht vom plötzlich stärkeren Krachen von Kanonen und Musketen übertönt zu werden.

»Er hat mir einen Befehl erteilt, Sir«, sagte Sharpe stur.

»Und ich erteile Ihnen einen anderen«, sagte Christopher in nachsichtigem Tonfall, als spreche er zu einem kleinen Kind. Sein Sattelknauf war breit und flach, sodass er ihn als kleine Schreibunterlage benutzen konnte, und jetzt legte er ein Notizbuch darauf und nahm einen Bleistift, und in diesem

Moment schlug eine Kanonenkugel in die rot erblühten Bäume auf dem Hang, und die Luft war von Blütenblättern erfüllt.

»Die Franzosen führen Krieg gegen die Kirschblüte«, sagte Christopher leichthin.

»Gegen Judas«, sagte Sharpe.

Christopher sah ihn erstaunt und dann empört an. »Was haben Sie da gesagt?«

»Es sind Blätter von einem Judas«, sagte Sharpe.

Christopher sah immer noch empört aus. Dann schaltete sich Sergeant Harper ein. »Es ist kein Kirschbaum, Sir. Es ist ein Judasbaum. Die gleiche Art, an der sich Ischariot aufhängte, Sir, nachdem er unseren Herrn verriet.«

Christopher starrte immer noch Sharpe an, dann schien ihm klar zu werden, dass Sharpe es nicht beleidigend gemeint hatte. »Es ist also kein Kirschbaum, aha«, sagte er, leckte an der Spitze des Bleistifts und begann zu schreiben: »Sie erhalten hiermit den Befehl, unverzüglich – merken Sie sich das, unverzüglich – südlich des Flusses zurückzukehren und sich zum Dienst bei Captain Hogan von den Royal Engineers zu melden. Unterzeichnet, Lieutenant Colonel James Christopher, am Vormittag des 29. März 1809.« Er unterschrieb schwungvoll, riss die Seite aus dem Notizbuch, faltete sie und überreichte sie Sharpe. »Ich dachte immer, dreißig Silberlinge sind ein bemerkenswert geringer Preis für den berühmtesten Verrat in der Geschichte. Vermutlich hängte er sich aus Scham auf. Und jetzt gehen Sie.« Er trieb sein Pferd an. »Ich möchte Sie wirklich nicht zur Hast antreiben, aber der Feind wird jetzt jeden Moment hier sein.«

Zumindest damit hatte er recht. Eine große Wolke aus Staub und Rauch stieg aus dem Bollwerk der nördlichen Verteidigungsanlage der Stadt auf, wo die Portugiesen den stärksten Widerstand geleistet hatten, doch die französische Artillerie hatte es geschafft, eine Bresche in die Mauer zu schießen. Jetzt griff ihre Infanterie die Bastionen an, und die Mehrheit der Verteidiger der Stadt ergriff die Flucht.

Sharpe beobachtete, wie Christopher und sein Diener zwischen den Flüchtenden hindurchgaloppierten und in eine Straße abbogen, die ostwärts führte. Christopher zog sich nicht nach Süden zurück, sondern ritt auf der Fährte des vermissten Mädchens, doch es würde knapp werden, die Stadt zu verlassen, bevor die Franzosen sie einnahmen.

»Also, Jungs!«, rief Sharpe. »Es ist Zeit, abzuhauen. Sergeant! Im Schnellschritt! Runter zur Brücke!«

»Wird verdammt Zeit«, grollte Williamson.

Sharpe tat, als hätte er nichts gehört. Er neigte dazu, eine Menge von Williamsons Bemerkungen zu ignorieren. Er hatte gedacht, der Mann würde sich bessern, doch er wusste, je länger er nichts unternahm, desto gewalttätiger würde die Lösung sein. Er konnte nur hoffen, dass Williamson das Gleiche wusste.

»Zweierreihe!«, rief Sharpe. »Zusammenbleiben!«

Eine Kanonenkugel grollte über ihnen, als sie aus dem vorderen Garten und die steile Straße zum Fluss hinabbrannten. Die Straße war voller Flüchtlinge, sowohl zivilen als auch militärischen, und alle flüchteten in die Sicherheit des südlichen Flussufers.

Sharpe nahm an, dass die Franzosen den Fluss ebenfalls binnen ein, zwei Tagen überqueren würden. Dann war die Sicherheit vermutlich illusorisch. Die portugiesische Armee fiel zurück gen Coimbra oder sogar den ganzen Weg bis nach Lissabon, wo Cradock sechzehntausend britische Soldaten hatte, die einige Politiker in London heimholen wollten. Von welchem Nutzen, fragten sie, war eine so kleine britische Streitmacht gegen die mächtigen Armeen von Frankreich? Marschall Soult eroberte Portugal, und zwei weitere französische Armeen befanden sich dicht hinter der östlichen Grenze in Spanien. Kämpfen oder flüchten? Niemand wusste, was die Briten tun würden, doch die Gerüchte, dass Sir Arthur Wellesley zurückgeschickt wurde, um Cradock abzulösen, ließen darauf schließen, dass die Briten kämpfen wollten, und Sharpe hoffte inbrünstig, dass die Gerüchte stimmten. Er hatte in Indien unter Sir Arthurs Kommando gekämpft, war mit ihm in Kopenhagen und dann in Rolica und Vimeiro gewesen. Sharpe fand, dass es keinen besseren General in Europa gab.

Sharpe war jetzt halbwegs den Hügel hinab. Sein Tornister, Brotbeutel, Gewehr, Säbel und Patronentasche hüpften und schaukelten beim Laufen. Nur wenige Offiziere trugen ein Gewehr, doch Sharpe hatte einst in den Mannschaften gedient und fühlte sich unbehaglich ohne eines. Harper verlor das Gleichgewicht, weil er mit den neuen Nägeln auf den Stiefelsohlen auf Steinen ausrutschte.

Der Fluss war zwischen Gebäuden sichtbar. Der Douro war so breit wie die Themse in London, doch im Gegensatz dazu verlief er hier zwischen hohen Hügeln. Die Stadt Oporto befand sich auf dem steilen nördlichen Hügel, während Vila Nova de Gaia auf dem südlichen lag, und es war in Vila Nova, wo die meisten der Briten ihre Häuser hatten. Nur die ältesten Familien wie die Savages wohnten auf dem Nordufer. Die Villen am Südufer hatten britische Besitzer, deren Exporte viel zu den Finanzen Portugals beitrugen, doch jetzt kamen die Franzosen.

Auf den Höhen von Vila Nova, die den Fluss überblickten, hatte die portugiesische Armee ein Dutzend Kanonen auf der Terrasse eines Klosters aufgestellt. Die Kanoniere sahen die Franzosen auf dem gegenüberliegenden Hügel auftauchen, und die Kanonen donnerten los. Pulverrauch trieb langsam landeinwärts, verhüllte das weiß getünchte Kloster, während die Kanonenkugeln in die höheren Häuser schlugen.

Harper rutschte wieder aus und stürzte diesmal. »Verdammte Stiefel«, fluchte er und hob sein Gewehr auf. Die anderen Schützen wurden vom Gewühl der vielen Flüchtlinge verlangsamt.

»Mein Gott.« Schütze Pendleton, der Jüngste in der Kompanie, sah als Erster, was am Fluss geschah, und seine Augen weiteten sich, als er auf die Menge von Frauen, Kindern und Vieh starrte, die sich auf der schmalen Pontonbrücke drängte. Als Captain Hogan Sharpe und seine Männer im Morgengrauen über die Brücke geführt hatte, waren nur ein paar Leute darauf gewesen, doch jetzt war sie gefüllt. Die Menge konnte nur dicht gedrängt vorankommen, und immer noch drängten mehr Menschen und Tiere auf das nördliche Ende der Brücke.

»Wie, zur Hölle, kommen wir da rüber, Sir?«, fragte Pendleton.

Sharpe hatte keine Antwort darauf. »Immer nur weiter!«, sagte er und führte seine Männer eine Gasse hinab, die wie eine schmale Steintreppe zu einer unteren Straße führte. Eine Ziege lief ihm auf scharfen Hufen vor den Beinen herum und schleifte einen abgerissenen Haltestrick hinter sich her. Am Fuß der Treppe lag ein betrunkener portugiesischer Soldat, die Muskete neben ihm und ein Weinschlauch auf seiner Brust. Sharpe, der wusste, dass seine Männer stoppen und den Wein trinken würden, trat den Weinschlauch auf das Pflaster und stampfte darauf, sodass das Leder barst.

Die Gassen wurden schmaler und verstopfter mit Leuten, als sie näher an den Fluss gelangten. Die Wohnhäuser waren hier höher und wechselten mit Werkstätten und Lagern ab. Ein Stellmacher vernagelte seinen Eingang mit Brettern, eine Vorsichtsmaßnahme, über die sich die Franzosen nur ärgern würden und die der Mann mit der Zerstörung seiner Werkzeuge würde bezahlen müssen.

Ein rot angestrichener Fensterladen klapperte im Westwind. Zwischen den hohen Häusern flatterte zum Trocknen aufgehängte Wäsche. Eine Kanonenkugel krachte durch Dachziegel, zersplitterte Dachbalken und ließ Scherben und Splitter auf die Straße regnen. Ein Hund, der von einem Dachziegelstück getroffen worden war, jaulte kläglich. Eine Frau schrie nach einem Kind. Eine Schar von Waisen, alle in einheitlichen weißen Kitteln, schrie entsetzt, und zwei Nonnen versuchten, sich einen Weg zu ihnen zu bahnen. Ein Priester rannte aus einer Kirche, ein massives silbernes Kreuz auf einer Schulter und einen Stapel Messgewänder auf der anderen.

In vier Tagen ist Ostern, dachte Sharpe.

»Benutzt eure Gewehrkolben!«, rief er und ermunterte die Schützen, sich ihren Weg durch die Menge zu erzwingen, die den schmalen Torweg blockierte, der zur Anlegestelle führte. Ein Karren, beladen mit Möbeln, war auf der Straße liegen geblieben, und Sharpe befahl seinen Männern, ihn zur Seite zu schieben, um mehr Platz zu schaffen. Ein Spinett, vielleicht war es auch ein Cembalo, war von der Menge auf die Straße gerissen und in Trümmer geschlagen worden.

Einige von Sharpes Männern schoben die Waisen zur Brücke und benutzten ihre Gewehre, um die Erwachsenen zurückzuhalten. Körbe waren umgefallen, und Dutzende von lebenden Aalen glitten über das Pflaster. Französische Kanoniere hatten ihre Artillerie in die Oberstadt geschafft und protzten jetzt ab, um das Feuer der großen portugiesischen Batterie auf der Terrasse des Klosters gegenüber vom Tal zu erwidern.

Hagman rief eine Warnung, als drei blau berockte Soldaten aus einer Gasse auftauchten. Ein Dutzend Gewehre richtete sich auf die Bedrohung, doch Sharpe befahl den Männern, ihre Gewehre zu senken. »Sie sind Portugiesen!«, rief er, als er ihre Helme erkannte.

Eine betrunkene Frau schwankte aus einer Taverne und versuchte einen der Soldaten zu umarmen, und Sharpe, der zurückschaute, weil der Soldat protestierte, sah zwei seiner Männer, Williamson und Tarrant, durch die Tür der Taverne verschwinden.

Das wird die Idee vom verdammten Williamson sein, dachte Sharpe. Er rief Harper zu, weiterzugehen, dann folgte er den Männern in die Taverne. Tarrant blickte zurück, sah ihn und wollte seinen Kameraden warnen, aber er war viel zu langsam, und Sharpe drosch ihm die Faust in den Bauch, packte beide Männer, um ihre Köpfe zusammenzuschlagen. Er versetzte Williamson einen Fausthieb und Tarrant eine Ohrfeige und zerrte beide Männer zurück auf die Straße. Er hatte kein Wort gesagt und redete immer noch nicht mit ihnen, als er sie mit Tritten zum Torweg trieb.

Als sie durch den Torweg hindurch waren, war die Masse der Flüchtlinge noch größer geworden durch die Mannschaften von dreißig britischen Handelsschiffen, die in der Stadt durch eine Flaute gefangen gewesen waren und jetzt flüchten wollten. Die Matrosen hatten bis zum letzten Moment gewartet und gehofft, dass Wind aufkam, doch jetzt hatten sie ihr Schiff verlassen. Die Glücklichen unter ihnen benutzten ihre Beiboote, um über den Douro zu rudern, die Pechvögel schlossen sich dem chaotischen Gedränge auf der Brücke an.

»Hier lang!« Sharpe führte seine Männer an den Fassaden von Lagerhäusern vorbei, hinter der Menge her, und hoffte, näher an die Brücke heranzukommen. Er hörte das Grollen von Geschützen. Die portugiesische Batterie war in Rauch gehüllt, und alle paar Sekunden wurde der Rauch dichter. Wenn ein Geschütz feuerte, glühte es in der Rauchwolke rot auf, und mit einem Donnerschlag schoss eine Kanonenkugel zu den Franzosen hinüber.

Ein Haufen leerer Fischkisten gab Sharpe eine Plattform, von der aus er die Brücke sehen und abschätzen konnte, bis wann er und seine Männer sie sicher überqueren konnten. Er wusste, dass nicht viel Zeit blieb. Immer mehr portugiesische Soldaten flüchteten über die steilen Straßen hinab, und die Franzosen konnten nicht weit hinter ihnen sein. Er konnte das Krachen von Musketenfeuer zum tieferen Donnern der Geschütze hören.

Angespannt spähte er über die Köpfe der Menge hinweg und konnte sehen, dass Mrs Savages Kutsche es bis zum Südufer geschafft hatte. Sie hatte jedoch nicht die Brücke benutzt, sondern den Fluss auf einem plumpen Weinboot überquert. Andere Boote fuhren immer noch über den Fluss, doch sie waren mit bewaffneten Männern besetzt, die nur Passagiere mitnahmen, wenn sie bereit waren, dafür zu zahlen. Sharpe wusste, dass er eine Mitfahrt auf einem dieser Boote erzwingen konnte, wenn er nur an die Anlegestelle herankommen konnte, aber dafür würde er sich durch eine Menge Frauen und Kinder kämpfen müssen.

Er nahm an, dass die Brücke ein leichterer Fluchtweg sein würde. Sie bestand aus Planken, verlegt über achtzehn große Weinfässer, die gegen die Strömung des Flusses fest verankert waren. Jetzt war der Plankenweg voller Flüchtlinge in Panik, die noch größer wurde, als die ersten französischen Kanonenkugeln in den Fluss platschten.

Sharpe drehte den Kopf, um zum Hügel hinaufzublicken. Er sah die grünen Röcke von französischen Kavalleristen unter der großen Rauchwolke der französischen Geschütze, während die blauen Uniformröcke der französischen Infanterie in den Gassen tiefer unten auf dem Hügel zu sehen waren.

»Gott schütze Irland«, sagte Patrick Harper, und Sharpe wusste, dass der irische Sergeant dieses Stoßgebet nur benutzte, wenn die Situation verzweifelt war. Er blickte wieder zum Fluss und sah den Grund für Harpers Stoßgebet.

Der Fluss konnte nicht mehr auf der Brücke überquert werden. Die Katastrophe war geschehen.

»Mein Gott«, entfuhr es Sharpe.

In der Mitte des Flusses hatten die portugiesischen Pioniere eine Zugbrücke eingefügt, sodass Weinboote und andere kleine Schiffe flussaufwärtsfahren konnten. Die Zugbrücke überspannte den weitesten Teil zwischen zwei Pontons und war aus schweren Eichenbalken gebaut, die mit Eichenplanken belegt waren und von Tauen, die an einem Paar durch Eisenstreben verstärkte dicke Holzpfosten befestigt waren, über Seilrollen mithilfe von Winden angehoben wurden. Der gesamte Mechanismus war schwer und plump, und die Pioniere hatten Warnschilder an jedem Ende der Brücke angebracht, dass nur ein Wagen, eine Kutsche oder ein Geschützgespann gleichzeitig die Zugbrücke benutzen durfte, aber jetzt war die Brücke so voller Flüchtlinge, dass die beiden Pontons, die die große Spannweite der Zugbrücke stützten, unter dem Gewicht einsanken. Die Pontons leckten – wie alle Schiffe –, und es hätten Männer an Bord sein müssen, um ihre Bilgen auszupumpen, doch diese Männer waren mit dem Rest geflüchtet. Das Gewicht der Menge und das langsame Lecken der Pontons bedeuteten, dass sich die Brücke immer tiefer senkte, bis die mittleren Pontons völlig unter Wasser waren und der schnell fließende Fluss gegen die Kanten des Plankenstegs spülte. Die Leute dort schrien. Einige blieben vor Schreck starr stehen, und immer noch drängten weitere vom Nordufer. Dann tauchte der ganze mittlere Brückenteil unter das graue Wasser, als die Leute dahinter weitere Flüchtlinge auf die Zugbrücke drängten, die immer tiefer sank.

»Oh mein Gott«, sagte Sharpe. Er sah, dass die ersten Leute vom Wasser mitgerissen wurden, und er hörte die Schreie.

»Gott schütze Irland«, wiederholte Harper und bekreuzigte sich.

Die mittleren hundert Fuß der Brücke waren jetzt unter Wasser. Von diesem Stück waren die Leute ins Wasser gerissen worden, doch weitere wurden in die Lücke geschoben, in der es plötzlich weiß schäumte, als sich die Zugbrücke durch den Druck des Flusses vom Rest der Brücke losriss. Jetzt gab es keine Brücke mehr über den Douro, doch die Leute auf dem Nordufer wussten das noch nicht, und so drängten sie und schoben sich auf die versinkende Brücke zu. Sie wurden unerbittlich in die Lücke gestoßen, wo das Wasser um das abgebrochene Verbindungsstück schäumte. Die Schreie der Leute wurden lauter und steigerten die Panik, sodass mehr und mehr Leute auf die Stelle zugeschoben wurden, wo die Flüchtlinge ertranken.

Pulverrauch, getrieben von einer Windböe, wallte über dem zerstörten Mittelstück der Brücke, wo sich die Leute verzweifelt über Wasser zu halten versuchten, als sie stromabwärtsgetrieben wurden. Möwen schrien. Einige portugiesische Soldaten versuchten jetzt, die Franzosen in den Straßen der Stadt aufzuhalten, doch es war ein hoffnungsloses Unterfangen. Sie waren in der Minderzahl, und der Feind befand sich auf höherem Terrain. Immer mehr französische Kräfte stürmten den Hügel herab. Die Schreie der Flüchtlinge auf der Brücke erinnerten an das Jüngste Gericht, untermalt vom Kanonendonner, und in den Straßen krachte Musketenfeuer, Hufschlag hallte von den Wänden wider, und Flammen prasselten in Gebäuden, die vom Kanonenbeschuss zerstört worden waren.

»Diese kleinen Kinder«, sagte Harper. »Gott helfe ihnen!«

Die Kinder in ihren weißen Uniformen wurden in den Fluss gestoßen.

»Da muss verdammt ein Boot sein!«

Doch die Besatzung der Boote hatte sie ans Südufer gerudert und verlassen. Und so gab es keine Boote, um die Ertrinkenden zu retten, nur Horror auf dem kalten grauen Fluss und eine Reihe von kleinen Köpfen, die von den schäumenden Wellen stromabwärts in den Tod geschwemmt wurden – und Sharpe konnte es nicht verhindern. Es war ihm unmöglich, die Brücke zu erreichen, obwohl er die Leute anschrie, den Weg freizumachen. Sie verstanden sein Englisch nicht und wurden von ihrer Angst beherrscht. Musketenkugeln betupften jetzt den Fluss mit Spritzern, und einige trafen die Flüchtlinge auf der zerbrochenen Brücke.

»Was, zur Hölle, können wir tun?«, fragte Harper.

»Nichts«, sagte Sharpe rau, »nur von dieser Hölle fortgehen.« Er wandte sich von der sterbenden Menge ab und führte seine Männer ostwärts hinab zum Kai am Fluss. Dutzende andere Leute taten das Gleiche. Sie setzten darauf, dass die Franzosen noch nicht die Vorstädte eingenommen hatten. Das Hämmern von Musketenfeuer war ständig in den unteren Straßen zu hören. Die portugiesischen Geschütze feuerten auf die Franzosen in den unteren Straßen, und das Donnern der großen Geschütze war vom Bersten einstürzenden Mauerwerks untermalt.

Sharpe verharrte, wo die Anlegestelle endete, um sich zu vergewissern, dass all seine Männer da waren. Dann blickte er zurück zur Brücke. Er sah, dass so viele Leute in die Lücke der Brücke gestürzt waren, dass sich das Wasser durch sie staute und weiß über ihre Köpfe spülte. Er sah einen portugiesischen

Soldaten über diese Köpfe steigen, um den Ponton zu erreichen, auf den die Zugbrücke montiert gewesen war. Andere folgten ihm, stiegen über die Ertrinkenden und Toten hinweg. Sharpe war weit genug entfernt und konnte die Schreie nicht mehr hören.

»Was ist geschehen?«, fragte Dodd, für gewöhnlich der Ruhigste von Sharpes Männern.

»Gott hat in die andere Richtung geblickt«, sagte Sharpe, und dann sah er Harper an. »Alle hier?«

»Alle anwesend«, meldete Harper. Der große Mann aus Ulster sah aus, als hätte er geweint. »Diese armen Kinder«, sagte er fassungslos.

»Es gab nichts, was wir hätten tun können«, sagte Sharpe knapp, und das stimmte, doch das gab ihm kein besseres Gefühl. »Williamson und Tarrant werden angeklagt«, eröffnete er Harper.

»Wieder?«

»Schon wieder«, sagte Sharpe. Er wunderte sich über die Idiotie der beiden Männer, sich lieber einen Drink zu gönnen, als aus der Stadt zu flüchten, selbst wenn dieser Drink französische Gefangenschaft bedeutete. »Jetzt weiter!« Er folgte den zivilen Flüchtlingen, die an einer Stelle, wo die Anlegestelle am Fluss durch eine alte Stadtmauer blockiert war, in eine Gasse abgebogen waren. Die alte Mauer war errichtet worden, als Männer im Krieg mit Pfeil und Bogen aufeinander geschossen hatten, und die mit Flechten überwucherten Steine hätten keine Minute einer modernen Kanone standhalten können. Wie um das zu dokumentieren, hatte die Stadt große Löcher in die alte Mauer geschlagen.

Sharpe führte seine Männer durch eine solche Bresche, überquerte die Überreste eines Grabens und eilte durch die breiteren Straßen der neuen Stadt jenseits der Mauer.

»Franzmänner!«, warnte Hagman Sharpe. »Sir! Oben auf dem Hügel!«

Sharpe blickte hin und sah einen Trupp französischer Kavallerie, der den Flüchtlingen den Weg abschnitt. Es waren Dragoner, fünfzig oder mehr, in grünen Uniformröcken und mit Säbeln und kurzen Karabinern. Sie trugen Metallhelme, die in Kriegszeiten mit Tuch bedeckt waren, sodass das polierte Metall nicht die Sonnenstrahlen reflektierte.

»Weiter! Weiter!«, rief Sharpe. Die Dragoner hatten die Schützen noch nicht entdeckt oder suchten keine Konfrontation, denn sie ritten weiter auf die Straße zu, die einen großen Hügel umrundete, auf dessen Kuppe ein großes weißes Gebäude mit flachem Dach thronte. Vielleicht war es eine Schule, möglicherweise ein Hospital. Die Hauptstraße führte vom Hügel aus nach Norden, aber eine andere ging nach Süden, zwischen dem Hügel und dem Fluss.

Die Dragoner waren auf der größeren Straße. So hielt sich Sharpe nach rechts, denn er hoffte, über die kleinere Straße am Ufer des Douro zu entkommen, aber die Dragoner sahen ihn schließlich und trieben ihre Pferde um die Schulter des Hügels, um die kleinere Straße zu blockieren, wo sie an den Fluss grenzte.

Sharpe blickte zurück und sah, dass französische Infanterie den Kavalleristen folgte. Verdammt! Dann sah er, dass ihm noch mehr französische Soldaten von der alten Stadtmauer her folgten. Er konnte dieser Infanterie vermutlich davonlaufen, doch die Dragoner waren bereits vor ihm, und die Ersten saßen ab und errichteten eine Barrikade auf der Straße.

Den Leuten, die aus der Stadt flüchteten, war der Weg abgeschnitten. Einige kletterten den Hügel hinauf zu dem großen weißen Gebäude, während andere in ihrer Verzweiflung zu ihren Häusern zurückkehren wollten. Die Kanonen kämpften über den Fluss hinweg ihre eigene Schlacht. Die französischen Geschütze versuchten mit dem Bombardement der großen portugiesischen Batterie mitzuhalten, die Dutzende von Feuern in der gefallenen Stadt verursacht hatten, als ihre Geschosse Öfen und Feuerstellen getroffen hatten. Der dunkle Rauch brennender Gebäude vermischte sich mit dem grauweißen Rauch der Geschütze, und unter diesem Rauch, im Tal der ertrunkenen Kinder, saß Richard Sharpe in einer tödlichen Falle.

Lieutenant Colonel James Christopher war weder ein Lieutenant noch ein Colonel, obwohl er einst als Captain bei den Lincolnshire Fencibles gedient hatte und immer noch dieses Offizierspatent besaß. Er war als James Augustus Meredith Christopher getauft worden und während der Schulzeit als Jam bekannt gewesen. Sein Vater war Arzt in der Kleinstadt Saxilby gewesen, ein Beruf und ein Ort, die James Christopher gern ignorierte. Er zog es vor, sich daran zu erinnern, dass seine Mutter die Cousine des Earl of Rocheford gewesen war, und es war Rochefords Einfluss zu verdanken, dass Christopher von der Universität Cambridge ins Außenministerium gekommen war, wo seine Sprachkenntnisse, sein natürliches, höfliches Auftreten und seine Intelligenz und schnelle Auffassungsgabe zu einem schnellen Aufstieg geführt hatten.

Man hatte ihm früh verantwortliche Aufgaben übertragen, ihn großen, entscheidenden Persönlichkeiten vorgestellt und ihn in Vertraulichkeiten eingeweiht. Man hielt ihn für einen gesunden jungen Mann mit großen Zukunftsaussichten, dessen Urteilsvermögen für gewöhnlich zuverlässig war, was meistens daran lag, dass er nur seinen Vorgesetzten zustimmte, aber der Ruf hatte zu seiner gegenwärtigen Ernennung geführt, zu einer Position, die so einsam wie geheim war.

James Christophers Aufgabe war es, die Regierung zu beraten, ob es klug und vernünftig war, britische Soldaten in Portugal zu halten oder abzuziehen. Die Entscheidung würde natürlich nicht durch James Christopher getroffen werden. Er mochte ein kommender Mann im Außenministerium sein, doch die Entscheidung über das Bleiben oder Abziehen der Truppen würde vom Premierminister getroffen werden. Doch das, was zählte, war die Qualität des Rats, der dem Premierminister gegeben wurde. Die Soldaten würden natürlich bleiben wollen, weil ein Krieg Beförderungen brachte, und der Außenminister wollte die Truppen bleiben lassen, weil er die Franzosen verabscheute, doch andere Männer in Whitehall hatten eine pragmatischere Ansicht und James Christopher geschickt, um die Situation in ihrem Sinne zu beurteilen. Die Whigs, Feinde der Administration, befürchteten ein weiteres Debakel wie das, das zu La Coruña geführt hatte. Ihrer Meinung nach war es besser, die Realität zu erkennen und zu einem Verständnis mit den Franzosen zu kommen, und die Whigs hatten genug Einfluss im Außenministerium, um James Christopher nach Portugal zu schicken.

Die Armee, der man nicht gesagt hatte, was seine wahre Aufgabe war, hatte dennoch zugestimmt, ihm den Titularrang eines Lieutenant Colonel zu verleihen und ihn zum Adjutanten von General Cradock zu ernennen, und Christopher nutzte die Kuriere der Armee, um militärisches Nachrichtenmaterial an den General zu schicken und politische Berichte an die Botschaft in Lissabon. Die Botschaften waren an den Botschafter adressiert und wurden ungeöffnet nach London weitergeleitet. Der Premierminister brauchte vernünftigen Rat, und James Christopher sollte die Fakten liefern, die den Rahmen für den Rat bildeten. In letzter Zeit hatte er aber über die schmutzigen Fakten des Krieges hinweg in die goldene

Zukunft geblickt. Kurz gesagt, James Christopher hatte das Licht am Ende des Tunnels gesehen.

Nichts davon beschäftigte ihn in Gedanken, als er in Kanonenreichweite der französischen Soldaten durch Oporto ritt. Ein paar Musketenschüsse wurden in seine Richtung abgegeben, doch Christopher und sein Diener verfügten über erstklassige irische Pferde und hängten schnell die halbherzigen Verfolger ab. Sie ritten die Hügel hinauf, galoppierten über die Terrasse eines Weinguts und erkletterten ein Waldstück, wo sie anhielten, um den Pferden eine Ruhepause zu gönnen.

Christopher spähte zurück nach Westen. Die Sonne hatte nach den starken Regenfällen in der Nacht die Straßen getrocknet, und ein Staubschleier verriet, wo die Bagagewagen der französischen Armee zur Stadt Oporto vorrückten. Über der Stadt selbst, jetzt verborgen hinter Hügeln, stand eine große Rauchwolke, die von brennenden Häusern herrührte. Die Kanonen, wenn auch durch die Distanz gedämpft, klangen wie ständiges Donnern.

Niemand von den französischen Soldaten hatte sich bis jetzt die Mühe gemacht, Christopher ernsthaft zu verfolgen. Ein Dutzend Arbeiter vertiefte im Tal einen Graben und ignorierte die Flüchtlinge auf der Straße, wie um zu zeigen, dass der Krieg Sache der Stadt, nicht ihre war. Es waren keine britischen Schützen unter den Flüchtenden, wie Christopher bemerkte, aber es hätte ihn auch überrascht, wenn Sharpe und seine Männer so weit von der Stadt entfernt zu sehen gewesen wären. Vermutlich waren sie jetzt tot oder gefangen genommen worden.

Was hatte sich Hogan dabei gedacht, als er Sharpe gebeten hatte, ihn zu begleiten? War es, weil der schlaue Ire irgendeinen Verdacht schöpfte? Aber was konnte Hogan wissen? Christopher dachte einen Moment über das Problem nach, dann gab er die Gedanken daran auf. Hogan konnte nichts wissen, er versuchte nur, hilfreich zu sein.

»Die Franzosen haben es heute gut gemacht«, sagte Christopher zu seinem Diener, einem jungen Mann mit schütterem Haar und ernstem Gesicht.

»Am Ende wird sie der Teufel holen, *senhor*«, antwortete der Diener.

»Manchmal müssen Leute die Sache des Teufels erledigen«, sagte Christopher. Er zog ein kleines Fernrohr aus der Tasche, richtete es auf die fernen Hügel und spähte hindurch. »In den nächsten paar Tagen werden Sie einige Dinge sehen, die Sie überraschen werden.«

»Wenn Sie es sagen«, antwortete der Diener.

»Aber es gibt mehr Dinge zwischen Himmel und Erde, Horatio, als Sie sich in Ihrer Fantasie erträumen können.«

»Wenn Sie es sagen, *senhor*«, wiederholte der Diener. Er fragte sich, weshalb der englische Offizier ihn Horatio nannte, obwohl er Luis hieß, doch er hielt es für besser, nicht zu fragen. Luis war ein Barbier in Lissabon gewesen, wo er manchmal Männern von der Botschaft die Haare geschnitten hatte, und diese Männer hatten ihn Christopher als zuverlässigen Diener empfohlen. Christopher zahlte ihm guten Lohn mit echtem Gold, englischem Gold, und auch wenn die Engländer verrückt waren, hatten sie immer noch das beste Münzgeld der Welt, was bedeutete, dass Christopher Luis nennen konnte, wie auch immer er wollte, solange er ihn weiterhin mit dicken Guineas mit dem geprägten Sankt Georg im Kampf mit dem Drachen bezahlte.

Christopher hielt Ausschau nach irgendeinem Anzeichen auf französische Verfolger, doch sein Fernrohr war klein, alt und hatte eine verkratzte Linse. Er konnte damit kaum besser sehen als ohne. Er hatte sich immer ein besseres kaufen wollen, jedoch keine Gelegenheit dazu gehabt. Er schob das Fernrohr zusammen, verstaute es in der Satteltasche und nahm einen frischen Zahnstocher, den er zwischen die Zähne schob.

»Weiter«, sagte er brüsk. Dann führte er den Diener durch den Wald, über die Hügelkuppe und hinab zu einem großen Bauernhof. Es war klar, dass Christopher den Weg gut kannte, denn er ritt zielstrebig und ohne zu zögern bis neben das Tor und zügelte das Pferd. »Die Ställe sind da«, sagte er und wies hin. »Die Küche ist jenseits der blauen Tür, und die Leute erwarten uns. Wir werden hier übernachten.«

»Nicht in Vila Real de Zedes, *senhor?*«, fragte Luis. »Ich hörte Sie sagen, dass Sie nach Miss Savage suchen werden.«

»Ihr Englisch wird zu gut, wenn Sie so viel beim Lauschen mitbekommen«, sagte Christopher säuerlich. »Morgen, Luis. Wir werden morgen nach Miss Savage suchen.« Christopher glitt aus dem Sattel und warf Luis die Zügel zu. »Kümmern Sie sich um die Pferde, satteln Sie sie ab, besorgen Sie mir etwas zu essen und bringen Sie es auf mein Zimmer. Einer der Knechte wird Ihnen sagen, wo ich bin.«

Luis brachte die beiden Pferde in den Stall, gab ihnen Wasser und Futter. Danach ging er in die Küche, wo eine Köchin und zwei Dienstmädchen keine Überraschung über seine Ankunft zeigten. Luis hatte sich daran gewöhnt, zu irgendeinem abgelegenen Dorf oder Haus mitgenommen zu werden, wo sein Herr bekannt war, aber er war noch nie auf diesem Bauernhof gewesen. Es wäre ihm lieber gewesen, wenn Christopher sich über den Fluss zurückgezogen hätte, doch der Bauernhof lag gut verborgen in den Hügeln, und es war möglich, dass die Franzosen nie hierherkommen würden. Die Köchin erzählte ihm, dass das Haus und das Land einem Händler aus Lissabon gehörten, der sie angewiesen hatte, zu tun, was sie konnten, um Colonel Christophers Wünsche zu erfüllen.

»Dann war er schon öfter hier?«, fragte Luis.

Die Köchin kicherte. »Er war oft mit seiner Frau hier.«

Das erklärte, warum er Luis zuvor nicht hierher mitgenommen hatte, und er fragte sich, wer die Frau war. »Er will jetzt was zu essen«, sagte Luis. »Welche Frau?«

»Die hübsche Witwe«, sagte die Köchin. Dann seufzte sie. »Aber wir haben sie seit einem Monat nicht mehr gesehen. Ein Jammer. Er hätte sie heiraten sollen.« Sie hatte eine Kichererbsensuppe auf dem Herd und schöpfte etwas davon in eine Schale, schnitt etwas kaltes Schafsfleisch hinein und stellte die Suppenschale mit Rotwein und frisch gebackenem Brot auf ein Tablett. »Sagen Sie dem Colonel, dass die Mahlzeit für seinen Gast heute Nachmittag fertig sein wird.«

»Sein Gast?«, fragte Luis verwirrt.

»Ein Gast zum Abendessen, hat er uns gesagt. Jetzt Beeilung! Lassen Sie die Suppe nicht kalt werden. Die Treppe hinauf und dann das Zimmer rechts.«

Luis trug das Tablett nach oben. Es war ein schönes Haus mit alten Gemälden an den Wänden. Er fand die Tür zum Zimmer seines Herrn einen Spalt offen stehen, und Christopher musste die Schritte gehört haben, denn er forderte Luis auf, ohne anzuklopfen einzutreten.

»Stellen Sie das Essen ans Fenster«, sagte er.

Christopher hatte sich umgezogen. Statt der Uniform des englischen Offiziers trug er eine himmelblaue Reithose mit Lederbesatz an der Sitzfläche. Die Reithose war hauteng mit Paspelierungen an beiden Seiten von der Hüfte bis zu den Knöcheln. Statt des roten Rocks trug er jetzt einen in gleichem Himmelblau der Reithose, jedoch mit üppigem Schnurbesatz, der sich bis hinauf zum steifen roten Kragen kräuselte. Über seiner linken Schulter hing eine Pelisse, ein falscher Mantel mit Pelzbesatz, während auf einem Beistelltisch ein

Kavalleriesäbel und ein hoher schwarzer Hut mit silberner Kokarde und einem emaillierten Abzeichen lagen.

Das emaillierte Abzeichen zeigte die Trikolore von Frankreich.

»Ich sagte, dass Sie überrascht sein werden«, sagte Christopher zu Luis, der seinen Herrn anstarrte.

Luis fand seine Sprache wieder. »Sie sind ...« Er konnte nicht mehr weitersprechen.

»Ich bin ein englischer Offizier, Luis, wie Sie wissen, doch die Uniform ist die eines französischen Husaren. Ah, Kichererbsensuppe, die mag ich so sehr. Bauernessen, aber gut.« Er ging zu dem Tisch am Fenster und schnitt eine Grimasse, weil die enge Reithose so spannte. Er setzte sich. »Ich erwarte heute Nachmittag einen Gast.«

»Das hat man mir erzählt«, sagte Luis kühl.

»Sie werden servieren, Luis, und Sie werden nicht erschrecken, weil mein Gast ein französischer Offizier ist.«

»Ein französischer ...« Luis klang angewidert.

»Ein französischer Offizier«, bestätigte Christopher. »Und er wird von einer Eskorte begleitet, vermutlich von einer großen Eskorte. Und es geht doch nicht, dass diese Eskorte bei ihrer Heimkehr sagt, dass sich ihr Offizier mit einem Engländer getroffen hat, nicht war? Deshalb trage ich dies.« Er wies auf die französische Uniform und lächelte Luis an. »Der Krieg ist wie ein Schachspiel«, fuhr Christopher fort, »es gibt zwei Seiten, und wenn die eine gewinnt, muss die andere verlieren.«

»Frankreich darf nicht gewinnen«, sagte Luis.

»Es gibt schwarze und weiße Figuren«, fuhr Christopher fort und ignorierte den Einwand seines Dieners, »und beide gehorchen Regeln. Aber wer macht diese Regeln, Luis? Da liegt die Macht. Nicht bei den Spielern und gewiss nicht bei den Figuren, sondern bei dem Mann, der die Regeln festlegt.«

»Frankreich darf nicht gewinnen«, wiederholte Luis. »Ich bin ein guter Portugiese.«

Christopher seufzte bei der Stupidität seines Dieners und entschloss sich, die Dinge für Luis einfacher zu erklären, damit er sie verstand. »Willst du, dass Portugal die Franzosen loswird?«

»Sie wissen, dass ich das will!«

»Dann servier heute Nachmittag das Essen. Sei höflich, verbirg deine Gedanken und hab Vertrauen in mich.«

Weil Christopher das Licht am Ende des Tunnels gesehen hatte, konnte er jetzt die Regeln ändern.

Sharpe blickte zu der Stelle, wo die Dragoner vier Einmannruderboote aus dem Fluss gehoben hatten und damit eine Straßensperre errichteten. Es gab keinen Weg um die Barrikade herum, die sich zwischen zwei Häusern erstreckte, denn jenseits des rechten Hauses war der Fluss und jenseits des linken der steile Hügel, wo sich die französische Infanterie näherte, und weitere Infanterie näherte sich hinter Sharpe, was bedeutete, dass der einzige Ausweg aus der Falle durch die Barrikade führte.

»Was machen wir, Sir?«, fragte Harper.

Sharpe fluchte.

»So schlimm, wie?« Harper nahm sein Gewehr von der Schulter. »Wir könnten einige der Jungs von der Barrikade pusten.«

»Das könnten wir«, stimmte Sharpe zu, doch das würde die Franzosen nur ärgern, nicht besiegen. Er wusste, dass er sie besiegen konnte, dessen war er sich sicher, weil seine Schützen gut und die Barrikade des Feindes niedrig war, aber Sharpe war sich ebenfalls sicher, dass er bei dem Kampf die Hälfte seiner

Männer verlieren konnte und dass die andere Hälfte rachsüchtigen Verfolgern entkommen müsste. Er konnte kämpfen, er konnte gewinnen, aber den Sieg nicht überleben.

Es blieb also nur eines, was er wirklich tun konnte, doch das sprach er nicht aus. Er hatte sich noch nie ergeben. Allein der Gedanke war furchtbar.

»Pflanzt die Schwerter auf!«, rief er.

Seine Männer blickten überrascht, aber sie gehorchten. Sie nahmen die Schwertbajonette aus ihren Scheiden und steckten sie auf die Gewehrmündungen. Sharpe zog seine schwere Kavallerieklinge, die er statt des üblichen leichten Säbels führte. »In Ordnung, Jungs. Vier Reihen!«

»Sir?« Harper war verwirrt.

»Sie haben mich verstanden, Sergeant! Vier Reihen. Los jetzt!«

Harper befahl den Männern, sich zu formieren. Die französische Infanterie war aus der Stadt herausgekommen und war jetzt nur noch hundert Schritte hinter ihnen, zu weit für einen akkuraten Musketenschuss, doch ein Franzose versuchte sein Glück, und die Kugel krachte in die weiß getünchte Wand eines Schuppens neben der Straße. Der Knall schien Sharpe zu verärgern. »Im Laufschritt!«, blaffte er. »Vorrücken!«

Sie marschierten über die Straße auf die etwa zweihundert Yards entfernte Barrikade zu. Der Fluss floss grau zu ihrer Linken, und auf ihrer Rechten erstreckte sich ein Feld, das mit den Überresten der letzten Heuernte gesprenkelt war. Eine angepflockte Kuh beobachtete sie beim Passieren. Einige Flüchtlinge, bestürzt über die Straßensperre, hatten sich auf dem Feld niedergelassen und warteten auf ihr Schicksal.

»Sir?« Harper schaffte es, Sharpe einzuholen, der ein Dutzend Schritte vor seinen Männern marschierte.

»Sergeant?«

Es ist immer »Sergeant«, dachte Harper, wenn die Dinge mies standen, nie »Patrick« oder »Pat«. »Was machen wir, Sir?«

»Wir greifen die Barrikade an, Sergeant.«

»Sie werden uns zusammenschießen, Sir. Die Scheißer werden uns fertigmachen.«

»Ich weiß das«, sagte Sharpe, und Sie wissen das. Aber wissen das die Scheißer auch?«

Harper starrte zu den Dragonern, die ihre Karabiner auf den umgedrehten Ruderbooten auflegten. Der Karabiner, nicht zu vergleichen mit einem Gewehr, hatte einen glatten Lauf und war folglich ungenau, was bedeutete, dass die Dragoner bis zum letzten Moment mit ihrer Salve warten würden. Und diese Salve würde noch verstärkt werden, denn weitere grün berockte Feinde tauchten auf der Straße hinter der Barrikade auf und legten ihre Waffen an.

»Ich nehme an, die Scheißer wissen das, Sir«, sagte Harper.

Sharpe war seiner Meinung, sagte es aber nicht. Er hatte seinen Männern befohlen, die Schwertbajonette aufzupflanzen, weil der Anblick der Bajonette Furcht erregender war als der der Gewehre allein, doch die Dragoner wirkten nicht beunruhigt von der Bedrohung der Stahlklingen. Sie sammelten sich hinter der Barriere, sodass jeder bei der Eröffnungssalve mitschießen konnte. Sharpe wusste, dass er sich ergeben würde, aber er wollte es nicht tun, ohne dass ein einziger Schuss abgefeuert wurde. Er beschleunigte seine Schritte, nahm an, dass einer der Dragoner zu früh schießen würde, und das würde für Sharpe das Signal zum Halten sein. Er würde das Schwert hinwerfen und so seinen Männern das Leben retten. Die Entscheidung war schmerzlich, doch es war die einzige Wahl, die ihm blieb, wenn kein Wunder geschah.

»Sir?« Harper bemühte sich, mit Sharpe Schritt zu halten. »Die werden Sie abknallen!«

»Bleiben Sie zurück, Sergeant«, sagte Sharpe, »das ist ein Befehl!«

Er wollte, dass die Dragoner auf ihn feuerten, nicht auf seine Männer.

»Das wird Ihr Tod sein«, sagte Harper.

»Vielleicht überlegen sie es sich und ergreifen die Flucht«, gab Sharpe zurück.

»Gott schütze Irland«, sagte Harper. »Und warum sollten sie das tun?«

»Weil Gott einen grünen Rock trägt«, sagte Sharpe.

Und in diesem Moment geschah das Unerklärliche. Die Franzosen ergriffen die Flucht.

KAPITEL 2

Sharpe hatte immer Glück gehabt. Vielleicht nicht in den größeren Dingen des Lebens – gewiss nicht, als ihn eine Straßenhure geboren hatte, die gestorben war, ohne ihren einzigen Sohn ein einziges Mal in den Arm zu nehmen und zu streicheln, und auch nicht in den düsteren Mauern eines Londoner Waisenhauses, das nichts für seine Kinder tat –, aber in den kleineren Dingen, in den Momenten, in denen Erfolg und Scheitern nur eine Kugellänge entfernt war, hatte er fast immer Glück gehabt. Es war großes Glück gewesen, das ihn in den Tunnel gebracht hatte, in dem Tippu Sultan in der Falle gesessen war, und ebenso großes Glück, als eine Ordonnanz bei Assaye enthauptet worden war und Richard Sharpe als ihr Ersatz hinter Sir Arthur Wellesley geritten war, als das Pferd des Generals getötet und Sir Arthur vor dem Feind abgeworfen wurde. Alles Glück, manchmal unglaubliches Glück, doch Sharpe bezweifelte sein Glück, als die Dragoner von der Barrikade flüchteten. War er tot? Träumte er? Hatte er eine Gehirnerschütterung und fantasierte? Doch dann hörte er die Triumphschreie seiner Männer und wusste, dass er nicht träumte. Der Feind hatte wirklich die Flucht ergriffen. Sharpe würde leben, und seine Männer brauchten nicht als Gefangene nach Frankreich zu marschieren.

Dann hörte er die Musketenschüsse und erkannte, dass die Dragoner von hinten angegriffen worden waren. Zwischen den Häusern am Straßenrand wallte Pulverrauch, und weitere Schüsse kamen von einer Obstplantage auf dem Hügel mit dem großen weißen Gebäude auf der Kuppe.

In diesem Moment war Sharpe bei der Barrikade und sprang auf das erste Ruderboot. Die Dragoner hatten ihm bereits den Rücken zugewandt und schossen zu den Fenstern der Häuser hinauf, doch dann drehte sich einer von ihnen um, sah Sharpe und rief eine Warnung.

Ein Offizier tauchte in der Tür des Hauses auf, und Sharpe, der vom Boot sprang, spießte den Mann an der Schulter auf und drückte ihn hart gegen die weiß getünchte Hauswand. In diesem Moment feuerte der Dragoner auf ihn, der zuvor die Warnung ausgestoßen hatte. Die Kugel schlug durch Sharpes schweren Tornister. Sharpe stieß dem Offizier das Knie in den Leib und fuhr zu dem Mann herum, der auf ihn gefeuert hatte. Der Mann wich zurück und keuchte: »*Non, non!*« Sharpe schlug ihm den Säbel auf den Kopf, sodass der Dragoner stürzte und von den Schützen, die über die Barrikade stürmten, niedergetrampelt wurde. Sie stießen Kriegsschreie aus und hörte nicht auf Harpers Rufen, den Dragonern eine Salve nachzuschicken.

Vielleicht drei Gewehre krachten, doch der Rest der Männer stürmte vorwärts, um mit ihren Bajonetten den Feind anzugreifen, der sich plötzlich einer Attacke von vorn und hinten ausgesetzt sah. Die Dragoner waren von Soldaten aus einem Hinterhalt angegriffen worden, die aus einem Haus etwa fünfzig Yards straßenabwärts gekommen waren, wo sie sich versteckt hatten, und jetzt wurden die Franzosen von zwei Seiten angegriffen.

Der kleine Platz zwischen den Häusern war verschleiert von Pulverrauch. Schreie gellten, das Echo von Schüssen hallte, und Sharpes Männer kämpften mit einer Wildheit, von der die Franzosen erschreckt waren. Sie waren Dragoner, ausgebildet, zu Pferde mit Schwertern zu kämpfen, und nicht auf diesen blutigen Kampf zu Fuß gegen Schützen vorbereitet, die gestählt waren in Jahren von Kämpfen in Tavernen und Kasernenstuben. Die Männer in den grünen Uniformen waren mörderisch im Nahkampf, und die Dragoner flohen auf die Grasfläche auf dem Flussufer, wo ihre Pferde angepflockt waren.

Sharpe schrie seine Männer an, weiterhin ostwärtszulaufen. »Lasst sie laufen. Lasst sie! Weiter!«

Französische Infanterie war nahe, es gab mehr französische Kavalleristen in Oporto, und Sharpes Priorität war es jetzt, so weit wie möglich von der Stadt wegzukommen. »Sergeant!«

»Ich habe Sie gehört, Sir!«, rief Harper, ging in eine Gasse und zerrte Schütze Tongue von einem Franzosen fort. »Komm mit, Isaiah! Beweg dich!«

»Ich bring den Bastard um, Sergeant. Ich mach ihn alle!«

»Der Bastard ist bereits tot! Jetzt komm!« Karabinerkugeln flogen in die Gasse. Eine Frau schrie in einem der nahen Häuser. Ein fliehender Dragoner stolperte über einen Haufen geflochtener Weidekörbe und stürzte auf den Hof des Anwesens, wo ein anderer Franzose unter einem Stapel trocknender Wäsche lag, die er sterbend von der Leine gerissen hatte. Die weißen Laken waren rot von seinem Blut.

Gataker zielte auf einen Dragoneroffizier, der es geschafft hatte, sich auf sein Pferd zu schwingen, doch Harper zog ihn fort. »Lauf weiter! Lauf weiter!«

Dann wimmelte es plötzlich zu Sharpes Linker von blau Uniformierten. Er fuhr herum, das Schwert erhoben, und sah, dass es Portugiesen waren. »Freunde!«, rief er, um seine Männer aufmerksam zu machen. »Passt auf, es sind Portugiesen!«

Die portugiesischen Soldaten waren diejenigen, die ihn vor einer schändlichen Kapitulation bewahrt hatten, und jetzt, nachdem sie die Franzosen aus dem Hinterhalt angegriffen hatten, schlossen sie sich Sharpes Männern bei ihrer Flucht nach Osten an.

»Lauft weiter!«, bellte Harper.

Einige der Schützen rangen keuchend nach Atem und wurden langsamer, bis ein Schusshagel der überlebenden Dragoner sie wieder zur Eile antrieb. Die meisten der Schüsse lagen zu hoch. Eine Kugel knallte neben Sharpe auf die Straße, prallte ab und schlug als Querschläger in eine Pappel. Eine andere traf Tarrant in die Hüfte. Der Schütze stürzte schreiend zu Boden.

Sharpe riss ihn hoch, wuchtete ihn sich auf die Schulter und rannte mit ihm weiter. Die Straße und der Fluss beschrieben nach links eine Kurve, und es standen Bäume und Büsche am Ufer. Dieser Grüngürtel war nicht weit entfernt. Der Baum- und Gebüschstreifen war zu nahe bei der Stadt, um dort vor den Franzosen sicher zu sein, aber er würde ihnen als Deckung dienen, während Sharpe die Formation seiner Männer neu ordnete.

»Zu den Bäumen!«, rief Sharpe. »Lauft zu den Bäumen!«

Tarrant hatte Schmerzen, jammerte und hinterließ auf der Straße eine Blutspur. Sharpe setzte ihn ab und zog ihn zwischen die Bäume. Dann stellte er sich neben die Straße und befahl den Männern, eine Linie vor den Bäumen zu bilden.

»Abzählen, Sergeant!«, rief er Harper zu.

Die portugiesischen Infanteristen begannen ihre Musketen aufzuladen. Sharpe nahm sein Gewehr von der Schulter und feuerte auf einen Kavalleristen, der sein Pferd zum Flussufer trieb, bereit zur Verfolgung. Das Pferd scheute und warf seinen Reiter ab. Andere Dragoner hatten ihre Schwerter gezogen und wollten sich rachsüchtig an die Verfolgung machen, doch dann befahl ein französischer Offizier den Kavalleristen, zu bleiben, wo sie waren. Er hatte wohl begriffen, dass ein Angriff auf den Grüngürtel, in dem Infanteristen steckten, einem Selbstmord gleichkam. Er würde warten, bis seine eigene Infanterie eintraf.

Daniel Hagman hatte die Schere hervorgeholt, mit der er Sharpe die Haare geschnitten hatte, und schnitt jetzt Tarrants Hose an der verwundeten Hüfte auf. Blut spritzte aus der Wunde. Hagman schnitt eine Grimasse. »Ich nehme an, er verliert das Bein, Sir.«

»Er kann nicht mehr gehen?«

»Er wird nie wieder gehen können«, sagte Hagman.

Tarrant fluchte lästerlich. Er war einer von Sharpes Unruhestiftern, ein verdrossener Mann aus Hertfordshire, der nie eine Gelegenheit versäumte, um betrunken und bösartig zu werden. Aber wenn er nüchtern war, dann war er ein guter Schütze, der in der Schlacht die Nerven behielt.

»Es wird alles in Ordnung kommen, Ned«, sagte Hagman tröstend zu ihm. »Du wirst es überleben.«

»Trag mich«, bat Tarrant seinen Freund Williamson.

»Lass das!«, fuhr Sharpe Williamson an. »Nimm sein Gewehr, die Munition und den Säbel.«

»Sie können ihn nicht einfach hier zurücklassen«, sagte Williamson und verhinderte, dass Hagmann den Tornister seines Freundes abschnallte.

Sharpe packte Williamson an der Schulter und zerrte ihn fort. »Ich sagte, lass ihn!« Es widerstrebte ihm, doch der Verwundete würde sie verlangsamen, und die Franzosen würden Tarrant besser ärztlich versorgen, als jeder von Sharpes Männern es konnte. Der Schütze würde in ein französisches Lazarett kommen, von französischen Militärärzten behandelt werden, und wenn er nicht an Wundbrand starb, würde er vielleicht gegen einen verwundeten französischen Gefangenen ausgetauscht werden. Tarrant konnte heimkehren, als Krüppel, und würde höchstwahrscheinlich in einem Armenhaus der Gemeinde enden. Sharpe schob sich zwischen den Bäumen hindurch, um Harper zu finden. Karabinerkugeln fetzten durch die Bäume, und Blätterstückchen wirbelten durch die Lichtbahnen hinter ihnen.

»Fehlt jemand?«, fragte Sharpe Harper.

»Nein, Sir. Was ist mit Tarrant?«

»Er hat eine Kugel in der Hüfte und wird hierbleiben müssen«, sagte Sharpe.

»Ich werde ihn nicht vermissen«, sagte Harper. Bevor Sharpe den Iren zum Sergeant gemacht hatte, war er ein Kumpan des Unruhestifters gewesen, der einer der Rädelsführer gewesen war. Jetzt war Harper eine Geißel für die Unruhestifter. Es ist sonderbar, was drei Streifen bewirken können, dachte Sharpe.

Sharpe lud sein Gewehr, kniete sich bei einem Lorbeerbaum nieder, spannte die Waffe und spähte zu den Franzosen. Die meisten der Dragoner saßen auf den Pferden, doch ein paar Männer waren zu Fuß und versuchten ihr Glück mit ihren Karabinern, obwohl die Distanz zu groß war. Sharpe schätzte, dass in ein, zwei Minuten an die hundert Infanteristen als Verstärkung da sein würden. Es war höchste Zeit, zu verschwinden.

»*Senhor.*« Ein sehr junger portugiesischer Offizier trat zu Sharpe und verneigte sich.

»Später!« Sharpe wollte nicht so brüsk sein, doch die Zeit drängte und er wollte sie nicht mit Höflichkeiten verschwenden. Er schob sich an dem portugiesischen Offizier vorbei und rief nach Hagman. »Haben Sie Tarrants Sachen?«

»Hier, Sir.« Hagman trug das Gewehr des Verwundeten über der Schulter, und seine Patronentasche baumelte vom Gürtel. Es hätte Sharpe gewurmt, wenn die Franzosen ein Baker-Gewehr erbeutet hätten. Sie machten schon Ärger genug, ohne dass man die beste je ausgegebene Waffe einem feindlichen Plänkler überließ.

»Hier entlang!«, befahl Sharpe und marschierte nach Norden vom Fluss fort.

Er verließ absichtlich die Straße. Sie folgte dem Fluss, und die Wiesen auf dem Ufer des Douro boten wenig Hindernisse für verfolgende Kavallerie. Ein schmalerer Weg wand sich nach Norden durch die Bäume, und Sharpe schlug ihn ein, nutzte das Waldstück als Deckung auf der Flucht. Als das Terrain höher wurde und sich die Bäume lichteten, gingen sie in Korkeichen über, die kultiviert waren, denn sie lieferten die Korken für Oportos Wein.

Sharpe schlug ein zermürbendes Tempo an und ließ erst nach einer halben Stunde halten, als sie an den Rand der Korkeichenplantage gelangten und ein großes Tal mit Weingärten erblickten. Die Stadt war noch in Sicht im Westen, und der Rauch von ihren vielen Feuern trieb über die Eichen und Reben. Die Männer rasteten. Sharpe hatte mit Verfolgern gerechnet, doch die Franzosen wollten offenbar Oportos Häuser plündern und schöne Frauen finden und hatten kein Interesse daran, eine Hand voll Soldaten zu verfolgen, die in die Hügel flüchteten.

Die portugiesischen Soldaten hatten mit Sharpes Männern Schritt gehalten, und ihr Offizier, der zuvor versucht hatte, mit Sharpe zu sprechen, näherte sich ihm jetzt wieder. Er war sehr jung und schlank und trug eine brandneue Uniform. Sein Offizierssäbel hing von einer weißen Schulterschärpe mit silberner Paspelierung herab, und an seinem Koppel hing in einem Holster eine Pistole, die so sauber aussah, als wäre sie noch nie abgefeuert worden. Der Offizier sah gut aus mit seinem schwarzen Schnurrbart, den Sharpe etwas zu dünn fand, und etwas an seinem Auftreten ließ darauf schließen, dass er ein Gentleman war. Seine schwarzen und intelligent blickenden Augen wirkten sonderbar melancholisch, aber das war vielleicht keine Überraschung, denn er hatte soeben erlebt, dass Oporto in die Hände der Invasoren gefallen war. Er verneigte sich vor Sharpe. »*Senhor?*«

»Ich spreche kein Portugiesisch«, sagte Sharpe.

»Ich bin Leutnant Vicente«, sagte der Offizier in gutem Englisch. Seine dunkelblaue Uniform war an den Seiten weiß paspeliert und hatte Silberknöpfe und rote Manschetten und einen hohen roten Kragen. Er trug eine *barretina*, einen Tschako mit falscher Front, der seiner bereits beachtlichen Größe über vier Inch hinzufügte. Die Zahl 18 schmückte die Frontplatte der *barretina*. Er war außer Atem, und Schweiß glänzte auf seinem Gesicht, aber er war entschlossen, gute Manieren zu wahren. »Ich gratuliere Ihnen zu Ihrer Tapferkeit, *senhor*.«

»Ich war nicht tapfer«, sagte Sharpe, »sondern einfach blöde.«

»Sie waren tapfer«, beharrte Vicente. »Und wir beglückwünschen Sie.« Er wirkte einen Moment, als wolle er den Säbel ziehen und förmlich salutieren, doch Sharpe schaffte es, Vicentes Überschwang mit einer Frage nach der Zahl seiner Männer zu bremsen. »Es sind sechsunddreißig, *senhor*«, antwortete der junge Portugiese ernst. »Und wir sind vom achtzehnten Regiment, das zweite in Oporto.« Das Regiment, sagte er, hatte die provisorischen Palisaden am Nordrand der Stadt verteidigt und sich dann zur Brücke zurückgezogen, wo es sich in Panik aufgelöst hatte. Vicente war mit diesen sechsunddreißig Männern, von denen nur zehn von seiner eigenen Kompanie waren, ostwärtsmarschiert. »Es gibt noch mehr von uns«, sagte er, »viel mehr, aber die meisten sind auf der Flucht. Einer meiner Unteroffiziere sagte, ich sei ein Narr, wenn ich versuchte, Sie zu retten, und ich musste ihn erschießen, um die Moral aufrechtzuerhalten, damit sich keine Verzweiflung breitmacht. Dann führte ich diese Freiwilligen zu Ihrer Unterstützung.«

Ein paar Sekunden starrte Sharpe den portugiesischen Leutnant nur an. »Was haben Sie getan?«, fragte er schließlich.

»Ich führte diese Männer zurück, um Ihnen zu helfen. Ich bin der einzige Offizier in meiner Kompanie geblieben, also wer sonst konnte die Entscheidung treffen? Hauptmann Rocha fiel durch eine Kanonenkugel hinter der Schanze – und die anderen? Ich weiß nicht, was mit ihnen passiert ist.«

»Nein«, sagte Sharpe. »Was haben Sie zuvor getan? Sie haben Ihren Sergeant erschossen?«

Vicente nickte. »Ich werde natürlich vor ein Kriegsgericht gestellt werden. Ich werde auf Notstand plädieren.« Seine Augen füllten sich mit Tränen. »Aber der Feldwebel sagte, Sie wären alle so gut wie tot und wir seien geschlagen. Er bedrängte die Männer, ihre Uniformen auszuziehen und zu desertieren.«

»Sie haben das Richtige getan«, sagte Sharpe anerkennend.

Vicente verneigte sich wieder. »Sie schmeicheln mir, *senhor*.«

»Und hören Sie auf, mich *senhor* zu nennen«, sagte Sharpe. »Ich bin ein Leutnant wie Sie.«

Vicente wich einen Schritt zurück, konnte seine Überraschung nicht verbergen. »Sie sind ein...?«, begann er, dann wurde ihm klar, dass sich die Frage nicht schickte. Sharpe war älter als er, vielleicht zehn Jahre, und wenn Sharpe immer noch Leutnant war, dann war er vermutlich kein guter Soldat, denn ein guter Soldat im Alter von dreißig musste befördert worden sein. »Aber ich bin mir sicher, *senhor*«, fuhr Vicente fort, »dass Sie ranghöher als ich sind.«

»Das bezweifle ich«, sagte Sharpe.

»Ich bin seit zwei Wochen Leutnant«, sagte Vicente.

Jetzt war Sharpe überrascht. »Seit zwei Wochen!«

»Zuvor hatte ich natürlich etwas Ausbildung«, sagte Vicente. »Und während meines Studiums habe ich über die Taten der großen Offiziere gelesen.«

»Welches Studium?«

»Ich bin ein Anwalt, *senhor*.«

»Ein Anwalt!« Sharpe konnte seine instinktive Abneigung nicht verbergen. Er kam aus der Gosse von England, und jeder, der in der Gosse geboren und aufgewachsen war, wusste, dass er bei vielen Anwälten gegen Vorurteile und Schikanen ankämpfen musste. Anwälte waren für Sharpe und die anderen Unterprivilegierten die Diener des Teufels gewesen, die Männer und Frauen an den Galgen brachten, mit ihren Fallstricken aus juristischen Spitzfindigkeiten durch ihre Opfer reich und dann Politiker wurden, damit sie noch mehr Gesetze verabschieden konnten, die ihren Reichtum vermehrten. »Ich hasse verdammte Anwälte«, grollte Sharpe angewidert, denn er erinnerte sich an Lady Grace und das, was nach ihrem Tod geschehen war, und wie er durch die Anwälte jeden Penny losgeworden war, den er besessen hatte, und die Erinnerung an Grace und ihr totes Baby brachte all das alte Elend zurück. »Ich hasse Anwälte«, sagte er aufgewühlt.

Vicente war verblüfft und sprachlos nach Sharpes feindseligen Worten, dass er einen Moment brauchte, um die Fassung wiederzugewinnen. »Ich war Anwalt, bevor ich das Schwert meines Landes nahm. Ich arbeitete für die *Real Companhia Velha*, die für die juristische Beratung des Handels mit Portwein verantwortlich ist.«

»Wenn ein Kind von mir Anwalt werden wollte, dann würde ich es mit meinen eigenen Händen erwürgen und auf sein Grab pissen«, sagte Sharpe.

»Sie sind also verheiratet, *senhor*?«, fragte Vicente höflich.

»Nein, ich bin verdammt nicht verheiratet.«

»Dann habe ich das missverstanden«, sagte Vicente. Dann wies er auf seine müden Soldaten. »Wir sind also hier, *senhor*, und ich dachte, wir könnten uns Ihnen anschließen.«

»Vielleicht«, sagte Sharpe widerwillig, »aber lassen Sie uns eines klarstellen, Mister Anwalt. Wenn Ihre Beförderung zum Leutnant erst zwei Wochen alt ist, bin ich ranghöher. Ich habe das Kommando. Kein verdammter Anwalt schleicht da mit juristischen Spitzfindigkeiten um mich herum.«

»Selbstverständlich, *senhor*«, sagte Vicente und runzelte die Stirn, als sei er beleidigt.

Verdammter Anwalt, dachte Sharpe. Er wusste, dass er sich ungehobelt verhalten hatte, besonders weil dieser anständige junge Anwalt den Mut besessen hatte, einen Sergeant zu töten, um die Moral aufrechtzuerhalten und seine Männer zu seiner, Sharpes, Rettung zu führen. Er wusste, dass er nicht alle Anwälte über einen Kamm scheren und sich für seine Vorurteile entschuldigen sollte. Stattdessen starrte er nach Süden und Westen, hielt nach Verfolgern Ausschau und versuchte, sich die Landschaft einzuprägen. Er nahm sein feines Fernrohr, das ein Geschenk von Sir Arthur Wellesley war, und richtete es auf den Weg, auf dem sie gekommen waren. Er spähte über die Bäume hinweg und sah schließlich, was er zu sehen erwartet hatte: Staub. Viel Staub, der von Pferdehufen, Stiefeln oder Rädern aufgewirbelt wurde. Sharpe konnte nicht erkennen, ob der Staub von Flüchtlingen aufgewirbelt wurde, die ostwärts strömten, oder von den Franzosen.

»Werden Sie versuchen, südlich des Douro zu gelangen?«, fragte Vicente.

»Ja, das werde ich. Aber es gibt keine Brücken auf diesem Teil des Flusses, stimmt das?«

»Ja, bis Amarante gibt es keine Brücke, und das ist am Fluss Tamega. Es ist ein – wie sagt man? – ein Nebenfluss?«

Sharpe nickte.

»Es ist ein Nebenfluss des Douro, aber jenseits des Tamega gibt es eine Brücke über den Douro bei Peso da Régua.«

»Und sind die Franzmänner auf der fernen Seite des Tamega?«

Vicente schüttelte den Kopf. »Man hat uns gesagt, dass dort General Silveira ist.«

Wenn man sagt, dass ein portugiesischer General jenseits eines Flusses wartet, ist es nicht das Gleiche, als es zu wissen, dachte Sharpe. »Und es gibt dort eine Fähre über den Douro, nicht weit von hier?«, fragte er.

Vicente nickte. »Bei Barca d'Avintas.«

»Wie nahe ist das?«

Vicente dachte kurz nach. »Vielleicht ein Marsch von einer halben Stunde. Vielleicht sogar weniger.«

»So nahe?« Doch wenn die Fähre so nahe bei Oporto war, dann konnten die Franzosen bereits dort sein. »Und wie weit ist Amarante entfernt?«

»Wir könnten morgen dort sein.«

»Morgen«, wiederholte Sharpe und spähte durch das Fernrohr. Wurde dieser Staub von den Franzosen aufgewirbelt? Waren sie auf dem Weg nach Barca d'Avintas?

Er wollte die Fähre benutzen, weil es viel näher war. Aber es war auch riskanter. Würden die Franzosen damit rechnen, dass die Flüchtlinge die Fähre benutzten? Es gab nur eine Möglichkeit, dies herauszufinden.

»Wie kommen wir nach Barca d'Avintas?«, fragte er Vicente und wies auf den Weg, der zwischen den Korkeichen hindurchführte. »Auf dem gleichen Weg, auf dem wir hergekommen sind?«

»Es gibt einen schnelleren Weg«, sagte Vicente.

Einige der Männer waren eingedöst, und Harper weckte sie mit einem Tritt. Alle folgten dann Vicente in ein sanftes Tal hinab, wo Wein in gepflegten Reihen angebaut war. Von dort aus stiegen sie auf einen anderen Hügel und gingen über Wiesen, die mit kleinen Heumieten übersät war. Blumen blühten im Gras, in dem kein Pfad zu erkennen war, doch Vicente führte die Männer, als kenne er sich gut aus.

»Sie wissen, wohin wir gehen?«, fragte Sharpe nach einer Weile misstrauisch.

»Ich kenne diese Gegend sehr genau«, versicherte Vicente.

»Sie sind hier aufgewachsen?«

Vicente schüttelte den Kopf. »Ich bin in Coimbra groß geworden. Das ist weiter im Süden, *senhor*, aber ich kenne diese Gegend, weil ich einem Verein angehöre ...«, er korrigierte sich, »... angehörte, der hier Wandertage durchführt.«

»Ein Verein, der auf dem Land wandert?«, fragte Sharpe amüsiert.

Vicente errötete. »Wir sind Philosophen und Poeten, *senhor*.«

Sharpe war erstaunt. »Sie sind – was?«

»Philosophen und Poeten, *senhor*.«

»Mein Gott!«, entfuhr es Sharpe.

»Wir glauben, *senhor*«, fuhr Vicente fort, »dass es auf dem Land Inspiration gibt. Das Land ist die Natur, während Städte von Menschen gemacht sind und so all die Bosheiten der Menschheit verkörpern. Wenn wir das natürliche Gute in uns entdecken wollen, dann müssen wir es auf dem Land suchen.« Er hatte Mühe, die richtigen Vokabeln zu finden, um auszudrücken, was er meinte. »Es gibt, glaube ich, eine natürliche Gutheit in der Welt, und wir suchen sie.«

»Sie suchen hier die Inspiration?«

»Ja, so ist es.« Vicente nickte eifrig.

Einem Anwalt Inspiration zu geben, das ist, als ob man eine Ratte mit feinem Brandy tränkt, dachte Sharpe. »Und lassen Sie mich raten«, sagte er und konnte kaum seinen Hohn verbergen, »die Mitglieder Ihres Vereins von reimenden Philosophen sind allesamt männlich. Keine Frau dabei, wie?«

»Woher wissen Sie das?«, fragte Vicente erstaunt.

»Es war geraten, das hatte ich Ihnen doch gesagt.«

Vicente nickte. »Es ist natürlich nicht so, dass wir keine Frauen mögen. Sie müssen nicht denken, wir hätten etwas gegen ihre Gesellschaft, aber es widerstrebt ihnen, sich an unseren Diskussionen zu beteiligen. Sie wären natürlich äußerst willkommen, aber ...« Seine Stimme erstarb.

»Frauen sind so«, sagte Sharpe. Er hatte die Erfahrung gemacht, dass Frauen die Gesellschaft von Schurken den Freuden der Konversation mit nüchternen und ernsten jungen Männern wie Leutnant Vicente, der romantischen Träumen über die Welt nachhing, vorzogen. »Sagen Sie mir eines, Leutnant, welche ...«, bat er.

»Jorge«, unterbrach Vicente. »Mein Name ist Jorge.«

»Jorge, Sie sagten, Sie hatten eine Ausbildung als Soldat. Welche Ausbildung war das?«

»Wir hatten Vorlesungen in Oporto.«

»Vorlesungen?«

»Über die Geschichte der Kriegführung. Über Hannibal, Alexander den Großen und Caesar.«

»Ihr habt aus Büchern gelernt?«, fragte Sharpe und konnte seinen Spott nicht ganz verbergen.

»Ja, aus Büchern«, sagte Vicente. »Das ist für einen Anwalt normal, besonders für einen, der Ihnen das Leben gerettet hat.«

Sharpe stieß einen Grunzlaut aus. Er wusste, dass er diesen Tadel verdient hatte. »Was ist dort geschehen, als Sie mich gerettet haben?«, fragte er. »Ich weiß, dass Sie Ihren Sergeant erschossen haben, aber warum haben die Franzosen das nicht gehört?«

»Ah!« Vicente dachte kurz nach, bevor er weitersprach. »Ich will ehrlich sein, Lieutenant, und Ihnen erzählen, dass nicht alles so war, wie es scheint. Ich hatte den Feldwebel erschossen, bevor ich Sie sah. Er forderte die Männer auf, ihre Uniformen auszuziehen und die Flucht zu ergreifen. Einige taten es, und die anderen wollten mir nicht zuhören, und so erschoss ich ihn. Es war sehr traurig. Und die meisten der Männer waren in der Taverne am Fluss, nahe der Stelle, an der die Franzosen ihre Barrikade errichteten.« Sharpe hatte keine Taverne gesehen. Er war so entschlossen gewesen, einen Ausweg aus der tödlichen Falle zu finden, dass er keine Ausschau nach einer Kneipe gehalten hatte. »Und da habe ich Sie gesehen. Feldwebel Macedo ...«, Vicente wies auf einen stämmigen, dunkelhäutigen Mann, der hinter ihnen herstapfte, »... sollte in der Taverne versteckt bleiben, und ich sagte den Männern, dass es an der Zeit wäre, für Portugal zu kämpfen. Die meisten von ihnen schienen nicht zuzuhören, und so zog ich meine Pistole und ging auf die Straße. Ich dachte, ich würde sterben, aber ich musste meinen Männern ein Beispiel geben.«

»Und Ihre Männer folgten Ihnen?«

»So war es«, sagte Vicente mit leuchtenden Augen. »Und Feldwebel Macedo kämpfte sehr tapfer.«

»Ich glaube«, sagte Sharpe, »dass Sie nicht nur ein verdammter Anwalt, sondern auch ein bemerkenswert verdammter Soldat sind.«

»Wirklich?« Der junge Portugiese wirkte erstaunt, aber Sharpe wusste, dass er der geborene Führer sein musste, wenn es ihm gelang, Männer aus einer Taverne zu holen, um einen Trupp Dragoner anzugreifen.

»Es sind also all Ihre Philosophen und Poeten zur Armee gegangen?«

Vicente wirkte verlegen. »Einige haben sich leider den Franzosen angeschlossen.«

»Den Franzosen!«

Der Leutnant zuckte mit den Schultern. »Es gibt einen Glauben, dass die Zukunft der Menschheit in französischen Gedanken und Ideen vorausgesagt ist. In Portugal sind wir altmodisch, und viele von uns lassen sich von den französischen Philosophen inspirieren. Die lehnen die Kirche und die Monarchie ab und verabscheuen unverdiente Privilegien. Ihre Vorstellungen sind sehr aufregend. Sie haben sie gelesen?«

»Nein.«

»Aber ich liebe mein Land mehr als Monsieur Rousseau«, sagte Vicente, »so werde ich eher ein Soldat sein als ein Poet.«

»Ganz richtig«, sagte Sharpe. »Am besten fängt man etwas Nützliches mit seinem Leben an.« Sie überquerten eine kleine Bodenerhebung, und Sharpe sah voraus den Fluss und ein Dorf. »Ist das Barca d'Avintas?«

»Ja, das ist es«, bestätigte Vicente.

Sharpe fluchte, denn die Franzosen waren bereits dort.

Sharpe sah zwischen sich und dem Fluss Wiesen und Weingärten, das kleine Dorf, einen Wasserlauf, der in den Fluss mündete, und die gottverdammten Franzosen. Dragoner. Die Kavalleristen mit den grünen Röcken waren abgesessen und schlenderten entspannt durch das Dorf.

Sharpe ließ sich hinter einige Stechginsterbüsche fallen und gab seinen Männern Zeichen, ebenfalls in Deckung zu gehen. »Sergeant! Plänklerformation entlang der Hügelkuppe!« Er ließ Harper den Befehl an die Schützen weitergeben, nahm sein Fernrohr und beobachtete den Feind.

»Was soll ich tun?«, fragte Vicente.

»Nur warten«, sagte Sharpe. Er stellte das Fernglas scharf ein und staunte über die Klarheit des vergrößerten Bildes. Er konnte die Schnallen an den Bauchgurten der Pferde der Dragoner sehen. Die Tiere waren auf einem kleinen Feld westlich des Dorfes angepflockt. Er zählte sie. Sechsundvierzig, vielleicht ein, zwei mehr. Es war schwer, sie genau zu zählen, denn einige Tiere standen dicht nebeneinander. Sagen wir fünfzig Mann, dachte Sharpe. Er richtete das Fernrohr ein wenig nach links und sah jenseits des Dorfes Rauch aufsteigen, vielleicht vom Flussufer. Eine kleine Steinbrücke überspannte den Fluss, der von Norden heranströmte. Er konnte keine Dorfbewohner sehen. Waren sie geflüchtet? Er spähte nach Westen, zu der Straße, die nach Oporto führte, und er konnte keine weiteren Franzosen sehen, was darauf schließen ließ, dass die Dragoner eine Patrouille waren, die Flüchtlinge abfangen sollte.

»Pat!«

»Sir?« Harper kam und duckte sich neben ihn.

»Wir können uns diese Bastarde vornehmen.«

Harper lieh sich Sharpes Fernrohr und spähte lange hindurch nach Süden. »Es sind vierzig bis fünfzig.«

»So ungefähr. Sorgen Sie dafür, dass unsere Jungs geladen haben.« Sharpe ließ das Fernrohr bei Harper und kroch von der Kuppe zurück, um Vicente zu finden. »Rufen Sie Ihre Männer her. Ich möchte mit ihnen sprechen. Sie, Leutnant, werden übersetzen.«

Sharpe wartete, bis die sechsunddreißig Portugiesen versammelt waren. Die meisten blickten unbehaglich drein, fragten sich vermutlich, warum sie von einem Ausländer befehligt wurden.

»Mein Name ist Sharpe«, stellte er sich den Soldaten in blauer Uniform vor. »Lieutenant Sharpe, und ich bin seit sechzehn Jahren Offizier.« Er wartete, bis Vicente übersetzt hatte. Dann wies er auf den Portugiesen, der am jüngsten aussah. Der Junge konnte kaum älter als siebzehn sein, und es war gut möglich, dass er noch drei Jahre jünger war. »Ich habe eine Muskete getragen, bevor Sie geboren wurden. Und ich meine das ernst.

Ich habe eine Muskete getragen, weil ich ein Soldat wie ihr war. Ich marschierte in den Mannschaften.«

Während Vicente übersetzte, blickte er Sharpe überrascht an.

Der Lieutenant ignorierte es. »Ich habe in Flandern gekämpft«, fuhr Sharpe fort, »in Indien, in Spanien und Portugal, und ich habe nie einen Kampf verloren. Niemals.« Die Portugiesen hatten gerade erst die große nördliche Schanze vor Oporto aufgegeben, und diese Niederlage machte ihnen noch zu schaffen, doch hier war ein Mann, der ihnen sagte, er sei unbesiegbar. Einige der Männer blickten auf die Narbe in seinem Gesicht und sahen die Härte in seinen Augen, und sie glaubten ihm. »Jetzt werdet ihr mit mir zusammen kämpfen«, fuhr Sharpe fort, »und das bedeutet, dass wir gewinnen werden. Wir werden die verdammten Franzosen aus Portugal vertreiben!« Einige der Männer lächelten bei diesen Worten. »Denkt nicht mehr daran, was heute geschah. Das war nicht eure Schuld. Ihr wurdet von einem Bischof geführt! Von welchem Nutzen ist ein verdammter Bischof für euch? Ihr könntet genauso gut mit einem Anwalt in die Schlacht gehen.« Vicente bedachte Sharpe mit einem schnellen, tadelnden Blick, bevor er den letzten Satz übersetzte, doch er musste ihn korrekt übersetzt haben, denn die Männer grinsten Sharpe an. »Wir werden die Bastarde nach Frankreich zurücktreiben«, schloss Sharpe, »und für jeden Portugiesen und Briten, den sie umbringen, werden wir ein Dutzend töten.« Einige der Portugiesen klopften mit ihren Musketenkolben auf den Boden, um Beifall zu spenden. »Aber bevor wir kämpfen«, sprach Sharpe weiter, »solltet ihr wissen, dass bei mir drei Regeln einzuhalten sind, und ihr solltet euch diese drei Regeln merken. Denn wenn ihr diese Regeln brecht, dann, Gott helfe mir, werde ich euch brechen.« Vicente klang nervös, als er das übersetzte.

Sharpe wartete, dann hob er einen Finger. »Ihr besauft euch

nicht ohne meine Erlaubnis.« Ein zweiter Finger. »Ihr beklaut niemanden, es sei denn, ihr seid am Verhungern. Und ich betrachte es nicht als Diebstahl, wenn ihr dem Feind Dinge wegnehmt.« Das brachte ihm ein Lächeln ein. Er hob den dritten Finger. »Und ihr kämpft, als wärt ihr der Teufel persönlich. Das war es. Ihr besauft euch nicht, ihr klaut nicht, und ihr kämpft wie Dämonen. Habt ihr das verstanden?«

Sie nickten, nachdem Vicente übersetzt hatte.

»Und jetzt«, fuhr Sharpe dann fort, »werdet ihr anfangen zu kämpfen. Ihr bildet drei Reihen und feuert eine Salve auf die französische Kavallerie.« Er hätte zwei Reihen vorgezogen, doch nur die Briten kämpften in dieser Formation. Jede andere Armee benutzte drei, und so würde er das jetzt auch tun, auch wenn siebenunddreißig Männer in drei Reihen eine sehr kleine Frontbreite boten. »Und ihr werdet erst abdrücken, wenn Leutnant Vicente euch das befiehlt. Ihr könnt ihm vertrauen! Er ist ein guter Soldat, euer Leutnant!«

Vicente wurde rot und wählte vielleicht einige bescheidenere Formulierungen bei seiner Übersetzung, doch das Grinsen seiner Männer verriet, dass er den Sinn von Sharpes Worten schon wiedergegeben hatte.

»Stellen Sie sicher, dass die Musketen geladen sind«, sagte Sharpe, »aber nicht gespannt. Ich will nicht, dass der Feind weiß, dass wir hier sind, weil die Muskete eines Blödmanns irrtümlich losgeht. Und jetzt bereitet euch darauf vor, die Bastarde zu besiegen.«

Er verließ die Männer und kehrte zu Harper zurück.

»Tun sie irgendwas?«, fragte er und nickte zu den Dragonern hin.

»Sie betrinken sich«, sagte Harper. »Sie haben mit den Jungs gesprochen? Besauft euch nicht, klaut nicht und kämpft wie Dämonen, Mister Sharpes üblicher Sermon?«

Sharpe lächelte. Dann nahm er das Fernrohr vom Sergeant entgegen und richtete es auf das Dorf, wo ein Dutzend Dragoner, die grünen Röcke aufgeknöpft, aus Weinschläuchen trank. Andere durchsuchten die kleinen Häuser. Aus einem Haus lief eine Frau mit zerrissenem schwarzen Kleid, wurde von einem Kavalleristen gepackt und wieder hineingezerrt. »Ich dachte, die Dorfbewohner sind geflüchtet«, sagte Sharpe.

»Ich habe ein paar Frauen gesehen«, sagte Harper, »und zweifellos gibt es viel mehr, die wir nicht sehen können. Was werden wir mit den Dragonern machen?«

»Wir werden ihnen auf die Nase pinkeln, und wenn sie uns allemachen wollen, müssen wir ihnen zuvorkommen.« Er schob das Fernrohr zusammen und erzählte Harper genau, was er plante, um die Dragoner zu besiegen.

Die Weingärten gaben Sharpe die Gelegenheit. Die Reben wuchsen in dichten Reihen vom Fluss bis zu einem Waldstück im Westen, und sie waren nur von einem Fußweg unterbrochen, der den Arbeitern Zugang zu den Pflanzen gewährte und Sharpes Männern gute Deckung bot, als sie näher an Barca d'Avintas herankrochen. Zwei sorglose französische Wachtposten beobachteten vom Rand des Dorfes aus, doch keiner sah irgendetwas Bedrohliches in der Frühlingslandschaft. Einer von ihnen legte sogar seinen Karabiner ab, um eine Pfeife mit Tabak zu stopfen.

Sharpe führte Vicentes Männer nahe an den Fußweg heran und schickte seine Schützen nach Westen, sodass sie näher an der Koppel waren, in der sich die Pferde der Dragoner befanden. Dann spannte er sein Gewehr, legte sich hin, schob den Lauf zwischen zwei knorrige Weinwurzeln und zielte auf den nächsten Posten.

Er feuerte, und der Knall hallte noch von den Häusern des Dorfes wider, als seine Schützen das Feuer auf die Pferde eröffneten. Ihre erste Salve traf sechs oder sieben der Tiere und sorgte für Panik bei den anderen angepflockten Pferden. Zwei von ihnen schafften es, ihre Pflöcke aus dem Boden zu reißen, und sprangen über den Zaun, doch dann preschten sie zurück zu ihren Artgenossen, als die Schützen nachgeladen hatten und von Neuem feuerten. Weitere Pferde wieherten schrill und fielen. Ein halbes Dutzend der Schützen beobachtete das Dorf, und als die ersten Dragoner auf die Koppel zurannten, eröffneten sie das Feuer auf sie. Vicentes Infanterie blieb verborgen, duckte sich zwischen die Rebstöcke.

Sharpe sah, dass der Posten, den er niedergeschossen hatte, zur Straße kroch und eine blutige Spur hinterließ. Sharpe feuerte wieder, diesmal auf einen Offizier, der zur Pferdekoppel rannte. Weitere Dragoner, die befürchteten, ihre Pferde zu verlieren, rannten zur Koppel, um sie loszubinden, und die Kugeln töteten sie ebenso wie die Pferde. Eine verletzte Stute wieherte schmerzlich, dann erkannte der befehlshabende Offizier der Dragoner, dass die Pferde nicht gerettet werden konnten und er die Männer, die sie erschossen, zu Fuß bekämpfen musste, und er befahl seinen Kavalleristen, zum Weingarten vorzurücken und die Angreifer zu vertreiben.

»Schießt weiter auf die Pferde!«, rief Sharpe. Es war kein angenehmer Job. Die Schreie der verwundeten Tiere und der Anblick eines verletzten Wallachs, der sich nur auf der Vorderhand weiterschleppte, waren herzzerreißend, doch Sharpe ließ seine Männer feuern. Die Dragoner, noch vom Gewehrfeuer verschont, rannten zum Weingarten. Sie waren in dem festen Glauben, es nur mit einer Hand voll Partisanen zu tun zu haben. Die Dragoner waren mit Karabinern, kurzläufigen Musketen, ausgerüstet, mit denen sie zu Fuß kämpfen konnten, und einige trugen die Karabiner, während andere es vorzogen, mit ihren langen Schwertern zu kämpfen, aber alle rannten instinktiv auf den Weg zu, der zwischen den Weinreihen anstieg. Sharpe hatte vermutet, dass sie dem Weg folgen würden, anstatt über die Reben zu klettern, und deshalb hatte er Vicente und seine Männer nahe bei diesem Pfad postiert. Die Dragoner drängten sich zusammen, als sie in den Weingarten stürmten, und Sharpe wollte schon zu den Portugiesen rennen und das Kommando über sie übernehmen, doch in diesem Augenblick befahl Vicente seinen Männern, anzugreifen.

Die portugiesischen Soldaten tauchten wie durch Zauberei vor den desorganisierten Dragonern auf. Sharpe beobachtete beifällig, wie Vicente seine Männer niederknien ließ und den Feuerbefehl gab. Die Franzosen versuchten, zur Seite hin auszuweichen, doch die Reben behinderten sie und Vicentes Salve hämmerte in den Pulk der Kavalleristen. Harper, auf der rechten Flanke, ließ die Schützen ebenfalls eine Salve feuern, und so waren die Dragoner von beiden Seiten einem tödlichen Feuerhagel ausgesetzt. Pulverrauch trieb über die Rebstöcke.

»Schwerter aufpflanzen!«, rief Sharpe. Ein Dutzend Dragoner war tot, und die hinteren ergriffen bereits die Flucht. Sie waren überzeugt gewesen, gegen undisziplinierte Bauern zu kämpfen, und sahen sich nun gegen richtige Soldaten in der Unterzahl. Das Zentrum ihrer provisorischen Linie war zerstört, die Hälfte ihrer Pferde war verendet, und jetzt kam die Infanterie mit aufgepflanzten Bajonetten durch den Rauch auf sie zu. Die Portugiesen traten über die toten und verwundeten Dragoner hinweg. Einer der Franzosen, mit einem Hüftschuss verwundet, wollte mit einer Pistole schießen, doch Vicente schlug sie ihm mit dem Säbel fort und trat die Waffe dann in den Fluss. Die unversehrten Dragoner rannten auf die Pferde zu.

Sharpe befahl seinen Schützen, sie mit ihren Kugeln zu vertreiben, anstatt mit den Klingen. »Versetzt sie in Panik! Leutnant!« Sein Blick suchte Vicente. »Führen Sie Ihre Männer ins Dorf! Cooper! Tongue! Slattery! Sichert diese Bastarde!« Er wusste, dass er die Franzosen vor sich in Bewegung halten musste, doch er wagte es nicht, irgendwelche leicht verwundeten Dragoner hinter sich zu lassen, und so befahl er den drei Schützen, die von Vicentes Salve verwundeten Kavalleristen zu entwaffnen. Die Portugiesen waren jetzt im Dorf, hämmerten gegen Haustüren und näherten sich einer kleinen Kirche, die in der Nähe der Brücke stand, die sich über den schmalen Fluss spannte.

Sharpe rannte zu dem Feld, auf dem die Pferde tot, verletzt oder verängstigt waren. Ein paar Dragoner hatten versucht, ihre Pferde loszubinden, doch das Gewehrfeuer hatte sie vertrieben. So war Sharpe jetzt der Besitzer von einem Dutzend Pferden.

»Dan!«, rief er nach Hagman. »Erlöse die verwundeten Pferde von ihren Qualen! Pendleton! Harris! Cresacre! Hier rüber!« Er wies zur westlichen Seite der Koppel. Die Dragoner waren in diese Richtung geflüchtet, und er nahm an, dass sie Zuflucht zwischen einigen Bäumen gesucht hatten, die dicht beieinander nur hundert Yards entfernt standen. Drei Posten reichten nicht, um selbst mit einem halbherzigen Gegenangriff der Franzosen fertig zu werden, und so wusste Sharpe, dass er diese Posten schnell verstärken musste. Zuerst wollte er jedoch sicherstellen, dass keine Dragoner in den Häusern, Gärten und Obstplantagen des Dorfes lauerten.

Barca d'Avintas war eine kleine Ansiedlung, ein paar Häuser an der Straße, die am Fluss entlangführte, mit einer kleinen Anlegestelle für die Fähre, doch etwas von dem Rauch, den Sharpe gesehen hatte, kam von einem flachen Boot mit stumpfem Bug und einem Dutzend Ruderdollen. Jetzt lag es rauchend im Wasser, die oberen Aufbauten bis zur Wasserlinie abgebrannt und der Rumpf gelöchert und gesunken. Sharpe starrte auf das nutzlose Boot, schaute über den Fluss, der über hundert Yards breit war, und fluchte.

Harper erschien neben ihm, das Gewehr über die Schulter geschlungen. »Mein Gott«, sagte er und sah auf die Fähre. »Das taugt nicht für Mann oder Tier, oder?«

»Ist irgendeiner deiner Jungs verwundet?«

»Kein Einziger. Niemand hat auch nur einen Kratzer. Bei den Portugiesen ist es das Gleiche, sie haben sich gut gehalten, nicht wahr?« Er blickte wieder auf das verbrannte Boot. »Mein Gott, war das die Fähre?«

»Es war die verdammte Arche Noah«, blaffte Sharpe. »Was hast du denn gedacht?« Er war ärgerlich, denn er hatte gehofft, mit der Fähre seine Männer über den Douro bringen zu können, aber jetzt hatte sich die Hoffnung zerschlagen. Er ging fort und blickte sich gerade noch rechtzeitig um, um zu sehen, dass Harper ihm eine Grimasse schnitt. »Hast du die Tavernen gefunden?«, fragte er und ignorierte die Grimasse.

»Noch nicht, Sir«, sagte Harper.

»Dann finde sie, stell eine Wache bei ihnen auf und schick ein Dutzend weitere Männer auf die andere Seite der Koppel.«

»Jawohl, Sir.«

Die Franzosen hatten weitere Feuer bei den Schuppen am Flussufer gelegt, und Sharpe duckte sich jetzt unter dem Rauch und trat halb verbrannte Türen auf. In einem Schuppen schwelte ein Haufen geteerter Netze. Im nächsten befand sich ein schwarz angestrichenes Ruderboot. Der Schuppen war angezündet worden, doch die Flammen hatten das Boot noch nicht erreicht. Sharpe konnte es durch die Tür ziehen, bevor Leutnant Vicente eintraf und ihm half, es endgültig vor dem Feuer zu retten. Die anderen Schuppen brannten lichterloh, aber wenigstens dieses Boot war gerettet. Sharpe nahm an, dass es sicher ein halbes Dutzend Personen aufnehmen konnte, was bedeutete, dass es den Rest des Tages dauern würde, bis alle über den Fluss transportiert waren. Sharpe wollte gerade Vicente bitten, nach Rudern oder Paddeln Ausschau zu halten, als er sah, dass das Gesicht des jungen Mannes weiß und erschüttert aussah. Der Leutnant wirkte den Tränen nahe.

»Was ist?«, fragte Sharpe.

Vicente gab keine direkte Antwort, sondern wies nur zurück zum Dorf.

»Die Franzosen haben ihren Spaß mit den Frauen, wie?«, fragte Sharpe und ging auf die Häuser zu.

»Ich würde es nicht Spaß nennen«, sagte Vicente bitter. »Und da ist ein Gefangener.«

»Nur einer?«

»Da sind auch noch zwei andere«, sagte Vicente, »aber dieser eine ist ein Leutnant. Er hatte keine Hosen an, deshalb war er zum Fliehen zu langsam.«

Sharpe fragte nicht, weshalb der gefangen genommene Dragoner keine Hosen angehabt hatte. Das konnte er sich denken. »Was haben Sie mit ihm gemacht?«

»Er muss vor Gericht kommen«, sagte Vicente.

Sharpe blieb stehen und starrte den Leutnant an. »Er muss was?«, fragte er erstaunt. »Vor Gericht?«

»Natürlich.«

»In meinem Land wird ein Vergewaltiger gehängt.«

»Nicht ohne Prozess«, protestierte Vicente, und Sharpe vermutete, dass die portugiesischen Soldaten den Gefangenen auf der Stelle hatten umbringen wollen und Vicente das verhindert hatte, weil er die Gerichtsverhandlung für nötig hielt.

»Verdammt, Sie sind jetzt Soldat, kein Anwalt. Sie geben dem Feind keine Gerichtsverhandlung.«

Die meisten der Bewohner von Barca d'Avintas waren vor den Dragonern geflüchtet, doch einige waren geblieben. Die meisten davon waren jetzt bei einem Haus versammelt, das von einem halben Dutzend von Vicentes Männern bewacht wurde. Ein toter Dragoner ohne Hemd, Rock, Stiefel und Reithose lag mit dem Gesicht nach unten vor der Kirche. Er musste an der Kirchenwand gelehnt haben, als er erschossen worden war, denn er hatte eine Blutspur auf den weiß getünchten Steinen hinterlassen. Ein Hund schnüffelte an seinen Zehen.

Die Soldaten und Dorfbewohner bildeten eine Gasse, um Sharpe und Vicente ins Haus zu lassen, wo der junge Dragoneroffizier, blond, hager und mit verdrossener Miene, von Feldwebel Macedo und einem anderen portugiesischen Soldaten bewacht wurde. Der Leutnant hatte es noch geschafft, seine Reithose anzuziehen, hatte jedoch keine Zeit gehabt, sie zuzuknöpfen, und hielt sie jetzt bei den Hüften zu. Als er Sharpe sah, begann er Französisch zu brabbeln.

»Sprechen Sie Französisch?«, fragte er Vicente.

»Selbstverständlich«, sagte Vicente.

Aber Vicente, dachte Sharpe, will diesem blonden Franzosen einen Prozess machen, und wenn er den Mann verhört hat, wird er nicht die Wahrheit erfahren haben, nur die Ausreden. So ging Sharpe zur Tür und rief: »Harper!« Er wartete, bis der Sergeant auftauchte. »Holen Sie mir Tongue oder Harris her«, befahl er.

»Ich will zu dem Mann sprechen«, protestierte Vicente.

»Ich brauche Sie, um mit jemand anderem zu sprechen«, sagte Sharpe. Dann ging er ins Nebenzimmer, wo ein Mädchen – es konnte nicht älter als vierzehn sein – schluchzte und weinte. Sein Gesicht war rot, die Augen waren geschwollen. Es atmete keuchend, und immer wieder schluchzte es verzweifelt. Es war in eine Wolldecke gehüllt, und auf seiner linken Wange sah Sharpe einen blauen Fleck. Eine ältere Frau, ganz in Schwarz gekleidet, versuchte das Mädchen zu trösten, doch in dem Moment, in dem es Sharpe sah, begann es noch lauter zu weinen, und er wich verlegen aus dem Zimmer zurück.

»Finden Sie heraus, was ihr widerfahren ist«, sagte er zu Vicente. Dann wandte er sich um, als Harris eintrat. Harris und Tongue waren die beiden gebildetsten von Sharpes Männern. Tongue hatte wegen seiner Trunksucht den Job verloren und war zur Armee gegangen, während der rothaarige, stets fröhliche Harris behauptete, aus Abenteuerlust Soldat geworden zu sein. Abenteuer erlebt er jetzt viele, dachte Sharpe. »Dieses Stück Scheiße«, sagte Sharpe zu Harris und nickte zu dem blonden Franzosen hin, »wurde mit heruntergelassenen Hosen und einem Mädchen unter sich erwischt. Finden Sie heraus, wie er sich herausreden will, bevor wir den Bastard töten.«

Er ging auf die Straße hinaus und trank ausgiebig aus der Feldflasche. Das Wasser war warm und abgestanden. Harper wartete bei einem Pferd in der Mitte der Straße, und Sharpe gesellte sich zu ihm. »Alles in Ordnung?«

»Dort drinnen sind zwei weitere Franzmänner.« Harper wies mit dem Daumen hinter sich auf die Kirche. Die Kirchentür wurde von vier von Vicentes Männern bewacht.

»Was tun sie dort?«, fragte Sharpe. »Beten?«

Der Mann aus Ulster zuckte mit den Schultern. »Sie suchen heiligen Beistand, nehme ich an.«

»Wir können die Bastarde nicht mitnehmen«, sagte Sharpe. »Warum erschießen wir sie nicht einfach?«

»Weil Mister Vicente sagt, das dürfen wir nicht«, erwiderte Harper. »Mister Vicente ist sehr menschenfreundlich, was Gefangene angeht, nicht wahr?«

»Für einen Anwalt scheint er halbwegs anständig zu sein«, stimmte Sharpe widerwillig zu.

»Die besten Anwälte sehen sich die Radieschen von unten an«, sagte Harper, »und dieser lässt nicht zu, dass ich diese beiden Bastarde erschieße. Er sagt, dass sie nur Trunkenbolde sind. Und das stimmt ja auch.«

»Wir können uns nicht mit Gefangenen belasten«, beharrte Sharpe und wischte sich den Schweiß von der Stirn. »Holen Sie Tongue«, schlug er vor, »und stellen Sie fest, ob wir herausfinden können, was diese beiden angestellt haben. Wenn sie sich nur mit Kommunionswein betrunken haben, dann nehmen wir ihnen alles Wertvolle ab und schicken sie dorthin zurück, woher sie gekommen sind. Aber wenn sie jemanden vergewaltigt haben ...«

»Ich weiß, was ich tun muss, Sir«, sagte Harper grimmig.

»Dann tun Sie es«, sagte Sharpe. Er nickte Harper zu und ging an der Kirche vorbei zu der Stelle, wo der Nebenfluss in den Douro mündete. Die Straße führte über die schmale Steinbrücke westwärts durch einen Weingarten an einem umzäunten Friedhof vorbei und wand sich dann durch Weideland neben dem Douro. Es war alles offenes Land, und wenn mehr Franzosen kamen und er sich aus dem Dorf zurückziehen musste, dann konnte er es nicht wagen, die Straße zu benutzen. Er hoffte bei Gott, dass er Zeit genug hatte, um seine Männer über den Douro zu transportieren, und dieser Gedanke veranlasste ihn, zurück zur Straße zu gehen und sich auf die Suche nach Ruderstangen zu machen. Oder vielleicht konnte er ein Seil finden. Wenn das Seil lang genug war, konnte er es über den Fluss spannen und das Boot hin- und herziehen, das würde sicherlich schneller gehen als das Rudern.

Er fragte sich, ob es in der kleinen Kirche Glockenseile gab, die lang genug waren, als Harris aus dem Haus kam und sagte, dass der Gefangene Leutnant Olivier von den 18. Dragonern war. Obwohl man ihn mit heruntergelassener Hose gefangen genommen hatte, leugnete er, das Mädchen vergewaltigt zu haben. »Er sagte, so würden sich keine französischen Offiziere benehmen«, berichtete Harris, »doch Leutnant Vicente sagt, das Mädchen schwört, dass er es getan hat.«

»Hat er oder hat er nicht?«, fragte Sharpe gereizt.

»Natürlich hat er, Sir. Er gab es sozusagen zu, nachdem ich ihm Prügel angedroht hatte«, sagte Harris fröhlich, »aber er bestand immer noch darauf, dass sie es auch wollte. Er sagte, er wollte sie trösten, nachdem ein Feldwebel sie vergewaltigt hatte.«

»Er wollte sie trösten?«, sagte Sharpe. »Er war also der Zweite in der Reihe?«

»Der Fünfte in der Reihe«, korrigierte Harris mit tonloser Stimme, »das sagt jedenfalls das Mädchen.«

Sharpe fluchte. »Warum schlagen wir den Dreckskerl nicht erst blau und hängen ihn dann auf?« Er ging zum Haus, wo die Zivilisten den Franzosen anschrien und er sie mit einem Hochmut ansah, der auf einem Schlachtfeld bewundernswert gewesen wäre. Vicente hatte den Dragoner geschützt und appellierte jetzt an Sharpe, zu helfen, Leutnant Olivier in Sicherheit zu eskortieren. »Er muss einen Prozess bekommen«, beharrte er.

»Er hatte soeben einen Prozess«, sagte Sharpe, »und ich habe ihn schuldig befunden. Deshalb werde ich ihn jetzt verprügeln und dann aufhängen.«

Vicente wirkte nervös, doch er machte keinen Rückzieher. »Wir können uns nicht auf ihr Niveau der Barbarei begeben«, mahnte er.

»Ich habe das Mädchen nicht vergewaltigt«, sagte Sharpe, »also werfen Sie mich nicht in einen Topf mit ihm.«

»Wir kämpfen für eine bessere Welt«, erklärte Vicente.

Sharpe starrte den jungen portugiesischen Offizier an und

mochte kaum glauben, was er gehört hatte. »Und was geschieht mit ihm, wenn wir ihn hier zurücklassen?«

»Das können wir nicht tun!«, sagte Vicente, der wusste, dass die Rache der Dorfbewohner weitaus schlimmer sein würde als ein schneller Tod.

»Und wir können keine Gefangenen mitnehmen!«, beharrte Sharpe.

»Wir können ihn nicht töten, und wir können ihn nicht hierlassen. Es wäre Mord.« Vicente errötete vor Empörung.

»Oh, um Himmels willen«, sagte Sharpe wütend.

Leutnant Olivier sprach kein Englisch, aber er schien zu verstehen, dass sein Schicksal auf dem Spiel stand, denn er beobachtete Sharpe und Vicente wie ein Falke.

»Und wer soll der Richter und die Jury sein?«, fragte Sharpe, doch Vicente erhielt keine Gelegenheit zu antworten, denn in diesem Augenblick krachte ein Musketenschuss am westlichen Rand des Dorfes, dann ein anderer, und dann setzte heftiges Musketenfeuer ein.

Die Franzosen waren zurückgekommen.

Colonel James Christopher liebte es, die Husarenuniform zu tragen. Er fand sich darin chic, und er verbrachte viel Zeit damit, sich im Spiegel des größten Schlafzimmers im Bauernhaus zu betrachten und über das Gefühl der Macht zu staunen, das von der Uniform auszugehen schien. Er sagte sich, dass es von den hohen, mit Troddeln versehenen Stiefeln und dem hohen, steifen Kragen kam, wodurch man zu sehr aufrechter Haltung gezwungen wurde. Der Uniformrock war so eng, dass Christopher, der schlank und fit war, den Bauch einziehen musste, um die Haken zu schließen, die Augen auf die mit Silbertresse besetzte Brust gerichtet. Die Uniform gab ihm das Gefühl,

Autorität auszustrahlen, und die Eleganz der Uniform wurde erhöht durch die pelzbesetzte Pelisse, die auf der linken Schulter bis zur silberbeschlagenen Säbelscheide hinabhing, die klirrte, als er die Treppe hinunterging auf die Terrasse, wo er auf und ab schlendernd seinen Gast erwartete.

Er schob einen Zahnstocher in den Mund und bearbeitete mit ihm seine Zähne, als er zum fernen Rauch starrte, der anzeigte, wo Gebäude der eingenommenen Stadt brannten. Eine Hand voll Flüchtlinge war zum Bauernhof gekommen und bettelte um Nahrungsmittel, und Luis hatte mit ihnen geredet und Christopher gesagt, dass Hunderte, wenn nicht gar Tausende von Leuten ertrunken wären, als die Pontonbrücke gebrochen war. Die Flüchtlinge behaupteten, die Franzosen hätten die Brücke mit Kanonenfeuer zerstört, und Luis, dessen Hass auf den Feind von den Gerüchten genährt wurde, hatte seinen Herrn mit sonderbarer Miene angeschaut, bis Christopher schließlich die Geduld verloren hatte. »Es ist nur eine Uniform, Luis! Kein Anzeichen darauf, dass ich die Seiten gewechselt hätte!«

»Eine französische Uniform«, hatte sich Luis beklagt.

»Du wünschst, dass Portugal von Frankreich befreit wird?«, hatte Christopher geblafft. »Dann verhalte dich respektvoll und vergiss diese Uniform.«

Jetzt ging Christopher auf der Terrasse auf und ab, stocherte zwischen seinen Zähnen und beobachtete ständig die Straße, die durch die Hügel führte. Die Uhr in dem eleganten Salon des Bauernhauses schlug dreimal, und der letzte Ton war noch nicht ganz verklungen, als ein großer Trupp Kavalleristen auf der fernen Hügelkuppe auftauchte. Es waren Dragoner, und sie eskortierten den Offizier, mit dem sich Christopher treffen würde.

Die Dragoner, alle vom 18. Regiment, bogen in die Felder

unterhalb des Bauernhauses ab, wo ein Bach Wasser für ihre Pferde bot. Die sonst rosafarbenen Brustseiten der grünen Röcke waren jetzt staubbedeckt. Einige sahen Christopher in seiner französischen Husarenuniform und salutierten hastig, doch die meisten ignorierten ihn und führten ihre Pferde zum Bach, während der Engländer zu seinem Besucher schritt, um ihn zu begrüßen.

Sein Name war Argenton. Er war ein Hauptmann und der Adjutant des 18. Dragonerregiments, und sein Lächeln verriet, dass er Colonel Christopher kannte und mochte. »Die Uniform steht Ihnen«, sagte Argenton.

»Ich habe sie in Oporto gefunden«, sagte Christopher. »Sie gehörte einem armen Kerl, der im Gefängnis an Fieber starb, und ein Schneider änderte sie passend für meine Figur.«

»Das hat er gut gemacht«, sagte Argenton bewundernd. »Jetzt brauchen Sie nur noch die *cadenettes*.«

»Die *cadenettes*?«

»Die Zöpfe«, erklärte Argenton und berührt seine Schläfen, wo die französischen Husaren ihr Haar lang wachsen ließen, um anzuzeigen, dass sie Elite-Kavalleristen waren. »Einige Männer werden kahl und lassen von Perückenmachern falsche *cadenettes* anfertigen, die sie an ihren Helmen befestigen.«

»Ich bin mir nicht sicher, ob ich Zöpfe haben will«, sagte Christopher belustigt, »aber vielleicht kann ich eine Frau mit schwarzem Haar finden und ihr die Zöpfe abschneiden.«

»Eine gute Idee«, meinte Argenton. Er beobachtete anerkennend, wie seine Eskorte Posten aufstellte. Dann lächelte er einem sehr verdrossen aussehenden Luis zu, der ihm und Christopher Gläser mit *vinho verde* füllte, dem goldenen Weißwein aus dem Douro-Tal. Argenton nippte an dem Wein und war überrascht vom guten Geschmack. Er war ein schlanker Mann mit freundlichem, offenem Gesicht und roten Haaren, die feucht vom Schweiß waren. Er lächelte oft, ein Zeichen auf seine vertrauensvolle Natur. Christopher neigte dazu, den Franzosen zu verabscheuen, doch er wusste, wie nützlich er sein würde.

Argenton trank seinen Wein aus. »Haben Sie von dem Brückeneinsturz in Oporto gehört, bei dem viele Menschen ertrunken sind?«, fragte er.

»Mein Diener sagt, Sie hätten die Brücke zerstört.«

»Das sagt man wohl.« Argenton blickte bedauernd drein. »Die Brücke stürzte unter dem Gewicht der Flüchtlinge ein. Es war ein Unfall. Ein trauriger Unfall, aber wenn die Leute zu Hause geblieben wären und unseren Männern ein anständiges Willkommen bereitet hätten, dann hätte es keine Panik auf der Brücke gegeben. Alle würden noch leben. So gibt man uns die Schuld, aber es hatte nichts mit uns zu tun. Die Brücke war nicht stark genug, und wer hat sie gebaut? Die Portugiesen.«

»Ein trauriger Unfall, wie Sie meinen«, sagte Christopher, »aber trotzdem muss ich Ihnen zur schnellen Einnahme von Oporto gratulieren. Es war eine bemerkenswerte Großtat Ihrer Soldaten.«

»Sie wäre noch viel bemerkenswerter gewesen«, bemerkte Argenton, »wenn die Gegner bessere Soldaten gewesen wären.«

»Kann ich daraus entnehmen, dass Ihre Verluste nicht übermäßig gewesen sind?«

»Eine Hand voll«, sagte Argenton und zuckte mit den Schultern, »aber die Hälfte unseres Regiments ist nach Osten geschickt worden, und es verlor einige Männer bei einem Hinterhalt am Fluss. Ein Hinterhalt ...«, er blickte Christopher anklagend an, »... an dem einige britische Schützen teilnahmen. Ich hatte nicht gedacht, dass noch irgendwelche britischen Soldaten in Oporto sind.«

»Das sollten sie auch nicht sein«, sagte Christopher. »Sie sollten südlich des Flusses sein, wie ich befohlen habe.«

»Dann haben sie Ihnen nicht gehorcht«, sagte Argenton.

»Sind irgendwelche Schützen gefallen?«, fragte Christopher und hoffte zu hören, dass Sharpe tot war.

»Ich war nicht dort. Ich bin in Oporto stationiert, wo ich mich um Quartiere und Verpflegung kümmere und die Botengänge des Krieges erledige.«

»Was Sie bewundernswert tun«, sagte Christopher schmeichlerisch. Dann führte er seinen Gast in das Bauernhaus, wo Argenton die Fliesen am Kamin und den einfachen Kronleuchter bewunderte, der über dem Tisch hing. Die Mahlzeit war alltäglich: Hühnchen, Bohnen, Brot, Käse und ein guter Landrotwein. Hauptmann Argenton lobte sie dennoch.

»Wir haben knappe Rationen gehabt«, sagte er, »aber das sollte sich jetzt ändern. Wir haben viele Nahrungsmittel in Oporto gefunden und ein Lagerhaus, das bis obenhin mit gutem britischen Pulver und Munition vollgestopft ist.«

»Sind Sie daran auch knapp?«, fragte Christopher.

»Wir haben reichlich«, sagte Argenton, »doch das britische Pulver ist besser als unseres. Wir haben keine Vorkommen an Salpeter außer dem, was wir aus Senkgruben kratzen.«

Christopher schnitt eine Grimasse bei dem Gedanken. Der beste Salpeter, ein wesentlicher Bestandteil von Schießpulver, kam aus Indien, und er hätte nie gedacht, dass in Frankreich Mangel daran herrschen würde. »Ich nehme an, dass das Pulver der Briten ein Geschenk an die Portugiesen war.«

»Die es nun uns geschenkt haben«, sagte Argenton. »Sehr zur Freude von Marschall Soult.«

»Dann ist es vielleicht an der Zeit, dass wir dem Marschall die Freude nehmen«, sagte Christopher.

»In der Tat«, pflichtete Argenton bei, und dann verfielen

sie in Schweigen, als sie das Ziel ihres Treffens erreicht hatten.

Es war ein sonderbares Ziel, aber ein aufregendes. Die beiden Männer planten Meuterei. Oder Rebellion. Oder einen Coup gegen Marschall Soults Armee. Aber wie auch immer man es beschreiben wollte, es war eine List, mit der man den Krieg beenden konnte.

Es gab, wie Argenton jetzt erklärte, starke Unzufriedenheit in Marschall Soults Armee. Christopher hatte all dies von seinem Gast schon gehört, doch er unterbrach Argenton nicht, als er die Argumente wiederholte, die seine Untreue rechtfertigen sollten. Er beschrieb, dass einige Offiziere, alle fromme Katholiken, zu Tode beschämt vom Verhalten ihrer Armee in Spanien und Portugal waren. Kirchen waren geschändet und Nonnen vergewaltigt worden. »Selbst die heiligen Sakramente sind befleckt worden«, sagte Argenton in entsetztem Tonfall.

»Kaum zu glauben«, sagte Christopher.

Andere Offiziere, wenige, waren einfach nur gegen Bonaparte. Argenton war ein katholischer Monarchist, doch er war bereit, gemeinsame Sache mit den Jakobinern zu machen, und glaubte, dass Bonaparte die Revolution verraten hätte. »Man kann ihnen natürlich nicht trauen«, sagte Argenton, »nicht auf lange Sicht, aber sie werden sich uns im Widerstand gegen Bonapartes Tyrannei anschließen.«

»Das hoffe ich«, sagte Christopher. Die britische Regierung hatte schon lange gewusst, dass im Untergrund einige französische Offiziere Bonaparte Widerstand leisteten. Sie nannten sich selbst »Philadelphes«, und London hatte Agenten auf die schwer fassbare Bruderschaft angesetzt, war jedoch zu dem Schluss gelangt, dass ihre Zahl zu gering war, ihre Ideale und ihre Unterstützer zu ideologisch zerstritten waren, sodass zu bezweifeln war, dass sie jemals Erfolg haben würden.

Hier, im entfernten nördlichen Portugal, hatten die verschiedenen Gegner Bonapartes jedoch eine gemeinsame Basis gefunden. Christopher hatte zuerst Wind von dieser Sache bekommen, als er mit einem französischen Offizier gesprochen hatte, der in Braga lebte und als Gefangener an Portugals nördlicher Grenze gewesen war. Als ihm Hafturlaub gewährt wurde, war seine einzige Beschränkung gewesen, zu seinem eigenen Schutz in der Kaserne zu bleiben. Christopher hatte mit dem unglücklichen Offizier getrunken und eine Geschichte der französischen Unzufriedenheit gehört, die ihre Wurzel in den absurden Ambitionen eines einzigen Mannes hatte.

Nicolas Jean de Dieu Soult, Herzog von Dalmatien, Marschall von Frankreich und Befehlshaber der Armee, die jetzt in Portugal einfiel, hatte andere Männer erlebt, die dem Kaiser dienten, um Prinzen und sogar König zu werden, und er nahm an, dass sein Herzogtum eine dürftige Belohnung für eine Karriere war, die all die anderen Marschälle in den Schatten stellte. Soult war seit vierundzwanzig Jahren Soldat, General seit fünfzehn und Marschall seit fünf. Bei Austerlitz, dem größten aller bisherigen Siege des Kaisers, hatte Marschall Soult Ruhm errungen und Marschall Bernadotte bei Weitem übertroffen, der jetzt trotzdem Prinz von Ponte Corvo war. Jerome Bonaparte, der jüngste Bruder des Kaisers, war ein müßiger, extravaganter Tunichtgut, doch er war König von Westfalen, während Marschall Murat, ein hitzköpfiger Prahlhans, König von Neapel war. Luis Napoleon, ein weiterer Bruder des Kaisers, war König von Holland, und all diese Männer waren unbedeutende Nichtskönner, während Soult, der seinen hohen Wert kannte, nur Herzog war. Das war nicht genug.

Aber jetzt war der alte Thron von Portugal unbesetzt. Die königliche Familie war aus Furcht vor der französischen Invasion nach Brasilien geflüchtet, und Soult wollte den leeren

Thron einnehmen. Zu Beginn hatte Colonel Christopher die Geschichte nicht geglaubt, doch der Gefangene hatte geschworen, dass sie wahr sei. Christopher hatte mit einigen der Gefangenen, die an der nördlichen Grenze Portugals gefangen genommen worden waren, gesprochen, und alle hatten behauptet, sie hätten die gleiche Geschichte gehört. Es sei kein Geheimnis, hatten sie gesagt, dass Soult König werden wollte, doch sie hatten Christopher auch erzählt, dass die Offiziere wegen der Ambitionen des Marschalls sauer waren, denn es gefiel ihnen nicht, so weit von zu Hause zu kämpfen und zu leiden, nur damit Nicolas Soult einen leeren Thron besteigen konnten. Es gab Gerede von Meuterei, und Christopher hatte sich gefragt, ob er feststellen könnte, wie viel von dem Gerede ernst war, bevor Hauptmann Argenton ihn darauf ansprach.

Argenton, mit großem Wagemut, war durch das nördliche Portugal in Zivilkleidung gereist und hatte sich als Weinhändler ausgegeben. Wenn er geschnappt worden wäre, hätte man ihn als Spion erschossen, denn Argenton erkundete nicht das Land vor den französischen Armeen, sondern versuchte, portugiesische Aristokraten zu finden, die Soult bei seinen Ambitionen ermuntern würden, denn wenn sich der Marschall selbst zum König von Portugal ernannte oder, bescheidener, zum König von Nord-Lusitania, dann musste er als Erstes überzeugt sein, dass es Männer von Einfluss in Portugal gab, die seine Machtergreifung unterstützen würden. Argenton hatte mit solchen Männern geredet und zu seiner Überraschung festgestellt, dass es viele Aristokraten, Geistliche und Gelehrte im nördlichen Portugal gab, die ihre Monarchie hassten und glaubten, dass ein ausländischer König aus dem aufgeklärten Frankreich eine Bereicherung ihres Landes sein würde. So wurden Briefe gesammelt, die Soult ermuntern würden, sich zum König zu machen.

Und wenn das geschah, würde die Armee meutern, das hatte Argenton Christopher prophezeiht. Der Krieg musste gestoppt werden, hatte Argenton gesagt, oder sonst würde er wie ein Großbrand ganz Europa verschlingen. Es war Wahnsinn, hatte er gesagt, ein Wahnsinn des Kaisers, der entschlossen zu sein schien, die ganze Welt zu erobern. »Er glaubt, er wäre Alexander der Große«, hatte der Franzose düster gesagt, »und wenn er nicht gestoppt wird, dann wird nichts von Frankreich übrig bleiben. Gegen wen sollen wir kämpfen? Gegen jeden? Österreich? Preußen? Britannien? Spanien? Portugal? Russland?«

»Niemals gegen Russland«, sagte Christopher, »selbst Bonaparte ist nicht so verrückt.«

»Er ist wahnsinnig«, beharrte Argenton, »und wir müssen Frankreich von ihm befreien.« Und das würde durch die Meuterei gelingen, dachte er, die sicherlich ausbrechen würde, wenn sich Soult zum König machte.

»Eure Armee ist unglücklich«, sagte Christopher, »aber wird sie euch bei der Meuterei folgen?«

»Die werde ich nicht führen«, sagte Argenton. »Es gibt aber viele, die das tun werden. Diese Männer wollen die Armee nach Frankreich zurückholen, und ich versichere Ihnen, dass dies auch die Soldaten wünschen. Sie werden folgen.«

»Und wer sind die Führer?«, wollte Christopher wissen.

Argenton zögerte mit der Antwort. Jede Meuterei war eine gefährliche Sache, und wenn die Identität der Führer bekannt wurde, würden sie vors Erschießungskommando kommen.

Christopher bemerkte Argentons Zögern. »Wenn wir die britische Regierung überzeugen wollen, dass Ihre Pläne es wert sind, sie zu unterstützen, dann müssen wir ihr Namen nennen. Das geht nicht anders. Und Sie müssen uns vertrauen, mein Freund.« Christopher legte eine Hand auf seine Brust in

Höhe des Herzens. »Ich schwöre bei meiner Ehre, dass ich diese Namen niemals verraten werde. Niemals!«

Argenton, beruhigt, zählte die Männer auf, welche die Revolte gegen Soult anführen würden. Da waren ein Oberst Lafitte, der befehlshabende Offizier seines eigenen Regiments und der Bruder des Obersten, und sie wurden unterstützt von Oberst Donadieu vom 47. Regiment. Sie sind respektiert«, sagte Argenton ernst, »und die Männer werden ihnen folgen.« Er nannte noch mehr Namen, die Christopher in seinem Notizbuch notierte. Er bemerkte, dass keiner der Meuterer über dem Rang eines Obersten war.

»Eine beeindruckende Liste«, log Christopher. Dann lächelte er. »Geben Sie mir jetzt einen anderen Namen. Sagen Sie mir, wer in Ihrer Armee Ihr gefährlichster Gegner sein würde.«

»Unser gefährlichster Gegner?« Argenton war von der Frage verwirrt.

»Natürlich ein anderer als Marschall Soult«, sagte Christopher. »Ich möchte wissen, wen wir beobachten sollten.«

»Ah.« Jetzt verstand Argenton. Er dachte kurz nach. »Vielleicht Brigadier General Vuillard«, sagte er dann.

»Von dem habe ich noch nie gehört.«

»Ein Bonaparte-Anhänger durch und durch«, sagte Argenton missbilligend.

»Buchstabieren Sie mir bitte seinen Namen«, bat Christopher. Dann schrieb er ihn nieder: Brigadier General Henri Vuillard. »Ich nehme an, er weiß nichts von unserem Plan?«

»Natürlich nicht!«, sagte Argenton. »Aber es ist ein Plan, der ohne britische Unterstützung nicht klappen wird. Steht General Cradock der Sache wohlwollend gegenüber oder nicht?«

»Cradock steht auf unserer Seite«, sagte Christopher zuversichtlich. Er hatte dem britischen General von seinen früheren Unterhaltungen berichtet, und Cradock hatte in der vorgeschlagenen Meuterei eine Alternative zur Fortsetzung des Kampfes gegen Frankreich gesehen und Christopher ermuntert, die Sache zu verfolgen. »Aber leider«, fuhr Christopher fort, »gibt es Gerüchte, dass er bald abgelöst werden wird.«

»Und der neue Mann?«, fragte Argenton.

»Wellesley«, sagte Christopher. »Sir Arthur Wellesley.«

»Ist das ein guter General?«

Christopher zuckte mit den Schultern. »Er hat gute Beziehungen. Der jüngere Sohn eines Earl. Eton, natürlich. Man hielt ihn nicht für clever genug, etwas außerhalb der Armee zu bewältigen, aber die meisten Leute meinen, dass er im letzten Jahr bei Lissabon seine Sache gut gemacht hätte.«

»Gegen Laborde und Junot!«, sagte Argenton ätzend.

»Und er hatte zuvor einige Erfolge in Indien«, fügte Christopher hinzu.

»Oh, in Indien!« Argenton lächelte. »Ein guter Ruf in Indien hält selten einer Salve in Europa stand. Aber wird dieser Wellesley gegen Soult kämpfen wollen?«

Christopher dachte über diese Frage nach. »Ich finde, dass er es vorziehen würde, nicht zu verlieren«, sagte er schließlich. »Ich glaube, dass er kooperieren wird, wenn er von der Stärke Ihrer Gefühle weiß.« Christopher war nicht annähernd so überzeugt, wie er klang. Er hatte gehört, dass General Wellesley ein kalter Mann war, der wohl kaum bei einer Eskapade mitmachen würde, deren Erfolg von so vielen Vermutungen abhing, doch Christopher hatte Wichtigeres zu tun, als sich jetzt darüber Gedanken zu machen. Er bezweifelte, dass die Meuterei jemals Erfolg haben konnte, und es war ihm ziemlich gleichgültig, was Cradock oder Wellesley darüber dachten. Aber er wusste, dass sein Wissen darüber von großem Nutzen sein konnte, und im Moment war es wichtig, dass Argenton in Christopher einen Verbündeten sah. »Sagen Sie mir, was Sie genau von uns wollen«, sagte er zu dem Franzosen.

»Britanniens Einfluss«, sagte Argenton. »Wir wollen, dass Britannien die portugiesischen Führer überredet, Soult als ihren König zu akzeptieren.«

»Ich dachte, Sie haben bereits genug Unterstützung gefunden«, sagte Christopher.

»Ich habe Unterstützung gefunden«, bestätigte Argenton, »aber die meisten Leute werden sich aus Furcht vor der Rachsucht des Mobs nicht erklären. Aber wenn Britannien sie ermuntert, dann werden sie Mut schöpfen. Sie brauchen Ihre Unterstützung nicht mal öffentlich zu machen, sondern nur Briefe an Soult zu schreiben. Und dann sind da die Intellektuellen ...«, Argenton schnaubte höhnisch beim letzten Wort, »... von denen würde jede andere als die eigene Regierung unterstützt werden, doch auch sie brauchen Ermunterung, bevor sie den Mut finden, ihre Unterstützung für Marschall Soult auszusprechen.«

»Ich bin sicher, wir würden gern Ermunterung gewähren«, sagte Christopher, obwohl er sich dessen überhaupt nicht sicher war.

»Und wir brauchen eine Versicherung, dass die Briten, wenn wir eine Rebellion machen, das nicht ausnutzen, indem sie uns angreifen. Ich müsste das Wort Ihres Generals darauf haben.«

Christopher nickte. »Ich glaube, er wird sein Wort geben, doch bevor er zu einem solchen Versprechen bereit ist, wird er immer abschätzen wollen, wie wahrscheinlich Ihr Erfolg sein wird, und das bedeutet, dass er es von Ihnen direkt hören will.« Christopher schwieg kurz und schenkte Wein ein. »Und ich denke, Sie müssen seine persönlichen Versicherungen hören. Sie müssen nach Süden reisen, um sich mit ihm zu treffen.«

Argenton war überrascht von diesem Vorschlag. Er dachte einen Moment darüber nach und nickte dann. »Können Sie mir einen Passierschein geben, der mich sicher durch die britischen Linien bringen wird?«

»Ich werde Besseres tun, mein Freund. Ich werde mit Ihnen kommen, sofern Sie mir einen Passagierschein für die französischen Linien geben.«

»Dann sollten wir reiten«, sagte Argenton froh. »Mein Oberst wird mir die Erlaubnis geben, wenn er erst versteht, was wir tun wollen. Aber wann? Bald, nehme ich an, finden Sie nicht auch? Morgen?«

»Übermorgen«, sagte Christopher fest. »Ich habe morgen etwas zu erledigen, das sich nicht verschieben lässt, aber wenn Sie mir morgen Nachmittag nach Vila Real de Zedes folgen, können wir am nächsten Tag aufbrechen. Wird Ihnen das passen?«

Argenton nickte. »Sie müssen mir beschreiben, wie ich nach Vila Real de Zedes finde.«

»Sie bekommen eine Wegbeschreibung«, sagte Christopher. Dann hob er sein Weinglas. »Ich trinke auf den Erfolg unserer Bemühungen.«

»Amen darauf«, sagte Argenton und hob sein Glas, um Christopher zuzuprosten.

Und Colonel Christopher lächelte, weil er es war, der die Regeln bestimmte.

KAPITEL 3

Sharpe rannte über die Koppel, wo die Pferdekadaver lagen und Fliegen über ihre Nüstern und Augen krochen. Er stolperte über einen metallenen Pflock und taumelte vorwärts. Eine Karabinerkugel pfiff über ihn hinweg. Man konnte darauf schließen, dass sie vergeudet war, doch selbst eine vergeudete Kugel an der falschen Stelle konnte einen Mann töten. Seine Schützen feuerten von der fernen Seite des Feldes. Der Rauch verdichtete sich an der Wand.

Sharpe ließ sich neben Hagman fallen.

»Was ist los, Dan?«

»Die Dragoner sind zurück, Sir«, sagte Hagman lakonisch, »und da ist auch einige Infanterie.«

»Bist du sicher?«

»Ich hab einen blauen Bastard erschossen«, sagte Hagman, »und zwei grüne.«

Sharpe wischte Schweiß von seinem Gesicht, dann robbte er an der Wand entlang zu einer Stelle, wo der Pulverrauch nicht so dicht war.

Die Dragoner waren abgesessen und schossen vom Waldrand, der ein paar hundert Yards entfernt war. Eine zu weite Distanz für ihre Karabiner, dachte Sharpe, doch dann sah er blaue Uniformen, wo die Straße zwischen den Bäumen verlief, und nahm an, dass sich die Infanterie zu einem Angriff formierte. Irgendwo in der Nähe war ein sonderbar klickendes Geräusch zu hören, und er konnte es nicht einordnen, doch es schien keine Bedrohung zu bedeuten, und so ignorierte er es. »Pendleton!«

»Sir?«

»Suchen Sie Leutnant Vicente. Er ist im Dorf. Sagen Sie ihm, er soll seine Männer jetzt auf den nördlichen Pfad bringen.« Sharpe wies auf den Pfad zwischen den Weingärten, über den sie nach Barca d'Avintas gekommen waren und auf dem die toten Dragoner des ersten Kampfes noch immer lagen. »Und, Pendleton, sagen Sie ihm, dass er sich beeilen soll. Seien Sie jedoch höflich.«

Pendleton, ein Taschendieb aus Bristol, war der Jüngste von Sharpes Männern. Er blickte jetzt verwirrt drein. »Höflich, Sir?«

»Reden Sie ihn mit Sir an und grüßen Sie ihn von mir, aber beeilen Sie sich!«

Verdammt, heute würde es kein Entkommen über den Douro geben, kein langsames Hin und Her mit dem kleinen Boot und keinen Marsch zurück zu Hogan und der Armee. Stattdessen würden sie nordwärts marschieren müssen, und zwar schnell.

»Sergeant!« Er spähte durch die Rauchschwaden längs der Wand. »Harper!«

»Hier bin ich, Sir!« Harper rannte herbei. »Ich hatte mit zwei Franzmännern in der Kirche zu tun.«

»In dem Moment, in dem die Franzosen im Weingarten sind, verschwinden wir von hier. Sind noch welche von unseren Männern im Dorf?«

»Harris ist dort, Sir. Und Pendleton natürlich.«

»Schicken Sie jemanden hin, um sie zu holen. Und, Pat, was haben Sie mit den beiden Franzosen gemacht?«

»Sie hatten den Klingelbeutel gestohlen, und da habe ich sie zur Hölle geschickt.« Er klopfte auf sein Schwertbajonett.

Sharpe grinste. »Und wenn Sie eine Möglichkeit haben, Pat, tun Sie das Gleiche mit dem französischen Offizier, mit dem Vergewaltiger.«

»Mit Vergnügen, Sir.« Harper rannte quer über die Koppel davon.

Die Franzosen, dachte Sharpe, sind zu vorsichtig. Sie hätten bereits angreifen können, aber sie müssen annehmen, dass sich eine stärkere Kraft als zwei gestrandete Halb-Kompanien in Barca d'Avintas aufhält, und das Gewehrfeuer muss die Dragoner, die nicht an solche Treffgenauigkeit gewöhnt sind, durcheinandergebracht haben. Leichen lagen im Gras am Waldrand, Anzeichen darauf, dass die abgesessenen Franzosen ihre Lektion über das Baker-Gewehr erhalten hatten. Die Franzosen benutzten keine Gewehre, nahmen an, dass sie zu langsam zu laden waren, und verließen sich auf die Muskete mit glattem Lauf. Man konnte fünfzig Yards vor einem Schützen mit einer Muskete stehen und hatte eine gute Chance, zu überleben, doch hundert Yards vor einem Baker-Gewehr in den Händen eines guten Schützen war der sichere Tod. Die Dragoner fürchteten die Gewehrschützen und hatten sich zwischen die Bäume zurückgezogen.

Im Wald war auch Infanterie. Was würde sie unternehmen? Sharpe lehnte sein Gewehr gegen die Wand und nahm sein Fernrohr. Das feine Instrument von Matthew Berge, London, war ein Geschenk von Sir Arthur Wellesley, nachdem Sharpe dem General bei Assaye das Leben gerettet hatte. Er spähte hindurch auf die führende Kompanie der französischen Infanterie und sah, dass sie in drei Reihen formiert war. Er hielt Ausschau nach Anzeichen darauf, ob sie zum Vorrücken bereit waren, doch nichts wies darauf hin. Sie hatten nicht mal die Bajonette aufgepflanzt. Er wischte das Glas ab und starrte wieder hin. Er sah ein Blinken von Lichtschein, einen verschwommenen hellen Kreis, und er vermutete, dass dort ein Offizier durch ein Fernrohr auf das Dorf schaute. Der Mann versuchte wohl abzuschätzen, wie viele Feinde sich in Barca d'Avintas aufhielten und wie er sie angreifen konnte. Sharpe steckte sein eigenes Fernrohr weg, nahm das Gewehr und legte es auf der niedrigen Mauer auf. Vorsichtig jetzt, dachte er. Vorsichtig. Töte diesen Offizier, und jeder französische Angriff wird verlangsamt, denn dieser Offizier ist der Mann, der die Entscheidungen trifft.

Sharpe legte das Gewehr an, zielt sorgfältig und schoss. Pulverrauch nahm ihm die Sicht auf den Offizier. Sharpe drehte sich um und sah, dass Leutnant Vicentes Soldaten in den Weingarten strömten, begleitet von dreißig oder vierzig Zivilisten.

Harper kam über die Koppel. »Wir sind alle aus dem Dorf raus, Sir«, meldete er.

»Wir können gehen«, sagte Sharpe, und er wunderte sich darüber, dass der Feind so langsam gewesen war und ihm Zeit gegeben hatte, sich abzusetzen. Er schickte Harper mit den meisten der Grünröcke zu Vicente, um sich ihm und seinen Männern anzuschließen. Sie nahmen ein Dutzend französische Pferde mit, von denen jedes ein kleines Vermögen Prisengeld wert war, wenn sie jemals wieder zur Armee zurückkehren konnten.

Sharpe behielt Hagman und sechs andere Schützen bei sich. Sie verteilten sich an der Wand und feuerten so schnell, wie sie ihre Gewehre nachladen konnten. Sharpe wollte, dass die Franzosen unzählige Schüsse hörten und viel Rauch sahen und folglich nicht bemerkten, dass sich der Feind zurückzog.

Sharpe schlang das Gewehr am Riemen über die Schulter, wich aus dem Pulverrauch zurück und sah, dass Vicente und Harper jetzt den Weingarten erreicht hatten, und so rief er seinen verbliebenen Männern zu, sie sollten zurück über die Koppel eilen. Hagman feuerte eine letzte Kugel ab. Sharpe lief mit ihm, und er konnte noch immer nicht glauben, dass es so leicht gewesen war, sich abzusetzen, dass die Franzosen so träge und untätig geblieben waren – und in diesem Augenblick stürzte Hagman zu Boden.

Im ersten Moment glaubte Sharpe, Hagman wäre auf einem der Metallpflöcke ausgerutscht, mit denen die Dragoner ihre Pferde angepflockt hatten, doch dann sah er Blut im Gras und bemerkte, dass Hagman das Gewehr aus den Händen glitt und sich seine rechte Hand langsam ballte und wieder entspannte.

»Dan!« Sharpe kniete sich neben ihn und sah eine winzige Wunde neben Hagmans linkem Schulterblatt, wo eine Karabinerkugel durch den Rauch ihr Ziel gefunden hatte.

»Laufen Sie weiter, Sir.« Hagmans Stimme klang krächzend. »Ich bin erledigt.«

»Das bist du verdammt nicht«, erwiderte Sharpe rau. Er drehte Hagman auf den Rücken und sah keine Ausschusswunde, was bedeutete, dass die Karabinerkugel noch in seinem Körper stecken musste. Dann würgte Hagman und spuckte Blut, und Sharpe hörte, dass Harper schrie: »Die Bastarde kommen, Sir!«

Gerade hatte sich Sharpe noch beglückwünscht, weil das Absetzen so leicht war, und jetzt war alles anders. Er riss Hagmans Gewehr vom Boden, schlang es neben sein eigenes am Riemen über die Schulter und hob den Verwundeten an. Hagman stöhnte auf und schüttelte den Kopf. »Lassen Sie mich liegen, Sir.«

»Ich lasse Sie nicht zurück, Dan.«

»Es tut weh, Sir, so weh!«, krächzte Hagman. Er war totenbleich, und Blut sickerte aus seinem Mundwinkel. Doch dann war Harper an Sharpes Seite und nahm ihm Hagman aus den Armen. »Lass mich hier«, wisperte der Verwundete.

»Nimm ihn, Pat«, sagte Sharpe, und dann feuerten einige Gewehre aus dem Weingarten, und Musketen krachten hinter ihm, als Sharpe Harper weiterschob. Er folgte ihm im Rückwärtsgang, beobachtete, wie blaue französische Uniformen im

Rauchschleier auftauchten, den die Schüsse der Schützen hinterlassen hatten.

»Kommen Sie, Sir!«, rief Harper und ließ Sharpe wissen, dass er Hagman in den dürftigen Schutz der Rebenreihen gebracht hatte.

»Tragen Sie ihn nach Norden«, sagte Sharpe, als er den Weingarten erreichte.

»Er hat schlimme Schmerzen, Sir.«

»Tragen Sie ihn! Bringen Sie ihn von hier fort!«

Sharpe beobachtete die Franzosen. Drei Kompanien Infanterie marschierten über das Weideland, doch sie trafen keine Anstalten, Sharpe nach Norden zu folgen. Sie mussten die Kolonne von Portugiesen und britischen Soldaten gesehen haben, die sich durch die Weingärten wand und bei der Dutzende erbeuteter Pferde und eine Menge verängstigter Dorfbewohner waren, doch sie folgten ihr nicht. Es hatte den Anschein, dass sie lieber nach Barca d'Avintas wollten, als Sharpe und seine Männer zu verfolgen. Selbst als Sharpe eine halbe Meile nördlich des Dorfes auf einer Erhebung anhielt und durch sein Fernrohr die Franzosen beobachtete, näherten sie sich nicht, um ihn zu bedrohen. Sie konnten ihn leicht mit Dragonern jagen, doch stattdessen zerhackten sie das einzige noch brauchbare Boot, das Sharpe gefunden hatte, und setzten die Bruchstücke in Brand.

»Sie sperren den Fluss ab«, sagte Sharpe zu Vicente.

»Sperren den Fluss?« Vicente verstand nicht.

»Sie stellen sicher, dass sie als Einzige Boote haben. Sie wollen nicht, dass britische oder portugiesische Soldaten den Fluss überqueren. Was bedeutet, dass es verdammt schwer für uns wird, über den Fluss zu kommen.« Sharpe drehte sich um, als Harper herankam, und sah, dass die Hände des großen irischen Sergeants blutig waren. »Wie geht's ihm?«

Harper schüttelte den Kopf. »Er ist in furchtbarer Verfassung, Sir«, sagte der düster. »Ich vermute, dass die verdammte Kugel in seiner Lunge steckt. Er hustet rote Blasen, wenn er überhaupt husten kann. Der arme Dan.«

»Ich lasse ihn nicht zurück«, sagte Sharpe hartnäckig. Er wusste, dass er Tarrant zurückgelassen hatte und es Männer wie Williamson gab, die Freunde von Tarrant gewesen waren und ihm verübelten, dass er bei Hagman nicht das Gleiche tat, doch Tarrant war ein Trunkenbold und ein Unruhestifter gewesen, während Dan Hagman wertvoll war. Er war der Älteste von Sharpes Schützen und hatte einen gesunden Menschenverstand. Außerdem mochte er ihn. »Machen Sie eine Trage, Pat, und transportieren Sie ihn.«

Während die Trage aus zwei Stangen aus Eschenholz und Uniformröcken fertiggestellt wurde, beobachteten Sharpe und Vicente die Franzosen und diskutierten, wie sie ihnen entkommen könnten.

»Wir müssen nach Osten gehen«, sagte der portugiesische Leutnant. »Nach Amarante.« Er glättete Erde und benutzte sie als primitive Karte, indem er mit einem Holzsplitter darauf zeichnete. »Dies ist der Douro«, sagte er, »und hier ist Oporto. Wir befinden uns hier, und die nächste Brücke ist bei Amarante.« Er machte ein Kreuz. »Wir könnten morgen oder vielleicht übermorgen dort sein.«

»Und sie ebenfalls«, sagte Sharpe grimmig und nickte zum Dorf.

Zwischen den Bäumen, wo die Franzosen so lange gewartet hatten, bevor sie Sharpe und seine Männer angegriffen hatten, war ein Geschütz aufgetaucht. Die Kanone wurde von sechs Pferden gezogen, von denen drei von Kanonieren in ihren dunkelblauen Uniformen geritten wurden. Die Lafette der Kanone, ein Zwölfpfünder, war an einen leichten zweirädrigen

Karren gehängt. Hinter dem Geschütz zog ein weiteres Gespann von vier Pferden einen Munitionswagen, der einem Sarg ähnlich war. Er wurde von einem halben Dutzend Kanonieren begleitet und enthielt die Munition für die Kanone. Selbst aus der großen Entfernung konnte Sharpe das Klirren von Ketten und Holpern der Räder hören. Er beobachtete schweigend, wie eine Haubitze in Sicht kam, dann eine zweite Zwölfpfünder-Kanone und danach ein Trupp Husaren.

»Meinen Sie, die kommen her?«, fragte Vicente alarmiert.

»Nein«, sagte Sharpe. »Sie sind nicht interessiert an Flüchtlingen. Ihr Ziel ist Amarante.«

»Dies ist nicht die gute Straße nach Amarante. Eigentlich führt sie nirgendwohin. Sie werden nördlich abbiegen müssen, um zur Hauptstraße zu gelangen.«

»Das werden sie wohl noch nicht wissen«, vermutete Sharpe. »Sie nehmen jede Straße nach Osten, die sie finden können.«

Im Wald war nun Infanterie erschienen, dann tauchte weitere Artillerie auf. Sharpe beobachtete eine kleine Armee, die ostwärts marschierte, und es gab nur einen Grund, so viele Männer und Geschütze nach Osten marschieren zu lassen, und das war die Einnahme der Brücke bei Amarante und damit der Schutz der linken Flanke.

»Amarante, das ist das Ziel der Bastarde.«

»Dann können wir nicht hin«, meinte Vicente.

»Doch, das können wir«, widersprach Sharpe. »Wir können nur nicht auf dieser Straße weitermarschieren. Sie sagen, es gibt dort eine Hauptstraße?«

»Dort oben«, sagte Vicente und glättete die Erde, um eine andere Straße nördlich von ihnen zu markieren. »Das ist die Hochstraße«, sagte Vicente. »Die Franzosen sind offenbar ebenso darauf. Müssen wir wirklich nach Amarante?«

»Ich muss über den Fluss«, sagte Sharpe. »Und da gibt es

eine Brücke, und dort ist auch eine portugiesische Armee, und wenn auch die Franzosen dorthin marschieren, heißt das nicht, dass sie die Brücke einnehmen.« Und wenn sie es tun, dachte er, dann könnten wir von Amarante nach Norden gehen, bis wir den Fluss durchfurten können. »Wie erreichen wir Amarante, wenn wir nicht diese Straße benutzen? Können wir über Land gehen?«

Vicente nickt. »Wir gehen nach Norden durch ein Dorf – hier ...«, er wies auf eine leere Stelle auf seiner improvisierten Landkarte, »... und wenden uns dann nach Osten. Das Dorf ist am Fuß der Hügel, am Beginn der – wie nennt ihr das, ah – Wildnis. Wir pflegten dort zu wandern.«

»Wie?«, fragte Sharpe. »Die Poeten und Philosophen?«

»Ja«, sagte Vicente, »wir übernachteten in der Taverne und wanderten zurück. Ich bezweifle, dass dort Franzosen sind. Das Dorf liegt nicht an der Straße nach Amarante. An keiner Straße.«

»Wir gehen also zum Dorf am Rande der Wildnis«, sagte Sharpe. »Wie heißt es?«

»Vila Real de Zedes«, sagte Vicente. »Es heißt so, weil die Weingärten dort einst dem König gehörten, aber das war vor langer Zeit. Jetzt sind sie der Besitz von ...«

»Vila Real de – was?«, fragte Sharpe.

»Zedes«, sagte Vicente, verwirrt durch Sharpes Tonfall und noch mehr von Sharpes Lächeln. »Sie kennen das Dorf?«

»Ich kenne es nicht«, sagte Sharpe, »aber dort ist ein Mädchen, das ich treffen will.«

»Ein Mädchen!« Vicente klang missbilligend.

»Ein neunzehnjähriges Mädchen«, sagte Sharpe. »Und glauben Sie es oder nicht, das Treffen ist eine Pflicht.« Er wandte sich um und sah nach, ob die Trage fertig war. Plötzlich versteifte er sich vor Ärger. »Was, zum Teufel, macht er hier?« Er starrte auf den französischen Dragoner, Leutnant Olivier, der beobachtete, wie Harper behutsam Hagman auf die Trage bettete.

»Er bekommt seinen Prozess«, sagte Vicente. »So steht er hier unter Arrest und unter meinem persönlichen Schutz.«

»Verdammt!«, explodierte Sharpe.

»Es ist eine Sache des Prinzips«, beharrte Vicente.

»Prinzip?«, brüllte Sharpe. »Es ist blöde, die verdammte Blödheit eines Anwalts! Wir sind mitten in einem blutigen Krieg. Nicht in einer verdammten Gerichtsstadt in Portugal.« Er sah Vicentes Unverständnis. »Ah, macht nichts«, grollte er. »Wie lange wird es dauern, bis wir Vila Real de Zedes erreichen?«

»Wir sollten morgen dort sein«, sagte Vicente kühl, dann blickte er zu Hagman. »Solange er uns nicht zu sehr verlangsamt.«

»Wir werden morgen dort sein«, sagte Sharpe. Und dann würde er Miss Savage retten und herausfinden, warum sie von zu Hause fortgelaufen war. Und danach würde er den verdammten Dragoneroffizier erledigen, egal, was der Anwalt sagte.

Das Landhaus der Savages, das Quinta do Zedes genannt wurde, befand sich nicht in Vila Real de Zedes selbst, sondern stand hoch auf einem Hügel südlich des Dorfes.

Es war ein schönes Haus, dessen weiß getünchte Wände und das Mauerwerk die eleganten Linien des Herrenhaus nachzeichneten, das auf die einst königlichen Weingärten blickte. Die Fensterläden waren blau angestrichen, und die hohen Fenster im Erdgeschoss waren mit Buntglas verziert, das die Familienwappen der Familie zeigte, die einst Quinta do Zedes besessen hatte. Mister Savage hatte das Haus zusammen mit den Weingärten gekauft, und weil es ein dickes, starkes Dach hatte und von hohen, mit Glyzinen behängten Bäumen umgeben war, erwies es sich wunderbar kühl im Sommer, sodass die Familie Savage jeden Juni bis Oktober dort verbrachte, bevor sie ins Haus Beautiful an Oportos Hügelhang zurückkehrte. Dann starb Mister Savage, und das Haus blieb unbenutzt außer von dem halben Dutzend Dienern, die den kleinen Gemüsegarten pflegten und den langen, kurvigen Zufahrtsweg ins Dorf zur Messe hinuntergingen. Es gab eine Kapelle auf dem Grundstück der Quinta do Zedes, und in der Vergangenheit war es der Dienerschaft erlaubt gewesen, die Messe in der Familienkapelle zu besuchen, doch Mister Savage war ein überzeugter Protestant gewesen. Er hatte befohlen, den Altar und die Statuen zu entfernen und die Wände weiß zu tünchen, um die Kapelle als Lagerraum für Nahrungsmittel zu benutzen.

Die Dienerschaft war überrascht gewesen, als Miss Kate zum Haus gekommen war, doch sie hatte Knickse gemacht oder sich verneigt und sich dann darangemacht, die großen Räume auf Vordermann zu bringen. Die Staubdecken wurden von den Möbelstücken gezogen, die Fledermäuse von den Dachbalken verscheucht und die hellblauen Fensterläden geöffnet, um die Frühlingssonne hereinzulassen. Feuer wurden in den Kaminen angezündet, um die Winterkälte zu vertreiben, doch an diesem ersten Abend blieb Kate nicht im Haus neben dem Kamin, sondern setzte sich auf den Balkon und schaute auf den Weg hinab, der mit Glyzinen gesäumt war, die von den Zedern hingen. Die abendlichen Schatten hatten sich verlängert, doch niemand war gekommen.

In dieser Nacht hatte sich Kate fast in den Schlaf geweint, doch am nächsten Morgen war ihre Gemütsverfassung wieder so gut gewesen, dass sie unter dem schockierten Protest der Diener die Eingangshalle gefegt hatte, die herrlich mit schwarzem und weißem Marmor ausgelegt war und von der eine Treppe aus weißem Marmor zu den Schlafzimmern hochführte. Dann bestand sie darauf, den Kamin im großen Salon zu entstauben, in dem Fliesen die Schlacht von Aljubarrota zeigten, wo Joao I. die Kastilier gedemütigt hatte. Sie wies die Dienstboten an, ein zweites Schlafzimmer zu lüften, das Bett zu machen und Feuer im Kamin anzuzünden, dann ging sie zurück auf den Balkon und beobachtete wieder den Zufahrtsweg, bis sie voller Freude, nachdem die Morgenglocke in Vila Real de Zedes geläutet hatte, zwei Reiter unter den Zedern auftauchen sah.

Der erste Reiter wirkte in seiner stolzen Haltung so groß und gut aussehend, und zugleich war sein Anblick so rührend tragisch, denn seine Frau war bei der Geburt ihres ersten Kindes gestorben und das Baby ebenfalls, und der Gedanke, dass dieser prächtige Mann solch eine Tragödie erlitten hatte, trieb Kate fast Tränen in die Augen. Und dann stellte sich der Mann in den Steigbügeln auf und winkte ihr, und Kate spürte, wie ihr Glücksgefühl zurückkehrte, als sie die Treppe hinabrannte, um ihren Geliebten zu begrüßen.

Colonel Christopher glitt vom Pferd. Luis, sein Diener, ritt das Ersatzpferd und hatte den großen Koffer dabei, den Christopher im Haus Beautiful mit Kates Sachen gefüllt hatte, als ihre Mutter fort gewesen war. Christopher warf Luis die Zügel zu, sprang die Treppe hinauf und nahm Kate in die Arme. Er küsste sie, streichelte ihren Rücken und spürte, dass sie erbebte.

»Gestern Nacht konnte ich nicht herkommen, meine Liebe«, sagte er. »Die Pflicht hat das verhindert.«

»Ich wusste, dass es die Pflicht war«, sagte Kate, und ihre Augen strahlten, als sie zu ihm aufblickte.

»Nichts sonst könnte mich von dir fernhalten«, sagte Christopher, »nichts auf der Welt.« Er küsste sie auf die Stirn. Dann trat er einen Schritt zurück, hielt immer noch ihre Hände und musterte ihr Gesicht. Sie ist das schönste Mädchen der Schöpfung, dachte er, als sie errötete und verlegen lachte, während er sie ansah. »Kate, Kate«, sagte er in tadelndem Tonfall. »Ich kann mich nicht sattsehen an dir.«

Ihr Haar war schwarz, und sie trug es von ihrer hohen Stirn zurückgekämmt, doch mit zwei langen Locken, die herunterhingen, wo die französischen Husaren ihre *cadenettes* trugen. Sie hatte volle Lippen, eine Stupsnase, und ihre Augen blickten einen Moment rührend ernst und funkelten im nächsten Augenblick vor Belustigung. Sie war neunzehn, mit langen, wohlgeformten Beinen, voller Lebenslust und Vertrauen, und in diesem Moment voller Liebe für ihren gut aussehenden Mann, der zur schwarzen Jacke eine weiße Reithose und einen Zweispitz trug, von dem zwei goldene Troddeln hingen.

»Hast du meine Mutter gesehen?«, fragte sie.

»Ich habe sie mit dem Versprechen verlassen, dass ich dich suchen würde.«

Kate blickte schuldig drein. »Ich hätte ihr sagen sollen …«

»Deine Mutter will dich mit einem wohlhabenden Mann in England verheiraten«, sagte Christopher, »nicht mit einem Abenteurer wie mir.« Der wahre Grund, weshalb Kates Mutter Christopher missbilligte, war, dass sie gehofft hatte, ihn selbst zu heiraten, doch dann hatte der Colonel Mister Savages Testament und die Bedingungen darin entdeckt und seine Aufmerksamkeit der Tochter zugewandt. »Es wäre nicht gut, sie um ihren Segen zu bitten«, fuhr er fort, »und wenn du ihr gesagt hättest, was wir planen, dann hätte sie höchstwahrscheinlich versucht, es zu verhindern.«

»Vielleicht auch nicht«, sagte Kate leise.

»Übrigens spielt die Missbilligung deiner Mutter keine

Rolle«, sagte Christopher, »und wenn sie weiß, dass wir verheiratet sind, wird sie mich schon mögen.«

»Verheiratet?«

»Selbstverständlich«, sagte Christopher. »Meinst du, ich denke nicht an deine Ehre?« Er lachte über ihre scheue Miene. »Da ist ein Priester im Dorf«, fuhr er fort, »den ich bestimmt überreden kann, uns zu trauen.«

»Ich bin mir nicht ...«, begann Kate, dann strich sie über ihr Haar, zupfte an ihrem Kleid und errötete.

»Du bist bereit«, sagte Christopher, »und du siehst umwerfend schön aus.«

Kate errötete noch tiefer und zupfte diesmal am Ausschnitt ihres Kleides, das sie sorgfältig unter den Sommersachen ausgewählt hatte, die im Landhaus lagerten. Es war ein englisches Kleid aus weißem Leinen, bestickt mit Glockenblumen und umwunden von Bärenklau-Blättern, und sie wusste, dass es ihr gut stand. »Meine Mutter wird mir verzeihen?«, fragte sie.

Christopher bezweifelte das sehr. »Natürlich wird sie das«, versprach er. »Ich habe solche Situationen schon erlebt. Deine liebe Mutter will nur das Beste für dich, und wenn sie mich erst besser kennt, wird sie bestimmt davon überzeugt sein, dass ich für dich sorgen werde wie kein anderer.«

»Das glaube ich auch«, sagte Kate herzlich. Sie war nie ganz sicher gewesen, warum Colonel Christopher so überzeugt war, dass ihre Mutter ihn missbilligen würde. Er sagte, der Grund sei, dass er einundzwanzig Jahre älter war als Kate, doch er sah jünger aus, und sie war sicher, dass er sie liebte, und es gab viele Männer mit jüngeren Frauen. Deshalb bezweifelte Kate, dass ihre Mutter ihn wegen des Altersunterschieds ablehnte, aber es hieß, dass er ein relativ armer Mann sei, und das störte ihre Mutter, wie er sagte, und Kate war seiner Meinung. Christophers Armut störte sie nicht. Es schien ihre

Liebe nur noch romantischer zu machen, und jetzt würden sie heiraten.

Er führte sie die Treppe hinab. »Gibt es hier eine Kutsche?«

»Es steht eine alte im Stall.«

»Dann können wir zu Fuß ins Dorf gehen, und Luis kann die Kutsche für unsere Rückkehr holen.«

»Jetzt?«

»Gestern könnte nicht zu früh für mich sein, mein Liebling«, sagte Christopher ernst. Er schickte Luis, um die Pferde anzuspannen. »Ich wäre fast mit lästiger Gesellschaft eingetroffen«, sagte er lachend.

»Mit lästiger?«

»Irgendein verdammt blöder Pionier – verzeih mein Soldatenvokabular – wollte einen heruntergekommenen Lieutenant der Schützen zu deiner Rettung schicken! Ihn und seinen Pöbelhaufen. Ich musste ihm einen anderen Befehl erteilen. Ich habe ihn nach Süden geschickt und gesagt, er solle seinen Marschbefehl vergessen. Der arme Kerl.«

»Warum arm?«

»Du meine Güte! Um die dreißig Jahre alt und immer noch ein Lieutenant! Kein Geld, keine Zukunftsaussichten und Komplexe so groß wie der Felsen von Gibraltar.« Er nahm ihre Hand unter seinen Ellbogen und ging mit ihr den Glyzinenweg entlang. »Sonderbar genug, dass ich den Lieutenant von seinem Ruf her kenne. Hast du je von Lady Grace Hale gehört? Die Witwe von Lord William Hale?«

»Von denen hab ich nie gehört«, sagte Kate.

»Welch ein behütetes Leben du in Oporto führst«, sagte Christopher. »Lord William war in Ordnung. Eine Zeitlang habe ich im Auswärtigen Amt mit ihm eng zusammengearbeitet, doch dann fuhr er in einer Regierungssache nach Indien und hatte das Pech, mit einem Marineschiff zurückzusegeln, das in die Schlacht von Trafalgar geriet. Er muss ein außergewöhnlich tapferer Mann gewesen sein, denn er fiel in der Schlacht, und dann gab es einen Skandal, weil seine Witwe mit einem Offizier der Schützen ein Haus baute und mit ihm zusammenlebte. Und genau das war dieser Mann. Guter Gott, wer hätte denn so was von Lady Grace gedacht?«

»Er ist kein Gentleman?«

»Gewiss kein geborener«, sagte Christopher. »Gott allein weiß, wo die Armee heutzutage ihre Offiziere herholt. Und Lady Grace ließ sich mit ihm ein! Schockierend! Aber einige Frauen aus feinen Kreisen lieben es, am schmutzigen Ende des Sees zu angeln und sich zu vergessen, und sie muss eine davon gewesen sein.« Er schüttelte empört den Kopf. »Es wurde noch schlimmer«, fuhr er fort. »Sie wurde von ihm schwanger und starb bei der Entbindung.«

»Die arme Frau!«, sagte Kate und wunderte sich, dass ihr Geliebter diese Geschichte so ruhig erzählen konnte, denn sie musste ihn an den Tod seiner eigenen Frau erinnern. »Und was passierte mit dem Baby?«, fragte sie.

»Ich glaube, das Kind ist ebenfalls gestorben. Aber so war es vermutlich am besten. Es beendete den Skandal. Welch eine Zukunft hätte ein solches Kind schon gehabt? Wie auch immer, der Vater des Kindes war derselbe erbärmliche Schütze, der dich über den Fluss holen sollte. Doch da hat er mich kennengelernt, das kann ich dir sagen!« Christopher lachte in der Erinnerung. »Er starrte mich belämmert an und berief sich auf seine Befehle, aber ich hörte mir diesen Unsinn nicht an und schickte ihn weg. Nicht auszudenken, wenn ein solch anrüchiger Schuft meine Hochzeit gestört hätte!«

»Da hast du recht«, sagte Kate.

»Natürlich habe ich ihm nicht gesagt, dass ich seinen üblen Ruf kenne. Es war unnötig, den Kerl in Verlegenheit zu bringen.«

»Ganz richtig«, sagte Kate und drückte den Arm ihres Geliebten.

Luis erschien hinter ihnen in dem zweirädrigen, offenen Einspänner, der im Stall gestanden und vor den er sein eigenes Pferd gespannt hatte.

Christopher stoppte auf halbem Weg zum Dorf und pflückte eine kleine wilde Narzisse vom Wegesrand und bestand darauf, die gelbe Blüte in Kates schwarzes Haar zu stecken. Dann küsste er sie wieder und sagte ihr, wie schön sie sei, und Kate fand, dass dies der glücklichste Tag in ihrem Leben war. Die Sonne schien, ein sanfter Wind spielte in den mit Blumen gesprenkelten Wiesen, und ihr Mann war bei ihr.

Pater Josefa wartete bei der Kirche – Christopher hatte ihn auf seinem Weg zu Kate darum gebeten –, doch bevor die Zeremonie stattfinden konnte, nahm der Priester den Engländer zur Seite. »Ich habe mir Sorgen gemacht«, sagte der Priester, »dass das, was Sie vorschlagen, nicht zulässig ist.«

»Nicht zulässig, Pater?«

»Sie sind Protestanten?«, fragte der Priester, und als Christopher nickte, seufzte er. »Die Kirche sagt, dass nur diejenigen, die unsere Sakramente nehmen, getraut werden können.«

»Und Ihre Kirche hat recht«, sagte Christopher beruhigend. Er blickte zu Kate, die allein im weiß getünchten Altarraum stand, und er fand, dass sie mit der gelben Blüte im Haar wie ein Engel aussah. »Sagen Sie mir, Pater«, fuhr er fort, »kümmern Sie sich um die Armen in Ihrer Gemeinde?«

»Das ist Christenpflicht«, sagte Pater Josefa.

Christopher nahm einige goldene englische Guineas aus der Tasche. Sie gehörten nicht ihm, sondern stammten aus dem Fonds des Auswärtigen Amtes. Sie sollten ihm die Wege ebnen, und jetzt drückte er sie dem Priester in die Hand. »Nehmen Sie dies als einen Beitrag für Ihre wohltätige Arbeit«, sagte er, »und ich bitte Sie, uns einen Segen zu geben, das ist alles. Einen Segen auf Latein, Pater, der uns in diesen unruhigen Zeiten Gottes Schutz geben wird. Und später, wenn das Kämpfen vorüber ist, werde ich mein Bestes tun, um Kate zu überreden, an Ihrem Unterricht teilzunehmen. Ich werde ihn natürlich ebenfalls nehmen.«

Pater Josefa, Sohn eines Arbeiters, schaute auf die Goldmünzen und dachte, dass er noch nie so viel Geld auf einmal gesehen hatte und dass Gold viel Leid lindern konnte. »Ich kann dennoch keine Messe für Sie lesen«, beharrte er.

»Ich will keine Messe«, sagte Christopher, »und ich verdiene auch keine. Ich will nur einen Segen auf Latein.« Er wollte, dass Kate glaubte, verheiratet zu sein. Seinetwegen konnte der Priester die Worte einer Totenmesse sprechen, wenn er wollte. »Nur ein Segen von Ihnen, Pater, ist alles, was ich möchte. Ein Segen von Ihnen, von Gott und von den Heiligen.« Er nahm noch ein paar Münzen aus der Tasche und gab sie dem Priester, der sich entschloss, dass ein Gebet ganz sicher nicht schaden konnte.

»Und Sie werden Unterricht nehmen?«, fragte er.

»Ich habe mich schon einige Zeit zu Ihrer Kirche hingezogen gefühlt«, sagte Christopher, »und ich glaube, dass ich auf Gottes Ruf hören sollte. Und dann, Pater, können Sie uns richtig trauen.«

So küsste Pater Josefa sein Skapulier, warf es über seine Schultern und ging zum Altar, wo er sich hinkniete, sich bekreuzigte, aufstand und sich zu Kate und dem großen, gut aussehenden Mann an ihrer Seite umdrehte und lächelte. Der Priester kannte Kate nicht gut, denn die Familie Savage war nie sehr vertraut mit den Dorfbewohnern gewesen und hatte selten die Kirche besucht, doch die Diener des Landhauses sprachen gut von Kate, und obwohl es für Pater Josefa den

Zölibat gab, wusste er, dass dieses Mädchen eine seltene Schönheit war, und so war seine Stimme voller Wärme, als er Gott und die Heiligen um ihr Wohlwollen für diese beiden Seelen bat.

Er fühlte sich schuldig, weil sie sich wie ein verheiratetes Paar verhalten würden, obwohl sie nicht richtig getraut waren, aber solche Dinge waren alltäglich, und in Kriegszeiten musste ein guter Priester schon mal die Augen verschließen.

Kate lauschte den lateinischen Worten, die sie nicht verstand, und schaute an dem Priester vorbei auf den Altar, wo ein matt glänzendes Silberkreuz mit einem dünnen schwarzen Schleier verhängt war, weil noch nicht Ostern war, und sie spürte die Hand ihres Geliebten, die mit ihrer vereinigt war, und sie hätte weinen können vor Glück. Ihre Zukunft erschien ihr golden, erfüllt von Sonnenschein und Wärme und Glück. Es war nicht ganz die Hochzeit, die sie sich vorgestellt hatte. Sie hatte gedacht, nach England, das sie und ihre Mutter immer noch als ihre Heimat betrachteten, zurückzusegeln, dort über den Mittelgang einer Landkirche, vorbei an strahlenden Verwandten, zum Altar zu schreiten und später in einer weißen Kalesche mit vier Pferden zu einer reservierten Taverne zum Dinner und einer andächtigen Feier zu fahren, doch sie hätte nicht glücklicher sein können – oder vielleicht wäre sie noch glücklicher gewesen, wenn ihre Mutter in der Kirche gewesen wäre, aber sie tröstete sich mit dem Gedanken, dass sie sich wieder versöhnen würden, dessen war sie sicher –, und plötzlich drückte Christopher ihre Hand.

»Sag, ich will, meine Liebste«, befahl er ihr.

Kate errötete. »Oh, ich will«, sagte sie. »Ich will dich aus ganzem Herzen.«

Pater Josefa lächelte sie an. Die Sonne strahlte durch die schmalen, hohen Kirchenfenster, da war eine Blume in ihrem

Haar, und Pater Josefa hob die Hand, um James und Katherine mit dem Zeichen des Kreuzes zu segnen, und in diesem Augenblick flog die Tür der Kirche knarrend auf, und mehr Sonnenlicht und der Geruch eines Misthaufens drang in die Kirche.

Kate wandte den Kopf und sah Soldaten in der Tür. Die Männer hoben sich als Umrisse vor dem blendenden Licht ab, sodass Kate sie nicht richtig sehen konnte, doch beim Anblick der Gewehre an ihren Schultern nahm sie an, dass es Franzosen waren, und sie schnappte furchtsam nach Luft, doch Colonel Christopher wirkte ganz unbesorgt, als er sich zu ihr neigte und sie auf den Mund küsste.

»Wir sind verheiratet, mein Liebling«, sagte er leise.

»James«, sagte sie.

»Meine liebe, liebe Kate«, erwiderte der Colonel mit einem Lächeln, »meine liebe, liebe Frau.« Dann wandte er sich um, als er Schritte auf dem Mittelgang hörte. Es waren langsame, schwere Schritte, unangemessen laut von benagelten Stiefeln auf alten Steinen.

Ein Offizier schritt auf den Altar zu. Er hatte seine Männer am Kirchenportal zurückgelassen und kam allein, und sein schweres Kavallerieschwert klirrte leise. Er hielt an und starrte Kate in ihr plötzlich bleiches Gesicht. Kate erschauerte, denn der Offizier war ein Soldat mit grünem Rock und hartem, narbigem Gesicht und einem Blick, der nur als unverschämt bezeichnet werden konnte.

»Sind Sie Kate Savage?«, fragte er und überraschte sie, denn er hatte die Frage auf Englisch gestellt, und sie hatte angenommen, er sei Franzose.

Kate sagte nichts. Ihr Mann war neben ihr, und er würde sie vor diesem schrecklichen, Furcht einflößenden und frechen Mann beschützen.

»Sind Sie das, Sharpe?«, fragte Christopher. »Bei Gott, er ist es!« Er war sonderbar nervös und hatte Mühe, seine schrille Stimme unter Kontrolle zu bringen. »Was, zum Teufel, tun Sie hier? Ich habe befohlen, dass Sie sich südlich des Flusses halten, verdammt!«

»Wurde abgeschnitten, Sir«, sagte Sharpe. Er schaute immer noch Kate und die Narzisse in ihrem Haar an. »Franzmänner blockierten meinen Weg, Sir, viele Franzmänner. Ich musste sie niederkämpfen, Sir, und dann machte ich mich auf die Suche nach Miss Savage.«

»Es gibt keine Miss Savage mehr«, sagte der Colonel kalt. »Erlauben Sie, dass ich Ihnen meine Frau vorstelle, Sharpe? Mrs James Christopher.«

Und Kate, die zum ersten Mal ihren neuen Namen hörte, hatte das Gefühl, ihr Herz müsste vor Glück zerspringen.

Denn sie glaubte, verheiratet zu sein.

Der Colonel und Kate – Mrs Christopher – fuhren in dem Einspänner zurück zum Landhaus, gefolgt von Luis und den Soldaten. Hagman, immer noch am Leben, lag jetzt auf einem Handkarren, doch durch das Rumpeln des ungefederten Gefährts hatte er mehr Schmerzen, als er auf der Trage gehabt hatte. Leutnant Vicente sah ebenfalls krank aus. Er war so bleich, dass Sharpe befürchtete, der ehemalige Anwalt hätte sich in den letzten paar Tagen eine Krankheit eingefangen.

»Sie sollten sich von dem Arzt untersuchen lassen, wenn er wiederkommt und nach Hagman sieht«, sagte Sharpe. Es gab einen Doktor im Dorf, der Hagman bereits untersucht und festgestellt hatte, dass er sein Sterben nicht verhindern konnte. Er hatte jedoch versprochen, an diesem Nachmittag zum Landhaus der Savages zu kommen und noch einmal nach dem Patienten zu sehen. »Sie sehen aus, als hätten Sie sich den Magen verdorben«, sagte Sharpe zu Vicente.

»Es ist keine Krankheit«, sagte Vicente. »Nichts, was ein Doktor heilen könnte. Es ist was anderes.«

»Was?«

»Miss Katherine«, sagte Vicente unglücklich.

»Kate?« Sharpe starrte Vicente an. »Sie kennen sie?«

Vicente nickte. »Jeder junge Mann in Oporto kennt Kate Savage. Als sie nach England zur Schule geschickt wurde, sehnten wir uns nach ihr, und als sie zurückkehrte, war es, als sei die Sonne aufgegangen.«

»Sie ist hübsch genug«, sagte Sharpe und blickte wieder Vicente an, als ihm die volle Bedeutung der Worte des Anwalts klar wurden. »Oh verdammt«, entfuhr es ihm.

»Was?«, fragte Vicente beleidigt.

»Das fehlt mir noch, dass Sie in sie verliebt sind«, sagte Sharpe.

»Ich bin nicht verliebt in sie«, sagte Vicente, immer noch beleidigt, aber es war offensichtlich, dass er in Kate verknallt war. In den letzten zwei oder drei Jahren hatte er sie aus der Ferne bewundert und romantisch von ihr geträumt, wenn er seine Gedichte geschrieben hatte, und er war bei seinem Philosophiestudium von der Erinnerung an sie abgelenkt gewesen und hatte seinen Fantasien nachgehangen, als er staubige Gesetzesbücher gewälzt hatte. Sie war das unerreichbare englische Mädchen aus dem großen Haus in den Hügeln gewesen, und jetzt war sie mit Colonel Christopher verheiratet.

Und das erklärt das Verschwinden der albernen Zicke, dachte Sharpe. Sie war mit ihrem Geliebten durchgebrannt! Aber Sharpe verstand nicht, warum sie es vor ihrer Mutter verheimlicht hatte, die sicherlich Verständnis für ihre Liebe gehabt und sie gebilligt hätte. Christopher war, soweit Sharpe es wusste, aus guter Familie, wohlhabend, gebildet und ein Gentleman: alles, was Sharpe nicht war.

Und Christopher war ärgerlich. Als Sharpe das Landhaus erreichte, trat der Colonel ihm an der Treppe entgegen und verlangte eine Erklärung für Sharpes Anwesenheit in Vila Real de Zedes.

»Wie schon gesagt, uns wurde der Weg von Franzosen blockiert. Wir konnten den Fluss nicht überqueren.«

»Sir«, blaffte Christopher. Er erwartete anscheinend, dass Sharpe ihn so ansprach, aber Sharpe starrte nur an dem Colonel vorbei in die Halle des Hauses, wo Kate Kleidung aus einem großen Lederkoffer auspackte.

»Ich hatte Ihnen befohlen . . .«

»Wir konnten den Fluss nicht überqueren«, unterbrach ihn Sharpe, »denn da war keine Brücke. Sie war eingestürzt. So gingen wir zur Fähre, doch die verdammten Franzosen hatten sie verbrannt. So marschieren wir jetzt nach Amarante, aber wir können die Hauptstraßen nicht benutzen, weil es dort von Franzosen wimmelt, und ich kann nicht schnell sein, weil ich einen Verwundeten habe. Ist hier ein Zimmer frei, wo wir ihn heute Nacht unterbringen können?«

Christopher schwieg einen Moment. Er wartete wohl immer noch, dass Sharpe ihn mit »Sir« ansprach, doch der unterließ es stur. Christopher seufzte und spähte durch das Tal, wo ein Bussard kreiste. »Sie wollen heute Nacht hierbleiben?«, fragte er distanziert.

»Wir sind seit heute Morgen drei Uhr marschiert«, sagte Sharpe. Er war sich nicht sicher, ob es wirklich drei Uhr gewesen war, denn er hatte keine Uhr, aber es konnte nach seinem Gefühl stimmen. »Wir werden jetzt rasten«, sagte er, »und dann vor der Morgendämmerung wieder marschieren.«

»Die Franzosen werden in Amarante sein«, sagte Christopher.

»Daran zweifle ich nicht«, sagte Sharpe, »aber was sonst soll ich tun?«

Christopher zuckte bei Sharpes mürrischem Tonfall zusammen und erschauerte dann, als Hagman vor Schmerzen stöhnte. »Da ist ein Stall hinter dem Haus«, sagte er kalt, »bringen Sie Ihren Verwundeten dorthin. Und wer, zum Teufel, ist das?« Er hatte Vicentes Gefangenen, Lieutenant Olivier, bemerkt.

Sharpe wandte sich um, um zu sehen, wohin der Colonel blickte.

»Ein Franzose«, antwortete er, »dem ich die Kehle durchschneiden werde.«

Christopher starrte Sharpe entsetzt an. »Ein Franzose, dem Sie …«, begann er, doch in diesem Moment kam Kate aus dem Haus und stellte sich neben ihn. Er legte einen Arm um ihre Schultern, und mit einem gereizten Blick zu Sharpe hob er die Stimme und rief zu Leutnant Olivier: »*Monsieur! Venez ici, s'il vous plaît.*«

»Er ist ein Gefangener«, sagte Sharpe.

»Er ist ein Offizier?«, fragte Christopher, als Olivier sich einen Weg zwischen Sharpes verdrossenen Männern hindurchbahnte.

»Er ist ein Leutnant vom 18. Dragonerregiment.«

Christopher sah Sharpe überrascht an. »Es ist üblich«, sagte er kalt, »dass man Offiziere ordentlich behandelt. Wo ist der Säbel des Leutnants?«

»Er ist nicht mein Gefangener«, sagte Sharpe. »Leutnant Vicente nahm ihn gefangen. Der Leutnant ist ein Anwalt, und er hat anscheinend die sonderbare Idee, dass man dem Franzosen den Prozess machen sollte, während ich vorhatte, ihn aufzuhängen.«

Kate stieß einen Laut des Entsetzens aus. »Vielleicht solltest du reingehen, mein Liebling«, sagte Christopher, doch sie regte sich nicht, und er bestand nicht darauf. »Warum wollten Sie ihn aufhängen?«, fragte er Sharpe stattdessen.

»Weil er ein Vergewaltiger ist«, sagte Sharpe.

Das veranlasste Kate wieder zu einem entsetzten Laut, und diesmal schob Christopher sie ins Haus.

»Passen Sie auf, was Sie sagen, wenn meine Frau anwesend ist«, sagte Christopher eisig.

»Es war ebenfalls eine Lady anwesend, als dieser Bastard sie vergewaltigte. Wir erwischten ihn mit heruntergelassener Hose und heraushängenden Kronjuwelen. Was sollte ich mit ihm anfangen? Ihm einen Brandy spendieren und eine Partie Whist mit ihm spielen?«

»Er ist ein Offizier und Gentleman«, sagte Christopher, beunruhigt, dass Olivier vom 18. Dragonerregiment war, was bedeutete, dass er mit Hauptmann Argenton diente. »Wo ist sein Säbel?«

Leutnant Vicente wurde vorgestellt. Er trug Oliviers Säbel, und Christopher bestand darauf, dass er ihn dem Franzosen zurückgab. Vicente versuchte zu erklären, dass Christopher eines Verbrechens beschuldigt wurde und ihm deshalb der Prozess gemacht werden musste, doch Colonel Christopher, der tadellos Portugiesisch sprach, verwarf die Idee. »Die Konventionen des Krieges, Leutnant, lassen nicht zu, dass Offiziere einen Prozess bekommen, als wären sie Zivilisten. Das sollten Sie wissen, wenn Sie, wie Sharpe behauptet, Anwalt sind. Wenn man Kriegsgefangenen einen zivilen Prozess zugesteht, würde das die Möglichkeiten von Reziprozität eröffnen. Verurteilen Sie diesen Mann und richten ihn hin, und die Franzosen würden dasselbe mit jedem portugiesischen Offizier tun, den sie gefangen nehmen. Das haben Sie sicherlich verstanden, oder?«

Vicente erkannte die Kraft des Arguments, wollte jedoch nicht nachgeben. »Er ist ein Vergewaltiger«, sagte er.

»Er ist ein Kriegsgefangener«, widersprach Christopher, »und Sie werden ihn in meine Obhut übergeben.«

Vicente wollte immer noch nicht nachgeben. Christopher war schließlich in Zivilkleidung. »Er ist ein Gefangener meiner Armee«, sagte er stur.

»Und ich«, sagte Christopher, »bin ein Lieutenant Colonel der Armee seiner Britannischen Majestät, und deshalb werden Sie meine Befehle befolgen, oder es wird militärische Konsequenzen haben.«

Vicente gab klein bei, und Christopher, mit einer kleinen Verbeugung, überreichte Olivier seinen Säbel. »Vielleicht erweisen Sie mir die Ehre und warten im Haus?«, schlug er dem Franzosen vor, und nachdem ein sehr erleichterter Olivier im Haus verschwunden war, trat Christopher zum Rand der Treppenstufe und schaute über Sharpes Kopf hinweg zu der Staubwolke auf der fernen Hauptstraße.

Ein großer Reitertrupp näherte sich dem Dorf, und Christopher nahm an, dass es Hauptmann Argenton und seine Eskorte sein mussten. Seine Miene zeigte Besorgnis, und sein Blick zuckte zu Sharpe, dann wieder zurück zu der sich nähernden Kavallerie. Er durfte es nicht zulassen, dass sich die beiden trafen. »Sharpe«, sagte er, »Sie stehen wieder unter meinem Befehl.«

»Wenn Sie das sagen, Sir.« Sharpes Stimme klang widerwillig.

»Sie werden hierbleiben und meine Frau bewachen«, sagte Christopher. »Sind das Ihre Pferde?« Er wies auf das Dutzend Kavalleriepferde, das Sharpe in Barca d'Avintas erbeutet hatte. Die meisten der Pferde waren immer noch gesattelt. »Ich werde zwei davon nehmen.« Er lief in die Eingangshalle und winkte Olivier.

»*Monsieur!* Sie werden mich begleiten. Wir reiten sofort. Liebste«, er ergriff Kates Hand, »du wirst hierbleiben, bis ich zurückkehre. Ich werde nicht lange weg sein. Höchstens eine Stunde.« Er neigte sich hinab und küsste ihre Hand, dann eilte er nach draußen, schwang sich auf das erste gesattelte Pferd, sah zu, wie Olivier ebenfalls aufsaß, dann spornten beide Männer die Pferde an und ritten den Weg hinunter. »Sie werden hierbleiben, Sharpe!«, rief Christopher über die Schulter.

»Genau hier! Das ist ein Befehl!«

Vicente beobachtete, wie Christopher und der Dragonerleutnant davonritten. »Warum hat er den Franzosen mitgenommen?«

»Das weiß der Himmel«, sagte Sharpe, und während Dodd und drei Schützen Hagman zum Stall brachten, stieg er auf die oberste Treppenstufe und nahm sein Fernrohr. Er richtete es auf den nahenden Reitertrupp und sah, dass es französische Dragoner waren. Hundert? Vielleicht mehr. Sharpe konnte die grünen Röcke mit den pinkfarbenen Aufschlägen, ihre Säbel und die braunen Stoffbezüge ihrer Helme sehen. Und dann zügelten sie ihre Pferde, als Christopher und Olivier aus Vila Real de Zedes auftauchten. Sharpe gab das Fernrohr Harper. »Was hat der Scheißer mit den Franzosen zu reden?«

»Wie Sie sagten, das weiß der Himmel, Sir«, erwiderte Harper.

»Beobachten Sie sie, Pat«, sagte Sharpe, »und wenn sie näher kommen, lassen Sie es mich wissen.« Er klopfte flüchtig an die große Eingangstür und betrat das Haus.

Er schaute Kate Savage an, die jetzt offenbar Kate Christopher war, nahm seinen Tschako ab und fuhr sich mit der Hand durch sein frisch geschnittenes Haar. »Ihr Mann ist fortgeritten, um mit den Franzosen zu reden«, sagte er. Er sah Missbilligung auf Kates Gesicht und fragte sich, ob es wegen der

Tatsache war, dass Christopher mit den Franzosen sprach, oder weil Sharpe sie angesprochen hatte. »Warum?«

»Das müssen Sie ihn selbst fragen, Lieutenant«, sagte sie.

»Mein Name ist Sharpe.«

»Ich weiß, wie Sie heißen«, sagte Kate kühl.

»Richard für meine Freunde.«

»Gut zu wissen, dass Sie einige Freunde haben, Mister Sharpe«, sagte Kate. Sie schaute ihn frech an, und Sharpe fand sie wunderschön. Sie hatte ein Gesicht, das Maler in Öl verewigen. Kein Wunder, dass Vicentes Verein von ernsthaften Poeten und Philosophen sie aus der Ferne verehrt hatte.

»Also, warum spricht Colonel Christopher mit den Franzmännern, Ma'am?«

Kate blinzelte überrascht, weil ihr Ehemann mit dem Feind redete, aber mehr noch, weil Sharpe sie zum ersten Mal mit Ma'am angesprochen hatte. »Ich habe es Ihnen schon gesagt, Lieutenant«, gab sie mit einiger Schärfe zurück, »das müssen Sie ihn selbst fragen.«

Sharpe schlenderte durch die Eingangshalle. Er bewunderte die marmorne Wendeltreppe, betrachtete ein Ölgemälde, das eine Jagdgesellschaft zeigte, und schaute sich zwei Büsten in Nischen an. Die Büsten war offenbar von dem verstorbenen Mister Savage importiert worden, denn eine stellte John Milton dar, die andere John Bunyan. »Ich hatte den Befehl, Sie zu suchen und zu Ihrer Mutter zurückzubringen«, sagte er zu Kate.

»Mich zu suchen, Mister Sharpe?«

»Ein Captain Hogan hat es mir befohlen«, sagte Sharpe. »Ihre Mutter hat sich um Sie gesorgt.«

Kate errötete. »Meine Mutter hat keinen Grund zur Sorge. Ich habe jetzt einen Mann.«

»Jetzt?«, fragte Sharpe. »Sie haben heute Morgen geheiratet? War es das, was wir in der Kirche sahen?«

»Geht Sie das was an?«, fragte Kate heftig.

Vicente wirkte niedergeschlagen, weil er annahm, Sharpe schikaniere die Frau, die er insgeheim liebte.

»Wenn Sie verheiratet sind, geht es mich nichts an«, sagte Sharpe, »denn ich kann keine verheiratete Frau von ihrem Ehemann fortbringen, oder?«

»Nein, das können Sie nicht«, sagte Kate, »und wir haben tatsächlich heute Morgen geheiratet.«

»Meinen Glückwunsch, Ma'am«, sagte Sharpe. Dann blieb er stehen, um eine alte Standuhr zu bewundern. Ihre Vorderseite war mit lächelnden Monden bedeckt und trug die Aufschrift »Thomas Tompion, London«. Er öffnete das polierte Gehäuse und zog an den Gewichten, sodass der Mechanismus zu ticken begann. »Ich nehme an, dass Ihre Mutter hocherfreut sein wird, Ma'am.«

»Das geht Sie nichts an, Lieutenant«, sagte Kate und warf verächtlich den Kopf zurück.

»Schade, dass sie nicht hier sein konnte, nicht wahr? Als ich sie verließ, weinte sie.« Er blickte zu Kate. »Ist er wirklich ein Colonel?«

Die Frage überraschte Kate, besonders nach der beunruhigenden Nachricht, dass ihre Mutter geweint hatte. Ihr schoss das Blut in die Wangen. Dann bemühte sie sich, würdevoll und beleidigt auszusehen. »Natürlich ist er ein Colonel«, sagte sie empört. »Und Sie sind unverschämt, Mister Sharpe.«

Sharpe lachte. Sein Gesicht wirkte durch die Narbe an seiner Wange grimmig, doch wenn er lächelte oder lachte, verschwand die Düsterkeit, und Kate stellte zu ihrem Erstaunen fest, dass ihr Herz schneller schlug. Sie hatte sich an das erinnert, was Christopher ihr erzählt hatte, wie Lady Grace ihren Ruf zerstört hatte, indem sie mit diesem Mann zusammengelebt hatte. Wie hatte Christopher es ausgedrückt? Angeln am schmutzigen Ende des Sees? Plötzlich beneidete Kate Lady Grace, und dann erinnerte sie sich, dass sie erst seit einer knappen Stunde verheiratet war, und sie schämte sich. Trotzdem sieht dieser Mann schrecklich attraktiv aus, wenn er lächelt wie jetzt, dachte sie.

»Sie haben recht«, sagte Sharpe, »ich bin unverschämt. Das bin ich schon immer gewesen und werde es vermutlich stets sein, und ich entschuldige mich dafür, Ma'am.« Er blickte sich wieder in der Halle um. »Dies ist das Haus Ihrer Mutter?«

»Es ist mein Haus«, sagte Kate, »seit mein Vater starb. Und jetzt, nehme ich an, ist es im Besitz meines Mannes.«

»Einer meiner Männer ist verwundet, und Ihr Mann sagte, er sollte in den Stall gebracht werden. Ich mag es nicht, Verwundete in Ställe zu legen, wenn es bessere Räume gibt.«

Kate errötete, und Sharpe war sich nicht sicher, warum. Dann wies sie auf eine Tür am Ende der Halle. »Die Diener haben Quartiere neben der Küche«, sagte sie, »und ich bin sicher, dass dort ein komfortables Zimmer frei ist.« Sie trat zur Seite und zeigte noch einmal auf die Tür. »Warum sehen Sie nicht nach?«

»Das werde ich, Ma'am«, sagte Sharpe, doch anstatt den hinteren Teil des Hauses zu erkunden, starrte er sie nur an.

»Was ist?«, fragte Kate, beunruhigt von seinem dunklen Blick.

»Ich wollte Ihnen nur meine Glückwünsche aussprechen für Ihre Heirat, Ma'am«, sagte Sharpe.

»Danke, Lieutenant«, sagte Kate.

»Eilig heiraten ...«, sagte Sharpe, legte eine Pause ein und lächelte, denn er sah Ärger in ihren Augen aufflammen, »... ist etwas, was Leute in Kriegszeiten oft tun. Ich werde um das Haus herumgehen und mich hinten umsehen, Ma'am.«

Er überließ sie Vicentes Bewunderung und gesellte sich zu

Harper auf die Terrasse. »Redet der Bastard immer noch?«, fragte er.

»Der Colonel redet immer noch mit den Franzosen, Sir«, sagte Harper, der durch das Fernrohr starrte. »Und sie kommen nicht näher. Der Colonel ist voller Überraschungen, nicht wahr?«

»Ja, das kann man wohl sagen.«

»Und was machen wir, Sir?«

»Wir bringen Dan in ein Dienerzimmer neben der Küche. Der Arzt soll ihn sich ansehen. Wenn er meint, er ist transportfähig, marschieren wir nach Amarante.«

»Nehmen wir das Mädchen mit?«

»Nein, sie ist verheiratet, Pat. Wir können keine Verheiratete mitnehmen. Sie gehört jetzt voll und ganz ihrem Ehemann.« Sharpe kratzte sich unter dem Kragen, wo ihn eine Laus gebissen hatte. »Hübsches Mädchen.«

»Ist sie das? Habe ich gar nicht bemerkt.«

»Verlogener irischer Bastard«, sagte Sharpe.

Harper grinste. »Aye. Nun, sie ist ganz nett fürs Auge, aber sie ist auch eine verheiratete Frau.«

»Du meinst, sie ist tabu?«

»Die Frau eines Colonels? Ich würde nicht davon träumen«, sagte Harper. »Nicht mal, wenn ich Sie wäre.«

»Ich träume nicht, Patrick«, sagte Sharpe. »Ich frage mich nur, wie wir von hier wegkommen.«

»Zurück zur Armee?«, fragte Harper. »Oder zurück nach England?«

»Was würdest du vorziehen?«

Sie sollten in England sein. Sie alle gehörten zum zweiten Bataillon der 95th Rifles, und dieses Bataillon hatte seine Kasernen in Shorncliffe, doch Sharpe und seine Männer waren während des Rückzugs nach Vigo vom Regiment getrennt worden und hatten es irgendwie nie geschafft, sich mit ihm wieder zusammenzuschließen. Captain Hogan hatte dafür gesorgt. Hogan brauchte Männer, die ihn beschützten, während er das wilde Grenzgebiet zwischen Spanien und Portugal kartografierte, und ein Trupp erstklassiger Schützen war für ihn ein Geschenk des Himmels, und so hatte er listig dafür gesorgt, den Papierkram zu manipulieren, Schriftstücke zu verlegen und Sold aus der Militärkasse abzuzweigen und so Sharpe und seine Männer bei sich zu behalten.

»England bringt mir nichts«, sagte Harper. »Ich bin glücklicher hier.«

»Und die Männer?«

»Den meisten gefällt es hier«, sagte der Ire, »doch ein paar wollen heim. Cresacre, Sims, die üblichen Nörgler. John Williamson ist der Schlimmste. Er erzählt den anderen dauernd, dass Sie nur hier sind, weil Sie befördert werden wollen und uns alle dafür opfern.«

»Das sagt er?«

»Und Schlimmeres.«

»Klingt wie eine gute Idee«, sagte Sharpe leichthin.

»Aber ich glaube, niemand außer den üblichen Nörglern glaubt ihm. Die meisten von uns wissen, dass wir zufällig hier sind.« Harper starrte zu den fernen französischen Dragonern, dann schüttelte er den Kopf. »Ich muss Williamson früher oder später mal ordentlich verprügeln.«

»Sie oder ich«, stimmte Sharpe zu.

Harper hielt das Fernrohr wieder an die Augen. »Der Bastard kommt zurück«, sagte er, »und er hat diesen anderen Bastard bei ihnen zurückgelassen.« Er reichte Sharpe das Fernrohr.

»Olivier?«

»Er hat ihn den Franzosen zurückgegeben!« Harper war empört.

Durch das Fernrohr konnte Sharpe sehen, dass Christopher nach Vila Real de Zedes zurückritt, begleitet von einem einzelnen Mann, nach seiner Kleidung zu urteilen, einem Zivilisten, gewiss nicht Olivier, der offenbar mit den Dragonern nordwärts ritt. »Diese Scheißer müssen uns gesehen haben«, sagte Sharpe.

»Das ist klar«, stimmte Harper zu.

»Und Lieutenant Olivier wird ihnen erzählt haben, dass wir hier sind«, sagte Sharpe. »Warum, zum Teufel, lassen sie uns dann in Frieden?«

»Weil der Colonel mit den Bastarden eine Vereinbarung getroffen hat«, sagte Harper und nickte zum fernen Christopher hin.

Sharpe fragte sich, welche Vereinbarung das sein könnte. »Wir sollten ihn in die Mangel nehmen«, sagte er.

»Nein, er ist ein Colonel.«

»Dann sollten wir den Bastard zweimal in die Mangel nehmen, dann finden wir die Wahrheit schnell genug heraus.«

Die beiden Männer verfielen in Schweigen, als Christopher über den Zufahrtsweg zum Haus zurückkehrte. Der Mann, der ihn begleitete, war jung, rothaarig und in Zivilkleidung, doch sein Pferd hatte ein französisches Brandzeichen, und der Sattel war aus Militärbestand. Christopher blickte auf das Fernrohr in Sharpes Hand. »Sie sind ziemlich neugierig, Sharpe«, sagte er mit ungewöhnlicher Freundlichkeit.

»Ich bin neugierig«, sagte Sharpe, »warum Sie unseren Gefangenen zurückgegeben haben.«

»Weil es mein Entschluss war, ihn zurückzugeben, natürlich«, sagte Christopher und glitt vom Pferd. »Und die Franzosen haben versprochen, nicht gegen uns zu kämpfen, bis sie einen britischen Gefangenen von gleichem Rang zurückgeben. Alles ganz normal, Sharpe, und kein Grund zur Empörung.

Dies ist Monsieur Argenton, der mich begleiten wird, um General Cradock in Lissabon zu besuchen.« Der Franzose, der seinen Namen hörte, nickte Sharpe nervös zu.

»Wir werden mit Ihnen kommen«, sagte Sharpe und ignorierte den Franzosen.

Christopher schüttelte den Kopf. »Das glaube ich nicht, Sharpe. Monsieur Argenton wir für uns arrangieren, die Pontonbrücke in Oporto zu benutzen, wenn sie repariert ist, und falls das nicht klappen sollte, wird er die Fahrt auf einer Fähre arrangieren, und ich bezweifle, dass unsere französischen Freunde zulassen werden, dass eine halbe Kompanie von Schützen vor ihren Augen den Fluss überquert.«

»Wenn Sie mit ihnen reden, lassen sie das vielleicht zu«, sagte Sharpe. »Sie scheinen ja gut mit ihnen befreundet zu sein.«

Christopher warf Luis die Zügel zu. Dann forderte er Argenton mit einer Geste auf, abzusitzen und ihm ins Haus zu folgen. Er ging an Sharpe vorbei und wandte sich dann um. »Ich habe andere Pläne für Sie.«

»Sie haben Pläne für mich?«, fragte Sharpe spöttisch.

»Ich glaube, dass in der Armee Seiner Britannischen Majestät ein Lieutenant Colonel einen höheren Rang hat als nur ein Lieutenant, Sharpe«, sagte Christopher sarkastisch. »So werden Sie in einer halben Stunde ins Haus kommen, und ich werde Ihnen Ihre neuen Befehle geben. Kommen Sie, *Monsieur*.« Er winkte Argenton, blickte Sharpe kalt an und stieg die Treppe hinauf.

Am nächsten Morgen regnete es. Es war auch kälter. Graue Regenschleier trieben vom Atlantik mit einem eisigen Wind heran, der die Glyzinen von den Bäumen blies, die Fensterläden des Hauses klappern ließ und kühlen Luftzug durch die

Räume schickte. Sharpe, Vicente und ihre Männer hatten im Stall übernachtet, bewacht von Posten, die in der Nachtkälte zitterten und durch die feuchte Dunkelheit spähten. Sharpe, der in den dunkelsten Stunden der Nacht Wache gehalten hatte, sah in einem Fenster des Hauses Kerzenschein flackern und glaubte einen Schrei wie von einem Tier im Obergeschoss zu hören, und sekundenlang war er überzeugt, dass es Kates Stimme war, dann führte er es auf seine Fantasie zurück und nahm an, dass nur der Wind in den Kaminen geheult hatte.

Im Morgengrauen schaute er nach Hagman und sah, dass der Verwundete schweißnass war, jedoch lebte. Er murmelte im Schlaf hin und wieder einen Namen: »Amy – Amy.« Der Arzt hatte ihn am vergangenen Nachmittag besucht, an der Wunde gerochen und gesagt, dass er sterben würde. Er hatte die Wunde gewaschen und einen neuen Verband angelegt. Er hatte sich geweigert, ein Honorar anzunehmen. »Halten Sie den Verband feucht«, hatte er zu Vicente gesagt, der für Sharpe übersetzt hatte, »und heben Sie ein Grab aus.« Die letzten Worte hatte der portugiesische Leutnant nicht übersetzt.

Kurz nach dem Sonnenuntergang war Sharpe zu Colonel Christopher geholt worden. Der Colonel saß im Salon, den Kopf umwickelt mit heißen Handtüchern, während Luis ihn rasierte. »Er war früher ein Barbier«, sagte der Colonel. »Nicht wahr, Luis, Sie waren ein Barbier.«

»Und ein guter«, sagte Luis.

»Sie sehen aus, als könnten Sie einen Barbier gebrauchen, Sharpe«, sagte Christopher. »Sie haben sich das Haar selbst geschnitten?«

»Nein, Sir.«

»Sieht aber so aus. Sieht aus, als hätten die Ratten daran geknabbert.« Das Rasiermesser schabte über sein Kinn. Luis wischte die Klinge mit einem Tuch ab und schabte weiter.

»Meine Frau wird hierbleiben müssen«, sagte Christopher. »Ich bin ziemlich unglücklich. Aber sie wird nirgendwo sonst sicherer sein. Sie kann nicht nach Oporto gehen, denn dort wimmelt es von Franzosen, die alles vergewaltigen, was nicht tot ist, und vermutlich Dinge essen, die tot sind, sofern sie noch frisch sind, und sie werden die Stadt erst in ein, zwei Tagen unter Kontrolle bringen. So muss Kate hierbleiben, und ich würde mich weitaus behaglicher fühlen, wenn sie beschützt ist, Sharpe. Deshalb werden Sie meine Frau bewachen. Ihr verwundeter Kamerad soll sich erholen, und Sie können sich ausruhen. In einer Woche oder so werde ich zurück sein, und Sie können marschieren.«

Sharpe blickte aus dem Fenster zu einem Gärtner, der den Rasen mähte, vermutlich der erste Schnitt des Jahres.

»Mrs Christopher könnte Sie nach Süden begleiten, Sir«, sagte er.

»Nein, das kann sie verdammt nicht«, blaffte Christopher. »Ich habe ihr gesagt, dass es zu gefährlich ist. Hauptmann Argenton und ich müssen durch feindliche Linien, Sharpe, und das wird nicht leichter für uns, wenn wir eine Frau mitnehmen.« Der wahre Grund war natürlich, dass Kate ihre Mutter nicht treffen und ihr von der Heirat in der kleinen Kirche von Vila Real de Zedes erzählen sollte. »Kate wird also hierbleiben«, fuhr Christopher fort, »und Sie werden sie mit Respekt behandeln.« Sharpe sagte nichts, schaute den Colonel nur an. »Natürlich werden Sie das«, fügte der Colonel hinzu. »Bevor wir reiten, werde ich mit dem Dorfpriester sprechen und sicherstellen, dass seine Leute Ihnen Proviant liefern werden. Brot, Bohnen und ein Ochse sollten für Sie und Ihre Männer für eine Woche reichen. Und halten Sie sich um Himmels willen ruhig und unauffällig. Ich will nicht, dass sich die Franzosen dieses Haus unter den Nagel reißen. Es sind ein paar

Schläuche mit erstklassigem Portwein im Keller. Und ich möchte nicht, dass Ihre Schluckspechte sich davon bedienen.«

»Das werden sie nicht, Sir«, sagte Sharpe. Gestern, als Christopher ihm zum ersten Mal gesagt hatte, dass er und seine Männer im Landhaus bleiben müssten, hatte ihm der Colonel einen Brief von General Cradock gezeigt. Der Brief war so lange unterwegs gewesen, dass er ziemlich abgegriffen und zerknittert war, und die Tinte war verwaschen, aber er besagte eindeutig auf Englisch und Portugiesisch, dass Lieutenant Colonel James Christopher mit einer Sache von großer Wichtigkeit beauftragt war und jeder britische und portugiesische Offizier die Befehle des Colonels befolgen und ihm jede mögliche Unterstützung leisten musste. Der Brief machte klar – und nichts wies auf eine Fälschung hin –, dass sich Christopher in einer Position befand, Sharpe Befehle zu erteilen, und so klang er jetzt respektvoller als zuvor. »Sie werden den Portwein nicht anrühren, Sir«, sagte er.

»Gut, gut. Das war alles, Sharpe. Sie können wegtreten.«

»Sie reiten nach Süden, Sir?«, fragte Sharpe.

»Ich habe Ihnen doch gesagt, dass ich General Cradock besuchen werde.«

»Könnten Sie vielleicht einen Brief von mir an Captain Hogan mitnehmen, Sir?«

»Dann schreiben Sie ihn schnell, Sharpe. Ich muss mich mit dem Aufbruch beeilen.«

Sharpe schrieb den Brief schnell. Er schrieb nicht gern, denn er hatte nie richtig schreiben gelernt, jedenfalls nicht in einer Schule, und er wusste, dass seine Formulierungen so unbeholfen waren wie seine Handschrift, aber er teilte Hogan mit, dass er nördlich des Flusses gestrandet und ihm befohlen worden war, im Landhaus Quinta do Zedes zu bleiben. Und dass er, sobald er von diesem Befehl entbunden war, zum Dienst zurückkehren würde. Er nahm an, dass Christopher diesen Brief lesen würde, und so erwähnte er nichts von dem Colonel und übte keine Kritik an seinen Befehlen. Er gab den Brief Christopher, der Zivilkleidung trug und von dem Franzosen begleitet wurde, der ebenfalls keine Uniform trug. Sie ritten am Vormittag fort. Luis ritt mit ihnen.

Kate hatte ebenfalls einen Brief geschrieben. An ihre Mutter. Sie war an diesem Morgen blass gewesen und hatte anscheinend geweint, was Sharpe auf die bevorstehende Trennung von ihrem Ehemann zurückführte, doch in Wirklichkeit war Kate durcheinander, weil Christopher sie nicht mitnehmen wollte. Er hatte es brüsk abgelehnt. »Wo wir hinreisen, ist es extrem gefährlich. Durch die feindlichen Linien zu reiten kann tödlich sein, und solch einem Risiko kann ich dich nicht aussetzen.« Er hatte Kates Betrübnis gesehen und ihre Hände in seine genommen. »Glaubst du etwa, mir gefällt es, mich so bald von dir zu trennen? Verstehst du nicht, dass mich nur dienstliche Angelegenheiten von höchster Priorität von deiner Seite reißen können? Du musst mir vertrauen, Kate. Ich finde, Vertrauen ist in der Ehe sehr wichtig, meinst du nicht auch?«

Kate hatte versucht, nicht in Tränen auszubrechen, und ihm zugestimmt.

»Du wirst sicher sein«, hatte Christopher gesagt. »Sharpes Männer werden dich beschützen. Ich weiß, dass Sharpe ein unbeholfener Kerl ist, aber er ist ein englischer Offizier, und das bedeutet, dass er fast ein Gentleman ist. Und du hast eine große Dienerschaft, die dich beaufsichtigt.« Er runzelte die Stirn. »Hat Sharpe dich belästigt?«

»Nein«, sagte Kate. »Ich werde ihm einfach aus dem Weg gehen.«

»Ich glaube, darüber wird er sogar froh sein. Lady Grace hat ihn vielleicht ein bisschen gezähmt, aber er fühlt sich sichtlich unbehaglich unter zivilisierten Leuten. Ich bin überzeugt, dass du völlig sicher sein wirst, bis ich zurückkehre. Ich kann dir eine Pistole geben, wenn du dich dann sicherer fühlst.«

»Nein«, sagte Kate, denn sie wusste, dass es im Zimmer ihres verstorbenen Vaters eine Pistole gab, und sie bezweifelte, dass sie Sharpe abschrecken musste. »Wie lange wirst du fort sein?«, fragte sie.

»Eine Woche. Höchstens zehn Tage. Das kann man bei solchen Dingen nie ganz genau sagen, aber sei versichert, meine Liebste, dass ich zu dir eilen werde, sobald es mir möglich ist.«

Sie gab ihm den Brief für ihre Mutter. Der Brief, geschrieben beim Kerzenlicht kurz vor der Morgendämmerung, sagte Mrs Savage, dass ihre Tochter sie liebe und es ihr sehr leidtue, sie getäuscht zu haben, dass sie aber trotzdem mit einem wundervollen Mann verheiratet sei, den sie sicherlich gernhaben würde, als sei er ihr eigener Sohn. Kate versicherte ihrer Mutter, bald wieder bei ihr zu sein, wenn es ihr möglich sei.

Colonel James Christopher las den Brief seiner Frau, als er gen Oporto ritt. Dann las er Sharpes Brief.

»Etwas Wichtiges?«, fragte Hauptmann Argenton.

»Banalitäten, mein lieber Captain, nur Banalitäten«, sagte Christopher, und dann las er Sharpes Brief ein zweites Mal.

»Guter Gott, man erlaubt heutzutage halben Analphabeten, Offiziere des Königs zu sein«, sagte er schließlich seufzend, zerriss beide Briefe und ließ die Fetzen im kalten, nassen Wind davonfliegen, dass die weißen Schnipsel einen Moment wie Schneeflocken hinter seinem Pferd wirkten. »Stimmt meine Annahme, dass wir eine Genehmigung brauchen werden, um den Fluss zu überqueren?«

»Ich werde eine vom Hauptquartier erhalten«, sagte Argenton.

»Gut«, sagte Christopher. Gut, weil in seiner Satteltasche ein dritter Brief war, von dem Hauptmann Argenton nichts wusste. Diesen Brief hatte Christopher selbst in tadellosem, perfektem Französisch geschrieben, und er war an Brigadier General Henri Vuillard in Marschall Soults Hauptquartier adressiert, an den Mann, den Argenton und seine Mitverschwörer am meisten fürchteten. Christopher lächelte, erinnerte sich an die Freuden der vergangenen Nacht und erwartete noch größere Freuden, die kommen würden. Er konnte sich glücklich preisen.

KAPITEL 4

»Spinnweben«, flüsterte Hagman, »und Moos. Das wird helfen, Sir.«

»Spinnweben und Moos?«, fragte Sharpe.

»Ein Breiumschlag aus Spinnweben und Moos und ein wenig Essig. Das Ganze mit braunem Papier umwickelt und fest auf die Wunde gebunden.«

»Der Arzt hat gesagt, wir sollen nur den Verband feucht halten, Dan, nichts sonst.«

»Wir wissen es besser als der Arzt, Sir.« Hagmans krächzende Stimme war kaum hörbar. »Meine Mutter hat immer auf Spinnweben, Moos und Essig geschworen.« Er verfiel in Schweigen, und jeder seiner Atemzüge war wie ein pfeifendes Keuchen. »Und braunes Papier«, ächzte er nach einer Weile. »Und mein Vater, als er von einem Pförtner in Dunham on the Hill angeschossen wurde, wurde von Essig, Moos und Spinnweben geheilt. Sie war eine wunderbare Frau, meine Mutter.«

Sharpe, der neben dem Bett saß, fragte sich, ob er anders wäre, wenn er seine Mutter gekannt hätte, wenn er von einer Mutter aufgezogen worden wäre. Er dachte an Lady Grace, verstorben vor drei Jahren, und wie sie gesagt hatte, er sei voller Zorn, und er fragte sich, ob es das war, was Mütter tun – den Zorn wegnehmen. Dann verdrängte er die Gedanken an Grace – wie immer. Die Erinnerung war einfach zu schmerzlich. Er zwang sich zu einem Lächeln. »Sie haben im Schlaf über Amy gesprochen, Dan. Ist sie Ihre Frau?«

»Amy?« Hagman blinzelte überrascht. »Amy? Ich habe seit

Jahren nicht mehr an Amy gedacht. Sie war die Tochter des Rektors, Sir, und sie hat Dinge getan, von der die Tochter eines Rektors eigentlich nichts wissen sollte.« Er lachte, und es musste ihn schmerzen, denn das Lächeln verschwand, und er stöhnte stattdessen, aber Sharpe nahm an, dass er jetzt eine Chance hatte. In den ersten beiden Tagen hatte er Fieber gehabt, doch der Schweiß war versiegt. »Wie lange bleiben wir hier, Sir?«

»Solange es sein muss, Dan, aber die Wahrheit ist, dass ich es nicht weiß. Der Colonel hat mir befohlen, zu bleiben, bis er etwas anderes befiehlt.« Sharpe war durch die Lektüre von General Cradocks Brief und noch mehr durch die Tatsache, dass Christopher den General besuchte, beruhigt worden. Offensichtlich war der Colonel in wichtigen, geheimen Dingen unterwegs. Jetzt fragte sich Sharpe, ob er Captain Hogans Worte, er solle Christopher im Auge behalten, falsch gedeutet hatte. Vielleicht wollte Hogan Christopher wegen seiner wichtigen Mission geschützt wissen. Was auch immer, jetzt hatte Sharpe seine Befehle, und es beruhigte ihn zu wissen, dass der Colonel die Befugnis hatte, sie zu erteilen. Trotzdem fühlte er sich irgendwie schuldig, dass er und seine Männer in der Quinta do Zedes faul herumliegen konnten, während irgendwo im Süden und Osten ein Krieg stattfand.

Wenigstens nahm er an, dass es Kämpfe gab, denn in den nächsten paar Tagen erhielt er keine neuen Nachrichten. Ein Hausierer kam mit Knöpfen und Nadeln und Medaillons mit der Jungfrau Maria zum Landhaus und berichtete, dass die Portugiesen immer noch die Brücke bei Amarante hielten, wo sie einer großen französischen Armee gegenüberstanden. Er behauptete, die Franzosen wären südlich gen Lissabon marschiert, dann erzählte er von einem Gerücht, das besagte, Marschall Soult sei in Oporto. Ein Bettelmönch, der um etwas zu essen bat, brachte die gleiche Nachricht. »Was gut ist«, sagte Sharpe zu Harper.

»Warum, Sir?«

»Weil Soult nicht in Oporto verweilen würde, wenn die Möglichkeit bestünde, dass Lissabon fällt. Wenn Soult in Oporto ist, dann sind die Franzmänner nicht weitergekommen.«

»Aber sie sind südlich des Flusses?«

»Vielleicht ein paar verdammte Kavalleristen«, sagte Sharpe wegwerfend. Es war frustrierend, nicht zu wissen, wie die Lage war, und Sharpe stellte zu seiner Überraschung fest, dass er sich Colonel Christophers Rückkehr wünschte, damit er endlich erfuhr, wie sich die Dinge in diesem Krieg entwickelten.

Kate wünschte sich die Rückkehr ihres Mannes sogar noch mehr. In den ersten paar Tagen nach seinem Wegritt war sie Sharpe aus dem Weg gegangen, doch jetzt trafen sie sich zunehmend in dem Zimmer, in dem Daniel Hagman lag. Kate brachte dem verwundeten Schützen Essen, und dann setzte sie sich zu ihm und sprach mit ihm. Als sie sich überzeugt hatte, dass Sharpe nicht der ordinäre Schurke war, als den sie ihn eingestuft hatte, lud sie ihn auf die Terrasse ein, wo sie ihm Tee servierte. Manchmal wurde Leutnant Vicente dazu eingeladen, doch er sagte fast nichts, saß nur auf der Kante des Stuhls und starrte Kate bewundernd an. Wenn sie zu ihm sprach, wurde er rot und stammelte, und Kate blickte fort, gleichermaßen verlegen, doch sie mochte den portugiesischen Leutnant anscheinend. Sharpe spürte, dass sie einsam war. Das war sie anscheinend schon immer gewesen.

Eines Abends, als Vicente die Posten beaufsichtigte, sprach Kate davon, wie sie als Kind in Oporto aufgewachsen und nach England ins Internat geschickt worden war. »Wir waren drei Mädchen in einem Pfarrhaus«, erzählte sie ihm an einem kalten Abend, als sie an einem Kaminfeuer im Wohnzimmer saßen.

»Die Frau des Pfarrers ließ uns kochen, saubermachen und nähen«, fuhr Kate fort, »und der Geistliche lehrte uns Literaturkenntnisse, ein wenig Französisch, Mathematik und Shakespeare.«

»Das ist mehr, als ich je gelernt habe«, sagte Sharpe.

»Sie sind nicht die Tochter eines wohlhabenden Weinhändlers«, erwiderte Kate mit einem Lächeln. Hinter ihr, im Schatten, strickte die Köchin. Wenn Kate mit Sharpe oder Vicente zusammen war, hatte sie stets eine Dienerin als Anstandsdame dabei, vermutlich, damit sie ihrem Ehemann keinen Grund zum Misstrauen gab. »Mein Vater war entschlossen, mich in allem auszubilden«, fuhr Kate fort und wirkte wehmütig. »Er war ein sonderbarer Mann, mein Vater. Er machte Wein, doch er trank keinen. Er sagte, Gott wolle das nicht. Der Keller ist voll mit ausgezeichnetem Wein, und er fügte jedes Jahr neuen hinzu, doch er öffnete nie eine Flasche für sich selbst.« Sie fröstelte und neigte sich zum Feuer. »Ich erinnere mich, dass es mir in England immer kalt war. Ich hasste die Kälte, doch meine Eltern wollten mich auf keine Schule in Portugal schicken.«

»Warum nicht?«

»Sie fürchteten, ich könnte vom Papismus angesteckt werden«, sagte sie und spielte mit den Troddeln ihres Umhängetuchs. »Mein Vater war ein entschiedener Gegner des Papsttums«, fuhr sie ernst fort, »deshalb hat er in seinem Testament darauf bestanden, dass ich ein Mitglied der Church of England heiraten muss, oder sonst ...«

»Sonst?«

»Sonst würde ich mein Erbe verlieren«, sagte sie.

»Es ist jetzt sicher«, sagte Sharpe.

»Ja.« Sie blickte zu ihm auf, und der Feuerschein des Kamins spiegelte sich in ihren Augen. »Ja, das ist es.«

»Ist es ein Erbe, das es wert ist, es zu behalten?«, fragte

Sharpe. Er wusste, dass die Frage taktlos war, aber die Neugier hatte ihn dazu getrieben.

»Dieses Haus, die Weingärten«, sagte Kate, anscheinend nicht beleidigt, »und das Haus beim Hafen. Es wird für mich derzeit alles treuhänderisch verwaltet, obwohl meine Mutter sich natürlich über das Einkommen freut.«

»Warum ist sie nicht nach England zurückgekehrt?«

»Sie hat über zwanzig Jahre hier gelebt«, sagte Kate, »so hat sie hier jetzt ihren Freundeskreis. Aber nach dieser Woche?« Sie zuckte mit den Schultern. »Vielleicht wird sie nach England zurückkehren. Sie sagt immer, sie würde heimkehren, um einen zweiten Ehemann zu finden.« Kate lächelte bei diesem Gedanken.

»Sie kann nicht hier heiraten?«, fragte Sharpe und sah vor seinem geistigen Auge die gut aussehende Frau, die vor dem Haus Beautiful in die Kutsche gestiegen war.

»Hier sind alle Papisten, Mister Sharpe«, sagte Kate in spöttischem Tadel. »Obwohl ich den Verdacht habe, dass sie vor Kurzem jemanden gefunden hat. Sie hat sich mehr Mühe mit ihrem Aussehen gegeben, mit ihrer Kleidung, ihrem Haar, aber vielleicht habe ich mir das auch nur eingebildet.« Sie schwieg einen Moment. Die Köchin strickte fleißig, und im Kamin zerbrach ein Holzscheit in einem Funkenregen. Ein Funke fiel über das Kamingitter und schwelte auf dem Teppich, bis Sharpe sich vorneigte und ihn ausdrückte. Die Tompion-Uhr in der Halle schlug neunmal. »Mein Vater«, fuhr Kate fort, »war der Meinung, dass die Frauen in seiner Familie dazu neigen, vom schmalen und geraden Pfad abzuweichen, deshalb wollte er immer, dass ein Sohn sein Erbe übernähme. Das war nicht möglich, und so band er uns in seinem Testament die Hände.«

»Sie mussten einen protestantischen Engländer heiraten?«

»Jedenfalls einen konfirmierten Anglikaner«, sagte Kate, »der bereit war, seinen Namen in Savage zu ändern.«

»Er ist also jetzt Colonel Savage?«

»Das wird er sein«, sagte Kate. »Er sagte, er würde bei einem Notar in Oporto ein Dokument unterschreiben, und dann werden wir es zu den Treuhändern in London schicken. Ich weiß nicht, wie wir jetzt Briefe heimschicken, aber James wird einen Weg finden. Er ist sehr einfallsreich.«

»Das ist er bestimmt«, sagte Sharpe. »Aber will er in Portugal bleiben und Portwein machen?«

»Oh ja«, sagte Kate.

»Und Sie?«

»Aber natürlich! Ich liebe Portugal, und ich weiß, dass James bleiben will. Das erklärte er, kurz nachdem er in unserem Haus in Oporto eintraf.« Sie sagte, dass Christopher nach Neujahr zum Haus Beautiful gekommen war und dort für eine Weile gewohnt hatte. Die meiste Zeit hatte er jedoch mit Ritten nach Norden verbracht. Sie wusste nicht, was er dort getan hatte. »Es ging mich nichts an«, sagte sie.

»Und was macht er jetzt im Süden? Geht Sie das auch nichts an?«

»Erst, wenn er mir davon erzählt«, erwiderte sie. Dann runzelte sie die Stirn. »Sie mögen ihn nicht, wie?«

Sharpe war verlegen und wusste nicht, was er antworten sollte. »Seine Zähne sind makellos«, sagte er schließlich.

Bei dieser widerwilligen Antwort nahm Kates Miene einen schmerzlichen Zug an. »Hörte ich die Uhr schlagen?«, fragte sie.

Sharpe verstand den Wink. »Zeit, die Posten zu überprüfen«, sagte er, erhob sich und ging zur Tür. Er blickte zurück zu Kate und bemerkte, nicht zum ersten Mal, wie zierlich sie war und wie ihre Haut im Feuerschein zu glühen schien, doch dann verdrängte er die Gedanken an sie und begann seinen Rundgang zu den Posten.

In den nächsten Tagen drillte Sharpe die Schützen hart, ließ sie auf dem Anwesen patrouillieren, auf dem Zufahrtsweg so lange exerzieren, bis die wenige verbliebene Energie nur noch zum Murren reichte. Sharpe wusste, wie gefährlich ihre Situation war. Christopher hatte ihm befohlen, zu bleiben und Kate zu bewachen, doch das Landhaus konnte selbst gegen eine kleine französische Streitmacht nicht verteidigt werden. Das Haus stand hoch in einem bewaldeten Gebiet, der Hügel dahinter erhob sich sogar noch höher, und es gab dichte Wälder auf dem höheren Terrain, die ein Infanteriekorps aufnehmen konnten, das bei einem Angriff noch den Vorteil der Deckung hatte, die ihm die Bäume gaben. Noch höher, dort, wo die Bäume endeten und sich der Hügel zu einem felsigen Gipfel erhob, stand ein alter, windschiefer Wachturm, und dort verbrachte Sharpe Stunden damit, die Landschaft zu beobachten.

Er sah jeden Tag französische Soldaten. Da war ein Tal nördlich von Vila Real de Zedes, durch das sich eine Straße wand, die ostwärts nach Amarante führte und die jeden Tag von feindlicher Artillerie, Infanterie und Nachschubwagen benutzt wurde. Um sie zu sichern, patrouillierten große Trupps Dragoner durch dieses Tal. Manchmal gab es Feuergefechte in der Ferne, schwach, kaum zu hören, und Sharpe nahm an, dass die Landbevölkerung die Invasoren aus dem Hinterhalt beschoss. Er versuchte durch das Fernrohr festzustellen, wo die Aktionen stattfanden, aber er konnte die Partisanen nie sehen, und keiner von ihnen kam näher, ebenso wenig die Franzosen, die längst wissen mussten, dass sich eine gestrandete Gruppe britischer Schützen bei Vila Real de Zedes aufhalten musste. Einmal sah er einige Dragoner eine Meile an dem Landhaus vorbeitraben, und zwei ihrer Offiziere betrachteten das elegante Haus durch

Fernrohre, näherten sich jedoch nicht. Hatte Christopher dies arrangiert?

Neun Tage, nachdem Christopher weggeritten war, kam der Dorfvorsteher zu Vicente und brachte ihm eine Zeitung aus Oporto. Es war ein schlecht gedrucktes Blatt, und Vicente war verwirrt davon. »Ich habe nie vom *Diario do Oporto* gehört«, sagte er zu Sharpe, »und es ist dummes Zeug.«

»Dummes Zeug?«

»Darin steht, dass Soult sich zum König von Nord-Lusitania erklären soll! Es heißt, dass es viele Portugiesen gibt, die das unterstützen. Wer? Und warum sollten sie das?«

»Die Franzosen haben die Zeitung drucken lassen«, vermutete Sharpe, dem es ein Rätsel war, weshalb die Franzosen ihn in Frieden ließen.

Der Arzt, der vorbeikam, um nach Hagman zu sehen, vermutete, dass Marschall Soult seine Truppen in Bereitschaft sammelte, um im Süden zuzuschlagen, und er keine Männer in kleinen Scharmützeln in den nördlichen Bergen aufs Spiel setzen wollte. »Wenn er ganz Portugal unterworfen hat«, sagte der Arzt, »dann wird er euch rauswerfen.« Er rümpfte die Nase, als er den stinkenden Verband von Hagmans Brust anhob, doch dann schüttelte er erstaunt den Kopf, denn die Wunde war sauber. Hagman atmete leichter, er konnte sich jetzt im Bett aufsetzen und aß besser.

Vicente verließ das Landhaus der Savages am nächsten Tag. Der Arzt hatte die Nachricht gebracht, dass General Silveiras Armee in Amarante die Brücke über den Tamega tapfer verteidigte, und er hielt es für seine Pflicht, bei dieser Verteidigung zu helfen. Doch drei Tage später kehrte er zurück, weil zu viele Dragoner im Gebiet zwischen Vila Real de Zedes und Amarante patrouillierten. Sein Scheitern deprimierte ihn. »Ich habe nur meine Zeit verschwendet«, bekannte er Sharpe.

»Wie gut sind Ihre Männer?«, fragte Sharpe.

Die Frage verwirrte Vicente. »Gut? So gut wie jede, nehme ich an.«

»Sind sie das wirklich?«, fragte Sharpe.

An diesem Nachmittag ließ er jeden Mann, britische Schützen und Portugiesen, drei Patronen pro Minute von den portugiesischen Musketen abfeuern. Er tat es vor dem Haus und stimmte die Schüsse zeitlich mit der großen Standuhr ab.

Feldwebel Maredo war der einzige Mann außer Sharpe, der seine drei Schüsse in fünfundvierzig Sekunden feuerte. Fünfzehn der Schützen und zwölf der Portugiesen schafften einen Schuss alle zwanzig Sekunden, aber der Rest war langsamer, und so ließen Sharpe und Vicente die Männer üben. Williamson, einer der Schützen, die gescheitert waren, grollte, dass es blöde sei, ihn als Schütze üben zu lassen, mit einer Muskete mit glattem Lauf zu feuern. Er sagte es so laut, dass alle es hören konnten, wohl in der Erwartung, dass Sharpe es ignorieren würde, dann ärgerte er sich, als Sharpe ihn aus dem Glied wegtreten ließ.

»Sie haben eine Beschwerde?«, fragte Sharpe scharf.

»Nein, Sir.« Williamson blickte mit mürrischer Miene an Sharpe vorbei.

»Sehen Sie mich an«, sagte Sharpe. Williamson gehorchte verdrossen. »Der Grund, weshalb Sie lernen, eine Muskete wie ein richtiger Soldat abzufeuern, ist folgender: Ich will nicht, dass die Portugiesen sich für minderwertiger halten und denken, wir sehen auf sie hinab.« Williamson wirkte immer noch verdrossen. »Und außerdem«, fuhr Sharpe fort, »sind wir Meilen hinter den feindlichen Linien gestrandet, und was geschieht, wenn Ihr Gewehr bricht? Und es gibt noch einen Grund.«

»Welchen, Sir?«, fragte Williamson.

»Wenn Sie es nicht verdammt tun«, sagte Sharpe, »dann lasse

ich Sie üben und üben, bis Sie den Strafdienst satthaben und nur noch wünschen, mich zu erschießen, um mich loszuwerden.«

Williamson starrte Sharpe an, und seine Miene verriet, dass er nichts lieber täte, als auf ihn zu schießen, aber Sharpe sah ihm in die Augen, bis Williamson dem Blick nicht mehr standhalten konnte und wegsah. »Uns wird die Munition ausgehen«, sagte er mürrisch, und damit hatte er vermutlich sogar recht, doch Sharpe löste das Problem, indem er Kate Savage bat, die Waffenkammer ihres Vaters aufzuschließen. Er fand ein Fass Pulver und eine Kugelgussform, und so konnte er seine Männer mit Seiten von Gebetbüchern aus der Bibliothek neue Patronen herstellen lassen. Die Kugeln waren zu klein, aber gut genug zum Üben, und drei Tage lang feuerten die Männer mit Musketen und Gewehren über den Zufahrtsweg. Die Franzosen mussten das Knallen in den Hügeln hören und den Pulverrauch über Vila Real de Zedes sehen, doch sie kamen nicht. Ebenso wenig ließ sich Christopher blicken.

»Aber die Franzosen werden kommen«, sagte Sharpe eines Nachmittags zu Harper, als sie den Hügel hinter dem Haus erkletterten.

»Wahrscheinlich«, meinte der große Ire.

»Und sie werden uns in Scheiben schneiden«, sagte Sharpe.

Harper zuckte bei dieser pessimistischen Meinung mit den Schultern. Dann runzelte er die Stirn. »Wie weit klettern wir noch?«

»Bis zur Kuppe«, sagte Sharpe. Er hatte Harper zwischen den Bäumen hindurchgeführt, und jetzt waren sie auf dem felsigen Hang, der zu dem alten Wachturm auf dem Gipfel führte. »Du warst noch nie hier oben, nicht wahr?«

»Ich bin in Donegal aufgewachsen«, sagte Harper, »und da haben wir eines gelernt: Geh nie auf einen Berggipfel.«

»Warum nicht?«

»Weil alles Wertvolle längst runtergerollt ist, Sir, und man außer Atem ist und feststellt, dass dort nichts zu holen ist. Mein Gott, man kann von hier aus fast bis in den Himmel hinaufsehen.«

Der Weg wurde immer steiler, bis nur eine Ziege auf dem trügerischen Geröll auf dem Pfad bis zum alten Wachturm richtig Halt gefunden hätte. »Wir werden hier oben eine Festung errichten«, sagte Sharpe begeistert.

»Gott bewahre uns!«, sagte Harper.

»Wir werden faul, Pat, weich, müßig. Das ist nicht gut.«

»Aber warum sollen wir hier eine Festung errichten?«, fragte Harper. »Es ist bereits eine. Der Teufel selbst könnte diesen Hügel nicht einnehmen, wenn er verteidigt wird.«

»Es führen zwei Wege hier rauf«, sagte Sharpe. »Der Pfad, auf dem wir heraufgeklettert sind, und ein anderer auf der Südseite. Ich will Wälle auf jedem Pfad haben, Steinwälle, Pat, hoch genug, sodass ein Mann dahinterstehen und hinüberfeuern kann. Es gibt hier oben genügend Steine für die Wälle.«

Sharpe führte Harper durch den gewölbten Torweg des halb eingefallenen Turms und zeigte ihm, dass das alte Gemäuer in einer natürlichen Vertiefung auf dem Gipfel des Hügels errichtet worden war und wie der nach und nach zusamengefallene Turm die Vertiefung mit Steinen gefüllt hatte.

Harper spähte in das Loch hinab. »Sie wollen, dass wir mit all diesen Trümmerstücken Wälle bauen?« Die Frage klang entsetzt.

»Ich habe mit Kate Savage über die Ruine dieses Turms gesprochen«, sagte Sharpe. »Dieser alte Turm wurde vor Hunderten von Jahren errichtet, Pat, als die Mauren noch hier waren. Sie töteten damals Christen, und der König ließ den

Wachturm bauen, damit die Wächter das Nahen der Mauren rechtzeitig melden konnten.«

»Das war vernünftig«, sagte Harper.

»Und Kate hat gesagt, dass die Leute in den Tälern ihre Wertsachen hier raufgebracht haben. Münzen, Schmuck, Gold. Alles hier rauf, Pat, damit die heidnischen Bastarde es sich nicht unter den Nagel reißen konnten. Und dann gab es ein Erdbeben, und der Turm stürzte ein. Die Einheimischen sind davon überzeugt, dass noch heute die Schätze unter diesen Steintrümmern liegen.«

Harper blickte skeptisch drein. »Und warum hat man sie nicht geborgen, Sir? Die Dorfbewohner kommen mir nicht wie Vollidioten vor. Maria und Joseph, wenn ich wüsste, dass ein Schatz auf einem Hügel nur auf das Ausgraben wartet, würde ich meine Zeit nicht mit Pflug und Egge verplempern.«

»Da hast du recht«, sagte Sharpe. Er hatte die Geschichte auf dem Weg herauf erfunden und angestrengt nach einer Antwort auf Harpers zu erwartende Zweifel gesucht. »Weißt du, da ist ein Kind mit dem Gold verschüttet worden, und die Legende sagt, dass das Kind das Haus eines jeden verfluchen wird, der seine Gebeine ausgräbt. Natürlich nur die Häuser der Einheimischen«, fügte er hastig hinzu.

Harper rümpfte die Nase über diese Legende, dann blickte er den Pfad hinunter. »Sie wollen hier also eine Festung bauen?«

»Und wir brauchen Fässer mit Wasser hier oben«, sagte Sharpe. Das war eine Schwachstelle des Gipfels – kein Wasser. Wenn die Franzosen kamen und er sich auf die Hügelkuppe zurückziehen musste, wollte er nicht vor Durst kapitulieren müssen. »Miss Savage ...«, sie war immer noch nicht Mrs Christopher für ihn, »... wird Fässer für uns haben.«

»Hier raufschaffen? In die Sonne? Das Wasser wird ungenießbar werden«, gab Harper zu bedenken.

»Ein Spritzer Brandy in jedes Fass«, sagte Sharpe und erinnerte sich an seine Reise nach Indien und zurück. Da hatte das Wasser schwach nach Rum geschmeckt. »Ich werde den Brandy auftreiben.«

»Und Sie erwarten wirklich von mir, dass ich glaube, es gibt Gold unter diesen Steinen, Sir?«

»Nein«, gab Sharpe zu, »aber ich möchte, dass mindestens die Hälfte der Männer es glaubt. Es wird harte Arbeit, hier Wälle zu errichten, Pat, und Träume von einem Schatz können nicht schaden.«

So errichteten sie die Festung und fanden nie Gold, doch im Sonnenschein des Frühlings bauten sie die Hügelkuppe zu einer Schanze aus, hinter der eine Hand voll Infanteristen bei einer Belagerung alt werden konnte. Die alten Erbauer hatten nicht nur den höchsten Punkt in meilenweitem Umkreis für ihren Wachturm ausgewählt, der Platz war auch leicht zu verteidigen. Angreifer konnten sich nur von Norden oder Süden nähern, und in beiden Fällen würden sie ihren Weg über schmale Pfade wählen müssen. Sharpe, der eines Tages den südlichen Pfad erkundete, fand eine verrostete Speerspitze unter einem Stein, und er nahm sie mit auf den Gipfel und zeigte sie Kate. Sie hielt die Speerspitze in den Schatten unter ihrem breiten Strohhut und drehte sie hin und her. »Sie ist vermutlich nicht sehr alt«, sagte sie.

»Ich hatte gedacht, sie könnte einen Mauren verwundet haben.«

»Man benutzte zur Zeit meines Großvaters immer noch Pfeil und Bogen«, sagte sie.

»Da war Ihre schon Familie hier?«

»Die Geschichte der Savages begann in Portugal im Jahre 1711«, sagte sie stolz. Sie hatte nach Nordwesten, in Richtung Oporto geschaut, und Sharpe wusste, dass sie in der Hoffnung, einen Reiter zu sehen, die Straße beobachtet hatte. Die vergangenen Tage hatten weder ein Anzeichen auf ihren Mann noch einen Brief von ihm gebracht. Die Franzosen waren ebenfalls nicht aufgetaucht, doch Sharpe wusste, dass sie seine Männer auf dem Gipfel gesehen hatten, als sie Steine für die Wälle aufeinandergeschichtet und Wasserfässer über den Pfad hinaufgeschleppt und in der leer geräumten Vertiefung unter dem Wachturm verstaut hatten. Die Männer grollten, weil sie das Gefühl hatten, zu Maultieren degradiert worden zu sein. Einige, ermuntert durch Williamson, beschwerten sich, dass sie ihre Zeit vergeudeten, dass sie lieber diesen gottverdammten Hügel mit seiner Turmruine verlassen und einen Weg nach Süden zur Armee gesucht hätten, und Sharpe nahm an, dass sie vermutlich recht hatten, aber er hatte seine Befehle, und so blieb er.

»Ich sage euch«, hetzte Williamson bei seinen Kameraden, »es geht ihm um das verdammte Weib. Wir schuften mit den Steinen, und Sharpe pimpert die Frau des Colonels.« Und wenn Sharpe diese Meinung gehört hätte, dann hätte er ihr vielleicht ebenfalls zugestimmt, auch wenn er Kate nicht »pimperte«. Er erfreute sich ihrer Gesellschaft und war entschlossen – Befehl oder nicht – sie vor den Franzosen zu beschützen.

Doch die Franzosen kamen nicht, und Colonel Christopher ließ sich ebenfalls nicht blicken. Stattdessen kam Manuel Lopes.

Er traf auf einem Rappen ein, galoppierte den Zufahrtsweg hinauf und zügelte den Hengst dann so schnell, dass selbst ein erfahrener Reiter hätte abgeworfen werden können, doch er blieb im Sattel und behielt die Kontrolle. Er beruhigte den scheuenden Hengst und grinste Sharpe an.

»Sie sind der Engländer«, sagte er auf Englisch, »und ich hasse die Engländer, aber nicht so sehr, wie ich die Spanier hasse, und ich hasse die Spanier weniger als die Franzosen.« Er glitt aus dem Sattel und streckte Sharpe die Hand hin. »Ich bin Manuel Lopes.«

»Sharpe.«

Lopes blickte zum Haus wie ein Mann, der es zum Plündern abschätzte. Er war etwas kleiner als Sharpe, wirkte jedoch größer. Er war ein massiger Mann, jedoch nicht fett, mit markantem Gesicht, lebhaften Augen und einem scharfen Lächeln. Er führte die Partisanen an, die den Franzosen das Leben so schwer machten. »Wenn ich ein Spanier wäre, und ich danke dem Allmächtigen jeden Tag, dass ich keiner bin, würde ich mir einen dramatischen Namen geben, vielleicht ›Manuel der Schlächter‹ oder ›Schweinekiller‹ oder ›Prinz des Todes‹, aber ich bin ein demütiger Bürger Portugals, und so ist mein Spitzname ›Der Schullehrer‹.«

»Der Schullehrer«, wiederholte Sharpe.

»Weil ich genau das war«, sagte Lopes. »Ich leitete eine Schule in Braganza, wo ich undankbaren kleinen Hüpfern Englisch, Latein, Griechisch, Algebra, Rhetorik und Reitkunst beibrachte. Ich lehrte sie auch, Gott zu lieben, den König zu ehren und allen Spaniern ins Gesicht zu furzen. Und jetzt, anstatt meinen Atem zu verschwenden, töte ich Franzosen.« Er machte eine übertriebene Verbeugung. »Ich bin berühmt dafür.«

»Ich habe noch nie von Ihnen gehört«, sagte Sharpe.

Lopes lächelte. »Die Franzosen haben von mir gehört, *senhor*, und ich habe von *Ihnen* gehört. Wer ist der Engländer, der in Sicherheit nördlich des Douro lebt? Warum lassen ihn die Franzosen in Frieden? Wo ist der portugiesische Offizier, der in seinem Schatten lebt? Warum sind sie hier? Warum errichten sie eine Spielzeugfestung auf dem Wachturm-Hügel? Warum kämpfen sie nicht?«

»Gute Fragen«, sagte Sharpe trocken.

Lopes blickte wieder zum Haus. »Überall sonst in Portugal,

wo die Franzosen ihren Mist hinterlassen haben, waren Orte wie dieser zerstört. Sie haben die Gemälde geklaut, die Möbel zerschlagen und die Weinkeller leer gesoffen. Doch der Krieg ist nicht zu diesem Haus gekommen.« Er drehte sich und starrte den Zufahrtsweg hinab, wo zwanzig oder dreißig Mann aufgetaucht waren. »Meine Schüler«, erklärte er. »Sie brauchen eine Rast.«

Die »Schüler« waren seine Männer, die Partisanen-Bande, mit der Lopes die französischen Kolonnen aus dem Hinterhalt überfallen hatte, die Munition zu den Kanonieren brachten, die gegen die Portugiesen kämpften, die immer noch die Brücke von Amarante hielten. Der Schullehrer hatte einige gute Männer in den Kämpfen verloren und gab zu, dass ihn seine frühen Erfolge zu selbstsicher gemacht hatten, sodass französische Dragoner vor zwei Tagen seine Männer in offenem Terrain überrascht hatten.

»Ich hasse diese grünen Bastarde«, grollte Lopes, »hasse sie und ihre großen Schwerter.« Fast die Hälfte seiner Männer war getötet worden. Der Rest hatte Glück gehabt und war entkommen. »So habe ich sie hergebracht«, sagte Lopes, »damit sie sich erholen, und weil die Quinta do Zedes anscheinend ein sicherer Hafen ist.«

Kate rebellierte, als sie hörte, dass Lopes und seine Männer im Haus bleiben wollten. »Sagen Sie ihm, er soll seine Männer ins Dorf bringen«, bat sie Sharpe.

Lopes lachte. »Ihr Vater war ebenfalls ein großkotziger Bastard«, sagte er.

»Sie kannten ihn?«

»Ja, ich kannte ihn. Er machte Portwein, trank ihn jedoch nicht wegen seines blöden Glaubens, und er nahm den Hut nicht ab, wenn die Sakramente vorbeigetragen wurden. Was ist das nur für ein Mann? Selbst ein Spanier ehrt die heiligen Sakramente.« Lopes zuckte mit den Schultern. »Meine Männer werden im Dorf glücklich sein. Wir werden ohnehin nur so lange bleiben, bis die schlimmsten Wunden verheilt sind. Dann werden wir wieder kämpfen.«

»Wir auch.«

»Sie?« Der Schullehrer war belustigt. »Sie haben doch bis jetzt nicht gekämpft.«

»Colonel Christopher hat mir befohlen, hierzubleiben.«

»Colonel Christopher?«

»Dies ist das Haus seiner Frau«, sagte Sharpe.

»Ich wusste nicht, dass er verheiratet ist.«

»Sie kennen ihn?«

»Er besuchte mich in Braganza. Zu diesem Zeitpunkt besaß ich noch die Schule und hatte den Ruf eines Mannes mit Einfluss. Bei seinem Besuch wollte er wissen, was die Leute davon halten, gegen die Franzosen zu kämpfen. Ich sagte ihm, dass die Leute die Franzosen lieber in ihrer eigenen Pisse ersäufen würden, aber wenn das nicht geht, würden sie stattdessen kämpfen. Also tun wir das.« Lopes legte eine Pause ein. »Ich hörte auch, dass der Colonel jedem Geld gibt, der bereit ist, gegen die Franzosen zu kämpfen, doch wir haben nie welches gesehen.« Er blickte wieder zum Haus. »Und die Quinta gehört seiner Frau? Und für die Franzosen ist dieses Haus tabu?«

»Colonel Christopher«, sagte Sharpe, »spricht mit den Franzosen, und im Augenblick ist er südlich des Douro und hat einen Franzosen mitgenommen, um mit dem britischen General zu sprechen.«

Lopes starrte Sharpe einen Moment an. »Warum würde ein französischer Offizier mit einem Briten sprechen?«, fragte er, wartete auf Sharpes Antwort und gab sie sich selbst, als der Schütze schwieg. »Nur aus einem Grund: um Frieden zu schließen. Britannien wird sich davonmachen und uns leiden lassen.«

»Ich weiß es nicht«, sagte Sharpe.

»Wir werden sie schlagen, mit euch oder ohne euch«, sagte Lopes ärgerlich und schritt hinunter zum Zufahrtsweg. Er befahl seinen Männern, ihm sein Pferd zu bringen, das Gepäck aufzunehmen und ihm ins Dorf zu folgen.

Nach dem Gespräch mit Lopes fühlte sich Sharpe noch schuldiger. Andere Männer kämpften, während er und seine Männer herumgammelten.

An diesem Abend, nach dem Abendessen, bat er Kate um ein Gespräch. Es war spät, und Kate hatte die Diener in die Küche zurückgeschickt. Sharpe wartete darauf, dass sie die Köchin zurückrief, damit sie als Anstandsdame fungierte, doch stattdessen führte sie ihn in den Salon. Es war dunkel, denn keine Kerzen waren angezündet. Kate ging zu einem der Fenster und zog den Vorhang zurück, um den blassen Mondschein hereinzulassen. Silbernes Licht fiel auf die Glyzinen. Die Stiefelschritte eines Postens knirschten auf dem Zufahrtsweg.

»Ich weiß, was Sie mir sagen werden«, sagte Kate. »Sie halten es für an der Zeit, zu gehen.«

»Ja«, sagte Sharpe, »und ich meine, Sie sollten mit uns kommen.«

»Ich muss auf James warten«, sagte Kate. Sie ging zu einem Anrichtetisch und schenkte im Schein des Mondes Portwein in ein Glas. »Für Sie«, sagte sie.

»Was hat der Colonel gesagt, wie lange er wegbleiben würde?«, fragte Sharpe.

»Eine Woche, höchstens zehn Tage.«

»Er ist jetzt über zwei Wochen weg, fast drei«, sagte Sharpe.

»Er hat Ihnen befohlen, hierzubleiben und auf seine Rückkehr zu warten.«

»Nicht bis in alle Ewigkeit«, erwiderte Sharpe. Er ging zum Anrichtetisch und nahm den Portwein, den besten der Savages.

»Sie können mich nicht hier zurücklassen«, sagte Kate.

»Das habe ich auch nicht vor.« Der Mondschein zauberte Schatten auf ihr schönes Gesicht und glänzte in ihren Augen. Er verspürte Eifersucht auf Colonel Christopher. »Ich finde, Sie sollten mitkommen.«

»Nein«, sagte Kate mit einer Spur Gereiztheit und sah ihn bittend an. »Sie können mich nicht hier allein lassen!«

»Ich bin Soldat«, sagte Sharpe, »und ich habe lange genug gewartet. Es soll in diesem Land ein Krieg im Gange sein, und ich sitze hier nur herum wie ein Tagedieb.«

Kate hatte auf einmal Tränen in den Augen. »Was mag ihm passiert sein?«

»Vielleicht hat er neue Befehle in Lissabon erhalten.«

»Warum schreibt er dann nicht?«

»Weil wir jetzt in feindlichem Gebiet sind, Ma'am«, sagte Sharpe, »und er vielleicht keine Botschaft zu uns schicken kann.« Das ist unwahrscheinlich, dachte Sharpe, denn Christopher hat anscheinend viele Freunde unter den Franzosen. Vielleicht war der Colonel in Lissabon gefangen genommen worden. Oder er war möglicherweise von Partisanen getötet worden. »Vermutlich wartet er darauf, dass Sie ihm nach Süden folgen«, sagte er, anstatt seine Gedanken auszusprechen.

»Dann würde er eine Botschaft schicken«, wandte Kate ein. »Sicherlich ist er auf dem Rückweg.«

»Sind Sie sich dessen sicher?«

Sie setzte sich auf einen Stuhl beim Fenster und starrte hinaus. »Er muss zurückkommen«, sagte sie leise, und ihr Tonfall verriet, dass sie in Wirklichkeit die Hoffnung schon aufgegeben hatte.

»Wenn Sie glauben, dass er zurückkommt, dann müssen Sie auf ihn warten«, sagte er. »Aber ich marschiere mit meinen Männern nach Süden. Wir marschieren in der Dunkelheit südwärts bis zum Fluss und suchen an seinem Ufer nach einem Boot, ganz gleich, welches. Sogar ein Baumstamm würde reichen, alles, was schwimmen und meine Männer über den Douro tragen kann.«

»Wissen Sie, weshalb ich ihn geheiratet habe?«, fragte Kate plötzlich.

Sharpe war so erstaunt von der Frage, dass er keine Antwort gab. Er starrte sie nur an.

»Ich habe ihn geheiratet«, sagte Kate, »weil das Leben in Oporto so langweilig ist. Meine Mutter und ich leben in dem großen Haus auf dem Hügel, und die Anwälte sagen uns, was in den Weingärten und dem Sommerhaus geschieht. Die anderen Damen kommen zum Tee, und an den Sonntagen gehen wir in die englische Kirche, das ist alles, was jemals geschieht.«

Sharpe hatte immer noch nichts gesagt. Er war verlegen.

»Sie denken, er hat mich wegen des Geldes geheiratet, nicht wahr?«, fragte Kate.

»Meinen Sie das nicht auch?«

Sie starrte ihn schweigend an, und er glaubte fast, dass sie ärgerlich war, doch stattdessen schüttelte sie den Kopf und seufzte. »Das wage ich nicht zu glauben«, sagte sie. »Obwohl ich glaube, dass die Ehe ein Spiel ist, bei dem wir nicht wissen, was daraus wird, aber wir hoffen einfach. Wir heiraten hoffend, Mister Sharpe, und manchmal haben wir Glück. Finden Sie das nicht auch?«

»Ich habe nie geheiratet«, wich Sharpe der Antwort aus.

»Hätten Sie es denn gewollt?«, fragte Kate.

»Ja«, sagte Sharpe und dachte an Grace.

»Was hat es verhindert?«

»Sie war Witwe«, sagte Sharpe, »und die Anwälte schlugen Kapital aus dem Testament ihres Ehemanns, und wir dachten, wenn wir heiraten, würde das die Dinge nur komplizieren. Das sagten ihre Anwälte. Ich hasse Anwälte.« Er hörte mit dem Reden auf, denn die Erinnerungen schmerzten ihn wie immer. Er trank den Portwein aus, um seine Gefühle zu verbergen, dann trat er ans Fenster und blickte auf den vom Mondschein erhellten Weg, der zu den nördlichen Hügeln führte, über denen der Rauch der Feuer des Dorfes zu den Sternen emporstieg. »Und dann starb sie«, endete er abrupt.

»Das tut mir leid«, sagte Kate leise.

»Und ich hoffe, es wird gut für Sie ausgehen«, sagte Sharpe.

»Wirklich?«

»Natürlich.« Er wandte sich ihr zu, und er war ihr so nahe, dass sie den Kopf zurücklegen musste, um ihm in die Augen zu sehen. »Was ich wirklich hoffe, ist dies«, sagte er und neigte sich vor, um sie sanft auf die Lippen zu küssen. Für einen Moment versteifte sie sich, doch dann ließ sie sich küssen, und als er den Kuss beendete, senkte sie den Kopf, und er wusste, dass sie weinte. »Ich hoffe, du wirst glücklich«, sagte er.

Kate schaute nicht auf. »Ich muss das Haus verschließen«, sagte sie, und Sharpe wusste, dass er verabschiedet war.

Am nächsten Tag ließ er seine Männer alles für den Abmarsch vorbereiten. Es waren Stiefel zu reparieren und Tornister und Brotbeutel mit Proviant zu bestücken. Sharpe vergewisserte sich, dass alle Waffen gereinigt wurden, dass die Feuersteine neu und die Patronentaschen gefüllt waren. Harper erschoss zwei der erbeuteten Dragoner-Pferde und zerteilte sie in Fleischportionen, die getragen werden konnten. Dann setzte er Hagman auf ein anderes der Pferde und sorgte dafür, dass er in der Lage sein würde, ohne zu viele Schmerzen darauf zu reiten. Sharpe sagte Kate, dass sie ein anderes Pferd reiten musste, und sie protestierte, sagte, sie könne nicht ohne Anstandsdame reisen. Sharpe stellte sie vor die Wahl: »Entweder bleiben oder reiten, Ma'am, aber wir marschieren heute Abend los.«

»Sie können mich nicht verlassen«, sagte Kate ärgerlich, als hätte er sie nicht geküsst und sie hätte es nicht zugelassen.

»Ich bin Soldat, Ma'am«, sagte Sharpe, »und ich gehe heute Abend weg.«

Und dann ging er doch nicht, weil in der Abenddämmerung Colonel Christopher zurückkehrte. Der Colonel saß auf einem Rappen und war ganz in Schwarz gekleidet. Dodd und Pendleton waren die Posten auf dem Zufahrtsweg zur Quinta und als sie vor Christopher salutierten, berührte er nur knapp mit seiner Reitgerte den Rand seines Zweispitzes und trieb sein Pferd weiter. Luis, der Diener, folgte ihm, und der Staub ihrer Pferde verwehte über den Glyzinen zu beiden Seiten des Weges.

»Sieht aus wie Lavendel, nicht wahr?«, sagte Christopher zu Sharpe. »Sie sollten versuchen, hier Lavendel anzupflanzen«, fuhr er fort, als er vom Rappen glitt. »Das würde gut aussehen, meinen Sie nicht auch?« Er wartete nicht auf eine Antwort, sondern lief die Treppe zum Haus hoch und breitete die Arme für Kate aus. »Meine Süße!«

Sharpe, auf der Terrasse zurückgelassen, schaute Luis an. Der Diener hob eine Augenbraue, als sei ihm das Gehabe seines Herrn peinlich, dann führte er die Pferde zum Stall. Sharpe blickte über die dunkler werdenden Felder. Jetzt beim Sonnenuntergang war es schneidend kalt geworden. »Sharpe!«, ertönte die Stimme des Colonels aus dem Haus. »Sharpe!«

»Sir?« Sharpe schob sich durch die halb offene Tür ins Haus.

Christopher stand vor dem Feuer in der Halle, die Schöße seines Rocks zur Hitze hin angehoben. »Kate sagt mir, dass Sie sich anständig benommen haben. Dafür vielen Dank.« Er sah Sharpes finstere Miene. »War ein Scherz, Mann, nur ein Scherz. Haben Sie keinen Humor? Kate, Liebstes, ein Glas anständiger Portwein wäre mir äußerst willkommen, ich bin am Verdursten. Na, Sharpe, keine französischen Aktivitäten?«

»Sie kamen nahe«, sagte Sharpe, »aber nicht nahe genug.«

»Nicht nahe genug? Da hatten Sie Glück, finde ich. Kate sagte mir, Sie wollten aufbrechen?«

»Heute Abend, Sir.«

»Nein, das werden Sie nicht.« Christopher nahm das Glas Portwein von Kate entgegen und leerte es auf einen Zug. »Köstlich«, sagte er und schaute auf das leere Glas. »Einer von euren?«

»Unser bester.«

»Nicht zu süß. Das ist das Besondere an erlesenen Portweinen, finden Sie nicht auch, Sharpe? Und ich muss sagen, ich war überrascht von dem weißen Portwein. Mehr als trinkbar! Ich dachte immer, das Zeug wäre abscheulich, allenfalls etwas für Frauen, aber der Savage-Weiße ist wirklich sehr gut. Wir müssen mehr davon in Friedenszeiten machen, meinst du nicht auch, Liebste?«

»Wenn du es sagst.« Kate lächelte ihren Ehemann an.

»Sie blicken so ernst drein, Sharpe. Warum lächeln Sie nicht mal?« Christopher wartete anscheinend auf eine Antwort, als aber keine kam, verfinsterte sich seine Miene. »Sie werden hierbleiben, Lieutenant.«

»Warum, Sir?«

Die Frage überraschte Christopher. Er hatte eine mürrische, protestierende Antwort erwartet und war nicht auf eine sanfte Frage vorbereitet. Er überlegte, welche Worte er daraufhin wählen sollte. »Ich erwarte gewisse Entwicklungen, Sharpe«, sagte er schließlich.

»Entwicklungen, Sir?«

»Es ist keinesfalls sicher, dass der Krieg andauern wird«, fuhr Christopher fort. »Wir könnten sozusagen kurz vor dem Frieden stehen.«

»Das ist gut, Sir«, sagte Sharpe in ruhigem Tonfall. »Und deshalb sollen wir hierbleiben?«

»Sie bleiben hier, Sharpe.« Jetzt klang Christophers Stimme scharf, denn er ahnte, dass Sharpes gleichmütiger Tonfall sarkastisch gewesen war. »Und das schließt Sie ein, Leutnant.« Er sagte dies zu Vicente, der mit einer kleinen Verneigung vor Kate hinzugekommen war. »Die Dinge sind heikel«, fuhr der Colonel fort. »Wenn die Franzosen britische Soldaten nördlich des Douro herummarschieren sehen, werden sie denken, wir brechen unser Wort.«

»Meine Soldaten sind nicht britisch«, bemerkte Vicente ruhig.

»Das ist im Prinzip das Gleiche!«, blaffte Christopher. »Wir gefährden nicht wochenlange Verhandlungen. Wenn die Sache nicht ohne weiteres Blutvergießen gelöst werden kann, dann müssen wir alles tun, um das Klima zu entspannen, und unser Beitrag besteht darin, hierzubleiben. Und wer, zum Teufel, sind diese Schurken unten im Dorf?«

»Schurken?«, fragte Sharpe.

»Eine Hand voll Männer, bewaffnet bis an die Zähne, hat mich angestarrt, als ich durchs Dorf ritt. Also wer, zum Teufel, ist das?«

»Das sind Partisanen«, sagte Sharpe. »Auch bekannt als unsere Verbündeten.«

Sharpes spöttischer Tonfall missfiel Christopher. »Idioten sind sie, bereit, all unsere Pläne über den Haufen zu werfen.«

»Und Sie kennen ihren Anführer«, fuhr Sharpe fort, »Manuel Lopes.«

»Lopes? Lopes?« Christopher runzelte die Stirn und kramte in seiner Erinnerung. »Oh ja. Der Typ, der eine Schule für die Söhne der Oberschicht in Braganza betrieb. Ein Großmaul. Ich werde am Morgen mit ihm sprechen und ihm sagen, dass er keinen Wirbel machen soll. Und das Gleiche gilt für Sie beide. Und das...«, er blickte von Sharpe zu Vicente, »...ist ein Befehl!«

Sharpe sagte nichts dazu. »Haben Sie eine Antwort auf meinen Brief von Captain Hogan mitgebracht?«, fragte er stattdessen.

»Ich habe Hogan nicht gesehen. Habe Ihren Brief in Cradocks Hauptquartier gelassen.«

»Und General Wellesley ist nicht dort?«, fragte Sharpe.

»Nein, das ist er nicht«, sagte Christopher, »aber General Cradock hat das Kommando, und er stimmt mit meiner Entscheidung überein, dass Sie hierbleiben.« Der Colonel sah Sharpes finstere Miene, öffnete einen Beutel an seinem Gurt und entnahm ihm ein Schriftstück, das er Sharpe überreichte. »Da, Lieutenant, falls Sie Zweifel haben.«

Sharpe entfaltete das Papier, das sich als ein Befehl von General Cradock erwies und an Lieutenant Sharpe adressiert war und ihn Colonel Christophers Kommando unterstellte. Christopher hatte Cradock den Befehl praktisch abgeluchst, denn der General hatte geglaubt, dass der Colonel Schutz brauchte, doch in Wirklichkeit amüsierte es Christopher, Sharpe unter seinem Kommando zu haben. Der Befehl endete mit den Worten »pro tem«, womit Sharpe nichts anfangen konnte. »Pro tem, Sir?«

»Sie haben nie Latein gelernt, Sharpe?«

»Nein, Sir.«

»Guter Gott, wo sind Sie zur Schule gegangen? Es bedeutet ›bis auf Weiteres‹. Bis ich Sie nicht mehr brauche. Stimmen Sie zu, dass Sie jetzt unter meinem Befehl stehen?«

»Selbstverständlich, Sir.«

»Behalten Sie das Papier, Sharpe«, sagte Christopher gereizt, als Sharpe es ihm zurückgeben wollte. »Es ist an Sie adressiert, und wenn Sie es dann und wann lesen, wird es Sie an Ihre Pflicht erinnern. Was zum Beispiel heißt, meine Befehle zu befolgen und hierzubleiben. Wenn es einen Waffenstillstand gibt, dann wird es unserer Verhandlungsposition nicht schaden, wenn wir Soldaten nördlich des Douro stationieren, also bleiben Sie vorerst hier und halten Sie sich bedeckt. Und jetzt entschuldigen Sie mich, Gentlemen, ich möchte etwas Zeit mit meiner Frau verbringen.«

Vicente verneigte sich wieder und ging, doch Sharpe regte sich nicht. »Werden Sie hier bei uns bleiben, Sir?«

»Nein.« Bei der Frage fühlte sich Christopher sichtlich unbehaglich, aber er zwang sich zu einem Lächeln. Er wandte sich Kate zu. »Du und ich, meine Liebste, wir werden zum Haus Beautiful zurückkehren.«

»Sie gehen nach Oporto?« Sharpe war erstaunt.

»Ich habe Ihnen gesagt, Sharpe, dass sich die Dinge verändern. Es gibt mehr Dinge zwischen Himmel und Erde, als Sie sich vorstellen können. Also, gute Nacht, Lieutenant.«

Sharpe verließ das Haus und ging zum Zufahrtsweg, wo Vicente an der niedrigen Mauer mit Blick auf das Tal stand. Der portugiesische Leutnant starrte zum fast dunklen Himmel empor, der von den ersten Sternen gesprenkelt war. Er bot Sharpe eine Zigarre an und gab ihm dann mit seiner eigenen Feuer.

»Ich habe mit Luis gesprochen«, sagte er.

»Und?« Sharpe rauchte selten, und der scharfe Rauch ließ ihn husten.

»Christopher ist fünf Tage nördlich des Douro gewesen. Er war in Oporto und hat mit den Franzosen gesprochen.«

»Aber er ritt auch nach Süden?«

Vicente nickte. »Sie ritten nach Coimbra, trafen General Cradock und kehrten dann um. Hauptmann Argenton kehrte mit ihm nach Oporto zurück.«

»Was, zum Teufel, geht da vor?«

Vicente blies Rauch zum Mond. »Vielleicht schließen sie Frieden. Luis weiß nicht, worüber sie gesprochen haben.«

Vielleicht war es um Frieden gegangen. Nach den Schlachten bei Rolica und Vimeiro und nachdem die besiegten Franzosen britische Schiffe erbeutet hatten, war ein solcher Vertrag geschlossen worden. War nun ein neuer Vertrag ausgehandelt worden? Sharpe wusste jetzt jedenfalls mit Sicherheit, dass Christopher Cradock gesehen hatte, und jetzt hatte er definitiv Befehle, die ihm viel von seiner Unsicherheit nahmen.

Der Colonel brach kurz nach Sonnenaufgang auf. In der Morgendämmerung hatte irgendwo im Norden Musketenfeuer gekracht, und Christopher hatte sich zu Sharpe auf den Zufahrtsweg gesellt und in den Nebel des Tals gestarrt. Sharpe konnte mit seinem Fernrohr nichts erkennen, aber Christopher war beeindruckt von dem Glas. »Wer ist AW?«, fragte er, als er die Inschrift gelesen hatte.

»Jemand, den ich gekannt hatte, Sir.«

»Doch nicht Arthur Wellesley?« Christopher klang belustigt.

»Nur jemand, den ich kannte«, wiederholte Sharpe stur.

»Der Typ muss Sie gemocht haben«, sagte Christopher, »weil es ein verdammt großzügiges Geschenk ist. Haben Sie was dagegen, wenn ich es auf das Dach mitnehme? Von dort könnte ich mehr sehen. Mein eigenes Fernrohr ist ein höllisch kleines Ding.«

Sharpe verlieh das Fernrohr nur ungern, doch Christopher gab ihm keine Möglichkeit, es ihm zu verweigern, sondern ging einfach damit weg. Der Colonel sah offensichtlich nichts, was ihn beunruhigte, und so befahl er Luis, die Kutsche abfahrbereit zu machen und die übrigen Kavalleriepferde, die Sharpe in Barca d'Avintas erbeutet hatte, zu sammeln. »Sie sollten nicht mit der Versorgung von Pferden belastet sein, Sharpe«, sagte er, »so werde ich sie Ihnen abnehmen. Sagen Sie mir, was werden Ihre Männer während des Tages tun?«

»Es gibt nicht viel zu tun«, sagte Sharpe. »Wir trainieren Vicentes Männer.«

»Haben sie es nötig?«

»Sie könnten schneller mit ihren Musketen sein, Sir.«

Christopher holte eine Tasse Kaffee aus dem Haus und blies darauf, um ihn abzukühlen. »Wenn Frieden ist«, sagte Christopher, »können sie wieder Flickschuster sein oder was auch immer sie vor ihrer Soldatenzeit waren, und brauchen nicht in schlecht passenden Uniformen herumlaufen.« Er nippte an seinem Kaffee. »Da wir gerade davon sprechen, Sharpe, es ist an der Zeit, dass auch Sie eine neue Uniform bekommen.«

»Ich werde mit meinem Schneider sprechen«, sagte Sharpe, und dann, bevor Christopher auf seinen spöttischen Tonfall reagieren konnte, stellte er eine ernsthafte Frage. »Meinen Sie, dass es Frieden geben wird, Sir?«

»Einige Franzosen denken, dass Bonaparte mehr abgebissen hat, als er schlucken kann«, sagte Christopher leichthin, »und Spanien ist gewiss ein wenig unverdaulich.«

»Portugal nicht?«

»Portugal ist ein Schlamassel«, sagte Christopher abfällig, »aber Frankreich kann Portugal nicht halten, wenn es Spanien verliert.« Er drehte sich um und beobachtete, wie Luis den Einspänner aus dem Stall führte. »Ich glaube, es liegt die Aussicht auf einen radikalen Wechsel in der Luft«, sagte er. »Und Sie, Sharpe, werden das nicht gefährden. Halten Sie hier eine Woche oder so durch, und ich werde Ihnen mitteilen, wann Sie Ihre Männer nach Süden führen können. Mit etwas Glück werden Sie im Juni daheim sein.«

»Sie meinen zurück bei der Armee?«

»Mit daheim meine ich natürlich England«, sagte Christopher, »Richtiges Ale, Sharpe, Kricket auf dem Artillery Ground, Kirchenglocken, fette Schafe, fromme Pfaffen und sündige Weiber. England eben. Etwas, auf das man sich freuen kann, nicht wahr, Sharpe?«

»Jawohl, Sir«, sagte Sharpe und fragte sich, warum er Christopher am meisten misstraute, wenn der Colonel versuchte, nett zu sein.

»Und es hat ohnehin keinen Sinn, zu versuchen, von hier wegzukommen«, sagte Christopher, »denn die Franzosen haben alle Brücken über den Douro in weitem Umkreis verbrannt, also halten Sie Ihre Jungs aus Schwierigkeiten heraus, und wir werden uns in ein, zwei Wochen wiedersehen…«, Christopher schüttete den Rest seines Kaffees weg, »… und wenn ich nicht kommen kann, schicke ich eine Botschaft. Ihr Fernrohr habe ich übrigens auf dem Tisch in der Halle abgelegt. Sie haben einen Schlüssel zum Haus, nicht wahr? Halten Sie Ihre Männer aus dem Haus raus, die können ja ins Dorf gehen. Machen Sie's gut, Sharpe.«

»Und Sie auch«, sagte Sharpe. Nachdem er dem Colonel zum Abschied die Hand gegeben hatte, wischte er seine eigene an der Hose ab. Luis schloss das Haus ab, Kate lächelte Sharpe scheu zu, und der Colonel nahm die Zügel des Einspänners. Luis trieb die Dragonerpferde zusammen und folgte dann damit dem Einspänner auf dem Weg nach Vila Real de Zedes.

Harper schlenderte zu Sharpe.

»Wir müssen hierbleiben, während sie Frieden schließen?« Der Ire hatte offenbar gelauscht.

»Das hat der Colonel gesagt.«

»Und denken Sie das auch?«

Sharpe starrte nach Osten, Richtung Spanien. Der Himmel war dort weiß, wolkenlos, aber flimmernd vor Hitze, und dort, fern im Osten, donnerte es wie ein unregelmäßiger Herzschlag, so weit entfernt, dass es kaum zu hören war. Es war Kanonenfeuer, der Beweis, dass Franzosen und Portugiesen immer noch an der Brücke bei Amarante kämpften. »Es riecht nicht nach Frieden für mich, Pat.«

»Die Leute hier hassen die Franzosen, Sir. Und auch die Dons hassen sie.«

»Das heißt aber nicht, dass die Politiker keinen Frieden schließen können«, sagte Sharpe.

»Diese schleimigen Bastarde werden alles tun, um sich reich zu machen«, stimmte Harper zu.

»Aber Captain Hogan hat niemals den Frieden im Wind gerochen«, sagte Sharpe.

»Daran hat er nicht mal gedacht«, meinte Harper.

»Aber wir haben Befehle«, sagte Sharpe, »direkt von General Cradock.«

Harper schnitt eine Grimasse. »Sie sind gut im Befolgen von Befehlen, Sir.«

»Und der General will, dass wir hierbleiben. Gott weiß, warum. Da ist etwas Seltsames im Wind, Pat. Vielleicht ist es Frieden. Gott weiß, was Sie und ich dann tun werden.« Er zuckte mit den Schultern und ging ins Haus, um sein Fernrohr zu holen. Doch auf dem Tisch in der Halle lag nichts außer einem silbernen Brieföffner.

Christopher hatte sein Fernrohr gestohlen. Dieser Bastard!

»Der Name hat mir nie gefallen«, sagte Colonel Christopher. »Es ist nicht mal ein schönes Haus!«

»Mein Vater hat es so benannt«, sagte Kate. »Er fand es schön.«

»Mein Gott, über Geschmack kann man trefflich streiten!« Sie waren wieder in Oporto, wo Colonel Christopher die vernachlässigten Weinkeller des Hauses Beautiful geöffnet und staubige Flaschen von altem Portwein und einige *vinho verde* –

einen fast goldfarbenen Weißwein – entdeckt hatte. Er trank jetzt davon, als er durch den Garten schlenderte. Die Blumen waren erblüht, der Rasen war kürzlich gemäht worden, und das Einzige, was diesen Tag störte, war der Gestank von niedergebrannten Häusern. Es war fast einen Monat her, seit die Stadt gefallen war, und immer noch stieg Gestank aus einigen der Ruinen in der Unterstadt, wo unter der Asche Leichen verwesten. Es gab Geschichten, dass dann und wann die Leichen von Ertrunkenen im Fluss auftauchten.

Colonel Christopher saß unter einer Zypresse und betrachtete Kate. Er fand sie erregend schön. An diesem Morgen hatte er einen französischen Schneider bestellt, Marschall Soults persönlichen Schneider, und, zu Kates Verlegenheit, hatte er bei ihr Maß nehmen lassen für eine französische Husarenuniform. »Warum sollte ich solch ein Ding tragen?«, hatte Kate gefragt, und Christopher hatte ihr verschwiegen, dass er eine Französin in solch einer Uniform gesehen hatte, die Reithose hauteng, der Rock nur bis eben über die Taille, sodass der knackige Po betont war. Und Kates Beine waren länger und gerader, und Christopher, der sich reich fühlte, weil General Cradock die Gelder freigegeben hatte, die Christopher für notwendig hielt, um Argentons Meuterer zu ermuntern, hatte dem Schneider einen ungeheuren Preis versprochen, wenn er die Uniform schnell lieferte.

»Warum diese Uniform tragen?«, erwiderte er auf ihre Frage. »Weil du feststellen wirst, dass es leicht sein wird, mit Hose ein Pferd zu reiten, weil dir die Uniform reizend steht und weil es unsere französischen Feinde überzeugt, dass du kein Feind bist, und das Beste von allem, meine Liebste, weil mich der Anblick erregt.« Er wechselte das Thema. »Gefällt dir der Name ›Haus Beautiful‹ wirklich?«

»Ich habe mich daran gewöhnt.«

»Aber du hängst nicht daran? Es ist keine Sache des Glaubens für dich?«

»Glauben?« Kate, in einem weißen Leinenkleid, blickte nachdenklich drein. »Ich betrachte mich als Christin.«

»Eine protestantische Christin«, sagte ihr Mann. »Aber ist der Name des Hauses nicht etwas protzig in einer römisch-katholischen Gesellschaft?«

»Das bezweifle ich. Mein Vater hat den Namen in einem Buch von Bunyan gelesen, und ich kann mir nicht vorstellen, dass hier jemand Bunyan kennt.«

»Jemand könnte ihn kennen«, widersprach Christopher, »und man könnte sich beleidigt fühlen.« Er lächelte sie an. »Vergiss nicht, dass ich ein Diplomat bin. Es ist mein Job, das Krumme gerade zu biegen und das Unebene zu glätten.«

»Ist es das, was du hier tust?«, fragte Kate und wies auf die Stadt unter ihnen, wo die Franzosen Häuser plünderten und Leute verbitterten.

»Oh, Kate«, sagte Christoph traurig. »Dies ist Fortschritt.«

»Fortschritt?«

Christopher erhob sich, um auf und ab zu schlendern und zu überlegen, wie er ihr erklären sollte, dass sich die Welt um sie herum schnell veränderte. »Es gibt mehr zwischen Himmel und Erde, als du dir in deiner Fantasie erträumen kannst«, sagte er, und Kate, der er das mehr als einmal in ihrer kurzen Ehe gesagt hatte, unterdrückte ihren aufkommenden Ärger und hörte ihrem Ehemann zu. »Könige sind entthront worden, Kate, ganze Länder kommen jetzt ohne sie zurecht. Das hielt man früher für undenkbar! Es wäre fast einem Widerstand gegen Gottes Plan für die Welt gleichgekommen, aber wir erleben eine neue Offenbarung. Es ist eine Neuordnung der Welt. Was sieht das einfache Volk hier? Krieg! Nichts als Krieg, aber welcher Krieg zwischen wem? Zwischen Frankreich und Britannien? Frankreich und Portugal? Nein! Es ist ein Krieg zwischen dem Althergebrachten und dem neuen Weg. Der Aberglaube bröckelt. Ich verteidige nicht Bonaparte. Guter Gott, nein! Er ist ein Aufschneider, ein Großprotz und Abenteurer, aber er ist auch ein Instrument. Er brennt aus, was in den alten Regimen schlecht ist, und schafft Platz für die neuen Ideen, die kommen werden. Vernunft! Das ist es, was die neuen Regime in Schwung bringt, Kate, Vernunft!«

»Ich dachte, das wäre Freiheit«, sagte Kate.

»Freiheit! Man hat keine Freiheit außer der, Regeln zu befolgen, doch wer stellt die Regeln auf? Mit Glück, Kate, sind es vernünftige Männer, die vernünftige Regeln aufstellen. Kluge, schlaue Männer. Letzten Endes ist es eine Clique kluger Intellektueller, welche die Regeln bestimmen wird, doch sie werden sie erstellen nach den Lehren der Vernunft. Es gibt einige von uns in Britannien, ein paar, die verstehen, dass es zu dieser Anschauung kommen wird. Wir müssen auch dabei helfen. Aber wenn wir es bekämpfen, dann wird sich die Welt ohne uns erneuern und wir werden vom Verstand besiegt werden. Deshalb müssen wir daran arbeiten.«

»Mit Bonaparte?«, fragte Kate, und es klang angewidert.

»Mit all den Ländern von Europa«, sagte Christopher begeistert. »Mit Portugal und Spanien, mit Preußen und Österreich, mit Holland und, ja, mit Frankreich. Wir haben mehr Gemeinsames, als uns teilt, doch wir bekämpfen uns! Welchen Sinn hat das? Es kann keinen Fortschritt ohne Frieden geben, Kate, keinen! Willst du Frieden, meine Liebste?«

»Unbedingt.«

»Dann vertrau mir, dass ich weiß, was ich tue.«

Und sie vertraute ihm, denn sie war jung, und ihr Ehemann war so viel älter, und sie wusste, dass er vertraut mit Meinungen war, die weitaus klüger als ihre Gefühle waren.

Doch am folgenden Abend wurde dieses Vertrauen auf die Probe gestellt, als vier französische Offiziere und ihre Frauen zum Abendessen ins Haus Beautiful kamen. Die Gruppe wurde von Brigadier General Henri Vuillard angeführt, einem eleganten, gut aussehenden Mann, der Kate galant die Hand küsste und ihr Komplimente über das Haus und den Garten machte. Vuillards Diener brachte eine Kiste Wein als Geschenk mit, was kaum taktvoll war, denn der Wein war Savages bester, erbeutet von einem der britischen Schiffe, die bei der Windflaute an Oportos Kais gelegen hatten, als die Franzosen die Stadt eingenommen hatten.

Nach dem Abendessen unterhielten die drei Offiziere in Begleitung des Generals die Damen im Salon, während Christopher und Vuillard im Garten promenierten und ihr Zigarrenrauch zu den schwarzen Zypressen aufstieg.

»Soult ist besorgt«, sagte Vuillard.

»Wegen Cradock?«

»Cradock ist ein altes Weib«, sagte Vuillard verächtlich. »Es ist doch wahr, dass er sich schon im letzten Jahr zurückziehen wollte? Aber was ist mit Wellesley?«

»Der ist härter«, gab Christopher zu, »aber es ist keineswegs sicher, dass er herkommen wird. Er hat Feinde in London.«

»Politische Feinde, könnte ich mir denken«, sagte Vuillard.

»So ist es.«

»Die gefährlichsten Feinde eines Soldaten«, sagte Vuillard. Er war in Christophers Alter und ein Favorit von Marschall Soult. »Nein, Soult ist besorgt, weil wir Soldaten vergeuden, um unsere Nachschublinien zu schützen. Wenn wir zwei Bauern mit Luntenschlossmusketen töten, springen zehnmal so viele aus ihrer Deckung, und die haben keine Luntenschlossmusketen mehr, sondern gute britische Musketen, die von Ihrem verdammten Land geliefert wurden.«

»Nehmen Sie Lissabon ein«, sagte Christopher, »und jeden anderen Hafen, und die Versorgung mit Waffen wird gestoppt.«

»Zu gegebener Zeit werden wir das tun«, versprach Vuillard, »aber wir können es nicht ohne weitere fünfzehntausend Mann schaffen.«

Christopher blieb am Rand des Gartens stehen und blickte einen Augenblick über den Douro. Die Stadt lag unter ihm, und der Rauch aus Tausenden Küchen stieg in den dunklen Himmel. »Wird sich Soult zum König machen?«

»Wissen Sie, welchen Spitznamen er jetzt hat?«, fragte Vuillard belustigt. »König Nicolas! Nein, er wird die Erklärung nicht abgeben, nicht, wenn er einen Funken Verstand hat, und er hat wohl gerade ein Fünkchen, das reicht. Die Einheimischen würden nicht hinter ihm stehen, die Armee würde ihn nicht unterstützen, und der Kaiser würde ihm dafür die Eier rösten.«

Christopher lächelte. »Aber er ist in Versuchung.«

»Ja, er ist in Versuchung, aber für gewöhnlich zügelt er sich, bevor er zu weit geht. Für gewöhnlich.« Vuillard war offenbar auf der Hut vor Soult. Erst vor einem Tag hatte er einen Brief an alle Generäle in seiner Armee verschickt und vorgeschlagen, die Portugiesen zu ermuntern, seine Ambitionen, König zu werden, zu unterstützen. Es war verrückt, wie Vuillard fand, aber Soult war besessen von der Vorstellung, König zu werden. »Ich habe ihm gesagt, dass er eine Meuterei provozieren wird, wenn er sich nicht zügelt.«

»Das wird er«, sagte Christopher, »und Sie müssen wissen, dass Argenton in Coimbra war. Er hat Cradock getroffen.«

»Argenton ist ein Narr«, schnaubte Vuillard.

»Ein nützlicher Narr. Lassen Sie ihn ruhig mit den Briten sprechen. Sie werden nichts tun. Warum sollten sich die Briten anstrengen, wenn sich Ihre Armee selbst durch Meuterei zerstören wird?«

»Aber wird sie das?«, fragte Vuillard. »Für wie viele Offiziere spricht Argenton?«

»Für genug«, sagte Christopher, »und ich habe ihre Namen.«

Vuillard lachte leise. »Ich könnte Sie festnehmen lassen, Engländer, und ein paar Dragonern übergeben, die diese Namen in zwei Minuten aus Ihnen herausprügeln.«

»Sie werden die Namen bekommen«, sagte Christopher. »Zu gegebener Zeit. Doch im Moment, General, gebe ich Ihnen dies stattdessen.« Er überreichte Vuillard ein Kuvert.

»Was ist das?« Es war zu dunkel im Garten, um irgendetwas lesen zu können.

»Cradocks Schlachtordnung«, sagte Christopher. »Einige seiner Truppen sind in Coimbra, aber die meisten sind in Lissabon. Kurz gesagt, er hat sechzehntausend britische Bajonette und siebentausend Portugiesen. Die Einzelheiten stehen allesamt da drin, und Sie werden feststellen, dass es ihnen besonders an Artillerie mangelt.«

»Wie besonders?«

»Sie haben drei Batterien Sechspfünder«, sagte Christopher. »Und eine von Dreipfündern. Es gibt Gerüchte, dass mehr Geschütze, schwerere, kommen sollen, doch solche Gerüchte haben sich in der Vergangenheit stets als falsch erwiesen.«

»Dreipfünder!« Vuillard lachte. »Da könnten sie uns ja genauso gut mit Steinen bewerfen.« Der Brigadier General klopfte auf das Kuvert. »Was wollen Sie also von uns?«

Christopher ging ein paar Schritte in Schweigen versunken, dann zuckte er mit den Schultern. »Es hat für mich den Anschein, dass Europa von Paris aus regiert werden wird, nicht von London. Ihr werdet hier Euren eigenen König einsetzen.«

»Richtig«, sagte Vuillard, »und es könnte sogar König Nicolas sein, wenn er Lissabon schnell genug einnimmt, doch der

Kaiser hat einen Stall voller müßiger Brüder. Einer davon wird vermutlich Portugal bekommen.«

»Aber wer das auch immer sein wird«, sagte Christopher, »ich kann nützlich für ihn sein.«

»Indem Sie uns dies geben ...«, Vuillard schwenkte das Kuvert, »... und ein paar Namen, die ich aus Argenton rausquetschen kann, wann immer ich will?«

»Wenn Sie erst ganz Portugal erobert haben, General, dann werden Sie es befrieden müssen«, sagte Christopher glatt. »Ich weiß, wem Sie hier vertrauen können, wer mit Ihnen kooperiert und wer ein heimlicher Feind ist. Ich weiß, welche Männer eines sagen und das andere tun. Ich gebe Ihnen all diese Kenntnisse des Auswärtigen Amts. Ich weiß, wer für Britannien spioniert und wer sein Zahlmeister ist. Ich weiß, welche Codes sie benutzen und welche Nachrichtenwege sie haben. Mir ist bekannt, wer für Sie und gegen Sie arbeiten wird. Ich weiß, wer Sie belügen oder Ihnen die Wahrheit sagen wird. Kurz gesagt, General, ich kann Ihnen tausend Tode ersparen, vorausgesetzt natürlich, Sie würden lieber Ihre Soldaten gegen Bauern in die Hügel schicken.«

Vuillard lachte. »Und was ist, wenn ich Portugal nicht erobere? Was geschieht mit Ihnen, wenn ich mich zurückziehe?«

»Dann werde ich den Besitz der Savages haben«, sagte Christopher ruhig, »und meine Vorgesetzten daheim werden denken, dass ich mit der Ermunterung zur Meuterei in Ihren Reihen gescheitert bin. Aber ich bezweifle, dass Sie verlieren werden. Was hat den Kaiser bis jetzt gestoppt?«

»*La Manche*«, sagte Vuillard trocken und meinte den Englischen Kanal. Er zog an seiner Zigarre. »Sie kamen zu mir«, sagte er, »mit Neuigkeiten von Meuterei, aber Sie haben mir nie gesagt, was Sie als Gegenleistung haben wollen. Also sagen Sie es mir jetzt, Engländer.«

»Ich will den Portweinhandel.«

Die Antwort verblüffte Vuillard, und er blieb stehen. »Den Portweinhandel?«

»Alles davon. Croft, Taylor Fladgate, Burmester, Smith Woodhouse, Dow's, Savages, Gould, Kopke, Sandeman, all die Kellereien. Ich will sie nicht besitzen, ich habe bereits Savages oder werde sie haben. Ich will der einzige Verschiffer sein.«

Vuillard brauchte einen Moment, um die Tragweite der Forderung zu verstehen. »Sie würden die Hälfte des Exporthandels von Portugal kontrollieren!«, sagte er. »Damit werden Sie reicher sein als der Kaiser!«

»Nicht ganz«, sagte Christopher, »denn der Kaiser wird mich besteuern, und ich kann keine Steuer von ihm verlangen. Der Mann, der unermesslich reich wird, General, ist derjenige, der die Steuer erhebt, nicht der, der sie bezahlt.«

»Sie würden trotzdem reich werden.«

»Und das, General, ist es, was ich will.«

Vuillard starrte auf den dunklen Rasen. Jemand spielte im Haus Beautiful Cembalo, und Frauengelächter war zu hören. Frieden wird vielleicht kommen, dachte der General, und möglicherweise kann mir dieser clevere Engländer helfen, ihn herbeizuführen.

»Sie haben mir noch nicht die Namen genannt, die ich haben will«, sagte er, »und Sie müssen mir eine Liste der britischen Kräfte geben. Aber woher soll ich wissen, dass Sie mich nicht betrügen?«

»Das wissen Sie nicht.«

»Ich will mehr als Listen«, sagte Vuillard hart. »Ich muss wissen, ob Sie bereit sind, mir etwas Handfestes zu geben, als Beweis dafür, dass Sie auf unserer Seite sind.«

»Sie wollen Blut«, sagte Christopher milde. Er hatte die Forderung erwartet.

»Blut wird reichen, aber kein portugiesisches. Britisches Blut.«

Christopher lächelte. »Da ist ein Dorf namens Vila Real de Zedes«, sagte er, »wo die Savages einige Weingärten haben. Es war seltsam unbehelligt während der Einnahme.« Das stimmte, denn Christopher hatte es mit Argentons Obersten und Mitbeschwörern arrangiert, deren Dragoner auf diesem Gebiet patrouillierten. »Wenn Sie einen kleinen Trupp dorthin schicken«, fuhr Christopher fort, »werden Sie eine versprengte Einheit von britischen Schützen dort finden. Es sind nicht viele, aber sie haben portugiesische Freiwillige und ein paar Rebellen dabei. Sagen wir hundert Mann insgesamt. Sie gehören Ihnen, aber als Gegenleistung bitte ich Sie um etwas.«

»Worum?«

»Schonen Sie die Quinta. Das Haus gehört der Familie meiner Frau.«

Das Grollen von Donner ertönte im Norden, und die Zypressen zeichneten sich als Umrisse scharf vor dem fernem Lichtschein ab. »Vila Real de Zedes?«, fragte Vuillard.

»Ein Dorf an der Straße nach Amarante«, sagte Christopher. »Ich wünschte, ich könnte Ihnen als Beweis meiner Aufrichtigkeit etwas mehr bieten. Die Soldaten werden Ihnen keine besonderen Schwierigkeiten machen. Sie werden von einem britischen Lieutenant angeführt, der mir nicht besonders helle vorkommt. Der Mann muss um die dreißig sein und kann nicht viel taugen, wenn er immer noch Lieutenant ist.«

Ein weiterer Donner ließ Vuillard besorgt zum nördlichen Himmel blicken. »Wir müssen zurück ins Quartier, bevor das Gewitter hier ist«, sagte er. »Es macht Ihnen nichts aus, Ihre Landsleute zu verraten?«

»Ich verrate nichts«, sagte Christopher, und dann sprach er tatsächlich mal ehrlich. »Wenn Portugal erobert und von Franzosen regiert wird, General, dann wird Europa Sie nur als Abenteurer und Ausbeuter betrachten, aber wenn Sie Ihre Macht teilen, wenn jede Nation in Europa zur Regierung jeder anderen Nation beiträgt, dann haben wir die Gelobte Welt voller Vernunft und Frieden. Ist es nicht das, was Ihr Kaiser wünscht? Ein europäisches System, dies waren seine Worte, europäische Gesetze, europäische Gerichtsbarkeit und eine einzige Nation in Europa: Europäer. Wie kann ich meinen eigenen Kontinent verraten?«

Vuillard schnitt eine Grimasse. »Unser Kaiser redet viel, Engländer. Er ist ein Korse und hat wilde Träume. Sind Sie das? Ein Träumer?«

»Ich bin Realist«, sagte Christopher. Er hatte seine Kenntnis von der Meuterei genutzt, um sich bei den Franzosen einzuschmeicheln, und jetzt würde er sich ihr Vertrauen sichern, indem er eine Hand voll britischer Soldaten opferte.

So mussten Sharpe und seine Männer sterben, damit Europas glorreiche Zukunft beginnen konnte.

KAPITEL 5

Der Verlust des Fernrohrs schmerzte Sharpe. Er sagte sich, dass es nur ein Spielzeug war, ein nützliches Kinkerlitzchen, aber es war auch das Symbol für etwas Erreichtes, nicht nur für die Rettung von Sir Arthur Wellesley, sondern auch für die Beförderung aus den Mannschaften zum Offizier. Manchmal, wenn er es kaum zu glauben wagte, ein Offizier des Königs zu sein, sah er sich das Fernrohr an und dachte an die schlimme Zeit im Waisenhaus an der Brewhouse Lane, und manchmal – obwohl er es sich nur widerwillig eingestand – bereitete es ihm Freude, eine Erklärung der Inschrift auf dem Fernrohr zu verweigern. Doch andere Männer kannten sie. Sie starrten ihn an und verstanden, dass er einst wie ein Dämon im indischen Sommer gekämpft hatte, und sie waren von ehrfürchtiger Scheu ergriffen.

Jetzt hatte der verdammte Christopher das Fernrohr.

»Sie werden es zurückbekommen, Sir«, versuchte Harper ihn zu trösten.

»Das will ich verdammt hoffen. Ich hörte, dass Williamson gestern Nacht im Dorf in einen Kampf geriet.«

»Das war kein richtiger Kampf. Ich habe ihn weggezogen.«

»Wer war beteiligt?«

»Einer von Lopes' Männern, Sir. So ein teuflischer Bastard wie Williamson.«

»Sollte ich ihn bestrafen?«

»Gott, nein, Sir. Ich habe mich darum gekümmert.«

Aber Sharpe erklärte das Dorf trotzdem für tabu. Er wusste,

dass er seine Männer damit nicht erfreuen konnte. Harper sprach für sie, wies darauf hin, dass es in Vila Real de Zedes einige hübsche Mädchen gab. »Das ist ein wunder Punkt, Sir«, sagte er. »Die Jungs wollen nur abends dorthin gehen und Hallo sagen. Wenn ihnen das verboten wird, treibt ihnen das Tränen in die Augen.«

»Sie wollen nicht nur Hallo sagen, sondern sich auch amüsieren.«

»Das auch, Sir.«

»Und die Mädchen können nicht hier raufkommen?«

»Einige tun das, Sir, wie ich hörte, das stimmt.«

»Einschließlich einer Kleinen, die rote Haare hat und Ihnen Tränen in die Augen treiben kann?«

Harper beobachtete einen Bussard, der am Himmel über dem Hügel kreiste, auf dem die Festung ausgebaut worden war. »Einige von uns gehen gern in die Dorfkirche, Sir«, sagte er und vermied es, das rothaarige Mädchen namens Maria zu erwähnen.

Sharpe lächelte. Er wusste von Harpers Schatz. »Wie viele Katholiken haben wir, Pat?«

»Da bin ich, Sir, Donnelly und Carter und McNeill. Oh, und Slattery, natürlich. Die übrigen kommen alle in die Hölle.«

»Slattery!«, sagte Sharpe. »Fergus ist kein Christ.«

»Das habe ich auch nie behauptet, Sir, aber er geht zur Messe.«

Sharpe musste lachen. »Dann werde ich also die Katholiken zur Messe gehen lassen.«

Harper grinste. »Das heißt, bis Sonntag werden alle katholisch sein.«

»Dies ist die Armee«, sagte Sharpe. »Also jeder, der konvertieren will, muss meine Erlaubnis einholen. Aber Sie können die anderen vier zur Messe gehen lassen und bringen sie am Mittag zurück, und wenn ich herausfinde, dass die anderen Jungs dort unten sind, mache ich Sie dafür verantwortlich.«

»Mich?«

»Sie sind ein Sergeant, oder nicht?«

»Aber wenn die Jungs sehen, dass Leutnant Vicentes Männer ins Dorf gehen dürfen, Sir, dann werden sie nicht verstehen, dass ihnen das nicht erlaubt ist.«

»Vicentes Männer sind Portugiesen. Sie kennen die einheimischen Regeln. Wir nicht. Und früher oder später wird es Schlägereien um die Mädchen geben, und das können wir nicht gebrauchen, Pat.« Das Problem waren nicht so sehr die Mädchen, obwohl Sharpe wusste, dass es Probleme geben konnte, wenn einer seiner Schützen betrunken war, und das war das eigentliche Problem. Es gab zwei Tavernen im Dorf, und beide servierten billigen Wein aus Fässern. Und wer keine Chancen bei den Mädchen hatte, betrank sich leicht. Und es bestand die Versuchung, sich nicht an die Regeln zu halten, weil die Lage der Schützen so fremd und ungewöhnlich war.

Sie hatten keine Verbindung zur Armee, waren nicht sicher, was vorging, und hatten Langeweile, weil sie nichts zu tun hatten. Deshalb erfand Sharpe weitere Arbeit für sie. Die Festung wurde noch mehr ausgebaut, und Sharpe fand im Stall Werkzeuge, mit denen sie den Weg durch den Wald auf Vordermann bringen und Brennholz schlagen konnten, das sie dann als Bündel zum Wachturm trugen. Und als das erledigt war, führte er sie auf Patrouillen durch die Umgebung. Die Patrouillen dienten nicht der Erkundung des Feindes, sondern sollten nur die Männer müde machen, und so waren sie bei Sonnenuntergang erschöpft und schliefen bis zum Morgengrauen, und jedes Mal hielt Sharpe einen scharfen Morgenappell ab und erteilte Strafen für nicht zugeknöpfte Jacken oder einen Mangel an der Waffe.

Die Männer stöhnten, aber es gab keine Probleme mit den Dorfbewohnern.

Die Weinfässer der Tavernen im Dorf waren nicht die einzige Gefahr. Der Keller des Herrenhauses war voller Portweinfässer und Regale mit Weißweinflaschen. Irgendwann schaffte Williamson es, den Schlüssel im Küchenschrank in einem Glas zu finden, und er, Sims und Gataker betranken sich hemmungslos von Savages bestem Wein, eine Sauforgie bis weit nach Mitternacht, wonach die drei Männer im Suff Steine auf die Fensterläden warfen.

Das Trio war angeblich als Posten unter Dodd eingeteilt gewesen, und Sharpe nahm sich als Ersten Dodd vor. »Warum haben Sie keine Meldung gemacht?«

»Ich wusste nicht, wo sie waren, Sir.« Dodd starrte über Sharpes Kopf an die Wand. Er log, natürlich, aber nur, weil die Männer einander schützten. Sharpe hatte sich auch so verhalten, als er in den Mannschaften gewesen war, und er erwartete nichts anderes von Matthew Dodd, wie Dodd nichts anderes als Strafe erwartete.

Sharpe blickte zu Harper. »Haben Sie Arbeit für ihn, Sergeant?«

»Der Koch hat sich beschwert, dass alle Küchentöpfe und -pfannen eine ordentliche Reinigung benötigen, Sir.«

»Dann lassen Sie ihn schwitzen«, sagte Sharpe. »Und eine Woche lang keine Weinration.« Die Männer waren zu einem Pint Rum pro Tag berechtigt. Aus Mangel an Rum hatte Sharpe Rotwein aus einem Fass verteilen lassen, das er aus dem Keller requiriert hatte. Er bestrafte Sims und Gataker, indem er sie in voller Uniform und Mänteln und mit Steinen gefüllten Rucksäcken antreten und dann den Zufahrtsweg hinauf- und hinabmarschieren ließ. Sie taten es unter Harpers Aufsicht, und als sie sich vor Erschöpfung und den Nachwirkungen des Alkohols erbrachen, mussten sie das Erbrochene mit ihren eigenen Händen vom Zufahrtsweg wischen. Dann ließ er sie weitermarschieren.

Vicente arrangierte, dass ein Maurer aus dem Dorf den Zugang zum Weinkeller zumauerte, und während das erledigt wurde und Dodd Kupfertöpfe mit Sand und Essig schrubbte, nahm Sharpe Williamson mit hinauf in den Wald. Er war versucht, den Mann auszupeitschen, aber er war selbst mal ausgepeitscht worden, und es widerstrebte ihm, diese Strafe anzuwenden. Stattdessen wählte er eine freie Fläche zwischen einigen Lorbeerbäumen und kratzte mit seinem Schwert zwei Linien in den Waldboden. Die Linien waren etwa einen halben Yard lang und ebenso weit voneinander entfernt. »Sie können mich nicht leiden, Williamson, oder?«

Williamson sagte nichts. Er starrte nur mit geröteten Augen auf die Linien. Er wusste, was sie zu bedeuten hatten.

»Wie lauten meine drei Regeln, Williamson?«

Williamson blickte verdrossen auf. Er war ein großer Mann mit feistem Gesicht und langen Koteletten, einer gebrochenen Nase und Pockennarben. Er stammte aus Leicester, wo er zwei Kerzenständer aus der Kirche St. Nicholas gestohlen hatte. Man hatte ihm die Chance gegeben, sich zur Armee zu melden, anstatt in den Knast zu kommen. »Du sollst nicht klauen, dich nicht betrinken und anständig kämpfen.«

»Sind Sie ein Dieb?«

»Nein, Sir.«

»Sie sind verdammt einer, Williamson. Deshalb sind Sie in der Armee. Und Sie haben sich ohne Genehmigung betrunken. Aber können Sie kämpfen?«

»Sie wissen, dass ich das kann, Sir.«

Sharpe schnallte seine Schwertscheide ab und ließ sie mitsamt dem schweren Kavalleriepallasch fallen. Dann zog er seinen grünen Rock aus und warf ihn dazu. »Sagen Sie mir, warum Sie mich nicht leiden können«, verlangte er.

Williamson starrte zu den Lorbeerbäumen.

»Nun kommen Sie schon!«, sagte Sharpe. »Sie können sagen, was Sie wollen. Sie werden nicht bestraft werden, wenn Sie diese Frage beantworten.«

Williamson schaute ihn wieder an. »Wir sollten nicht hier sein!«, platzte er heraus.

»Da haben Sie recht.«

Williamson blinzelte überrascht, fuhr jedoch fort: »Seit Captain Murrays Tod, Sir, sind wir allein gewesen. Wir sollten mit dem Bataillon zurück sein. In England, wo wir hingehören. Sie waren nie unser Offizier, Sir. Niemals!«

»Ich bin es aber jetzt.«

»Das ist nicht richtig.«

»Sie wollen also nach England zurückkehren?«

»Das Bataillon ist dort, so will ich auch dort sein, aye.«

»Aber es ist ein Krieg im Gange, Williamson. Ein verdammter Krieg. Und wir hängen mittendrin. Wir haben nicht darum gebeten, hier zu sein, wollten nicht hier sein, aber wir sind es. Und wir bleiben.«

Williamson blickte Sharpe ärgerlich an, sagte jedoch nichts.

»Aber Sie können heimkehren, Williamson«, sagte Sharpe, und Williamson hob das feiste Gesicht und blickte interessiert. »Es gibt drei Möglichkeiten für Sie, heimzukehren. Erstens, wir werden nach England befohlen. Zweitens, Sie werden so schlimm verwundet, dass man Sie heimschickt. Und drittens: Sie stellen sich auf die Linie und kämpfen gegen mich. Gewinnen oder verlieren, Williamson, ich verspreche, dass ich Sie – wenn ich verliere – mit dem ersten verdammten Schiff, das wir finden, heimschicke. Sie brauchen nur gegen mich zu kämpfen.« Sharpe ging zu einer der Linien auf dem Boden und stellte sich darauf. So kämpften die Profi-Faustkämpfer. Sie schlugen mit bloßen Fäusten aufeinander ein, bis einer blutig und zerschlagen vor Erschöpfung umfiel. »Denk daran, anständig zu kämpfen«, sagte Sharpe. »Nicht niederschlagen mit dem ersten Treffer. Beim Gegner muss Blut zu sehen sein. Schlag mir auf die Nase, das wird reichen.« Er wartete.

Williamson leckte sich über die Lippen.

»Na los!«, knurrte Sharpe. »Kämpfe!«

»Sie sind ein Offizier«, sagte Williamson.

»Jetzt nicht, jetzt bin ich keiner. Und niemand sieht zu. Es geht nur um uns beide, Williamson. Sie können mich nicht leiden, und ich gebe Ihnen die Chance, mich zu schlagen. Tun Sie es anständig, und Sie sind im Sommer daheim.«

Er wusste nicht, wie er dieses Versprechen einhalten konnte, und er bezweifelte auch, dass er es versuchen musste, denn Williamson, das wusste er, erinnerte sich an den mörderischen Kampf zwischen Harper und Sharpe, ein Kampf, bei dem beide Männer restlos fertig waren, doch Sharpe hatte gewonnen, und die Schützen hatten an diesem Tag viel über Sharpe gelernt.

Und Williamson wollte die Lektion nicht lernen. »Ich werde nicht gegen einen Offizier kämpfen«, sagte er in gespielter Würde.

Sharpe bückte sich nach seinem Rock. »Dann suchen Sie Sergeant Harper und sagen ihm, dass sie genauso bestraft werden wie Sims und Gataker.« Er richtete sich auf. »Im Schnellschritt!«

Williamson lief los. Seine Scham, den Kampf verweigert zu haben, machte ihn noch gefährlicher, doch sie würde auch seinen Einfluss auf die anderen Männer verringern. Selbst wenn sie nie erfahren würden, was im Wald geschehen war, würden sie spüren, dass Williamson gedemütigt worden war.

Sharpe schnallte seinen Gurt mit der Scheide um und kehrte langsam zum Haus zurück. Er machte sich Gedanken über seine Männer, sorgte sich, dass er ihre Loyalität verlieren könnte, und befürchtete, ein schlechter Offizier zu sein. Er erinnerte sich an Blas Vivar und wünschte, er hätte die Qualität des spanischen Offiziers, Gehorsam allein durch seine Anwesenheit zu erzwingen. Doch vielleicht kam solche mühelose Autorität mit der Erfahrung. Jedenfalls war keiner seiner Männer desertiert. Alle waren anwesend, außer Tarrant und die paar, die sich im Lazarett von Coimbra vom Fieber erholten.

Es war jetzt einen Monat her, seit Oporto gefallen war. Die Festung auf dem Hügel war fast fertig, und zu Sharpes Überraschung hatte die harte Arbeit den Männern Spaß gemacht. Daniel Hagman konnte wieder gehen, wenn auch nur langsam, doch er war von seiner Verwundung so gut genesen, dass er sogar zu leichter Arbeit tauglich war. Sharpe stellte einen Tisch in die Sonne, und Hagman reinigte, mit bloßem Oberkörper, um sich in der Frühlingssonne zu bräunen, die Gewehre seiner Kameraden.

Die aus Oporto geflohenen Flüchtlinge waren jetzt in die Stadt zurückgekehrt oder hatten sonst wo Zuflucht gefunden, doch die Franzosen sorgten für neue Flüchtlinge. Wo auch immer sie aus dem Hinterhalt von Partisanen überfallen wurden, plünderten sie die nächsten Dörfer und terrorisierten die Bewohner. Immer mehr Leute kamen nach Vila Real de Zedes, angezogen von Gerüchten, dass die Franzosen das Dorf verschonten. Keiner wusste, warum sie so etwas tun sollten, doch einige der älteren Frauen behaupteten, das ganze Tal stehe unter dem Schutz des heiligen Joseph, dessen lebensgroße Statue in der Kirche stand, und der Priester des Dorfes, Pater Josefa, ermunterte zu diesem Glauben. Er nahm sogar die Statue aus der Kirche und trug sie, behängt mit verwelkenden

Narzissen und gekrönt von einem Lorbeerkranz, um das Dorf herum, um dem Heiligen das Gebiet zu zeigen, das Schutz brauchte. Vila Real de Zedes war ein Heiligtum des Krieges und von Gott gesegnet, so glaubte das Landvolk.

Der Mai begann mit Regen und Wind. Die letzten Blüten wurden von den Bäumen geweht und bildeten pinkfarbene und weiße Streifen im Gras. Die Franzosen kamen immer noch nicht, und Manuel Lopes nahm an, dass sie einfach zu beschäftigt waren, sich um Vila Real de Zedes zu kümmern.

»Wir bekommen keine Probleme«, sagte er glücklich. »Silveira macht ihnen bei Amarante zu schaffen, und die Straße nach Vigo ist von Partisanen geschlossen worden. Die Franzosen sind abgeschnitten! Sie werden uns hier keine Schwierigkeiten machen.«

Lopes ritt häufig zu den nächsten Dörfern, wo er sich als Hausierer ausgab, der religiöse Schmuckgegenstände verkaufte, und er brachte stets Nachrichten von den französischen Truppen. »Sie patrouillieren die Straßen, sie betrinken sich des Abends und wünschen, wieder in der Heimat zu sein.«

»Und sie suchen nach Proviant«, sagte Sharpe.

»Das tun sie auch«, pflichtete Lopes bei.

»Und eines Tages«, sagte Sharpe, »wenn sie hungrig sind, werden sie herkommen.«

»Colonel Christopher wird das nicht zulassen«, sagte Lopes. Er schlenderte mit Sharpe über den Zufahrtsweg, beobachtet von Harris und Cooper, die auf Wache beim Tor standen. Regen drohte. Graue Wolken trieben über die nördlichen Hügel, und Sharpe hatte zweimal Donnergrollen gehört, das nicht von den Geschützen von Amarante stammen konnte, weil es zu laut war.

»Ich werde bald fortreiten«, kündigte Lopes an.

»Zurück nach Braganza?«

»Amarante. Meine Männer haben sich erholt. Es ist an der Zeit, wieder zu kämpfen.«

»Sie könnten noch eines erledigen, bevor Sie aufbrechen«, sagte Sharpe. »Sprechen Sie mit den Flüchtlingen, damit sie aus dem Dorf verschwinden. Sie sollen heimkehren. Sagen Sie ihnen, der heilige Joseph ist überarbeitet und wird sie nicht schützen, wenn die Franzosen kommen.«

Lopes schüttelte den Kopf. »Die Franzosen werden nicht kommen.«

»Aber wenn doch, dann kann ich das Dorf nicht verteidigen. Ich habe nicht genug Männer.«

Lopes blickte angewidert drein. »Sie werden nur die Quinta verteidigen, weil sie einer englischen Familie gehört«, sagte er.

»Die Quinta juckt mich kein bisschen«, sagte Sharpe ärgerlich. »Ich werde oben auf dieser Hügelkuppe sein und versuchen, am Leben zu bleiben. Um Himmels willen, wir sind weniger als sechzig Mann, und die Franzosen werden fünfzehnhundert Mann schicken!«

»Sie werden nicht kommen«, sagte Lopes. Er griff hinauf und pflückte eine verwelkte weiße Blüte von einem Baum. »Ich habe nie dem Portwein der Savages getraut«, sagte er.

»Wieso nicht?«

»Ein Holunderbaum«, sagte Lopes und zeigte Sharpe die Blüten. »Die schlechten Portweinwinzer geben Holundersaft in den Wein, damit er schöner aussieht.« Er warf die Blüte weg, und Sharpe erinnerte sich plötzlich an jenen Tag in Oporto, an dem die Flüchtlinge ertrunken waren und die Franzosen die Stadt eingenommen hatten. Christopher hatte ihm den Befehl, sich südlich des Douro zu halten, aufschreiben wollen, als eine Kanonenkugel in einen Baumwipfel geschlagen war und rosafarbene Blütenblätter herabgefallen waren, die der Colonel für die Blüten eines Kirschbaums gehalten hatte.

Sharpe erinnerte sich an den plötzlich veränderten Gesichtsausdruck von Christopher, als er die Erwähnung des Namens Judas gehört hatte.

»Mein Gott«, stieß er hervor.

»Was?« Lopes erschrak bei Sharpes Ausbruch.

»Er ist ein verdammter Verräter«, sagte Sharpe.

»Wer?«

»Der Colonel.« Es war nur ein Gefühl, das ihn so plötzlich überzeugt hatte, dass Christopher sein Land verriet, die Erinnerung an den Zorn im Blick des Colonels, als er gesagt hatte, die Blüten stammten von einem Judasbaum. Seither hatte Sharpe einen vagen Verdacht gehabt, dass er an irgendeinem geheimnisvollen diplomatischen Spiel beteiligt war, aber jetzt hatte die Erinnerung an die Veränderung von Christophers Miene Sharpes Verdacht bestätigt. Christophers Miene hatte sich zu plötzlich verändert, und er hatte sowohl Furcht als auch Zorn in seinem Blick gesehen. Christopher war nicht nur ein Dieb, sondern auch ein Verräter. »Sie haben recht«, sagte er dem verwunderten Lopes. »Es ist an der Zeit zu kämpfen. Harris!«, rief er zum Tor hin.

»Sir?«

»Suchen Sie Sergeant Harper und schicken Sie ihn zu mir. Und Leutnant Vicente.«

Vicente kam als Erster, und Sharpe konnte ihm nicht erklären, weshalb er so sicher war, dass Christopher ein Verräter war. Aber Vicente hatte ohnehin keine Lust, über diesen Punkt zu debattieren. Er hasste Christopher, weil der Kate geheiratet hatte, und das Gammelleben auf der Quinta langweilte ihn ebenso wie Sharpe.

»Besorgen Sie Proviant«, sagte Sharpe. »Gehen Sie zum Dorf, bitten Sie den Bäcker, Brot zu backen, und kaufen Sie so viel gesalzenes und geräuchertes Fleisch, wie Sie bekommen können. Ich will, dass jeder Mann bis zum Abend fünf Tagesrationen bekommt.«

»Ich dachte, Sie haben Befehle, Sir«, sagte Harper.

»Die habe ich, Pat, von General Cradock.«

»Mein Gott, Sir, Sie werden doch nicht die Befehle eines Generals missachten!«

»Und wer hat diese Befehle geholt?«, fragte Sharpe. »Christopher. Er hat also Cradock genauso belogen wie jeden sonst.« Dessen konnte er nicht sicher sein, aber er sah keinen Sinn darin, untätig auf der Quinta zu bleiben. Er würde nach Süden marschieren und darauf vertrauen, dass Captain Hogan ihn vor General Cradocks Zorn schützte. »Wir werden heute Abend abmarschieren«, sagte er zu Harper. »Ich will, dass Sie die Ausrüstung und Munition von jedem Mann überprüfen.«

Harper blickte zum Himmel und schnüffelte. »Wir werden Regen bekommen, Sir. Starken Regen.«

»Deshalb hat der liebe Gott unsere Haut wasserfest gemacht«, sagte Sharpe.

»Ich dachte, es wäre besser, bis nach Mitternacht zu warten, Sir. Bis der Regen abgezogen ist.«

Sharpe schüttelte den Kopf. »Ich will von hier verschwinden, Pat. Plötzlich habe ich ein mieses Gefühl. Wir werden nach Süden marschieren. Zum Fluss.«

»Ich dachte, die Franzmänner haben alle Boote zerstört?«

»Ich will nicht nach Osten gehen ...«, Sharpe nickte gen Amarante, wo eine Schlacht tobte, wie die Gerüchte besagten, »... und im Westen wimmelt es von Franzosen.« Im Norden war Gebirge, aber im Süden war der Fluss, und er wusste, dass irgendwo jenseits des Douro britische Streitkräfte waren. Die Franzosen konnten nicht jedes Boot längs des langen, felsigen Ufers zerstört haben. »Wir werden ein Boot finden«, versprach er Harper.

»Es wird in der Nacht dunkel sein, Sir. Da können wir froh sein, wenn wir überhaupt den Weg finden.«

»Um Himmels willen«, sagte Sharpe, gereizt wegen Harpers Pessimismus, »wir haben hier einen verdammten Monat lang patrouilliert! Wir können unseren Weg nach Süden finden.«

Am Abend hatten sie zwei Säcke mit Brot, einiges geräuchertes Ziegenfleisch, zwei Käselaibe und einen Beutel mit Bohnen. Sharpe verteilte alles unter den Männern. Dann hatte er eine Idee und ging in die Küche, wo er zwei große Dosen Tee stahl. Er hielt es für an der Zeit, dass Kate etwas für ihr Land tat, und welch feinere Geste gab es, als guten Tee Schützen zu spenden? Er gab eine Dose Harper und verstaute die andere in seinem Tornister. Es hatte zu regnen begonnen, die Tropfen prasselten auf das Dach des Stalles, und ein wahrer Sturzbach ergoss sich in den Hof.

Daniel Hagman beobachtete den Regen vom Stalltor aus.

»Ich fühle mich prima, Sir«, versicherte er Sharpe.

»Wir können eine Trage machen, Dan, wenn du dich schlechter fühlst.«

»Himmel, nein! Ich bin putzmunter.«

Niemand wollte in diesem Platzregen aufbrechen, doch Sharpe war entschlossen, jede Stunde der Dunkelheit zu nutzen, um zum Douro zu gelangen. Es bestand die Möglichkeit, ihn morgen Mittag zu erreichen, erst dann würde er den Männern eine Rast gönnen, während er am Fluss eine Möglichkeit zum Überqueren erkundete.

»Tornister aufschnallen!«, befahl er. Er beobachtete Williamson und suchte nach Anzeichen für Widerwillen, doch der Mann machte sich ebenso wie die anderen bereit, ohne zu murren. Vicente hatte Weinkorken verteilt, und die Männer schoben sie in die Mündungen ihrer ungeladenen Gewehre oder Musketen. Es gab einiges Murren, als Sharpe die Männer aus dem Stall und den Abmarsch befahl, aber sie folgten ihm in den Wind und strömenden Regen.

Sharpe war schon nach ein paar Hundert Yards bis auf die Haut durchnässt, doch er tröstete sich mit dem Gedanken, dass keine Franzosen in diesem Sauwetter unterwegs sein würden. Das letzte Licht des Abends verblasste schnell, und die Wolken, die sich jetzt schwarz über der Ruine des Wachturms ballten, verschmolzen mit der Schwärze ringsum. Sharpe folgte einem Pfad, der um die westliche Seite des Hügels herumführte, und blickte zu dem alten Mauerwerk empor. Er dachte an all die Arbeit, die er und seine Männer dort geleistet hatten.

Er rief zum Halten, damit die Letzten in der langen Linie aufschließen konnten. Daniel Hagman hielt sich offensichtlich gut. Harper, an dessen Koppel zwei Ziegenkeulen hingen, kletterte zu Sharpe auf den Felsvorsprung und beobachtete mit ihm das Eintreffen der Männer. »Verdammter Regen«, maulte der Sergeant.

»Er wird bald aufhören.«

»Sagte der Optimist zum Pessimisten«, bemerkte Harper.

In diesem Augenblick sah Sharpe das Schimmern von Licht in den Weingärten. Es war kein Blitz, es war zu schwach, zu klein und zu nahe am Boden, aber er wusste, dass er sich den Lichtschimmer nicht eingebildet hatte, und er verfluchte Christopher, der ihm sein Fernrohr gestohlen hatte. Er starrte auf die Stelle, an der er den Lichtschein kurz gesehen hatte, doch da war jetzt nichts mehr zu erkennen.

»Was ist?«, fragte Vicente, der sich zu ihnen gesellt hatte.

»Ich glaube, ein Licht gesehen zu haben«, sagte Sharpe.

»Das war wohl nur der Regen«, meinte Harper.

»Vielleicht war es ein Stück zerbrochenes Glas«, sagte Vicente. »Ich habe mal romanische Scherben auf einem Feld bei

Entre-dos-Rios gefunden. Da lagen zwei zerbrochene Vasen und einige Münzen von Septimius Severus.«

Sharpe hörte nicht hin. Er beobachtete die Reihen der Reben.

»Die Münzen habe ich dem Seminar in Oporto gegeben«, fuhr Vicente fort und hob die Stimme, um im Rauschen des Regens gehört zu werden, »denn die Pater unterhalten dort ein kleines Museum.«

»Bei Dunkelheit scheint keine Sonne, und es kann nichts im Regen reflektieren«, sagte Sharpe. Aber da hatte etwas reflektiert, und er hatte etwas schimmern gesehen. Er suchte die Hecke zwischen den Reihen der Reben ab, und da sah er es wieder. Er fluchte.

»Was ist es?«, fragte Vicente.

»Dragoner«, sagte Sharpe, »Dutzende von den Bastarden zu Fuß, die uns beobachten.« Der Lichtschimmer – von einer Fackel? – war von einem Messinghelm reflektiert worden. Es musste einen Riss in der Stoffummantelung des Helms sein, und der Mann hatte wie ein Leuchtsignal gewirkt, als er an der Hecke entlanggeschlichen war. Aber jetzt, nachdem Sharpe die erste grüne Uniform zwischen den Reben entdeckt hatte, glaubte er Dutzend weitere zu erkennen.

Widerwillig empfand er Bewunderung für einen Feind, der sich bei Dunkelheit und Regen anschlich. Er reimte sich zusammen, dass sich die Dragoner Vila Real de Zedes im Laufe des Tages genähert hatten und ihm das entgangen war. Ihnen war nicht die Bedeutung der Arbeit auf der Hügelkuppe entgangen, und sie mussten wissen, dass der Hügel seine Zuflucht war.

»Sergeant!«, befahl er Harper. »Den Hügel rauf! Sofort! Schnell!«

Und er betete, dass es nicht zu spät war.

Colonel Christopher mochte die Regeln neu bestimmt haben, aber die Schachfiguren konnten sich nur auf die bekannte Weise bewegen. Sein Wissen um die Züge erlaubte ihm jedoch, vorauszuschauen, und das konnte er besser als die meisten.

Es gab zwei mögliche Ergebnisse der Invasion in Portugal. Entweder würden die Franzosen siegen, oder – weit unwahrscheinlicher – die Portugiesen mit ihren britischen Verbündeten würden irgendwie mit Soults Streitkräften fertig werden.

Wenn die Franzosen siegten, dann würde Christopher der Eigentümer von Savages Häusern, ein vertrauenswürdiger Verbündeter der neuen Herren des Landes und unglaublich reich sein.

Wenn die Portugiesen und ihre britischen Verbündeten gewannen, dann würde er Argentons pathetische Verschwörung nutzen, um zu erklären, weshalb er in feindlichem Gebiet geblieben war, und den Zusammenbruch der geplanten Meuterei als Ausrede für das Scheitern seiner Pläne nutzen. Und dann brauchte er in dem Schachspiel nur ein paar seiner Bauern zu opfern, um Savages Besitz zu behalten, der ihn unglaublich reich machen würde.

Er konnte also nicht verlieren, solange die Bauern taten, was sie tun sollten, und einer dieser Bauern war Major Henri Dulong, der stellvertretende Kommandeur der 31. Léger, ein Regiment der erstklassigen französischen Leichten Infanterie in Portugal. Die 31. wusste, dass sie gut war, aber keiner der Soldaten war Dulong ebenbürtig, der in der gesamten Armee berühmt war. Er war hart, wagemutig und ruhelos, und an diesem windigen und regnerischen Maiabend war es seine Aufgabe, mit seinen *voltigeurs* den südlichen Pfad hinaufzumarschieren, der zum Wachturm auf dem Hügel oberhalb der Quinta führte. Nehmen Sie diese Höhe ein, hatte Brigadier General Vuillard erklärt, und die zusammengestoppelte Horde in Vila de Zedes kann nirgendwo mehr hin. Während die Dragoner das Dorf und das Haus von Savage umzingelten, würde Major Dulong den Hügel einnehmen.

Es war Brigadier General Vuillards Idee gewesen, bei Einbruch der Dunkelheit anzugreifen. Die meisten Soldaten würden einen Angriff im Morgengrauen erwarten, aber es war Vuillards Überzeugung, dass die Männer spät am Tag weniger aufmerksam sein würden. »Sie freuen sich auf Wein, Weiber und eine warme Mahlzeit«, hatte er Christopher erklärt und dann die Zeit für den Angriff auf Viertel vor acht am Abend festgelegt. Die Sonne würde ein paar Minuten zuvor untergehen, doch das Zwielicht würde bis halb neun herrschen. Aber die Wolken hatten sich als so dicht erwiesen, dass Vuillard ein nennenswertes Zwielicht bezweifelte. Nicht, dass es etwas ausmachte, Dulong hatte sich eine gute Breguet-Uhr geliehen und versprochen, dass seine Männer um Viertel vor acht auf dem Wachturm sein würden, genau zu dem Zeitpunkt, an dem die Dragoner sich dem Dorf und der Quinta näherten. Die verbleibenden Kompanien der 31. Léger würden zuerst durch den Wald aufsteigen und dann von Süden auf die Quinta hinabstoßen. »Ich bezweifle, dass Dulong auf irgendwelchen Widerstand stoßen wird«, sagte Vuillard zu Christopher, »und darüber wird er unglücklich sein. Er ist ein blutrünstiger Hundesohn.«

»Sie haben ihm gewiss die gefährlichste Aufgabe zugeteilt?«

»Aber nur, wenn der Feind oben auf dem Hügel ist«, sagte der Brigadier General. »Ich hoffe sie zu überraschen, Colonel.«

Und für Christopher hatte es den Anschein, dass Vuillards Hoffnungen berechtigt waren, denn um Viertel vor acht fielen die Dragoner in Vila de Zedes ein und stießen fast auf keinen

Widerstand. Ein Donnerschlag begleitete den Angriff, ein Blitz zuckte über den Himmel, und die langen Schwerter der Dragoner glänzten silbern. Eine Hand voll Männer feuerte mit Musketen aus der Taverne neben der Kirche, und Vuillard erfuhr später bei den Verhören der Überlebenden, dass sich eine Partisanenbande im Dorf erholt hatte. Eine Hand voll davon entkam, acht wurden getötet, und ein Dutzend, einschließlich ihres Anführers, der sich selbst »Der Schullehrer« nannte, wurde gefangen genommen. Zwei von Vuillards Dragonern wurden verwundet.

Hundert weitere Dragoner ritten zu Savages Haus. Sie wurden von einem Hauptmann befehligt, der sich mit der Infanterie treffen würde, die durch den Wald herunterkam, und der Hauptmann hatte versprochen, dafür zu sorgen, dass die Quinta nicht geplündert wurde.

»Wollen Sie nicht mit ihnen reiten?«, fragte Vuillard.

»Nein.« Christopher beobachtete die Mädchen des Dorfes, die zur größten Taverne getrieben wurden.

»Das kann ich Ihnen nicht verdenken«, sagte Vuillard angesichts der Mädchen, »der Spaß findet hier statt.«

Und Vuillards »Spaß« begann. Die Dorfbewohner hassten die Franzosen, und die Franzosen hassten die Dorfbewohner. Die Dragoner hatten Partisanen in den Häusern entdeckt, und sie alle wussten, wie man mit solchem Ungeziefer im Krieg umging. Manuel Lopes und seine gefangen genommenen Partisanen wurden in die Kirche gebracht, wo sie gezwungen wurden, den Altar, die Bänke und Bildnisse zu zerstören, und dann mussten sie die Trümmer im Mittelschiff aufschichten. Pater Josefa protestierte über den Vandalismus, und die Dragoner fetzten ihm die Soutane vom Leib und zerrissen sie in Streifen, mit denen sie den Priester an das große Kreuz banden, das über dem Hauptaltar hing. »Die Priester sind die Schlimmsten«, sagte Vuillard zu Christopher, »sie ermuntern ihre Schafe, gegen uns zu kämpfen. Ich schwöre, dass wir jeden Pfaffen in Portugal töten werden.«

Andere Gefangene wurden zur Kirche gebracht. Jeder Dorfbewohner, in dessen Haus es eine Feuerwaffe gab oder der sich den Dragonern widersetzt hatte, war gefangen genommen worden. Ein Mann, der seine dreizehnjährige Tochter hatte schützen wollen, wurde in die Kirche geschleift, und ein Dragoner brach ihm mit einem Holzhammer, den er aus der Schmiede erbeutet hatte, Arme und Beine. »Das ist viel besser, als sie aufzuhängen«, sagte Vuillard.

Christopher zuckte bei diesen menschenverachtenden Worten und beim Brechen der Knochen zusammen. Einige Männer wimmerten, ein paar schrien, aber die meisten blieben hartnäckig stumm. Pater Josefa betete für die Sterbenden, bis der Schwerthieb eines Dragoners ihn zum Verstummen brachte.

Inzwischen war es dunkel. Der Regen prasselte immer noch auf das Kirchendach, jedoch nicht mehr so heftig. Blitze erhellten die Kirchenfenster, als Vuillard zu den Trümmern eines Seitenaltars ging und eine Kerze aufhob, die brennend auf den Boden gefallen war. Er ging damit zu dem Haufen von Holztrümmern, auf die Pulver aus der Karabinermunition der Dragoner geschüttet worden war. Er stellte die brennende Kerze tief in den Haufen und trat zurück. Einen Moment flackerte die Kerze, klein und unbedeutend, dann ertönte ein Zischen, und Flammen schossen aus der Mitte des Haufens. Die verwundeten Männer schrien laut, als Rauch zu den Dachbalken emporkräuselte und Vuillard und die Dragoner sich zur Tür zurückzogen.

»Sie werden braten wie Fische.« Der Brigadier General sprach von den Männern, die zum Feuer krochen, in der verzweifelten Hoffnung, das Feuer löschen zu können. Vuillard lachte. »Der Regen wird die Dinge verlangsamen«, sagte er zu Christopher, »aber nicht viel.« Das Feuer prasselte jetzt, und dichter Rauch quoll hervor. »Erst wenn das Dach Feuer fängt, werden sie sterben«, sagte Vuillard, »und das dauert eine Weile. Am besten verschwinden wir.«

Die Dragoner verließen die Kirche und schlossen sie ab. Ein Dutzend Männer blieb draußen im Regen, um sicherzustellen, dass das Feuer nicht ausging oder – was unwahrscheinlich war – dass keiner den Flammen entkam, während Vuillard Christopher und ein halbes Dutzend Offiziere zur größten Taverne des Dorfes führte, die von Dutzenden Kerzen und Lampen erhellt war.

»Die Infanterie wird uns hier Meldung machen«, sagte Vuillard. »Und so können wir uns bis dahin die Zeit vertreiben, nicht wahr?«

»In der Tat.« Christopher nahm seinen Zweispitz ab und hängte ihn an den Haken an der Tavernentür.

»Wir werden köstlich speisen«, sagte Brigadier General Vuillard, »und vom Wein dieses Landes trinken.« Er blieb im Hauptraum stehen, wo die Mädchen des Dorfes an einer Wand aufgereiht waren. »Was meinen Sie, kommen wir bei diesem Nachtisch auf unsere Kosten?«

»Verlockend«, sagte Christopher.

»In der Tat.« Vuillard traute Christopher immer noch nicht ganz. Der Engländer war zu zurückhaltend, aber jetzt würde er die Hemmungen verlieren. »Wählen Sie aus«, sagte er und wies auf die Mädchen. Ihre Bewacher grinsten. Die Mädchen weinten leise.

Christopher machte einen Schritt auf die Gefangenen zu. Wenn der Engländer zimperlich ist, dachte Vuillard, verrät er Skrupel oder sogar Sympathie für die Portugiesen. Es gab sogar einige in der französischen Armee, die solche Sympathien zeigten, Offiziere, die meinten, dass ihre eigenen Probleme nur größer wurden, wenn sie die portugiesische Armee schlecht behandelten, aber Vuillard glaubte wie die meisten Franzosen, dass die Portugiesen so streng bestraft werden mussten, damit keiner es wagen würde, jemals wieder einen Finger gegen die Franzosen zu erheben. Vergewaltigung, Diebstahl und Zügellosigkeit waren nach Vuillards Meinung defensive Taktiken, und jetzt wollte er sehen, dass der reservierte Christopher mit ihm zusammen einen Akt des Krieges vollzog.

»Seien Sie schnell bei der Auswahl«, sagte Vuillard, »ich habe meinen Männern versprochen, dass sie diejenigen haben können, die wir nicht wollen.«

»Ich nehme die kleine Rothaarige«, sagte Christopher.

Sie schrie, aber es gab viele Schreie in dieser Nacht in Vila Real de Zedes.

Wie auf dem Hügel im Süden.

Sharpe rannte. Er schrie seinen Männern zu, so schnell wie möglich auf den Hügel zu gelangen, dann hetzte er selbst den Hang hinauf. Nach etwa hundert Yards wurde er ruhiger und erkannte, dass es falsch war, was er tat. »Schützen!«, brüllte er. »Tornister abnehmen!«

Er befahl seinen Männern, sich bis auf ihre Waffen, Proviantbeutel und Patronentaschen von ihrer Last zu befreien. Leutnant Vicente befahl seinen Männern das Gleiche. Sechs Portugiesen und die gleiche Anzahl Schützen würden bei den abgelegten Tornistern und Mänteln und Stücken Räucherfleisch Wache halten, während der Rest Sharpe und Vicente den Hang hinauffolgte. Sie kamen jetzt viel schneller voran. »Haben Sie dort oben irgendwelche Bastarde gesehen?«, keuchte Harper.

»Nein«, sagte Sharpe. Doch er wusste, dass die Franzosen die Festung einnehmen wollten, weil sie in weitem Umkreis der höchste Punkt war, und das bedeutete, dass sie vermutlich eine Kompanie oder mehr im Bogen von Süden aus auf den Hügel geschickt hatten. Es war also ein Wettrennen. Sharpe hatte keinen Beweis, dass die Franzosen mit im Rennen waren, aber er unterschätzte sie nicht. Sie würden kommen, und er konnte nur beten, dass sie nicht bereits vor ihm dort waren.

Der Regen fiel stärker. Kein Geschütz würde bei diesem Wetter feuern. Dies würde ein Kampf von nassem Stahl werden, von Fäusten und Gewehrkolben.

Sharpe glitt auf Matsch und nassem, felsigen Boden aus. Außer Atem erreichte er den Pfad, der zum nördlichen Grat des Hügels führte. Seine Männer hatten den Pfad verbreitert und befestigt und an den steilsten Stellen Stufen angelegt. Es war erfundene Arbeit gewesen, um sie beschäftigt zu halten, doch sie war es wert gewesen, denn jetzt kamen sie dadurch viel schneller voran.

Sharpe war immer noch an der Spitze, dicht gefolgt von einem Dutzend Schützen. Er entschied sich, die Reihe nicht zu schließen, bevor sie den Gipfel erreichten. Dies war eine Kletterei, bei der wirklich die hintersten Männer vom Teufel geholt wurden, und so war es das Wichtigste, den Gipfel zu erreichen.

Sharpe blickte durch den Regen und konnte nichts außer nacktem Fels und einem Blitz sehen, der von einer steinernen Fläche widergespiegelt wurde. Er dachte an das Dorf und wusste, dass es zum Sterben verdammt war. Er wünschte, er könnte etwas dagegen tun, aber er hatte nicht genügend Männer, um das Dorf zu verteidigen, und er hatte versucht, es zu warnen.

Der Wind trieb ihm den Regen ins Gesicht und nahm ihm

die Sicht. Er spürte Seitenstechen, seine Beine brannten, und sein Atem rasselte. Das Gewehr hüpfte am Schulterriemen auf und ab, und der Kolben schlug auf seinen Oberschenkel, als er versuchte, das schwere Kavallerieschwert zu ziehen, doch dann ließ er den Griff los, um sich an einem Felsen abzustützten, weil er ausrutschte.

Harper war zwanzig Schritte zurück und rang um Atem. Vicente holte auf, als Sharpe sein Schwert aus der Scheide riss, sich vom Felsen abstieß und sich zwang, weiterzulaufen. Ein Blitz zuckte im Osten über den Himmel, vor dem sich als Umriss die Hügel schwarz abhoben. Donner krachte, und Sharpe hatte das Gefühl, in den Kern des Gewitters zu den Göttern des Krieges zu klettern. Der Wind heulte und stöhnte, wurde vom Donner und vom Rauschen des Regens übertönt, und Sharpe dachte schon, er würde nie auf die Hügelkuppe gelangen, doch plötzlich war er neben dem ersten Wall, an der Stelle, wo der Pfad zwischen zwei der kleinen Schanzen verlief, die seine Männer errichtet hatten, und ein Blitzstrahl stach wie ein Dolch in die nasse Dunkelheit zu seiner Rechten. Sekundenlang glaubte er, die Hügelkuppe sei leer, doch dann sah er das Blitzen einer Klinge, die das weiße Feuer des Unwetters reflektierte, und erkannte schlagartig, dass die Franzosen bereits da waren.

Dulongs Männer waren nur Sekunden zuvor eingetroffen und hatten den Wachturm eingenommen, doch sie hatten keine Zeit gehabt, die Schanzen zu besetzen, wo Sharpes Männer jetzt auftauchten. »Werft sie runter!«, brüllte Dulong seinen Männern zu.

»Tötet die Bastarde!«, rief Sharpe, und seine Klinge klirrte gegen ein Bajonett und streifte die Mündung der Muskete. Er warf sich vorwärts, trieb den Mann zurück und rammte die Stirn gegen seine Nase. Die Ersten seiner Schützen tauchten hinter ihm auf. Sharpe schlug dem Franzosen den Griff des Schwerts ins Gesicht, entriss ihm die Muskete und warf sie fort. Dann sprang er weiter zu einer Gruppe Franzosen, die sich darauf vorbereitete, den Gipfel zu verteidigen. Sie zielten mit ihren Musketen auf ihn, und Sharpe hoffte bei Gott, dass keine Steinschlosswaffe bei dieser Nässe feuern konnte. Zwei Männer kämpften zu seiner Linken, und Sharpe stieß sein Schwert in einen blauen Rock, und drehte es zwischen den Rippen. Der Franzose warf sich zur Seite, um der Klinge seines Gegners zu entkommen. Sharpe sah, dass es Harper war, der mit dem Franzosen gekämpft hatte und ihn jetzt mit dem Gewehrkolben niederschlug.

»Gott schütze Irland«, sagte Harper und spähte mit wildem Blick auf die Franzosen, die den Wachturm bewachten.

»Wir greifen die Bastarde an!«, rief Sharpe den Schützen zu.

»Gott schütze Irland!«

»*Tirez!*«, rief ein französischer Offizier. Feuersteine fielen auf Stahl, Funken sprühten und erloschen im Regen.

»Jetzt tötet sie!«, brüllte Sharpe. Er war wütend, weil die Franzosen auf seiner Hügelkuppe, auf seinem Gebiet waren. Er rannte den Hügel hinauf und sah, wie sich die Musketen mit ihren Bajonetten senkten. Sharpe erinnerte sich, wie er in der steilen Bresche von Gawilgarh gekämpft hatte, und tat jetzt, was er damals in Indien getan hatte. Er griff unter das Bajonett, packte den Knöchel des Feindes und zog ihn vom Hügel herab. Der Franzose schrie, als er in die Bajonette dreier Schützen fiel, und dann schleuderten Vicentes Portugiesen, die erkannten, dass sie nicht auf die Franzosen schießen konnten, Steine. Einige trafen.

Sharpe befahl seinen Männern Nahkampf. Er schwang das Schwert und fegte ein Bajonett beiseite, zog mit der linken Hand an einer vorgereckten Muskete und zerrte den Mann auf Harpers Schwertbajonett zu. Harris drosch mit einer Axt um sich, die sie benutzt hatten, um den Pfad durch die Birken, Lorbeerbäume und Eichen zu verbreitern, und die Franzosen wichen vor der schrecklichen Waffe zurück. Immer noch flogen Steine, und Sharpes Schützen kämpften sich aufwärts.

Ein Mann trat Sharpe ins Gesicht. Cooper packte das Bein und stieß sein Bajonett oberhalb des Stiefels hinein. Harper benutzte sein Gewehr als Keule und schlug einen Gegner nieder. Ein Schütze stürzte. Blut schoss aus seinem Hals und wurde sofort vom Regen abgewaschen. Ein portugiesischer Soldat nahm seine Stelle ein, stach mit dem Bajonett zu und schrie Beleidigungen.

Sharpe stieß sein Schwert in die Masse der Feinde hinein, zog es heraus und stieß wieder zu. Ein anderer Portugiese kämpfte neben ihm mit dem Bajonett, tötete einen Franzosen mit dem Säbel. Die Klinge wurde rot, wurde zurückgezogen, wurde vom Regen abgespült und wurde beim Zustoßen wieder rot.

Die Franzosen wichen zurück auf die Steinterrasse vor der Wachturmruine. Ein Offizier brüllte sie ärgerlich an, und dann trat der Offizier mit vorgestrecktem Säbel auf Sharpe zu. Sharpe stellte sich dem Duell und sah Erstaunen auf dem Gesicht des Gegners. Der Franzose versuchte, Sharpe zu treten und mit der linken Hand in die Augen zu stoßen, doch Sharpe wich gedankenschnell aus und schwang zugleich sein Schwert. Dann schien der Offizier plötzlich zu verschwinden, als zwei Männer ihn packten und fortzerrten.

Ein großer Franzose sprang auf Sharpe zu und holte mit einer Muskete zum Schlag aus. Sharpe wich geschickt aus, der angriffslustige Franzose konnte seinen Schwung nicht mehr bremsen, lief förmlich in die Klinge des Sergeants hinein und brach im blutigen Regen zusammen.

Vicente wich entsetzt zurück. Seine Männer stürmten schreiend an ihm vorbei über die südlichen Schanzen, wo sie wie Berserker mit ihren Bajonetten wüteten. Feldwebel Macedo hatte sein Messer in die Brust eines Franzosen gestoßen und dort gelassen. Stattdessen benutzte er eine erbeutete französische Muskete als Keule. Ein *voltigeur* versuchte, ihm die Waffe zu entreißen, und verstand die Welt nicht mehr, als der Feind sie ihm einfach überließ und ihm stattdessen einen Tritt in den Bauch verpasste, sodass er vom Hügel stürzte. Er schrie, als er fiel, dann gab es einen dumpfen Aufschlag auf Steinen und Geröll weit unten. Die Muskete landete polternd auf Gestein, und in diesem Augenblick übertönte ein Donnerschlag alle Geräusche.

Ein Blitz zuckte über den dunklen Himmel. Sharpe, von dessen Schwertklinge Blut, vermischt mit Regen, tropfte, schrie seinen Männern zu, jede Schanze zu überprüfen. »Und durchsucht den Turm!«

Ein anderer Blitzstrahl erhellte einen großen Trupp von Franzosen, der auf halbem Weg auf dem südlichen Pfad heraufkletterte. Sharpe nahm an, dass ein kleinerer Trupp dem anderen vorausgeeilt war, und es waren diese Männer, die er und seine Jungs niedergekämpft hatten. Der größere Trupp, der leicht den Gipfel gegen Sharpe und Vicentes Gegenangriff hätte verteidigen können, war zu spät gekommen, und Vicente befahl jetzt seine Männer hinter die unteren Schanzen. Ein Schütze lag tot beim Wachturm.

»Es ist Sean Donnelly«, meldete Harper.

»Ein Jammer«, sagte Sharpe, »er war ein guter Mann.«

»Er war ein teuflischer kleiner Bastard aus Derry«, meinte Harper. »Er schuldete mir vier Schilling.«

»Er war ein erstklassiger Schütze.«

»Wenn er nicht besoffen war«, gab Harper zu.

Pendleton, der Jüngste der Schützen, brachte Sharpe den Tschako, den er in der Hektik des Kampfes verloren hatte. »Habe ich auf dem Hang gefunden, Sir.«

»Was haben Sie auf dem Hang gemacht, anstatt zu kämpfen?«, fragte Sharpe.

Pendleton wirkte verwirrt. »Er muss wohl runtergerollt sein, und ich hab ihn da liegen sehen, Sir.«

»Haben Sie einen Feind besiegt?«, wollte Harper wissen.

»Nein, Sergeant.«

»Dann haben Sie sich heute Ihren verdammten Schilling nicht verdient! Pendleton! Williamson! Dodd! Sims!« Harper organisierte einen Trupp, der den Hügel hinabgehen und die Tornister mit dem Proviant holen sollte. Sharpe ließ zwei andere Männer die Toten und Verwundeten durchsuchen und ihre Waffen und Munition sicherstellen.

Vicente hatte sich auf der südlichen Seite der Festung verschanzt, und der Anblick dieser Männer reichte, um die Franzosen von einem zweiten Angriff abzuschrecken. Der portugiesische Leutnant kam jetzt zu Sharpe neben den Wachturm, wo der Wind um das alte Gemäuer heulte. Der Regen hatte nachgelassen, doch der stärker gewordene Wind peitschte immer noch Tropfen gegen die Wände der Ruine. »Was unternehmen wir wegen des Dorfs?«, wollte Vicente wissen.

»Es gibt nichts, was wir tun können.«

»Aber es sind Frauen dort! Und Kinder!«

»Ich weiß.«

»Wir können sie nicht einfach im Stich lassen.«

»Was sollen wir Ihrer Meinung nach denn tun?«, fragte Sharpe. »Dort runtergehen und sie retten? Und während wir dort sind, was geschieht dann hier? Diese Bastarde werden den Hügel einnehmen.« Er wies auf die französischen *voltigeurs*, die immer noch auf halbem Weg auf dem Hügel waren, unentschlossen, ob sie weiterklettern oder den Versuch aufgeben sollten. »Und wenn Sie dort runtergehen«, fuhr Sharpe fort, »was erwartet Sie dann? Dragoner. Hunderte verdammte Dragoner. Und wenn der Letzte Ihrer Männer tot ist, haben Sie die Genugtuung, versucht zu haben, das Dorf zu retten. Es gibt nichts, was Sie tun können.«

»Wir müssen es versuchen«, beharrte Vicente stur.

»Sie wollen Männer auf Patrouille mitnehmen? Dann tun Sie das, aber der Rest von uns bleibt hier. Diese Festung ist unsere einzige Chance, zu überleben.«

Vicente erschauerte. »Sie wollen nicht mehr nach Süden marschieren?«

»Wenn wir von diesem Hügel runtergehen«, sagte Sharpe, »werden uns die verdammten Dragoner mit ihren Säbeln einen Haarschnitt verpassen. Wir sind in der Falle, Leutnant, in der Todesfalle.«

»Und Sie erlauben, dass ich eine Patrouille runter ins Dorf führe?«

»Drei Männer«, sagte Sharpe. Es widerstrebte ihm, selbst auf nur drei Männer zu verzichten, doch er konnte verstehen, dass sich der portugiesische Leutnant um seine Landsleute sorgte. »Bleiben Sie in Deckung, Leutnant«, mahnte Sharpe. »Halten Sie sich zwischen den Bäumen. Und seien Sie sehr vorsichtig.«

Drei Stunden später kehrte Vicente zurück. Es waren einfach zu viele Dragoner und Infanteristen rings um Vila de Zedes, und er war nicht ins Dorf hineingekommen. »Aber ich habe Schreie gehört«, berichtete er.

Unter Sharpe, jenseits der Quinta, brannten die Reste der Dorfkirche in der Dunkelheit aus. Es war das einzige Licht, das er sehen konnte. Er sah kein Funkeln von Sternen, keinen Lichtschein von Kerzen oder Lampen, nur das rötliche Glühen der brennenden Kirche.

Und morgen, das wusste Sharpe, würden die Franzosen von Neuem angreifen.

Am Morgen frühstückten die französischen Offiziere auf der Terrasse der Taverne unter einer Pergola. Das Dorf war voller Proviant gewesen, und es gab frisch gebackenes Brot, Schinken, Eier und Kaffee zum Frühstück.

Der Regen hatte aufgehört, und es war nur noch der Hauch von Luftfeuchtigkeit im Wind. Das Versprechen warmen Sonnenscheins lag in der Luft. Der Rauch der ausgebrannten Kirche trieb nordwärts und nahm den Geruch verbrannten Fleisches mit.

Maria, das rothaarige Mädchen, servierte Colonel Christopher Kaffee. Der Colonel pulte mit einem Zahnstocher aus Elfenbein zwischen den Zähnen. Er nahm ihn aus dem Mund, um sich bei ihr zu bedanken. »*Obrigado*, Maria«, sagte er freundlich. Maria erschauerte, nahm es trotzdem mit einem hastigen Nicken zur Kenntnis und zog sich zurück.

»Sie ersetzt Ihren Diener?«, fragte Brigadier General Vuillard.

»Der verdammte Kerl ist verschwunden«, sagte Christopher.

»Ein guter Tausch«, sagte Vuillard und beobachtete Maria. »Die ist viel hübscher als der Diener.«

»Sie *war* hübsch«, sagte Christopher. Maria hatte jetzt überall blaue Flecken, und ihr Gesicht war geschwollen. Von ihrer Schönheit war nicht mehr viel zu sehen. »Und sie wird wieder hübsch sein«, fuhr Christopher fort.

»Sie haben sie geschlagen und hart rangenommen«, sagte Vuillard mit leichtem Tadel.

Christopher nippte an seinem Kaffee. »Bei den Engländern

gibt es ein Sprichwort über einen Spaniel, eine Frau und einen Walnussbaum: Je härter man sie schlägt, desto besser werden sie.«

»Ein Walnussbaum?«

»Es heißt, wenn der Stamm gut geschlagen wird, steigert das die Anzahl der Nüsse. Ich habe keine Ahnung, ob das stimmt, aber ich weiß, dass eine Frau gebrochen werden muss wie ein Hund oder Pferd.«

»Gebrochen«, wiederholte Vuillard, und es klang fast ehrfürchtig bewundernd.

»Das rothaarige Mädchen wollte nicht so wie ich«, erklärte Christopher. »Sie kämpfte dagegen an, und da habe ich ihr gezeigt, wer der Herr ist. Jede Frau muss das lernen.«

»Selbst eine Ehefrau?«

»Besonders eine Ehefrau«, bekräftigte Christopher, »obwohl es da etwas länger dauert. Sie brechen eine gute Stute nicht schnell ein, sondern nehmen sich Zeit. Aber dieser ...«, er nickte zu Maria hin, »... musste ich es schnell hart besorgen. Mir macht es nichts aus, wenn sie ärgerlich ist, aber man will keine Frau, die einem mit ihrem Ärger die Freude verdirbt und sich zu sehr ziert.«

Maria war nicht die Einzige mit blauen Flecken und verquollenem Gesicht. Major Dulong hatte eine dunkle Schwellung auf dem Nasenrücken und blickte finster drein. Der Major war vor den britischen und portugiesischen Soldaten beim Wachturm gewesen, jedoch mit einem kleineren Trupp von Männern, und dann war er von der Wildheit überrascht worden, mit der Sharpe ihn angegriffen hatte. »Lassen Sie mich dorthin zurückkehren, *mon général*«, sagte er flehend zu Vuillard.

»Natürlich, Dulong, natürlich.« Vuillard gab dem Offizier der *voltigeurs* keine Schuld am einzigen Scheitern in der Nacht. Es hatte den Anschein, dass die britischen und portugiesischen Soldaten, die jeder im Stall der Quinta gewähnt hatte, nach Süden marschiert und deshalb auf halbem Weg zum Wachturm gewesen waren, als der Angriff begonnen hatte. Aber Major Dulong war nicht an Scheitern gewöhnt, und deshalb nagte es an seinem Stolz, zurückgeschlagen worden zu sein.

»Selbstverständlich können Sie sich revanchieren«, versicherte ihm der Brigadier General, »aber nicht sofort. Ich denke, wir sollten den *belle filles* den Vortritt lassen, ja?«

»Den *belle filles?*«, fragte Christopher und fragte sich, warum um alles in der Welt Vuillard »schöne Mädchen« zum Wachturm schicken würde.

»Der Name des Kaisers für seine Kanonen«, erklärte Vuillard, »*Les belles filles*. Da ist eine Batterie in Valengo, und sie muss ein paar Haubitzen haben. Bestimmt werden uns die Kanoniere ihre Spielzeuge leihen, und diese Idioten auf dem Hügel werden so gebrochen wie die Rothaarige, der Sie es besorgt haben.« Der Brigadier General betrachtete die Mädchen, als sie das Essen brachten. »Nach dem Essen werde ich mich davon überzeugen, was sie von Ihnen gelernt haben. Vielleicht sind Sie so nett, mir Ihr Fernrohr zu leihen?«

»Selbstverständlich.« Christopher schob das Glas über den Tisch. »Aber ich bitte Sie, behutsam damit umzugehen, mein lieber Vuillard. Es bedeutet mir sehr viel.«

Vuillard las die Inschrift, und er kannte genügend Englisch, um die Bedeutung zu entziffern. »Wer ist dieser AW?«

»Sir Arthur Wellesley natürlich.«

»Und warum wollte er Ihnen dankbar sein?«

»Sie erwarten doch nicht von einem Gentleman, eine solche Frage zu beantworten, mein lieber Vuillard. Die Bescheidenheit verbietet mir, prahlerisch zu sein. Es reicht zu sagen, dass ich ihm nicht nur die Stiefel geputzt habe.« Christopher lächelte bescheiden und nahm sich Rühreier und Brot.

Zweihundert Dragoner ritten am Vormittag nach Valengo. Sie eskortierten einen Offizier, der ein paar Haubitzen besorgen wollte, und der Offizier und die Dragoner kehrten am selben Tag zurück.

Mit einer einzigen Haubitze. Aber die würde reichen, davon war Vuillard überzeugt. Die Schützen waren zum Untergang verdammt.

KAPITEL 6

»Was Sie wirklich wollten«, sagte Leutnant Pelletieu, »ist ein Mörser.«

»Ein Mörser?« Brigadier General Vuillard war erstaunt über das Selbstbewusstsein des Leutnants. »Sie wagen es, mir zu sagen, was ich wollte?«

»Was Sie wollen, ist ein Mörser«, sagte Pelletieu überzeugt. »Es ist eine Frage der Richthöhe, Sir.«

»Es ist eine Frage, Leutnant, Tod, Horror und Verdammnis auf die frechen Bastarde auf dem gottverdammten Hügel zu schießen!« Vuillard wies zum Wachturm hinauf. Er stand am Waldrand, wo er Leutnant Pelletieu aufgefordert hatte, seine Haubitze abzuprotzen und mit dem Beschuss anzufangen. »Reden Sie mir nicht von Richthöhe! Ich rede vom Töten!«

»Töten ist unser Geschäft, Sir«, sagte der Leutnant, unbeeindruckt vom Ärger des Brigadier Generals, »aber ich muss näher an die frechen Bastarde ran.« Er war ein so junger Mann, dass Vuillard sich fragte, ob er sich schon zu rasieren begonnen hatte. Er war auch dünn wie eine Bohnenstange, so dünn, dass seine weiße Hose, die weiße Weste und der dunkelblaue lange Rock an ihm hingen wie Kleidungsstücke, die man über eine Vogelscheuche drapiert hatte. Der lange, dünne Hals ragte aus dem steifen blauen Kragen, und auf seiner langen Nase saß eine dicklinsige Brille, die ihm das unglückliche Aussehen eines halb verhungerten Fischs verlieh, doch es war ein bemerkenswert selbstsicherer Fisch, der sich jetzt dem Feldwebel zuwandte. »Zwei Pfund auf zwölf Grad, meinen Sie nicht?

Aber nur, wenn wir auf dreihundertfünfzig Klafter gehen können.«

»Klafter?« Der Brigadier General wusste, dass Kanoniere die alte Maßeinheit benutzten, aber er konnte nichts damit anfangen. »Warum, zur Hölle, können Sie nicht normal sprechen?«

»Dreihundertfünfzig Klafter, das sind ...« Pelletieu runzelte die Stirn und rechnete.

»Sechshundertachtzig Meter«, warf sein Feldwebel, ebenso dünn, blass und jung wie Pelletieu, ein.

»Sechshundertzweiundachtzig«, korrigierte Pelletieu heiter.

»Dreihundertfünfzig Klafter«, überlegte der Feldwebel laut. »Zwei Pfund Ladung? Zwölf Grad? Ich denke, das wird reichen, Sir.«

»Jedoch nur so gerade«, sagte Pelletieu. Dann wandte er sich wieder an den Brigadier General. »Das Ziel ist hoch, Sir«, erklärte er.

»Ich weiß, dass es hoch ist«, sagte Vuillard mit mühsam erkämpfter Beherrschung. »Das haben Hügel manchmal so an sich.«

»Und jeder denkt, Haubitzen können Wunder auf erhöhte Ziele bewirken«, fuhr Pelletieu fort und ignorierte Vuillards Sarkasmus, »aber sie sind nicht auf mehr als zwölf Grad Winkel von der Horizontalen ausgelegt. Ein Mörser kann einen viel höheren Winkel erreichen, aber ich nehme an, der nächste Mörser befindet sich in Oporto.«

»Ich will die Bastarde nur tot sehen!«, grollte Vuillard und wollte sich abwenden, doch dann fuhr er wieder herum, als ihm eine Erinnerung kam. »Und warum keine drei Pfund Ladung? Die Kanoniere benutzten Ladungen von drei Pfund bei Austerlitz.« Er war versucht hinzuzufügen »... bevor Sie geboren wurden«, hielt sich jedoch gerade noch zurück.

»Drei Pfund!« Pelletieu schnappte sichtlich nach Luft, während sein Feldwebel über die Unwissenheit des Brigadier Generals die Augen verdrehte. »Sie hat ein Nantes-Rohr, Sir.« Pelletieu fügte eine für Vuillard rätselhafte Erklärung hinzu und klopfte auf die Haubitze. »Sie wurde im Mittelalter gemacht, also vor der Revolution, und sie ist nachlässig gegossen. Ihr Partner flog vor drei Wochen in die Luft, Sir, und tötete zwei von der Mannschaft. Da war ein Luftloch im Metall, einfach schreckliches Gießen. Sie ist nicht sicher über zwei Pfund hinaus, Sir, einfach nicht sicher.«

Haubitzen wurden für gewöhnlich in Paaren benutzt, doch die Explosion vor drei Wochen hatte Pelletieus Haubitze als Einzige in ihrer Batterie übrig gelassen. Es war ein sonderbar aussehendes Geschütz, das wie eine Spielzeugwaffe wirkte, die sich auf einer Lafette duckte. Das Rohr befand sich zwischen Rädern von der Höhe eines Mannes, doch die kleine Waffe war zu etwas fähig, was keine andere Feldwaffe konnte – in hohem Bogen feuern. Feldwaffen wurden selten auf mehr als ein, zwei Grad eingestellt und hatten eine flache Flugbahn, doch die Haubitze schoss so hoch, dass sie über Verteidigungswälle oder befreundete Infanterie hinweg den Feind traf. Weil ein in hohem Bogen gefeuertes Geschoss bei der Landung sofort liegen blieb, feuerten die Haubitzen kein massives Geschoss. Ein normales Feldgeschütz konnte sich darauf verlassen, dass sein Geschoss hüpfte und hüpfte und selbst nach dem vierten oder fünften Aufprall am Boden immer noch so viel Wucht hatte, dass es den Feind verstümmeln oder töten konnte, doch das Geschoss einer Haubitze, das steil in die Luft gefeuert wurde, bohrte sich beim Herabfallen ins Erdreich und richtete nachträglich keinen Schaden mehr an. So feuerten die Haubitzen Granaten mit Zündern ab, die explodierten, wenn das Geschoss landete.

»Neunundvierzig mal zwei, Sir«, sagte Pelletieu, als Vuillard fragte, wie viele Geschosse für sein Geschütz zur Verfügung standen, »weil wir den Munitionswagen für die andere Haubitze ebenfalls dabeihaben. Achtundneunzig Granaten und zweiundzwanzig Kartätschenmunition.«

»Vergessen Sie die Kartätschen«, sagte Vuillard. Kartätschenmunition, die wie Entenschrot aus dem Rohr schoss, wurde gegen Soldaten im Gelände benutzt, nicht für Infanterie, die versteckt zwischen Felsen lag. »Feuern Sie die Granaten auf die Bastarde, und wir werden weitere Munition holen lassen, wenn ihr sie braucht. Was nicht nötig sein wird«, fügte er hinzu, »weil ihr die Bastarde killen werdet, nicht wahr?«

»Deshalb sind wir hier«, sagte Pelletieu glücklich. »Und mit Verlaub, Sir, wir werden keine Witwen machen, indem wir hier rumstehen und reden. Am besten wähle ich jetzt einen Platz, um sie einzusetzen, Sir. Feldwebel! Schaufeln!«

»Schaufeln?«, echote Vuillard.

»Wir müssen den Boden ebnen, Sir«, sagte Pelletieu, »weil Gott nicht an die Pioniere gedacht hat, als er die Welt erschuf. Aber wir sind sehr gut darin, seine Schöpfung auszugleichen.«

Colonel Christopher hatte die Haubitze inspiziert, doch jetzt nickte er zu Pelletieu hin, der davonging. »Schicken sie jetzt Schuljungen, um unsere Kriege zu führen?«

»Er scheint sein Geschäft zu verstehen«, gab Vuillard widerwillig zu. »Ist Ihr Diener wieder aufgetaucht?«

»Der verdammte Kerl ist immer noch verschwunden. Musste mich heute selbst rasieren!«

»Selbst rasieren, welche Schande«, bemerkte Vuillard amüsiert. »Das Leben kann manchmal hart sein.«

Und bald, dachte er, wird es mörderisch hart für die Briten und Portugiesen auf dem Hügel.

Bei Tagesanbruch, als die Regenwolken südostwärts abzogen und immer noch der Wind um den gezackten Gipfel wehte, entdeckte Dodd die Flüchtlinge auf dem nördlichen Hügelhang. Sie duckten sich zwischen die Felsen, versteckten sich offensichtlich vor den französischen Posten, die den Rand des Waldes säumten. Es waren sieben, allesamt Männer. Sechs waren Überlebende von Manuel Lopes' Bande, und der siebte war Luis, Christophers Diener.

»Es ist der Colonel«, hatte er Sharpe erzählt.

»Wer ist was?«

»Colonel Christopher. Er ist dort unten. Er hat sie hergebracht und den Franzosen gesagt, dass Sie hier sind!«

Sharpe starrte hinunter zum Dorf, wo ein verkohlter Haufen anzeigte, wo die Kirche gestanden hatte. »Er ist ein Hurensohn«, sagte er ruhig, aber es überraschte ihn nicht. Er gab sich nur die Schuld, dass er so lange gebraucht hatte, um zu erkennen, dass Christopher ein Verräter war. Er befragte Luis weiter, und der Diener erzählte ihm von der Reise nach Süden und von dem Treffen mit General Cradock, von der Dinnerparty in Oporto, wo ein französischer General der Ehrengast gewesen war, und dass Christopher manchmal eine Uniform des Feindes trug, aber Luis gab ehrlich zu, dass er nicht wusste, welche Fäden der Colonel spann. Er wusste nicht, dass Christopher Sharpes gutes Fernrohr in seinen Besitz gebracht hatte. Luis hatte es geschafft, dem Colonel sein altes Fernrohr zu stehlen, und das präsentierte er jetzt Sharpe mit triumphierendem Lächeln.

»Es tut mir leid, dass es nicht Ihr eigenes ist, *senhor*, aber das trägt der Colonel in seiner Rocktasche. Ich kämpfe jetzt für Sie, Sir«, sagte Luis stolz.

»Haben Sie jemals gekämpft?«, fragte Sharpe.

»Man kann lernen«, sagte Luis, »und für einen Barbier ist es ein Leichtes, Kehlen durchzuschneiden. Daran pflegte ich zu denken, als ich meine Kunden rasierte. Wie leicht ich ihnen hätte den Hals durchschneiden können. Das habe ich natürlich nie getan«, fügte er hastig hinzu, als Sharpe ihn bereits als Mörder verdächtigte.

»Ich glaube, ich werde mich weiterhin selbst rasieren«, sagte Sharpe mit einem Lächeln.

So gab Vicente Luis eine der erbeuteten französischen Musketen und eine Schachtel Munition, und der Barbier gesellte sich zu den anderen Soldaten bei den Schanzen auf dem Hügel. Lopes' Männer wurden als loyale portugiesische Soldaten vereidigt, und als einer sagte, er würde lieber eine Fluchtchance nutzen und sich den Partisanen im Norden anschließen, nutzte Feldwebel Macedo seine Fäuste, um ihm den Eid einzubläuen. »Er ist ein guter Mann, dieser Feldwebel«, sagte Harper anerkennend.

Der Morgendunst lichtete sich. Die feuchten Flanken des Hügels dampften in der Morgensonne, doch dieser Schleier verschwand, als der Morgen heißer wurde. Es waren jetzt Dragoner überall auf dem Hügel. Sie patrouillierten auf jeder Seite in den Tälern, hatten eine andere starke Postenkette im Süden und ließen abgesessene Männer vom Waldrand aus beobachten. Sharpe, der sah, dass die Dragoner die Schlinge immer enger zuzogen, wusste, dass er und seine Männer bei einem Fluchtversuch keine Chance gegen die Reiter haben würden.

Harper, dessen breites Gesicht vor Schweiß glänzte, spähte hinab auf die Kavallerie. »Da ist mir was aufgefallen, Sir«, sagte er. »Schon seit wir uns in Spanien zu Ihnen gesellt haben.«

»Und was ist das?«

»Dass wir immer in der Unterzahl und umzingelt sind.«

Sharpe hatte gelauscht, doch nicht auf Harper, sondern auf die Geräusche des Tages. »Was hast du gesagt?«

Harper wiederholte es.

»Nein.« Sharpe lauschte von Neuem. Dann runzelte er die Stirn. »Der Wind kommt von Osten, richtig?«

»Mehr oder weniger.«

»Ich höre kein Geschützfeuer, Pat.«

Harper lauschte angestrengt. »Guter Gott, Sie haben recht, Sir.«

Vicente hatte das Gleiche festgestellt und kam zum Wachturm, den Sharpe zu seinem Gefechtsstand erklärt hatte. »Es ist kein Gefechtslärm von Amarante mehr zu hören«, sagte der portugiesische Leutnant unglücklich.

»Also ist der Kampf beendet«, bemerkte Harper.

Vicente bekreuzigte sich, was auf seine Annahme schließen ließ, dass die portugiesische Armee, die bisher die Brücke über den Tamega verteidigt hatte, besiegt worden war.

»Wir wissen nicht, was passiert ist«, versuchte Sharpe Vicente aufzuheitern, doch im Grunde war dieses Eingeständnis fast so deprimierend wie der Gedanke, dass Amarante gefallen war. Solange der ferne Donner von Osten zu hören gewesen war, hatten sie gewusst, dass die Franzosen immer noch bekämpft wurden, dass der Krieg weiterging und irgendwann befreundete Kräfte auftauchen konnten, doch die Stille an diesem Morgen war unheilvoll.

Und wenn die portugiesische Armee aus Amarante fort war, was war dann mit den Briten in Coimbra und Lissabon? Gingen sie an Bord ihrer Schiffe in der breiten Mündung des Tejo, um heimtransportiert zu werden? Sir John Moores Armee war aus Spanien vertrieben worden, und war jetzt die kleinere britische Streitmacht auf dem hastigen Rückzug aus Lissabon? Sharpe hatte plötzlich die Furcht, der letzte britische Offizier im nördlichen Portugal zu sein, der letzte Bissen, der von einem unersättlichen Feind verschlungen wurde.

»Es bedeutet nichts«, log er, als er die gleiche Furcht in den Gesichtern seiner gestrandeten Gefährten sah. »Sir Arthur Wellesley wird kommen.«

»Das hoffen wir«, sagte Harper.

»Ist er gut?«, fragte Vicente.

»Der verdammt Beste«, sagte Sharpe mit Überzeugung, und dann, als er merkte, dass seine Worte nicht wirklich für Ermunterung gesorgt hatten, gab er Harper einen Befehl. Jeglicher Proviant war zum Wachturm geholt und in einer Ecke der Ruine gelagert worden, wo Sharpe ein Auge darauf halten konnte, doch die Männer hatten noch kein Frühstück gehabt, und so ließ er den Proviant von Harper verteilen. »Geben Sie den Jungs Fastenrationen, Sergeant«, befahl er, »denn Gott allein weiß, wie lange wir noch hier oben sein werden.«

Vicente folgte Sharpe auf die kleine Terrasse vor dem Eingang des Wachturms, wo er auf die fernen Dragoner starrte. Vicente wirkte fahrig und spielte mit der weißen Paspel an seiner dunkelblauen Uniform, und je mehr er daran herumfummelte, desto mehr löste er von dem Besatz. »Gestern«, platzte er heraus, »habe ich zum ersten Mal einen Mann mit dem Schwert getötet. Das war hart.«

»Besonders mit einem solchen Schwert«, sagte Sharpe und nickte zu Vicentes Scheide hin. Das Schwert des portugiesischen Offiziers war schmal, gerade und nicht besonders stabil. Es war ein Schwert für Paraden, eine Waffe zur Schau, nicht für Gossenkämpfe im Regen. »Im Kampf ist ein solches Schwert ...«, Sharpe klopfte auf das schwere Kavallerieschwert, das an seinem Gürtel hing, »... besser geeignet. Es schneidet den Feind nicht in Stücke, sondern knüppelt ihn nieder. Mit dieser Klinge könnten Sie einen Ochsen totschlagen. Besorgen Sie sich ein Kavallerieschwert, Jorge, das ist zum Töten. Schwerter von Infanterieoffizieren sind für Tanzböden.«

»Ich meine, es war schwierig, ihm in die Augen zu sehen und trotzdem die Klinge zu benutzen.«

»Ich weiß, was Sie meinen«, sagte Sharpe. »Aber so ist es am besten. Sie wollen das Schwert oder das Bajonett des Feindes sehen, nicht wahr? Aber wenn Sie dem Gegner in die Augen schauen, können Sie erkennen, was er als Nächstes tun wird. Schauen Sie nie auf die Stelle, an der Sie ihn treffen wollen. Schauen Sie ihm in die Augen und schlagen Sie einfach zu.«

Vicente bemerkte, dass er die Paspel von seinem Rock entfernte, und zog das Ende durch ein Knopfloch. »Als ich meinen eigenen Unteroffizier erschoss, war es unreal. Wie in einem Theaterstück. Aber ich wollte den Mann ja nicht töten. Doch bei diesem Feind in der letzten Nacht – das war schrecklich – und Furcht einflößend.«

»Furcht einflößend sollte es verdammt auch sein«, erwiderte Sharpe. »Ein Kampf um Leben und Tod? In Dunkelheit und Regen? Da weiß man nie, wie es ausgeht. Man muss schnell sein und schmutzig kämpfen, um am Leben zu bleiben, Jorge.«

»Sie haben so oft gekämpft«, sagte Vicente, und es klang, als habe er Mitleid mit Sharpe.

»Ich bin seit langer Zeit Soldat«, sagte Sharpe, »und unsere Armee kämpft viel. In Indien, Flandern, Dänemark, hier . . .«

»Dänemark? Warum haben Sie in Dänemark gekämpft?«

»Das weiß der Himmel«, sagte Sharpe. »Es ging um ihre Flotte. Wir wollten sie, sie wollten nicht, dass wir sie kriegten, so gingen wir hin und nahmen sie uns.«

Er blickte hinab auf den nördlichen Hang auf eine Gruppe Franzosen, die mit nackten Oberkörpern am Waldrand mit Schaufeln arbeiteten. Dann nahm er das Ersatzfernrohr, das Luis ihm gegeben hatte. Es war mehr ein Spielzeug und nur halb so stark wie sein eigenes Fernglas, doch wenn er auch nur verschwommen damit sah, war es besser als gar nichts. Er stellte es ein und hielt die lockere äußere Linse fest, bevor er hindurch auf den Arbeitstrupp spähte. Dann fluchte er.

»Was ist?«

»Die Bastarde haben ein Geschütz. Beten wir, dass es kein verdammter Mörser ist.«

Vicente blickte angestrengt hin und konnte kein Geschütz entdecken. »Was ist, wenn es ein Mörser ist?«

»Dann sterben wir alle«, sagte Sharpe und stellte sich vor, wie das plumpe Geschütz die Geschosse in den Himmel schickte und sie dann fast vertikal auf seine Position herunterfielen. »Wir alle kommen ums Leben«, wiederholte er, »oder wir rennen weg und werden gefangen genommen.«

Vicente machte wieder das Kreuzzeichen. Diese Geste hatte er in den ersten Wochen ihrer Begegnung überhaupt nicht gemacht, aber je mehr er sich von seinem Leben als Anwalt entfernt hatte, desto öfter verfiel er in die alten Gewohnheiten. Er begann zu lernen, dass das Leben nicht vom Gesetz oder von der Vernunft kontrolliert wurde, sondern vom Glück und dem blinden, gefühllosen Schicksal.

»Ich kann keine Kanone sehen«, gab er schließlich zu.

Sharpe wies auf den französischen Arbeitstrupp. »Diese Scheißer richten eine kleine, ebene Plattform her, damit sie richtig zielen können«, erklärte er. »Man kann kein Geschütz von einem Hang abfeuern, nicht, wenn man treffsicher sein will.« Er ging ein paar Schritte den nördlichen Pfad hinunter. »Dan!«

»Sir?«

»Stellen Sie fest, wo die Bastarde eine Kanone aufstellen. Und wie weit entfernt das ist.«

Hagman, versteckt in einer Felsmulde, hob den Kopf über den Rand und spähte hinab. »Um die achthundert Schritte, Sir. Zu weit.«

»Können wir es versuchen?«

Hagman zuckte mit den Schultern. »Ich kann einen Schuss auf diese Entfernung versuchen, aber vielleicht kann ich das auf später verschieben?«

Sharpe nickte. Besser, die Schussweite der Gewehre den Franzosen erst zu verraten, wenn die Dinge verzweifelter waren.

Vicente blickte Sharpe wieder verwirrt an, und so erklärte er es ihm. »Eine Gewehrkugel reicht so weit, aber es kann nur ein Meisterschütze mit Glück auf diese Entfernung treffen. Dan ist nahe an einem Meisterschützen dran.« Er dachte daran, sich mit einem kleinen Trupp Schützen den Hang hinabzuschleichen, denn auf drei- oder vierhundert Yards konnten sie viel Schaden bei einer Geschützmannschaft anrichten, doch bei dieser Entfernung würde die Geschützmannschaft mit Kartätschenfeuer antworten, obwohl der Hang mit Steinen übersät war, die jedoch zu klein waren, um einem Schutz vor Kartätschenbeschuss zu bieten. Wenn sie den Hügel hinuntergingen, würde Sharpe Soldaten verlieren. Er würde es trotzdem tun, wenn sich das Geschütz als Mörser herausstellen sollte. Er konnte nur beten, dass es kein Mörser war.

Eine Stunde nachdem der Arbeitstrupp mit dem Errichten einer ebenen Plattform begonnen hatte, tauchte das Geschütz darauf auf, und Sharpe sah, dass es eine Haubitze war. Das war schlimm genug, aber es gab ihm und seinen Männern eine Chance, denn ein Haubitzengeschoss kam in einem schrägen Winkel, und seine Männer würden auf der Hügelkuppe hinter den dickeren Felsbrocken sicher sein.

Vicente lieh sich das kleine Fernrohr und beobachtete, wie die Kanoniere das Geschütz abprotzten und die Munition vorbereiteten. Ein Munitionswagen, dessen langer, sargähnlicher Deckel gepolstert war, sodass die Kanoniere darauf mitfahren konnten, war geöffnet worden, und man hatte die Pulversäcke und Geschosse auf dem geebneten Boden aufgeschichtet.

»Es sieht wie ein sehr kleines Geschütz aus«, sagte Vicente.

»Es hat kein langes Rohr«, erklärte Sharpe. »Es ist keine Präzisionswaffe. Es schleudert nur Geschosse auf uns. Das ist laut, aber wir werden es überleben.« Er sagte das, um Vicente aufzuheitern, aber er war nicht so zuversichtlich, wie er klang. Zwei oder drei Glückstreffer konnten seine Männer dezimieren, doch das Eintreffen der Haubitze hatte ihre Gedanken von der misslichen Lage abgelenkt, und sie beobachteten die Vorbereitungen der Kanoniere. Etwa fünfzig Schritte vor der Haubitze war eine kleine Flagge aufgestellt worden, vermutlich damit geschätzt werden konnte, wie der Wind die Flugbahn der Geschosse beeinflusste. Sharpe sah durch das Fernrohr, dass Keile unter das kurze Rohr gehämmert wurden. Feldgeschütze wurden für gewöhnlich mit Schrauben korrigiert, doch bei dieser Haubitze benutzte man die altmodischen hölzernen Keile. Sharpe nahm an, dass der dünne Offizier, der das Kommando über die Geschützcrew hatte, die größten Keile benutzen ließ, um die größtmögliche Richthöhe einzustellen, sodass die Geschosse in die Felsen auf dem Gipfel des Hügels fallen würden. Die ersten Pulversäcke wurden zum Geschütz gebracht, und Sharpe sah, dass der Offizier die Lunte vorbereitete.

»In Deckung, Sergeant!«, brüllte Sharpe.

Jedermann hatte einen zugeteilten Platz, der von den großen Felsblöcken gut geschützt war. Die meisten der Schützen waren hinter den Steinwällen, aber ein halbes Dutzend, einschließlich Sharpe und Harper, hielt sich im alten Wachturm auf, bei einem Treppenschacht, der einst zu den Brustwehren geführt hatte. Nur vier der Stufen waren übrig geblieben, und sie führten zu einem klaffenden Loch im Mauerwerk der nördlichen Wand. Dort postierte sich Sharpe, damit er sehen konnte, was die Franzosen taten.

Das Geschütz verschwand in einer Rauchwolke, einen

Herzschlag später gefolgt von einem Donnerschlag des explodierenden Pulvers. Sharpe versuchte, das Geschoss am Himmel zu entdecken. Dann sah er die winzige Rauchspur, die von der brennenden Lunte stammte. Dann kam das Geräusch der Granate, ein donnerndes Grollen am Himmel, und die Rauchspur peitschte nur ein paar Fuß über die Ruine des Wachturms hinweg. Jeder hatte den Atem angehalten, doch jetzt atmeten alle auf, als die Granate irgendwo über dem südlichen Hang explodierte.

»Der hat die Lunte zu lang bemessen«, sagte Harper.

»Das wird er beim nächsten Mal nicht tun«, meinte Tongue.

Daniel Hagman hockte mit weißem Gesicht und geschlossenen Augen am Wall. Vicente und die meisten seiner Männer befanden sich ein Stück weiter hangabwärts, wo sie von einem Felsbrocken von der Größe eines Hauses geschützt waren. Nichts konnte sie direkt erreichen, doch wenn eine Granate vom Wachturm abprallte, würde sie vermutlich unter die Männer fallen. Sharpe versuchte, nicht daran zu denken. Er hatte sein Bestes getan und konnte nicht für die absolute Sicherheit seiner Männer sorgen.

Sie warteten.

»Macht schon weiter«, sagte Harris. Harper bekreuzigte sich. Sharpe blickte durch das Loch in der Wand und sah den Kanonier mit der Zündschnur hantieren. Er sagte nichts zu seinen Männern, denn das Krachen des Geschützes würde Warnung genug sein, und er schaute nicht den Hügel hinab, um zu sehen, wann die Haubitze abgefeuert wurde, sondern um den Moment nicht zu verpassen, in dem die Franzosen einen Infanterieangriff starteten. Das war das logische Vorgehen. Feuere mit der Haubitze, um die Briten und Portugiesen in Deckung zu halten, und greife sie dann mit Infanterie an.

Aber Sharpe sah kein Anzeichen auf solch einen Angriff.

Die Dragoner hielten ihre Distanz, die Infanterie war außer Sicht, und die Kanoniere arbeiteten einfach weiter.

Granate um Granate stieg zum Hügel auf. Nach dem ersten Schuss waren die Lunten auf die genaue Länge gekürzt worden, und die Granaten krachten auf Felsen, fielen und explodierten. Monoton, stetig, Schuss um Schuss, und jede Explosion schickte Splitter von heißem Eisen, die durch das Gewirr der Felsen auf der Hügelkuppe pfiffen.

Der Gipfel stank nach Pulver, der Rauch trieb wie Nebel zwischen den Felsen und wallte am flechtenbedeckten Mauerwerk des Wachturms, doch wie durch ein Wunder wurde niemand ernsthaft verwundet. Einer von Vicentes Männern wurde von einem Eisensplitter am Oberarm getroffen, doch das war der einzige Verwundete. Dennoch empfanden die Männer den Beschuss als Martyrium. Sie kauerten angespannt in Deckung, zählten die Schüsse, die in regelmäßigen Abständen fielen, einer pro Minute, und die Sekunden dehnten sich zwischen den Schüssen, und niemand sprach. Eine Granate explodierte nicht, und sie warteten atemlos, während die Sekunden verstrichen und sie dann feststellten, dass die Lunte fehlerhaft gewesen sein musste.

»Wie viele verdammte Granaten haben sie?«, fragte Harper nach einer Viertelstunde.

Niemand konnte das beantworten. Sharpe hatte die vage Erinnerung, dass ein britisches Sechspfünder-Geschütz über hundert Geschosse in seiner Lafette, dem Munitionswagen und der Achsenbox gehabt hatte, aber er war sich dessen nicht sicher und sagte nichts. Stattdessen schlich er auf der Hügelkuppe herum, ging vom Wachturm zu den Männern hinter den Schanzen und beobachtete dann besorgt die anderen Flanken des Hügels, und immer noch gab es kein Anzeichen darauf, dass die Franzosen einen Angriff beabsichtigten.

Er kehrte zum Turm zurück. Hagman hatte eine kleine Blockflöte dabei, auf der er während seiner Genesungszeit gespielt hatte, und jetzt spielte er alte Volkslieder. Die Musik klang wie Vogelgesang, und dann hallte die Hügelkuppe von der nächsten Explosion wider. Die Granatenfragmente knallten gegen den Turm, und als der brutale Krach verstummte, setzte das Flötenspiel wieder ein.

»Ich wollte immer schon mal Flöte spielen lernen, doch ich hatte nie eine«, sagte Sharpe zu niemandem im Besonderen.

»Und ich wollte immer Geige spielen«, sagte Harris.

»Das ist ziemlich schwierig, da kann man nicht blasen wie ...«

In diesem Moment gab es ein gewaltiges Krachen im Turm selbst, und Sharpe erkannte, dass das Geschoss durch das Loch oben im Treppenschacht geflogen war und jetzt herunterfiel. Die Lunte rauchte in einer wilden Spirale, bevor das Geschoss zwischen zweien der gelagerten Tornister landete, die ihren Proviant enthielten, und Sharpe starrte darauf, sah, wie Rauch emporkräuselte, und wusste, dass sie alle sterben oder schrecklich verstümmelt sein würden, wenn es explodieren würde, und er dachte in diesem Moment nicht, sondern hechtete darauf zu. Er fiel auf das Geschoss, und die Lunte schwelte an seinem Bauch, und in ihm schrie es, denn er wollte nicht sterben. Es wird schnell gehen, durchfuhr es ihn, und ich brauche wenigstens keine Entscheidungen mehr zu treffen, und niemand sonst wird verletzt. Und er fluchte, weil das Geschoss so lange brauchte, um zu explodieren, und er starrte Daniel Hagman an, der seinerseits starrte, mit weit aufgerissenen Augen, die vergessene Blockflöte vor dem Mund.

»Bleib dort noch etwas länger«, sagte Harper mit belegter Stimme, »und du wirst das verdammte Ding ausbrüten.«

Hagman begann zu lachen, dann stimmten Harris und Cooper ein, und Sharpe rappelte sich von dem Geschoss auf und sah, dass der hölzerne Stöpsel, der die Lunte hielt, von Zündfeuer geschwärzt war. Aber irgendwie war die Lunte ausgegangen.

Sharpe hob das verdammte Geschoss auf und schleuderte es durch das Loch aus dem Turm und hörte, wie es den Hügel hinabpolterte.

»Mein Gott«, stieß Sharpe hervor. Er schwitzte und zitterte. Er sank gegen die Wand und sah zu seinen Männern, die nicht mehr lachten, weil sie zu erschüttert waren, und denen erst jetzt klar wurde, dass sie noch lebten.

Sharpe konnte selbst kaum fassen, dass die Todesangst vorüber war.

»Sie hätten Bauchschmerzen gehabt, wenn das losgegangen wäre, Sir«, sagte Hagman mit zittriger Stimme, und alle brachen wieder in Gelächter aus.

Sharpe fühlte sich erschöpft. »Wenn ihr Bastarde nichts Besseres zu tun habt«, sagte er, »dann nehmt die Feldflaschen. Jeder soll was trinken.« Er rationierte das Wasser wie das Essen, doch der Tag war heiß, und er wusste, dass jeder eine trockene Kehle hatte. Er folgte den Schützen nach draußen.

Vicente, der keine Ahnung hatte, was sich soeben im Turm abgespielt hatte, blickte besorgt drein. »Was ist passiert?«

»Die Lunte ging aus«, sagte Sharpe. »Ich konnte sie nicht mehr packen, aber sie ging einfach aus.«

Er ging zu den nördlichen Schanzen und starrte auf das Geschütz hinab. Wie viel Munition hatten die Bastarde? Der Beschuss wurde langsamer, aber das hatte anscheinend mehr mit einer Ermüdung der Kanoniere zu tun als mit dem Mangel an Granaten. Er beobachtete, wie sie eine weitere abschossen, ging jedoch nicht in Deckung, und sie explodierte hinter dem Wachturm. Die Haubitze hatte einen Rückstoß von acht oder neun Fuß gehabt, viel weniger als ein Feldgeschütz, und er beobachtete, wie die Kanoniere sie wieder an Ort und Stelle schoben.

Die Luft zwischen der Haubitze und Sharpe flimmerte wegen der Hitze des Tages, die noch verstärkt wurde, weil das Gras durch die Schüsse Feuer gefangen hatte. Das passierte meistens, und Sharpe sah, dass das Mündungsfeuer ein Stück verbranntes Gras und Farn vor dem Rohr hinterlassen hatte. Und dann sah Sharpe etwas anderes, das ihn verwirrte. Er spähte durch das kleine Ersatzfernrohr, verfluchte den Verlust seines eigenen und sah, dass ein Offizier neben dem Geschütz kniete und eine Hand hob. Diese Geste verwunderte ihn. Warum würde sich ein Offizier neben den Rädern eines Geschützes ducken?

Und Sharpe sah noch etwas. Schatten. Der Rauch war abgezogen, aber die Sonne stand noch tief und warf lange Schatten. Sharpe sah, dass der Boden mit zwei Steinen markiert war, die etwa die Größe von Zwölfpfünder-Kanonenkugeln hatten. Der Offizier ließ das Geschütz bis zu den beiden Steinen rollen. Als die Räder die Steine berührten, senkte er seine Hand, und die Männer setzten das Laden des Geschützes fort.

Sharpe runzelte die Stirn und überlegte. Warum würde an einem prächtigen Sommertag der französische Artillerieoffizier eine Stelle für die Räder seines Geschützes markieren? Die Räder, eisenbereift, würden Furchen im Erdreich hinterlassen, die als Orientierungspunkte dienen konnten, wenn das Geschütz nach jedem Schuss wieder in Position gebracht wurde, doch warum hatten sie sich die Mühe gemacht, den Boden außerdem mit Steinen zu markieren?

Sharpe duckte sich hinab hinter die Mauer, als eine neue Feuerblume und Rauch ein Geschoss ankündigten. Diese Granate explodierte vor dem niedrigen Wall, den Sharpes Männer errichtet hatten. Pendleton streckte den Kopf über die Schanze.

»Warum benutzen die keine Kanonenkugeln, Sir?«, fragte er.

»Haubitzen feuern nicht mit Kanonenkugeln«, sagte Sharpe. »Und es ist schwierig, mit einem richtigen Geschütz einen Hügel hinaufzuschießen.« Er war brüsk, denn er fragte sich immer noch, was diese Steine zu bedeuten hatten. Warum lagen sie unter der Haubitze? Hatte er sie sich nur eingebildet? Als er durch das Fernrohr blickte, konnte er sie immer noch sehen.

Dann sah er, dass die Kanoniere von der Haubitze fortgingen. Eine Gruppe Infanteristen war erschienen, doch sie bewachten nur das Geschütz, das sonst verlassen gewesen wäre.

»Sie fassen Mittagessen«, meinte Harper. Er hatte gerade Wasser verteilt und setzte sich jetzt neben Sharpe. Einen Moment wirkte er verlegen, dann grinste er. »Das war tapfer, was Sie getan haben, Sir.«

»Sie hätten das Gleiche getan.«

»Das hätte ich verdammt nicht«, erwiderte Harper heftig. »Ich wäre verdammt weggelaufen, wenn meine Beine nicht wie Gummi gewesen wären.« Er sah das verlassene Geschütz. »Ist es für heute vorbei?«, fragte er.

»Nein«, sagte Sharpe. Plötzlich verstand er, warum die Steine dort waren.

Und er wusste, was er dagegen unternehmen konnte.

Brigadier General Vuillard, der es sich in Savages Herrenhaus bequem gemacht hatte, schenkte sich von Savages feinstem weißen Portwein ein. Sein blauer Uniformrock war aufgeknöpft, und er hatte auch den obersten Knopf seiner Hose aufgeknöpft, um Platz für die feine Hammelschulter zu schaffen, die er mit Christopher, einem Dutzend Offizieren und drei Frauen verspeist hatte. Die Frauen waren französisch, gewiss keine Ehefrauen, und eine davon, deren Haar im Kerzenlicht schimmerte wie flüssiges Gold, saß neben Leutnant Pelletieu, der den Blick seiner bebrillten Augen nicht von ihren Brüsten nehmen konnte, auf denen der Schweiß durch den weißen Puder auf ihrer makellosen Haut sickerte. Allein ihre Anwesenheit verschlug Pelletieu fast die Sprache, sodass sich seine Selbstsicherheit, die er bei der ersten Begegnung mit Vuillard gezeigt hatte, in nichts aufgelöst hatte.

Der Brigadier General, amüsiert über die Wirkung der Frau auf den Artillerieoffizier, neigte sich vor, um eine Kerze von Major Dulong entgegenzunehmen, mit der er seine Zigarre anzündete. Es war ein warmer Abend, die Fenster standen offen, und eine Motte flatterte um den Kandelaber in der Mitte des Tisches.

»Stimmt es«, fragte Vuillard Christopher paffend, »dass man von den Frauen in England erwartet, dass sie den Tisch verlassen, bevor die Männer nach dem Essen Zigarre rauchen?«

Christopher nahm den Zahnstocher aus dem Mund, um zu antworten. »Von respektablen Frauen, ja.«

»Selbst respektable Frauen, finde ich, sind attraktive Gefährten beim Rauchen von Zigarren und einem guten Glas Portwein.« Vuillard, zufrieden, dass die Zigarre gut zog, lehnte sich zurück und blickte am Tisch entlang. »Ich habe eine Idee«, sagte er lächelnd. »Ich weiß genau, wer die nächste Frage beantworten wird. Zu welcher Zeit haben wir morgen das erste Tageslicht?«

Es folgte eine Pause, in der die Offiziere Blicke tauschten. Dann errötete Pelletieu. »Sonnenaufgang, Sir«, sagte er, »wird um zwanzig nach vier sein, aber um zehn vor vier wird es hell genug sein, um etwas zu sehen.«

»Das war clever«, flüsterte die Blonde, die Annette hieß, ihm zu.

»Und Mondaufgang und -untergang?«, fragte Vuillard.

Pelletieu war jetzt puterrot. »Der letzte Vollmond war am dreizehnten April, und der nächste wird am …« Seine Stimme war immer leiser geworden, bis er bemerkte, dass seine Kenntnisse die anderen am Tisch belustigten.

»Fahren Sie fort, Leutnant«, sagte Vuillard.

»Am neunundzwanzigsten dieses Monats, Sir, es ist also im ersten Quartal ein zunehmender Mond, Sir, und sehr schwach. Keine Leuchtstärke. Jetzt nicht.«

»Ich liebe dunkle Nächte«, flüsterte ihm Annette zu.

»Sie sind ja ein wandelndes Lexikon, Leutnant«, sagte Vuillard. »Dann sagen Sie mir, welchen Schaden Ihre Granaten heute angerichtet haben.«

»Sehr wenig, Sir, befürchte ich.« Pelletieu, fast überwältigt von Annettes Parfümduft, sah aus, als würde er jeden Moment ohnmächtig werden. »Dieser Gipfel ist von Felsen geschützt, Sir. Wenn sie ihre Köpfe unten behalten haben, dann sollten sie weitgehend unbeschadet geblieben sein, obwohl ich mir sicher bin, dass wir einen oder zwei getötet haben.«

»Nur einen oder zwei?«

Pelletieu blickte beschämt drein. »Wir hätten einen Mörser gebraucht, Sir.«

Vuillard lächelte. »Wenn einem die Instrumente fehlen, Leutnant, dann benutzt man, was man zur Verfügung hat. Ist das nicht richtig, Annette?« Er lächelte wieder, dann nahm er eine dicke Taschenuhr aus seiner Westentasche und ließ den Deckel aufschnappen. »Wie viele Granaten haben Sie noch übrig behalten?«

»Achtunddreißig, Sir.«

»Benutzen Sie nicht alle auf einmal«, sagte Vuillard und hob dann eine Augenbraue in gespielter Überraschung. »Haben Sie keine Arbeit zu erledigen, Leutnant?«, fragte er. Die Arbeit bestand darin, während der Nacht mit der Haubitze zu feuern, damit die zusammengewürfelte Truppe auf der Hügelkuppe keinen Schlaf fand, und dann eine halbe Stunde vor dem ersten Tageslicht das Feuer einzustellen. Vuillard nahm an, dass der Feind dann schlafen würde, wenn seine Infanterie angriff.

Pelletieu schob seinen Stuhl zurück. »Natürlich, Sir, und danke sehr, Sir.«

»Wofür danken Sie?«

»Für das Essen, Sir.«

Vuillard machte eine huldvolle Geste. »Gern geschehen. Es tut mir sehr leid, Leutnant, dass Sie nicht zur Unterhaltung hierbleiben können. Sicherlich hätte Mademoiselle Annette gern etwas über Ihre Ladung, Ihren Ansetzer und Ihren Schwamm gehört.«

»Tatsächlich, Sir?«, fragte Pelletieu überrascht.

»Gehen Sie, Leutnant«, sagte Vuillard, »gehen Sie nur.« Der Leutnant flüchtete regelrecht, und es folgte ihm Gelächter. Der Brigadier General schüttelte den Kopf. »Gott weiß, wo sie solche Kinder finden«, sagte er. »Sie müssen sie aus ihren Wiegen genommen, ihnen die Muttermilch von den Lippen gewischt und sie dann in den Krieg geschickt haben. Doch der junge Pelletieu kennt sein Geschäft.« Er ließ die Uhr kurz an der Kette baumeln und steckte sie dann in die Westentasche zurück. »Beim ersten Tageslicht um zehn Minuten vor vier, Major«, sagte er zu Dulong.

»Wir werden bereit sein.« Dulong war verdrossen. Das Scheitern des Angriffs in der vergangenen Nacht ärgerte ihn. Die Schwellung in seinem Gesicht war dunkel geworden.

»Bereit und ausgeruht, hoffe ich«, sagte Vuillard.

»Wir werden bereit sein«, wiederholte Dulong.

Vuillard nickte, doch sein wachsamer Blick war weiterhin auf den Infanterie-Major gerichtet. »Amarante ist eingenommen«, sagte er, »was bedeutet, dass einige von Loisons Männern nach Oporto zurückkehren können. Mit Glück, Major, bedeutet dies, dass wir mit genügend Männern nach Süden gen Lissabon marschieren können.«

»Das hoffe ich, Sir«, antwortete Dulong, unsicher, worauf das Gespräch hinauslief.

»Aber General Heudelets Division säubert noch die Straße nach Vigo«, fuhr Vuillard fort. »Foys Infanterie durchkämmt das Bergland nach Partisanen, so werden unsere Kräfte auseinandergezogen, Major. Selbst wenn wir Delabordes Brigade von General Loison zurückbekommen und selbst mit Lorges' Dragonern werden wir auseinandergezogen sein, wenn wir nach Lissabon marschieren wollen.«

»Ich bin mir sicher, dass wir es trotzdem schaffen werden«, sagte Dulong loyal.

»Aber wir brauchen jeden Mann, den wir aufbieten können, Major, jeden. Und ich will keine wertvollen Infanteristen zur Bewachung von Gefangenen einteilen müssen.«

Es herrschte Schweigen am Tisch. Dulong verstand die eigentliche Bedeutung der Worte des Brigadier Generals, sagte jedoch nichts.

»Habe ich mich klar ausgedrückt, Major?«, fragte Vuillard in härterem Tonfall.

»Das haben Sie, Sir«, sagte Dulong.

»Dann lassen Sie die Bajonette aufpflanzen«, sagte Vuillard und schnippte Asche von seiner Zigarre. »Und benutzen Sie sie, und zwar richtig.«

Dulong blickte auf, und sein grimmiges Gesicht verriet nichts von seinen Gedanken. »Keine Gefangenen, Sir.« Er sagte es nicht wie eine Frage, sondern als Feststellung.

»Das klingt wie eine sehr gute Idee«, sagte Vuillard lächelnd. »Jetzt gehen Sie und legen Sie sich noch ein, zwei Stündchen hin.«

Major Dulong ging, und Vuillard schenkte sich Portwein nach.

»Krieg ist grausam«, sagte er salbungsvoll, »aber Grausamkeit ist manchmal nötig. Der Rest von Ihnen ...«, er blickte die Offiziere auf beiden Seiten des Tisches an, »... kann sich darauf vorbereiten, zurück nach Oporto zu marschieren. Wir sollten diese Sache hier morgen früh um acht beendet haben, sodass wir den Abmarsch auf zehn Uhr festsetzen können.«

Um diese Zeit würde der Wachturm auf dem Hügel eingenommen sein. Die Haubitze würde Sharpe und seine Männer während der Nacht wach halten, und in der Morgendämmerung, wenn die übermüdeten Männer endlich eingeschlafen waren und der Tag anbrach, würde Dulongs gut ausgebildete Infanterie mit dem Töten beginnen.

Beim ersten Tageslicht.

Sharpe hatte beobachtet, bis das letzte Zwielicht in tiefe Dunkelheit übergegangen war. Erst dann schlich er mit Pendleton, Tongue und Harris um den äußeren Steinwall herum und ertastete sich den Weg zum Pfad hinunter. Harper hatte mitkommen wollen, war sogar gekränkt gewesen, weil er Sharpe nicht begleiten durfte, doch Harper würde das Kommando über die Schützen haben, wenn Sharpe nicht zurückkehren würde.

Sharpe hätte gern Hagman mitgenommen, doch der verwundete Mann war noch nicht völlig genesen, und so hatte er Pendleton gewählt, der jung, agil und gerissen war, und mit Tongue und Harris dazu hatte er drei gute Schützen mit Intelligenz bei sich. Jeder von ihnen trug zwei Gewehre. Sharpe hatte sein großes Kavallerieschwert zurückgelassen, weil die schwere Metallscheide gegen Steine klirren und seine Position verraten konnte.

Es war hart und ging langsam, den Hügel hinunterzuschleichen. Der zunehmende Mond wurde immer wieder von Wolken verdeckt, und wenn er sich klar zeigte, hatte er keine Leuchtkraft. So tasteten sie sich in der Dunkelheit hinab und verursachten mehr Geräusche, als Sharpe lieb waren, doch die Nacht war ohnehin erfüllt von Geräuschen: Insekten, das Raunen des Windes an den Flanken des Hügels und der ferne Schrei einer Füchsin.

Hagman hätte sich in dieser Umgebung besser zurechtgefunden, denn er bewegte sich in der Dunkelheit mit dem Geschick eines Wilderers, der sich in der Natur auskannte, während alle vier Schützen, die jetzt den langen Hügelhang hinunterschlichen, Städter waren. Pendleton stammte, wie Sharpe wusste, aus Bristol, wo er zur Armee gegangen war, um einer Bestrafung als Taschendieb zu entgehen. Tongue kam wie Sharpe aus London. Sharpe konnte sich nicht erinnern, wo Harris aufgewachsen war, und als sie anhielten, um zu Atem zu kommen und in der Dunkelheit nach verräterischem Licht Ausschau zu halten, fragte er ihn.

»Lichfield«, flüsterte Harris. »Wo Samuel Johnson herkommt.«

»Johnson?« Sharpe konnte sich nicht an den Namen erinnern. »Ist er im Ersten Bataillon?«

»Genau, Sir«, flüsterte Harris. Und so plauderten sie weiter, als der Hang weniger steil wurde und sie sich an diesen Ausflug durch die Dunkelheit gewöhnt hatten und lautloser vorankamen. Sharpe war stolz auf diese Männer. Sie mochten für eine solche Aufgabe nicht geboren sein, doch sie erledigten sie mit dem Geschick von erfahrenen Jägern.

Und dann – es mochte eine Stunde vergangen sein, seit sie den Wachturm verlassen hatten – sah Sharpe, was er erwartet hatte. Einen Lichtschimmer. Nur ein Schimmern, das schnell verschwand, doch es war gelb, und er wusste, dass es von einer abgeschirmten Laterne gekommen war. Jemand, vermutlich ein Kanonier, hatte den Schirm der Lampe zurückgezogen, um etwas erkennen zu können. Und dann sah Sharpe ein anderes Licht, dieses rot und winzig, und er wusste, dass es der langsam brennende Zünder der Haubitze war.

»Runter«, wisperte er und beobachtete das winzige rote Glühen. Es war weiter entfernt, als er es sich gewünscht hätte, doch es blieb noch etwas Zeit. »Schließt die Augen!«, zischte er.

Sie schlossen die Augen, und einen Moment später krachte das Geschütz mit Feuer und Rauch, und Sharpe sah unter den fast geschlossenen Augenlidern das Geschoss aus dem Rohr in die Dunkelheit jagen.

»Weiter«, raunte er, und sie robbten den Hügel weiter hinab.

Die abgeschirmte Laterne schimmerte wieder, als die Geschützmannschaft die Räder der Haubitze zu den beiden Markierungssteinen zurückschob. So würde das Geschütz trotz der Dunkelheit akkurat ausgerichtet sein. Das war die Erkenntnis, zu der Sharpe beim Sonnenuntergang gelangt war, der Grund, weshalb sie den Boden markiert hatten, denn in der Nacht brauchten die französischen Kanoniere eine leichte Methode, um die Haubitze wieder genau auszurichten, und die beiden Steine waren bessere Markierungen als Furchen im Erdreich. Also fand der Beschuss in dieser Nacht statt, wie er vermutet hatte, und er wusste genau, was er dagegen tun konnte.

Es dauerte lange, bis die Haubitze von Neuem feuerte, und

zu diesem Zeitpunkt waren Sharpe und seine Männer etwa zweihundert Schritte entfernt und nicht viel höher als das Geschütz. Sharpe hatte den zweiten Schuss eher erwartet, aber dann wurde ihm klar, dass die Kanoniere ihr Feuer nach dem Bestand an Granaten einteilten und in der Nacht lange Zeit zwischen den Schüssen verstreichen ließen. Das hieß nichts anderes, als dass sie ihn und seine Männer in der Nacht wach halten und vermutlich von einem Infanterieangriff im Morgengrauen ablenken wollten!

»Harris? Tongue?«, wisperte Sharpe. »Ihr geht nach rechts. Wenn ihr in Schwierigkeiten kommt, dann kehrt höllisch schnell zu Harper zurück. Pendleton, komm mit.« Er führte den jungen Mann nach links und tastete seinen Weg zwischen den Felsen entlang, bis er annahm, ungefähr fünfzig Schritte vom Pfad entfernt zu sein. Dann bedeutete er Pendleton, sich hinter einen Felsbrocken zu kauern, und ging selbst hinter einem Stechginster in Stellung. »Du weißt, was du zu tun hast.«

»Jawohl, Sir.«

»Dann genieß es.«

Zu seiner Überraschung genoss Sharpe es selbst. Es bereitete ihm eine diebische Freude. Vielleicht weil die Franzosen geplant hatten, was geschehen sollte, und nicht damit rechneten, dass sie durchschaut worden waren. Doch jetzt war keine Zeit zum Grübeln, sondern um einige Verwirrung zu stiften, und er wartete, bis er schon glaubte, er hätte sich geirrt und die Kanoniere würden nicht mehr feuern. Doch dann wurde das Dunkel von einem grellen Mündungsblitz zerrissen. Sharpe erhaschte im Krachen einen Blick auf den Rückstoß des Geschützes, das plötzlich von einer Rauchwolke eingehüllt wurde. Er wartete wieder, doch es dauerte nur Sekunden, bis er das gelbliche Schimmern der unbeschirmten Laterne sah und wusste, dass die Kanoniere die Haubitze zur Steinmarkierung schoben.

Er zielte auf die Laterne. Seine Sicht wurde durch die Nachwirkungen des Feuerns beeinträchtigt, doch er konnte das Lampenlicht deutlich erkennen. Als er abdrücken wollte, schoss einer seiner Männer rechts vom Pfad, und die Lampe wurden fallen gelassen. Der Schirm verrutschte, und Sharpe konnte in dem helleren Licht zwei dunkle Gestalten erkennen. Er schwenkte das Gewehr zu einer der beiden Gestalten und drückte ab. Er hörte Pendleton feuern, nahm das zweite Gewehr und zielte damit auf die zweite Gestalt. Ein Franzose sprang auf die Lampe zu, um sie zu löschen, und drei Gewehre, einschließlich das von Sharpe, krachten im selben Moment, und der Mann wurde zurückgeschleudert. Sharpe vernahm einen lauten Klang wie das Läuten einer fernen Glocke und wusste, dass eine der Kugeln das Rohr der Haubitze getroffen hatte.

Dann ging das Licht aus. »Weiter!«, zischte Sharpe Pendleton zu, und sie hetzten weiter nach links. Sie hörten Rufe der Franzosen, ein Mann keuchte und stöhnte, dann gebot eine lautere Stimme Schweigen. »Runter!«, befahl Sharpe raunend, und sie gingen zu Boden. Sharpe begann seine beiden Gewehre zu laden, ein schwieriges Unterfangen in der Dunkelheit. Er sah dort eine kleine Flamme aufleuchten, wo er und Pendleton noch vor Sekunden gewesen waren, und er wusste, dass die glimmende Watte aus einem ihrer Gewehre das Gras in Brand gesetzt hatte. Es flackerte einen Augenblick, dann sah Sharpe dunkle Schatten in der Nähe und nahm an, dass die französischen Infanteristen, die das Geschütz bewachten, nachschauten, wer geschossen hatte, jedoch niemanden fanden, das brennende Gras austraten und zur Haubitze zurückkehrten.

Es folgte Stille. Dann konnte Sharpe das Murmeln von Stimmen hören. Er nahm an, dass die Franzosen besprachen, was sie als Nächstes tun sollten. Die Antwort kam schnell genug, denn er hörte das Trampeln von Schritten und schloss daraus, dass die Infanterie losgeschickt worden war, um die nächste Hügelseite zu durchkämmen. Doch in der Dunkelheit stolperten sie über Steine oder verfingen sich im Ginstergebüsch. Offiziere fluchten und bellten ihre Männer an, die in der Dunkelheit leicht aus dem Hinterhalt überfallen werden konnten. Nach einer Weile kehrten sie zum Waldrand zurück, und es folgte wieder langes Warten. Sharpe konnte den Ansetzer der Haubitze hören.

Die Franzosen denken vermutlich, dass ihre Angreifer fort sind, dachte er. Seit Langem waren keine Schüsse gefallen, ihre Infanterie hatte ihre oberflächliche Suche beendet, und sie fühlten sich vermutlich sicherer, denn die Kanoniere versuchten das Zündfeuer wieder zu entfachen, indem sie es ein paar Mal hin- und herschwenkten, bis die Spitze rot glühte. Sie brauchten nicht die zusätzliche Hitze, um das Riedgras im Zündloch zu entflammen, sondern eher, um das Zündloch zu sehen. Es war der Tod für den Kanonier, der auf die Spitze der Lunte blies und sie dann ins Zündloch hielt. In diesem Moment peitschte ein Schuss, und entweder Harris oder Tongue tötete ihn.

Sharpe sah eine Mündungsflamme zu seiner Rechten und starrte genauer hin. Die französische Infanterie formierte sich zu Reihen, die herabgefallene Zündschnur wurde aufgehoben, und in dem Moment, in dem die Haubitze feuerte, schossen die Musketen eine Salve in Richtung von Tongue und Harris.

Sharpe, noch geblendet vom Mündungsblitz der Haubitze, nahm trotzdem die Mannschaft wahr, die das Geschütz wieder in die richtige Position rollte, und er feuerte auf die dunkle Masse der Kanoniere. Einer stürzte getroffen. Pendleton schoss.

Zwei weitere Schüsse fielen von rechts, und die Grasfeuer verbreiteten sich, und dann erkannte die Infanterie schließlich, dass die Flammen die Kanoniere erhellten und sie zu Zielscheiben machten. Sie traten die kleinen Feuer aus, doch zuvor hatte Pendleton sein zweites Gewehr abgefeuert, und Sharpe sah einen weiteren Kanonier zu Boden gehen. Ein letzter Schuss krachte von Harris oder Tongue, bevor die Flammen schließlich gelöscht waren.

Sharpe und Pendleton zogen sich fünfzig Yards zurück, bevor sie nachluden. »Diesmal haben wir ihnen zugesetzt«, sagte Sharpe. Kleine Trupps von Franzosen machten sich mit Rufen selber Mut und suchten auf dem Hang wieder nach den Schützen im Hinterhalt, doch wiederum vergebens.

Sharpe blieb noch eine weitere halbe Stunde, feuerte noch viermal, dann ging es zurück zur Hügelkuppe. Es war ein Ausflug im Dunkeln, der fast zwei Stunden dauerte, obwohl der Rückweg leichter war als der Hinweg, denn es gab jetzt gerade genug Licht, sodass die Umrisse des Hügels und die Ruine des Wachturms zu erkennen waren.

Tongue und Harris folgten eine Stunde später. Nachdem sie dem Posten das Passwort zugezischt hatten, huschten sie aufgeregt in die Festung und brüsteten sich mit ihrer Großtat.

Die Haubitze feuerte noch zweimal während der Nacht. Beim ersten Mal schossen die Franzosen mit Kartätschenfeuer auf den unteren Hang, und beim zweiten Mal krachte eine Granate östlich des Wachturms.

Keiner fand viel Schlaf, aber Sharpe wäre auch überrascht gewesen, wenn jemand nach dem Martyrium dieser Nacht gut geschlafen hätte.

Kurz vor dem Sonnenaufgang, als der östliche Horizont rötlich glühte, machte Sharpe eine Runde, um festzustellen, ob jeder wach war. Harper lag neben einem Feuer am Wall neben dem Wachturm. Sharpe hatte jedes Feuer während der Nacht verboten, weil der Lichtschein den französischen Kanonieren einen ausgezeichneten Zielpunkt geboten hätte, aber jetzt mit beginnendem Tageslicht konnten sie ungefährdet Tee kochen.

»Wir könnten hier für immer bleiben«, hatte Harper gesagt, »solange wir uns etwas Tee machen können, Sir. Aber wenn uns der Tee ausgeht, müssen wir kapitulieren.«

Der graue Streifen am Himmel im Osten verbreitete sich. Vicente neben Sharpe fröstelte, denn die Nacht war überraschend kalt gewesen. »Meinen Sie wirklich, sie kommen?«, fragte er.

»Ja, sie werden kommen«, sagte Sharpe überzeugt. Er wusste, dass der Munitionsvorrat für die Haubitze nicht grenzenlos war, und es konnte nur einen Grund geben, während der Nacht zu schießen: die Nerven des Feindes zu zermürben, damit sie bei einem morgendlichen Angriff leichte Opfer wurden.

Und das bedeutete, dass die Franzosen in der Morgendämmerung angreifen würden.

Und das Licht nahm zu, schwach und grau und blass wie der Tod, und die Ränder der höchsten Wolken waren bereits golden gefärbt, das Grau wurde weiß, die Goldfarbe rot.

Und dann begann das Töten.

»Sir, Mister Sharpe!«

»Ich sehe sie!« Dunkle Umrisse verschmolzen mit den Schatten des nördlichen Hangs. Es war französische Infanterie, oder vielleicht waren es auch abgesessene Dragoner, die kamen, um anzugreifen. »Schützen, Gewehre vorbereiten!« Es klickte, als Baker-Gewehre gespannt wurden. »Ihre Männer feuern nicht, verstanden?«, sagte Sharpe zu Vicente.

»Selbstverständlich nicht«, sagte Vicente. Die Musketen würden auf mehr als sechzig Schritte völlig wirkungslos sein, und so würde Sharpe die portugiesische Salve als letzte Verteidigung einsetzen und erst den Vorteil der Gewehre seiner Schützen nutzen. Vicente wippte mit seinen Füßen auf und ab und verriet, wie nervös er war. Er fingerte an seinem Schnurrbart herum und leckte sich über die Lippen. »Wir warten, bis sie diesen weißen Felsen erreichen, ja?«

»Ja«, sagte Sharpe, »und warum rasieren Sie sich nicht diesen Schnurrbart ab?«

Vicente starrte ihn an. Er glaubte, sich verhört zu haben. »Was ist mit meinem Schnurrbart?«

»Rasieren Sie ihn ab«, sagte Sharpe. »Sie würden damit jünger aussehen. Weniger wie ein Anwalt. Luis würde das für Sie tun.« Er hatte damit Vicente von seinen Sorgen abgelenkt. Jetzt blickte er nach Osten, wo Nebel über dem Boden hing. Keine Bedrohung von dort, nahm er an, und er hatte vieren seiner Schützen befohlen, den südlichen Pfad zu beobachten, nur vieren, denn er war überzeugt, dass die Franzosen ihre Soldaten auf eine Seite des Hügels konzentrierten, und wenn er dessen absolut sicher war, würde er diese vier wieder über die nördliche Seite zurückholen und den südlichen Pfad von ein paar von Vicentes Männern bewachen lassen. »Seid bereit, Jungs!«, rief er. »Aber feuert nicht zu hoch!«

Sharpe wusste es nicht, aber die Franzosen hatten sich verspätet. Dulong hatte seine Männer zum Gipfel führen wollen, bevor der Horizont grau wurde, aber es hatte länger gedauert als erwartet, den dunklen Hang zu ersteigen, und außerdem waren seine Männer müde nach einer Nacht, in der sie Phantome gejagt hatten. Die Phantome waren jedoch real gewesen, und einer davon hatte einen ihrer Kanoniere getötet, und drei weitere waren verwundet worden und hatten den Rest der

Artilleriemannschaft in Furcht versetzt. Dulong, der seinen Männern befohlen hatte, keine Gefangenen zu machen, empfand Respekt vor dem Feind.

Und dann begann das Massaker.

Die Franzosen hatten Musketen und die Briten Gewehre, und die Franzosen mussten sich über den schmalen Kamm nähern, der zum Gipfelplateau anstieg, und wenn sie erst auf dem Kamm waren, dann waren sie unfehlbare Zielscheiben für die Gewehrschützen. In den ersten Sekunden fielen sechs von Dulongs Männern, und seine Reaktion bestand darin, die anderen weiterzuführen, um die Festung mit seiner Überzahl an Soldaten zu überwältigen, doch mehr Gewehre krachten, mehr Kugeln trafen, und Dulong begriff, wovon er zuvor nur gelesen hatte: die Bedrohung durch ein Gewehr.

Auf eine Reichweite, bei der eine volle Bataillonssalve kaum einen einzelnen Mann töten konnte, waren die Gewehre tödlich. Da war ein kaum wahrnehmbares Schrillen in ihrer peitschenartigen Bedrohung, und ein von einer Gewehrkugel getroffener Mann wurde heftiger zurückgeworfen als von einer Musketenkugel.

Dulong konnte jetzt die Schützen sehen, denn sie standen in ihren felsigen Schützengräben, um ihre verdammten Waffen zu laden, wobei sie die Bedrohung der Haubitze, die sporadisch Granaten im Bogen über die Köpfe der französischen Infanterie hinweg zum Explodieren auf dem Gipfel schickte, ignorierten. Dulong brüllte seine Männer an, auf den Feind zu feuern, doch die Musketenschüsse klangen schwach, und die Kugeln gingen daneben. Die Gewehrkugeln trafen immer noch, und Dulongs Männer kletterten nur widerwillig weiter. Dulong, der wusste, dass er seinen Männern ein Vorbild sein musste, nahm an, dass ein glücklicher Mann vielleicht das Gewehrfeuer überleben und die Schanzen erreichen konnte, und so entschloss er sich, ein Exempel zu statuieren. Er befahl seinen Männern, ihm zu folgen, zog seinen Säbel und griff an.

»Für Frankreich«, schrie er, »für den Kaiser!«

»Feuer einstellen!«, rief Sharpe.

Kein Mann war Dulong gefolgt, kein einziger. Er stürmte allein voran, und Sharpe erkannte die Tapferkeit des Franzosen. Um seine Anerkennung zu zeigen, trat er vor und hob sein Schwert in einem förmlichen Gruß.

Dulong sah den Gruß, blickte sich nach seinen Männern um und erkannte, dass er allein war. Er blickte wieder Sharpe an, dann stieß er seinen Säbel mit einer heftigen Geste in die Scheide zurück und zeigte seine Abscheu, die er empfand, weil seine Männer nicht bereit waren, für den Kaiser zu sterben. Er nickte Sharpe zu und ging davon.

Zwanzig Minuten später war der Rest der Franzosen vom Hügel verschwunden. Vicentes Männer formierten sich auf der Terrasse vor dem Wachturm, um eine Salve zu feuern, die völlig unnötig war, und zwei von ihnen wurden durch ein Haubitzengeschoss getötet. Ein Splitter traf Gataker ins Bein, riss eine tiefe Wunde in seinen Oberschenkel, traf jedoch nicht den Knochen.

Sharpe hatte gar nicht mitbekommen, dass die Haubitze abgefeuert worden war, doch jetzt hörte der Beschuss auf. Die Sonne war voll aufgegangen, und die Täler waren von Licht überflutet. Sergeant Harper, dessen Gewehrlauf noch heiß vom Feuern war, bereitete zur Feier des Tages einen Topf Tee zu.

KAPITEL 7

Gegen Mittag erstieg ein französischer Soldat mit einer weißen Parlamentärflagge, die er an den Lauf seiner Muskete gebunden hatte, den Hügel. Zwei Offiziere begleiteten ihn, einer in der blauen Uniform der Infanterie und der andere, Colonel Christopher, im britischen roten Uniformrock mit seinem schwarzen Besatz.

Sharpe und Vicente gingen den beiden Offizieren, die ein Dutzend Schritte vor dem mürrisch aussehenden Mann mit der weißen Flagge angehalten hatten, entgegen. Vicente war verblüfft von der Ähnlichkeit zwischen Sharpe und dem französischen Infanterie-Offizier, der groß und schwarzhaarig war und eine Narbe an der rechten Wange hatte. Seine blaue Uniform mit den grün gefransten Epauletten zeigte, dass er zur Leichten Infanterie gehörte, und sein Helm hatte vorn eine weiße Metallplatte mit dem französischen Adler und der Nummer 31. Das Abzeichen wurde überragt von einem roten und weißen Federbusch, der neu aussah, verglichen mit der befleckten und abgetragenen Uniform.

»Wir werden den Franzmann zuerst killen«, sagte Sharpe zu Vicente, »weil er der gefährlichere Scheißer ist, und dann werden wir Christopher langsam filetieren.«

»Sharpe!« Der Anwalt in Vicente war schockiert. »Sie kommen mit einer Parlamentärflagge!«

Sie stoppten ein paar Schritte vor Colonel Christopher, der einen Zahnstocher aus dem Mund nahm und fortschnippte. »Wie geht es Ihnen, Sharpe?«, fragte er freundlich, dann hob er eine Hand, um eine Antwort zu verhindern. »Geben Sie mir bitte einen Moment«, sagte der Colonel, öffnete mit einer Hand eine Zunderbüchse, zündete ein Streichholz an und steckte sich damit eine Zigarre an. Als er ein paar Mal gepafft hatte, schloss er die Zunderbüchse und lächelte. »Der Typ neben mir ist Major Dulong. Er spricht kein Wort Englisch, aber er wollte unbedingt einen Blick auf Sie werfen.«

Sharpe sah Dulong an, erkannte in ihm den Offizier, der die Soldaten so tapfer den Hügel hinaufgeführt hatte, und empfand Mitleid mit einem guten Mann, der sich als Feigling gefühlt haben musste, als er davongegangen war. Als Feigling und Verräter.

»Wo ist mein Fernrohr?«, fragte er Christopher.

»Unten«, sagte Christopher leichthin, »Sie können es später wiederhaben.« Er paffte an seiner Zigarre und blickte zu den Gefallenen zwischen den Felsen. »Brigadier General Vuillard war etwas übereifrig, finden Sie nicht auch? Zigarre?«

»Nein.«

»Wie Sie wollen.« Der Colonel inhalierte den Rauch. »Sie haben Ihre Sache gut gemacht, Sharpe, ich bin stolz auf Sie. Die 31. Léger ...«, er nickte zu Dulong hin, »... ist es nicht gewohnt zu verlieren. Sie haben den verdammten Franzmännern gezeigt, wie ein Engländer kämpft, was?«

»Und wie Iren kämpfen«, sagte Sharpe. »Und Schotten und Waliser und Portugiesen.«

»Anständig von Ihnen, dass Sie auch an die anderen denken, Sharpe«, sagte Christopher, »aber es ist jetzt vorüber, Sharpe, aus und vorbei. Zeit, zu packen und zu gehen. Die Franzosen haben Ihnen einen Kampf geboten und all das. Marschieren Sie mit Ihren Gewehren auf den Schultern, lassen Sie die Fahnen fliegen und die Vergangenheit ruhen. Die Franzmänner sind nicht glücklich darüber, aber ich habe sie überredet.«

Sharpe sah wieder Dulong an, und er fragte sich, ob der Blick des Franzosen warnend war. Dulong hatte nichts gesagt. Er stand einen Schritt seitlich hinter Christopher, und Sharpe hatte den Eindruck, dass sich der Major von Christophers Botengang distanzieren wollte. Sharpe blickte wieder zu Christopher.

»Sie halten mich für total bescheuert, wie?«, erwiderte er.

Christopher ignorierte die Bemerkung. »Ich nehme an, Sie können Lissabon nicht mehr erreichen. Cradock wird in ein, zwei Tagen fort sein und seine Armee mit ihm. Sie kehren heim, Sharpe. Zurück nach England, also ist es vermutlich das Beste für Sie, in Oporto zu warten. Die Franzosen haben zugestimmt, alle britischen Bürger in die Heimat zurückzuführen, und ein Schiff wird vermutlich in ein, zwei Wochen segeln. Sie und Ihre Kameraden können an Bord sein.«

»Werden Sie an Bord sein?«, fragte Sharpe.

»Danke, dass Sie fragen. Ja, das könnte gut der Fall sein. Und wenn Sie mir die Unbescheidenheit verzeihen, ich freue mich, heimzufahren und als Held willkommen geheißen zu werden. Der Mann, der Portugal den Frieden gebracht hat! Da muss eine Ritterschaft drin sein, meinen Sie nicht auch? Nicht, dass mir das was ausmacht, aber Kate wird sich gewiss freuen, Lady Christopher zu sein.«

»Wenn Sie nicht unter einer Parlamentärflagge stünden, würde ich Sie hier und jetzt zusammenschlagen. Ich weiß, was Sie getan haben. Dinnerpartys mit französischen Generälen. Sie herzubringen, damit sie uns überfallen können. Sie sind ein verdammter Verräter, Christopher, ein verdammter Vaterlandsverräter.« Die Heftigkeit von Sharpes Worten brachte ein kleines Lächeln auf Major Dulongs grimmiges Gesicht.

»Ach du meine Güte.« Christopher blickte gequält drein. Er starrte einen Moment auf einen französischen Gefallenen und schüttelte dann den Kopf. »Ich werde über Ihre Unverschämtheit hinwegsehen, Sharpe. Ich nehme an, mein verdammter Diener hat den Weg zu Ihnen gefunden? Ist das so? Das dachte ich mir. Luis hat ein einzigartiges Talent, die Tatsachen misszuverstehen.« Er paffte an seiner Zigarre, und der Rauch wurde vom Wind davongetrieben. »Ich bin von der Regierung Seiner Majestät hierher geschickt worden, Sharpe, um herauszufinden, ob Portugal es wert ist, für das Land zu kämpfen, ob es wert ist, dass dafür britisches Blut vergossen wird, und ich bin zu einem negativen Schluss gelangt – und ich habe keinerlei Zweifel, dass Sie anderer Meinung sind. So habe ich den zweiten Teil meiner Aufgabe erfüllt, nämlich das Aushandeln von Bedingungen. Keine Kapitulationsbedingungen, Sharpe, sondern Vereinbarungen. Wir ziehen unsere Streitkräfte ab und sie ihre, und ihnen wird erlaubt, dass sie der Form halber eine Scheindivision durch die Straßen von Lissabon marschieren lassen. Dann gehen sie: *bonsoir, adieu* und *au revoir*. Ende Juli wird kein einziger fremder Soldat mehr auf portugiesischem Boden sein. Das habe ich erreicht, Sharpe, und deshalb war es nötig, mit französischen Generälen, Marschällen und Beamten zu dinieren, um das zu sichern.« Er legte eine Pause ein, als erwarte er irgendeine Reaktion, aber Sharpe enthielt sich einer Äußerung. Christopher seufzte. »Das ist die Wahrheit, Sharpe, wenn Sie sie auch nicht glauben wollen, aber merken Sie sich, ›es gibt mehr Dinge auf der Welt ...‹«

»Ich weiß«, unterbrach Sharpe. »Mehr Dinge zwischen Himmel und Erde, von denen ich keine Ahnung habe. Aber was, zur Hölle, haben Sie hier getan?« Seine Stimme klang jetzt ärgerlich. »Warum haben Sie eine französische Uniform getragen? Luis hat mir davon erzählt.«

»Ich konnte natürlich nicht diesen roten Rock hinter den französischen Linien tragen, Sharpe«, sagte Christopher, »und Zivilkleidung flößt heutzutage wenig Respekt ein, also ja, ich trage manchmal die französische Uniform. Es ist ein *ruse de guerre*, Sharpe – eine Kriegslist.«

»Verdammte Kriegslist hin oder her«, schnarrte Share. »Diese Bastarde haben versucht, meine Männer umzubringen, und Sie haben sie hergebracht!«

»Oh, Sharpe«, sagte Christopher traurig. »Wir brauchten irgendwo einen ruhigen Platz, wo wir eine Vereinbarung unterzeichnen konnten und wo der Pöbel nicht randalieren konnte, und so bot ich die Quinta an. Ich muss zugeben, dass ich Ihre missliche Lage nicht so sorgfältig beachtet habe, wie es hätte sein sollen, und das war mein Fehler. Es tut mir leid.« Er bot Sharpe sogar die Andeutung einer Verneigung an. »Die Franzosen kamen her und schätzten Ihre Anwesenheit als Falle ein und versuchten – wider meinen Rat – Sie anzugreifen. Ich entschuldige mich noch einmal, Sharpe, zutiefst, aber es ist jetzt vorüber. Sie haben freies Geleit, ohne kapitulieren, ohne die Waffen abgeben zu müssen. Sie können mit hoch erhobenem Haupt marschieren und mit meinen Glückwünschen, und natürlich werde ich dafür sorgen, dass Ihr Colonel erfährt, was Sie hier geleistet haben.« Er wartete auf Sharpes Antwort und lächelte, als keine kam. »Und natürlich«, fuhr er fort, »wird es mir eine Ehre sein, Ihnen Ihr Fernrohr zurückzugeben. Ich hatte ganz vergessen, es vorhin mitzunehmen.«

»Sie haben nichts vergessen, Sie Bastard«, grollte Sharpe.

»Sharpe«, sagte Christopher tadelnd, »versuchen Sie, nicht so grob zu sein. Versuchen Sie, zu verstehen, dass Diplomatie Feinheiten, Intelligenz und, ja, Verrat erfordert. Und versuchen Sie zu verstehen, dass ich Ihre Freiheit ausgehandelt habe. Sie können den Hügel im Triumph verlassen.«

Sharpe starrte in Christophers Gesicht, das so unschuldig wirkte, so erfreut, der Überbringer dieser Nachrichten zu sein. »Und was passiert, wenn wir bleiben?«, fragte er.

»Ich habe nicht die geringste Ahnung«, sagte Christopher, »aber ich werde es natürlich herausfinden, wenn dies Ihr Wunsch ist. Aber ich sage Ihnen, Sharpe, dass die Franzosen solche Hartnäckigkeit als eine feindliche Geste betrachten würden. Es gibt leider Leute in diesem Land, die gegen unsere Vereinbarung sein werden. Das sind irregeleitete Leute, die es vorziehen würden zu kämpfen, statt einen ausgehandelten Frieden zu akzeptieren, und wenn Sie hierbleiben, wird sie das in ihrer Dummheit bestärken. Meine persönliche Meinung ist, dass die Franzosen es als einen Verstoß gegen unsere Vereinbarung betrachten, wenn Sie darauf bestehen, hierzubleiben, und Mörser aus Oporto herschaffen und ihr Bestes tun werden, um Sie zum Gehen zu überzeugen.« Er sog an seiner Zigarre. Dann zuckte er zusammen, als ein Rabe an den Augen eines Gefallenen pickte. »Major Dulong möchte diese Männer einsammeln.« Er wies mit der Zigarre auf die Gefallenen.

»Er bekommt eine Stunde«, sagte Sharpe, »und er kann zehn unbewaffnete Männer mitbringen. Und sagen Sie ihm, dass einige meiner Männer auf dem Hügelhang sein werden, ebenfalls unbewaffnet.«

Christopher runzelte die Stirn. »Warum müssen Männer von Ihnen auf dem Hügelhang sein?«

»Weil wir unsere Toten begraben müssen«, sagte Sharpe. »Hier oben ist der Boden zu felsig.«

Christopher sog an der Zigarre. »Ich finde, es wäre viel besser, wenn Sie Ihre Männer jetzt hinunterbringen.«

Sharpe schüttelte den Kopf. »Ich werde darüber nachdenken«, sagte er.

»Sie wollen darüber nachdenken?« Christopher blickte jetzt verwirrt. »Und wie lange wird Ihr Nachdenken dauern?«

»So lange, wie ich brauche«, sagte Sharpe, »und manchmal bin ich ein sehr langsamer Denker.«

»Sie haben eine Stunde, Lieutenant«, sagte Christopher. »Genau eine Stunde.« Er sprach auf Französisch mit Dulong, der Sharpe zunickte. Sharpe erwiderte das Nicken. Dann warf Christopher die halb gerauchte Zigarre weg, machte auf dem Absatz kehrt und ging davon.

»Er lügt«, sagte Sharpe.

Vicente hatte Zweifel. »Wie können Sie da so sicher sein?«

»Das kann ich Ihnen sagen«, erwiderte Sharpe. »Der Scheißer hat mir keinen Befehl gegeben. Dies ist die Armee. Sie schlagen nichts vor. Man befiehlt, tu dies, tu das, aber so war das nicht. Er hat mir schon zuvor Befehle gegeben, aber heute nicht.«

Vicente übersetzte für Feldwebel Macedo, der wie Sergeant Harper hinzugebeten worden war, um sich Sharpes Bericht anzuhören. Beide blickten besorgt wie Vicente drein, sagten jedoch nichts. »Warum«, fragte Vicente, »hat er Ihnen keinen Befehl gegeben?«

»Weil er will, dass ich aus eigenem Entschluss von dieser Hügelkuppe runtergehe, denn was dann unten geschieht, wird nicht schön sein. Weil er gelogen hat.«

»Dessen können Sie nicht sicher sein«, sagte Vicente und klang mehr wie Anwalt, der er gewesen war, bevor er Soldat geworden war.

»Wir können bei verdammt gar nichts sicher sein«, grollte Sharpe.

Vicente blickte nach Osten. »Die Geschütze schweigen bei Amarante. Ist dort vielleicht Frieden?«

»Und warum sollte dort Frieden sein?«, fragte Sharpe. »Warum sind die Franzosen überhaupt erst hergekommen?«

»Um den Handel mit Britannien zu stoppen«, sagte Vicente.

»Und warum sollen wir uns jetzt zurückziehen? Der Handel wird fortgesetzt werden. Sie haben den Job noch nicht erledigt, und die Franzosen geben nicht so schnell auf.«

Vicente dachte darüber nach. »Vielleicht wissen sie, dass sie zu viele Männer verlieren werden. Je weiter sie in Portugal einmarschieren, desto mehr Feinde machen sie sich und desto länger müssen sie ihre Nachschublinien beschützen. Vielleicht sind sie vernünftig.«

»Die Franzmänner kennen die Bedeutung dieses Wortes gar nicht.

Und da ist noch etwas. Christopher hat mir kein Schriftstück gezeigt, keine unterzeichnete und versiegelte Vereinbarung.«

Vicente nickte nachdenklich. »Wenn Sie möchten, werde ich nach unten gehen und das Schriftliche verlangen.«

»Es gibt nichts Schriftliches«, sagte Sharpe, »und keiner von uns geht von diesem Hügel runter.«

Vicente starrte ihn an. »Ist das ein Befehl, *senhor?*«

»Das ist ein Befehl«, sagte Sharpe. »Wir bleiben.«

»Dann bleiben wir.« Vicente klopfte Macedo auf die Schulter, und die beiden kehrten zu ihren Männern zurück, damit sie ihnen sagen konnten, was geschehen war.

Harper setzte sich neben Sharpe. »Sind Sie sich völlig sicher?«

»Das bin ich mir verdammt nicht, Pat«, sagte Sharpe gereizt, »aber mein Gefühl sagt mir, dass er lügt. Er hat mich überhaupt nicht gefragt, wie viele Verluste wir hier oben haben. Wenn er auf unserer Seite wäre, würde er das fragen, oder etwa nicht?«

Harper zuckte mit den Schultern, als könne er diese Frage nicht beantworten. »Also, was passiert, wenn wir gehen?«

»Sie nehmen uns gefangen. Bringen uns ins verdammte Frankreich.«

»Oder schicken uns heim?«

»Wenn der Krieg vorbei ist, Pat, dann werden sie uns heimschicken, aber in diesem Fall wird uns jemand anderer das mitteilen. Ein portugiesischer Offizieller, aber nicht Christopher. Und wenn das Kämpfen vorbei ist, warum gibt er uns nur eine Stunde? Wir hätten den Rest unseres Lebens Zeit, von diesem Hügel runterzukommen, nicht nur eine Stunde.« Sharpe schaute den Hang hinab, wo der letzte französische Gefallene von einem Trupp Infanteristen geborgen wurde, der zuvor mit einer Parlamentärflagge und ohne Waffen heraufgeklettert war. Dulong hatte ihn angeführt, und er hatte daran gedacht, zwei Spaten mitzubringen, sodass Sharpes Männer ihre Leichen beisetzen konnten: die beiden Portugiesen, die im Morgengrauen beim Haubitzenbeschuss getötet worden waren, und Schütze Donnelly, der unter Steinen gelegen hatte, seit Dulongs Männer von Sharpe vom Gipfel vertrieben worden waren.

Vicente hatte Feldwebel Macedo und drei Männer geschickt, um die Gräber für ihre Toten auszuheben, und Sharpe hatte den zweiten Spaten Williamson gegeben. »Das Grab auszuheben« wird das Ende Ihrer Bestrafung sein«, hatte er gesagt. Seit der Konfrontation im Wald hatte Sharpe Williamson Zusatzdienst gegeben, um ihn beschäftigt zu halten und seinen Widerstand zu brechen, doch jetzt fand Sharpe, dass er genug gestraft war. »Und lassen Sie Ihr Gewehr hier«, fügte Sharpe hinzu.

Williamson hatte sich den Spaten geschnappt, sein Gewehr hingeworfen, und war, von Dodd und Harris begleitet, den Hügel hinabgegangen, bis er eine Stelle mit genügend Erdreich über dem Felsboden gefunden hatte, um ein Grab auszuheben. Harper und Slattery hatten die Leiche von der Hügelkuppe hinabgetragen und in das Loch gerollt, und dann hatte Harper ein Gebet gesprochen, und Slattery hatte den Kopf geneigt, und jetzt schaufelte Williamson in Hemdsärmeln das Grab zu, während Dodd und Harris beobachteten, wie die Franzosen die letzten ihrer Gefallenen forttrugen.

Harper beobachtete ebenfalls die Franzosen. »Was wird, wenn sie einen Mörser holen?«, fragte er.

»Dann gute Nacht«, sagte Sharpe. »Aber es kann viel passieren, bevor ein Mörser hier ist.«

»Was?«

»Keine Ahnung«, sagte Sharpe gereizt. Er wusste es wirklich nicht, ebenso wenig, was er tun konnte. Christopher war sehr ausweichend gewesen, und nur Sharpes Starrköpfigkeit hatte ihn so sicher gemacht, dass der Colonel log. Das und der Ausdruck in Major Dulongs Augen. »Vielleicht irre ich mich, Pat, das ist durchaus möglich. Das Dumme ist, dass es mir hier gefällt.«

Harper lächelte. »Ihnen gefällt es hier?«

»Mir gefällt es, von der Armee weg zu sein. Captain Hogan ist in Ordnung, aber der Rest? Den kann ich nicht leiden. Und hier draußen bin ich auf mich allein gestellt. Also bleiben wir.«

»Aye«, sagte Harper, »und ich finde, Sie haben recht.«

»Tatsächlich?« Sharpe war überrascht.

»Tatsächlich. Meine Mutter hat immer gesagt, dass ich nicht zum Denken tauge.«

Sharpe lachte. »Gehen Sie und reinigen Sie Ihr Gewehr, Pat.«

Cooper hatte Wasser erhitzt, und einige der Schützen benutzten es, um die Läufe ihrer Waffen abzuspülen. Jeder Schuss hinterließ eine dünne Pulverschicht, die dicker werden konnte, bis das Gewehr unbrauchbar wurde, doch heißes Wasser löste die Rückstände. Einige Schützen zogen es vor, in den Lauf zu pinkeln. Hagman benutzte das heiße Wasser und schabte dann mit seinem Ladestock durch den Lauf. »Soll ich auch Ihres reinigen, Sir?«, fragte er Sharpe.

»Das kann warten«, sagte Sharpe. Dann sah er Feldwebel Macedo und seine Männer zurückkehren, und er fragte sich, wo seine eigenen Männer, die Donnelly hatten beerdigen sollen, geblieben waren. So ging er zur nördlichsten Schanze und sah von dort aus, wie Harris und Dodd die Erde über Donnellys Grabstätte feststampfen, während sich Williamson auf den Spaten stützte. »Seid ihr noch nicht fertig?«, rief er ihnen zu. »Beeilt euch!«

»Wir kommen schon, Sir!«, rief Harris zurück, und er und Dodd hoben ihre Röcke auf und stiegen den Hügel herauf. Williamson schulterte den Spaten, und es sah aus, als würde er ihnen folgen, doch plötzlich warf er sich herum und rannte in die entgegengesetzte Richtung hügelabwärts.

Harper fluchte und riss sein Gewehr an die Schulter.

Sharpe drückte den Lauf nieder. Nicht, weil er Williamson das Leben retten wollte, sondern weil ein Waffenstillstand vereinbart worden war. Selbst ein einziger Schuss konnte ihn gefährden, und die Haubitze konnte darauf antworten, während sich Dodd und Harris noch ungedeckt auf dem Hang befanden.

»Der Bastard!« Hagman beobachtete Williamson, der den Hang hinunterhetzte, als könne er so einer Kugel entkommen. Sharpe empfand ein schreckliches Gefühl des Versagens. Er hatte Williamson nicht gemocht, aber trotzdem war es nach Sharpes Meinung sein Versagen als Offizier, wenn ein Mann desertierte. Der Offizier würde natürlich nicht bestraft werden, und der Mann – wenn er je gefasst wurde – würde erschossen werden. Es war ein Tadel für ihn als Offizier.

Harper sah Sharpe die Betroffenheit an, und er schickte sich sogar an, Williamson zu stoppen, doch er verharrte, als Sharpe ihn zurückrief. »Ich hätte Williamson nie zu dieser Aufgabe einteilen sollen«, sagte er bitter.

»Warum nicht?«, sagte Harper. »Sie konnten nicht wissen, dass er desertieren würde.«

»Ich verliere nicht gern Männer«, sagte Sharpe.

»Es ist nicht Ihre Schuld!«, wandte Harper ein.

»Wessen Schuld dann?«, fragte Sharpe ärgerlich. Williamson war in den französischen Reihen verschwunden, vermutlich, um sich Christopher anzuschließen, und Sharpes einziger kleiner Trost war, dass er sein Gewehr nicht hatte mitnehmen können. Aber es war immer noch sein Versagen, und das Schuldgefühl blieb. »Am besten gehen Sie in Deckung«, sagte er, »denn gleich werden sie wieder ihr verdammtes Geschütz abfeuern.«

Die Haubitze feuerte zehn Minuten vor Ablauf der Stunde, und niemandem auf der Hügelkuppe fiel das auf, weil keiner eine Uhr besaß. Das Geschoss streifte einen Felsbrocken unter der niedrigsten Schanze und flog in den Himmel, wo es in Feuer und Rauch explodierte. Ein heißer Splitter bohrte sich in den Kolben von Dodds Gewehr, und die restlichen Splitter schlugen gegen Felsbrocken.

Sharpe, der sich immer noch wegen Williamsons Fahnenflucht schuldig fühlte, beobachtete die Hauptstraße im fernen Teil des Tals. Dort war Staub zu sehen, und er konnte Reiter im Nordwesten auf der Oporto-Straße erkennen. Kam der Mörser? Wenn ja, dachte er, muss ich mir Gedanken über eine Flucht machen. Wenn sie sich nach Westen wandten, konnten sie vielleicht den Kordon der Dragoner durchbrechen und auf höheres Terrain gelangen, wo Felsen die Dinge für Reiter erschweren würden. Trotzdem würde ein Entkommen auf dieser Route nicht leicht werden. Sollten sie es in der Nacht versuchen? Wenn es ein Mörser war, der sich da näherte, würde er noch vor Mitternacht im Einsatz sein. Er starrte auf die ferne Straße – fluchend, weil Christopher ihm sein Fernrohr nicht wiedergegeben hatte – und konnte keinerlei Fahrzeug, weder einen Munitionswagen noch eine Lafette, zwischen den Reitern entdecken, aber sie waren sehr weit entfernt und deshalb blieb die Ungewissheit.

»Mister Sharpe, Sir?« Es war Dan Hagman. »Kann ich rausgehen und mir die Bastarde ansehen?«

Sharpe brütete noch über sein Versagen, und sein erster Impuls war, Hagman zu sagen, dass er nicht seine Zeit verschwenden sollte. Doch dann wurde ihm die sonderbare Atmosphäre auf dem Hügel bewusst. Seine Männer waren verlegen wegen Williamson. Vermutlich befürchteten viele von ihnen, dass Sharpe sie in seinem Zorn für die Sünde eines Kameraden bestrafen würde, und einige wenige wären vielleicht Williamson gern gefolgt, aber die meisten empfanden die Desertion als Tadel für sie alle. Sie waren eine Einheit, sie waren Kameraden, und einer von ihnen hatte die Kameradschaft einfach weggeworfen. Doch jetzt bot Hagman an, etwas von diesem Stolz wiederherzustellen, und Sharpe nickte. »Gehen Sie nur, Dan. Aber nur Sie.« Er hob die Stimme und rief: »Nur Hagman!«

Sharpe blickte wieder zu der Staubwolke. Die Reiter waren auf einen schmaleren Pfad abgebogen, der nach Vila Real de Zedes führte, und er konnte keinerlei Fahrzeug sehen. So richtete er das Ersatzfernrohr wieder auf die Mannschaft der Haubitze und sah, dass sie eine neue Granate in den Lauf schob. »Geht in Deckung!«

Hagman blieb allein im Freien. Er lud sein Gewehr. Die feindliche Granate explodierte weit vom Wachturm entfernt über dem steilen westlichen Hang, und obwohl das Krachen ohrenbetäubend war, blickte Hagman nicht einmal auf. Er schob die in dünnes, flexibles Leder gehüllte Kugel in den Lauf und benutzte dann den Ladestock, um ihn hinabzustoßen. Es war harte Arbeit, und er schnitt eine Grimasse bei der Mühe, dann nickte er dankend, als Sharpe zu ihm trat und es ihm abnahm. Schließlich schob Sharpe den Ladestock wieder in die Ösen unter dem Lauf und gab die Waffe Hagman zurück. Hagman grinste Vicente an. »Es ist wie eine Frau«, sagte er und klopfte auf das Gewehr. »Kümmere dich liebevoll um sie, und sie revanchiert sich.«

»Sie werden bemerkt haben, dass Mister Sharpe das Rammen übernommen hat«, sagte Harper unschuldig.

Vicente lachte. Sharpe erinnerte sich plötzlich wieder an die Reiter, nahm das kleine Ersatzfernrohr und richtete es auf die Straße, die ins Dorf führte, doch er sah nur noch den Staub, den die Pferde der Reiter aufgewirbelt hatten. Sie waren hinter den Bäumen rund um die Quinta verschwunden, und so konnte er nicht sehen, ob sie einen Mörser gebracht hatten. Er fluchte. Nun, er würde es früh genug erfahren.

Hagman lag jetzt hinter einem Felsen und hatte das Gewehr angelegt. »Wind, Sir?«

»Von links nach rechts«, sagte Sharpe, »sehr leicht.«

»Sehr leicht«, wiederholte Hagman und führte einige winzige Korrekturen beim Zielen aus. Es war kein unmöglicher Weitschuss, aber er feuerte hügelabwärts, was offenkundig schwer war. Niemand bewegte sich, Sharpe beobachtete die Haubitzenmannschaft durch das Fernrohr. Der Kanonier hielt die brennende Lunte ins Zündloch. Sharpe wusste, dass er Hagmans Konzentration nicht stören sollte, um seinen Männern zu befehlen, in Deckung zu gehen, aber in diesem Augenblick drückte Hagman bereits ab.

Das Krachen des Gewehrs ließ einige Vögel am Hang erschreckt aufflattern. Rauch wallte um die Felsen, und Sharpe sah, dass der Kanonier herumgewirbelt wurde, wobei ihm die Lunte entfiel und er die Hand auf seinen rechten Oberschenkel presste. Er taumelte sekundenlang, dann stürzte er.

»Rechter Oberschenkel, Dan«, sagte Sharpe, der wusste, dass Hagman nichts durch den Rauch vor seinem Gewehr sehen konnte. »Und jetzt liegt er am Boden. In Deckung. Alle! Schnell!« Ein anderer Kanonier hatte sich die brennende Lunte geschnappt.

Sie hetzten hinter Felsen und zuckten zusammen, als die Granate an einem großen Felsbrocken explodierte. Sharpe klopfte Hagman auf den Rücken. »Unglaublich guter Schuss, Dan!«

»Ich hatte auf seine Brust gezielt, Sir.«

»Sie haben ihm den Tag versaut, Dan«, sagte Harper. »Das war ein verdammt guter Treffer.« Die anderen Schützen gratulierten Hagman ebenfalls. Sie waren stolz auf ihn, erfreut, dass er wieder auf den Füßen und so ein meisterhafter Schütze war, wie sie ihn kannten. Und der Schuss hatte sie irgendwie für Williamsons Verrat entschädigt. Die Schützen waren wieder eine Elitetruppe.

»Soll ich noch einmal, Sir?«, fragte Hagman Sharpe.

»Warum nicht?«, sagte Sharpe. Und er dachte: Wenn der Mörser kommt, wird die Mannschaft in Schrecken versetzt sein, weil sie sich in Schussweite der tödlichen Gewehre befindet.

Hagman begann wieder die mühsame Prozedur des Ladens, doch kaum war er fertig, als zu Sharpes Erstaunen plötzlich die Haubitze mitsamt der Lafette in den Wald gezogen wurde und verschwand. Im ersten Augenblick nahm Sharpe an, dass die Haubitze entfernt worden war, um Platz für den Mörser zu schaffen. Er wartete angespannt, doch kein Mörser war zu sehen. Niemand erschien. Selbst die Infanterie, die nahe bei der Haubitze postiert gewesen war, hatte sich zwischen die Bäume zurückgezogen, und der nördliche Hang lag zum ersten Mal, seit Sharpe sich zum Wachturm zurückgezogen hatte, völlig verlassen unter ihnen. Dragoner patrouillierten immer noch im Osten und Westen, doch nach einer halben Stunde ritten auch sie nordwärts zum Dorf.

»Was ist geschehen?«, fragte Vicente.

»Das weiß der Himmel.«

Dann sah Sharpe die gesamte französische Streitmacht, das Geschütz, die Kavallerie und Infanterie. Alle marschierten die Straße von Vila Real de Zedes hinab. Sie mussten sich nach Oporto zurückziehen, und er starrte benommen hin, glaubte seinen Augen nicht trauen zu können. »Das muss ein Trick sein!« Sharpe gab Vicente das Fernrohr.

»Vielleicht ist Frieden?«, meinte Vicente, als er den Rückzug der Franzosen sah. »Vielleicht ist das Kämpfen wirklich vorbei. Warum sonst würden sie abmarschieren?«

»Sie ziehen ab«, sagte Harper, »nur das zählt.« Er hatte das Glas von Vicente übernommen und konnte einen Wagen sehen, der mit französischen Verwundeten beladen war. »Jesus, Maria und Joseph«, entfuhr es ihm, »sie verschwinden tatsächlich.«

Aber warum? War es Frieden? Hatten die Reiter statt des Mörsers eine Botschaft gebracht, einen Befehl zum Rückzug? Oder war es doch ein Trick? Hofften die Franzosen, dass Sharpe ins Dorf hinabgehen würde und somit den Dragonern eine Chance gab, seine Männer auf ebenem Terrain anzugreifen? Er war so verwirrt wie nie.

»Ich gehe runter«, sagte er. »Ich, Cooper, Harris, Perkins, Cresacre und Sims.« Er nannte absichtlich die beiden Letzten, weil sie Freunde von Williamson gewesen waren. Wenn jemand dem Beispiel des Deserteurs folgen würde, dann diese beiden, und er wollte ihnen zeigen, dass er ihnen noch vertraute. »Der Rest von euch bleibt hier.«

»Ich möchte mitkommen«, sagte Vicente, und als er spürte, dass Sharpe ihn abweisen wollte, fügte er erklärend hinzu:

»Das Dorf, *senhor*. Ich möchte ins Dorf, um zu sehen, was mit unseren Leuten geschehen ist.«

Vicente nahm wie Sharpe fünf Männer mit. Sergeant Harper und Feldwebel Macedo wurden mit dem Kommando auf dem Hügel zurückgelassen. Sharpes Patrouille marschierte den Hügel hinab. Sie gingen an dem fächerförmigen Brandmal am Boden vorbei, das anzeigte, wo die Haubitze abgefeuert worden war, und Sharpe rechnete fast mit einem Beschuss aus dem Wald, aber kein Geschütz krachte, und dann waren sie im Schatten der Bäume.

Sharpe und Cooper gingen voran und hielten zwischen den Lorbeerbäumen, Birken und Eichen Ausschau nach Anzeichen auf einen Hinterhalt, doch sie blieben unbehelligt. Sie folgten dem Pfad zur Quinta, deren blaue Läden geschlossen waren und die unbeschädigt wirkte. Eine getigerte Katze putzte sich auf dem von der Sonne erwärmten Pflaster vor dem Stall und verharrte kurz, als sie die Soldaten wahrnahm. Sharpe versuchte, die Küchentür zu öffnen, doch sie war verschlossen. Er spielte mit dem Gedanken, sie aufzubrechen, verwarf den Gedanken und führte die Männer stattdessen ums Haus. Die Vordertür war abgeschlossen, der Zufahrtsweg verlassen.

Langsam wich er vom Haus zurück, beobachtete die Fensterläden und rechnete fast damit, dass sie aufgestoßen und eine Salve Musketenfeuer abgefeuert werden würde. Doch das Haus schlief in der Wärme des frühen Nachmittags.

»Ich glaube, es ist leer, Sir«, sagte Harris, und er klang nervös.

»Ich nehme an, Sie haben recht«, sagte Sharpe, wandte sich um und ging den Zufahrtsweg hinab. Der Kies knirschte unter seinen Stiefeln, als er an den Rand des Grundstücks schritt. Er signalisierte seinen Männern, dass sie ihm folgen sollten. Der Tag war heiß und still. Selbst die Vögel waren stumm.

Und dann roch er es. Sofort dachte er an Indien und stellte sich für einen Augenblick sogar vor, wieder in dem geheimnisvollen Land zu sein, denn dort hatte er den Geruch so oft wahrgenommen. Ihm wurde übel. Dann hatte er den Brechreiz niedergekämpft, und er bemerkte, dass der junge Perkins aussah, als müsste er sich übergeben. Auch Pendleton sah plötzlich krank aus. »Atmet tief durch«, sagte Sharpe, »ihr werdet es brauchen.«

Vicente, der ebenso nervös wie Perkins wirkte, blickte Sharpe an. »Ist es ...«, begann er.

»Ja«, sagte Sharpe.

Es war der Tod.

Vila Real de Zedes war nie ein großes oder bedeutendes Dorf gewesen. Keine Pilger waren gekommen, um die Heiligen in der Kirche zu verehren. Sankt Joseph mochte lokal verehrt werden, doch sein Einfluss hatte nie über die Weingärten hinaus gereicht. So unbedeutend das Dorf auch gewesen war, es war keine schlechte Ansiedlung gewesen. Es gab stets Arbeit in den Savage-Weingärten, die Erde war fruchtbar, und selbst die ärmste Familie hatte einen Gemüsegarten. Einige der Dorfbewohner hatten Kühe besessen, die meisten hatten Hühner gehalten und ein paar Schweine gezüchtet. Jetzt gab es kein Vieh mehr. Pater Josefa war die wichtigste Person in Vila Real de Zedes gewesen, abgesehen von den Engländern in der Quinta. Der Priester war manchmal gereizt gewesen, aber er hatte die Kinder unterrichtet und war nie unfreundlich gewesen.

Und jetzt war er tot. Seine Leiche, zur Unkenntlichkeit verbrannt, lag in der Asche der Kirche mit anderen zwischen den verkohlten Trümmern. Ein toter Hund lag auf der Straße, eine Spur von eingetrocknetem Blut vor der Schnauze, und eine Wolke von Fliegen schwirrte um die Wunde in seiner Flanke. Weitere Fliegenschwärme summten in der größten der beiden

Tavernen, als Sharpe die Tür mit dem Gewehrkolben aufstieß und erschauerte.

Maria, das Mädchen, das Harper gemocht hatte, lag nackt auf dem einzigen nicht zertrümmerten Tisch im Schankraum. Sie war von Wurfmessern in den Händen aufgespießt, und Fliegen krochen über ihre blutigen Brüste. Jedes Weinfass war zersplittert, jeder Topf zerbrochen, und jedes Möbelstück außer dem Tisch war zerschmettert.

Sharpe schlang das Gewehr am Riemen über die Schulter und zog die Messer aus Marias Handflächen, sodass ihre weißen Arme frei waren. Perkins starrte entgeistert von der Tür her. »Stehen Sie da nicht rum«, blaffte Sharpe. »Suchen Sie eine Decke, irgendetwas, und bedecken Sie sie.«

»Jawohl, Sir.«

Sharpe kehrte auf die Straße zurück. Vicente hatte Tränen in den Augen. Es gab Leichen in einem halben Dutzend Häusern, Blut in jedem Haus, jedoch keine Lebenden. Alle Überlebenden des Massakers waren vor der Brutalität der Sieger aus Vila Real de Zedes geflüchtet.

»Wir hätten hierbleiben sollen«, sagte Vicente ärgerlich.

»Und mit ihnen sterben sollen?«, fragte Sharpe.

»Sie hatten niemanden, der für sie gekämpft hat!«, sagte Vicente.

»Sie hatten Lopes«, sagte Sharpe, »und er wusste nicht, wie man kämpft, und wenn er es gewusst hätte, dann wäre er nicht hiergeblieben. Und wenn wir für ihn gekämpft hätten, wären wir jetzt tot wie alle anderen.«

»Wir hätten bleiben sollen«, beharrte Vicente.

Sharpe ignorierte ihn. »Cooper? Sims?« Die beiden Männer spannten ihre Gewehre. Cooper schoss als Erster. Sharpe zählte bis zehn, und dann drückte Sims ab. Sharpe zählte wieder bis zehn, dann feuerte er in die Luft. Es war ein verabredetes Signal, dass Harper die anderen von der Hügelkuppe hinabführen sollte. »Sucht nach Spaten«, sagte Sharpe zu Vicente.

»Spaten?«

»Wir werden sie beerdigen.«

Der Friedhof war ein ummauertes Grundstück nördlich des Dorfes. Dort gab es einen kleinen Geräteschuppen mit Schaufeln, die Sharpe an seine Männer verteilte. »Tief genug, damit die Tiere nicht an sie herankommen«, befahl er, »aber nicht zu tief.«

»Warum nicht zu tief?«, fragte Vicente empört. Für ihn war ein flaches Grab wie eine Beleidigung der Toten.

»Wenn die Dorfbewohner zurückkehren«, sagte Sharpe, »dann werden sie graben und ihre Verwandten suchen.« Er fand in dem Schuppen ein großes Stück Sackleinen und benutzte es, um die verkohlten Leichen damit auf den Friedhof zu schleifen. Als Sharpe die Leiche von Pater Josefa vom verkohlten Kreuz zerren wollte, löste sich der linke Arm, doch Sims sah es und eilte Sharpe zu Hilfe, um die Leiche auf das Sackleinen zu legen.

»Ich werde ihn auf den Friedhof bringen«, sagte Sims und packte das Sackleinen.

»Das müssen Sie nicht.«

Sims blickte verlegen drein. »Wir werden nicht weglaufen wie Williamson, Sir«, platzte er heraus und blickte Sharpe dann furchtsam an, als erwarte er eine scharfe Reaktion von ihm.

Sharpe schaute ihn an und sah einen weiteren Dieb, einen anderen Säufer, ein weiteres Versagen, einen weiteren Schützen. Dann lächelte er. »Danke, Sims. Sagen Sie Pat Harper, er soll Ihnen etwas von seinem Weihwasser geben.«

»Weihwasser?«, fragte Sims.

»Der Brandy, den er in seiner zweiten Feldflasche bewahrt und meint, ich wüsste nichts davon.«

Später, als die Männer von der Hügelkuppe gekommen waren, um zu helfen, die Toten zu begraben, ging Sharpe zur Kirche zurück, wo Harper ihn fand. »Posten sind aufgestellt, Sir«, meldete Harper.

»Gut.«

»Und Sims hat gesagt, ich soll ihm etwas Brandy geben.«

»Ich hoffe, das haben Sie getan, Pat.«

»Das habe ich, Sir. Und Mister Vicente, Sir, möchte ein Gebet oder zwei sprechen.«

»Ich hoffe, Gott hört ihn.«

»Wollen Sie dabei sein?«

»Nein, Pat.«

»Das dachte ich mir.« Der große Ire suchte sich einen Weg durch die Asche. Einige Trümmer rauchten immer noch, wo der Altar gestanden hatte, aber er schob eine Hand in das geschwärzte Durcheinander und zog ein verbogenes, schwarzes Kruzifix hervor. Er legte das kleine Kruzifix auf die linke Handfläche und bekreuzigte sich. »Mister Vicente ist traurig, Sir.«

»Ich weiß.« Sharpe starrte in den Rauch. »Vielleicht hätten wir wirklich hierbleiben sollen.«

»Jetzt reden Sie wie ein Ire, Sir«, sagte Harper, »weil es nichts bringt, über verpasste Möglichkeiten nachzudenken. Und wenn Sie sehen, dass an Gatakers Gewehr der Abzugsbügel locker ist, machen Sie ihn nicht zur Sau. Die Schrauben sind verschlissen.«

Sharpe lächelte über Harpers Versuch, ihn abzulenken. »Ich weiß, dass wir das Richtige getan haben, Pat. Ich wünschte nur, Vicente könnte das verstehen.«

»Er ist ein Anwalt, Sir. Er kann nichts normal sehen. Und er ist jung. Er würde seine Kuh verkaufen für einen Becher Milch.«

»Wir haben das Richtige getan«, sagte Sharpe, »aber was machen wir jetzt?«

Harper versuchte das Kreuz gerade zu biegen. »Als ich ein Kind war, habe ich mich verirrt«, sagte Harper. »Ich war nicht älter als sieben, vielleicht acht. Da waren Soldaten beim Dorf, die Anzahl Ihrer Männer in Rot, und ich wusste damals nicht, was diese Bastarde dort machten, und so rannte ich vor ihnen davon. Sie ließen mich laufen, aber ich fühlte mich trotzdem verfolgt und flüchtete, denn das tat man, wenn man die roten Bastarde sah. Ich rannte und rannte, bis ich nicht mehr wusste, wo, zum Teufel, ich war.«

»Und – wie ging es weiter?«

»Ich folgte einem Fluss«, sagte Harper, »und kam zu dem Haus, in dem meine Tante wohnte, und sie brachte mich heim.«

Sharpe begann zu lachen, obwohl es nicht wirklich lustig war.

»Maire hieß sie«, sagte Harper. »Tante Maire, sie ruhe in Frieden.« Er steckte das Kruzifix in die Tasche.

»Ich wünschte, Ihre Tante Maire wäre hier. Aber wir haben uns nicht verirrt.«

»Nicht?«

»Wir marschieren nach Süden, überqueren den Fluss und gehen weiter nach Süden.«

»Und wenn die Armee aus Lissabon verschwunden ist?«

»Dann gehen wir nach Gibraltar«, sagte Sharpe, obwohl er wusste, dass es dazu nicht kommen würde. Wenn Frieden war, würde er jemanden mit Autorität suchen, der sie zum nächsten Hafen schickte, und wenn noch Krieg war, dann würde er jemanden zum Kämpfen finden. Wirklich einfach, dachte er. »Aber wir marschieren des Nachts, Pat.«

»Sie meinen also, wir sind immer noch im Krieg?«

»Oh, das sind wir, Pat«, sagte Sharpe. Er schaute auf die Zerstörung und dachte an Christopher. »Wir sind verdammt im Krieg.«

Vicente starrte auf die neuen Gräber. Er nickte, als Sharpe vorschlug, des Nachts nach Süden zu marschieren, doch er sagte erst etwas, als sie den Friedhof verlassen hatten.

»Ich gehe nach Oporto«, kündigte er an.

»Sie glauben, dass es einen Friedensvertrag gibt?«

»Nein«, sagte Vicente. Dann zuckte er mit den Schultern. »Vielleicht? Ich weiß es nicht. Aber ich weiß, dass Colonel Christopher und Brigadier General Vuillard vermutlich dort sind. Ich habe hier nicht gegen sie gekämpft, so muss ich sie dorthin verfolgen.«

»Sie werden also nach Oporto gehen«, sagte Sharpe, »und sterben?«

»Vielleicht«, sagte Vicente, »aber man kann sich nicht vor dem Teufel verstecken.«

»Nein«, sagte Sharpe, »aber wenn Sie ihn bekämpfen, seien Sie klug.«

»Ich lerne zu kämpfen«, sagte Vicente, »und ich weiß bereits, wie man tötet.«

Das ist ein Rezept für Selbstmord, dachte Sharpe, doch er wollte sich nicht streiten. »Ich plane, auf demselben Weg zurückzugehen, auf dem wir gekommen sind«, sagte er stattdessen. »Den Weg kann ich leicht finden. Und wenn ich in Barca d'Avintas bin, werde ich nach einem Boot suchen. Da muss irgendetwas sein, das schwimmen wird.«

»Das glaube ich auch.«

»Dann kommen Sie so weit mit mir«, schlug Sharpe vor, »denn es ist nahe an Oporto.«

Vicente stimmte zu, und seine Männer schlossen sich an, als sie das Dorf verließen. Sharpe freute sich darüber, denn die Nacht war stockfinster, und trotz seiner Zuversicht, den Weg leicht zu finden, hätte er sich hoffnungslos verirren können, wenn Vicente nicht dabei gewesen wäre. So kamen sie langsam voran und rasteten schließlich mitten in der Nacht. Danach, als das erste Grau am östlichen Horizont zu sehen war, konnten sie sich besser orientieren und kamen schneller voran.

Sharpe bedachte zweierlei bei seiner Rückkehr nach Barca d'Avintas. Es bestand ein Risiko, weil das Dorf gefährlich nahe bei Oporto lag, doch andererseits wusste er, dass dort der Fluss sicher zu überqueren war, und er nahm an, dass er von den Hütten und Schuppen genügend Trümmerstücke finden würde, aus denen sie ein Floß zimmern konnten. Vicente war der gleichen Meinung. Er sagte, der Rest des Douro-Tals sei eine Felsenschlucht, in der Sharpe Mühe haben werde, sich dem Fluss zu nähern oder eine Stelle zum Durchfurten zu finden. Ein größeres Risiko war, dass die Franzosen Barca d'Avintas bewachten, aber Sharpe hoffte darauf, dass sie sich mit dem Zerstören aller Boote im Dorf zufriedengegeben hatten.

Im Morgengrauen befanden sie sich in einigen bewaldeten Hügeln. Sie hielten an einem Bach und machten sich ein Frühstück aus trockenem Brot und so hartem Räucherfleisch, dass die Männer witzelten, es sei härter als die Ledersohlen ihrer Stiefel. Sie murrten, weil Sharpe kein Feuer erlaubte und sie auf Tee verzichten mussten.

Sharpe ging auf einen nahen Hügel und betrachtete das Terrain durch das kleine Fernrohr. Er sah keinen Feind, genauer gesagt, er sah überhaupt keine Menschenseele. Eine verlassene Hütte stand weiter oben im Tal, in dem der Fluss verlief, und dort gab es den Glockenturm einer Kirche, etwa eine Meile im Süden, aber es waren keine Leute zu sehen.

Vicente gesellte sich zu ihm. »Meinen Sie, dort könnten Franzosen sein?«

»Davon gehe ich immer aus«, erwiderte Sharpe.

»Und meinen Sie, dass die Briten heimgekehrt sind?«, wollte Vicente wissen.

»Nein.«

»Warum nicht?«

Sharpe zuckte mit den Schultern. »Wenn wir heimkehren wollten«, sagte er, »hätten wir das nach Sir John Moores Rückzug tun müssen.«

Vicente starrte nach Süden. »Ich weiß, dass wir das Dorf nicht hätten verteidigen können«, sagte er.

»Ich wünschte, wir hätten es tun können.«

»Es ist nur – es sind meine Leute.« Vicente zuckte mit den Schultern.

»Ich weiß.« Sharpe versuchte sich die französische Armee in den Tälern von Yorkshire oder den Straßen von London vorzustellen. Er malte sich brennende Häuser, geplünderte Bierkneipen und schreiende Frauen aus, doch er konnte sich dieses Entsetzen nicht vorstellen. Es kam ihm sonderbar unwirklich vor. Harper konnte sich zweifellos vorstellen, wie sein Heim zerstört wurde, konnte sich vermutlich daran erinnern, aber Sharpe konnte das nicht.

»Warum tun sie das?«, fragte Vicente mit echter Betroffenheit.

Sharpe schob das Fernrohr zusammen, dann scharrte er mit der Spitze seines rechten Stiefels über den Boden. Am Tag, nachdem sie zum Wachturm hochgeklettert waren, hatte er die vom Regen nassen Stiefel an einem Feuer getrocknet, doch er hatte sie zu nahe an die Hitze gehalten und das Leder war gebrochen. »Im Krieg gibt es keine Regeln«, sagte er unbehaglich.

»Doch, es gibt Regeln.«

Sharpe ignorierte den Einwand. »Die meisten Soldaten sind

keine Heiligen. Es sind Säufer, Diebe, Schurken, die in allem gescheitert und deshalb zur Armee gegangen sind, weil sie sonst im Gefängnis gelandet wären. Dann hat man ihnen eine Waffe gegeben und ihnen das Töten beigebracht. In der Heimat würden sie dafür gehängt werden, aber in der Armee werden sie dafür belobigt, und wenn man sie nicht am harten Zügel hält, dann halten sie jedes Töten für erlaubt. Diese Kerle ...«, er nickte zu Männern hin, die am Fuß des Hügels zwischen Korkeichen lagerten, »... wissen verdammt genau, dass sie bestraft werden, wenn sie die Regeln verletzen. Aber wenn man sie nicht im Zaum hält? Dann würden sie dieses Land vernichten, Spanien ebenso zerstören und niemals aufhören, bis jemand sie umbringt.« Er legte eine Pause ein, wusste, dass er unfair gegenüber seinen Männern war. »Wissen Sie, sie sind nicht die Schlimmsten, nicht wirklich nur skrupellos, sie sind verdammt feine Soldaten, und ich mag sie.« Er runzelte die Stirn und fühlte sich verlegen. »Aber die Froschfresser? Ich weiß nicht. Sie haben keine Wahl. Sie sind Wehrpflichtige. Einige arme Jungs arbeiten als Bäcker oder Stellmacher, und von einem Tag zum anderen steckt man sie in eine Uniform und lässt sie einen halben Kontinent entfernt marschieren. Es widert sie an, und die Franzosen peitschen ihre Soldaten als Strafe nicht aus, deshalb gibt es auch keine Möglichkeit, sie zu halten.«

»Peitschen Sie auch?«

»Nein, ich nicht.« Er spielte mit dem Gedanken, Vicente zu erzählen, dass er vor gar nicht so langer Zeit ausgepeitscht worden war, auf einem heißen Paradeplatz in Indien, doch dann entschied er sich, nichts davon zu sagen. Es konnte als Prahlerei ausgelegt werden. »Ich kaufe sie mir unter vier Augen und verprügele sie. Das geht schneller.«

Vicente lächelte. »Das könnte ich nicht tun.«

»Sie könnten ihnen stattdessen einen schriftlichen Verweis erteilen«, sagte Sharpe. »Ich würde mich lieber verprügeln lassen, als mich mit einem Anwalt anzulegen.« Wenn ich Williamson geschlagen hätte, dachte er, hätte er mich vielleicht angezeigt. Vielleicht auch nicht. »Wie weit ist der Fluss noch entfernt?«, fragte er.

»Drei Stunden. Nicht viel länger.«

»Wer weiß, was bis dahin noch geschieht. Es könnte jetzt weitergehen.«

»Aber die Franzosen?«, sagte Vicente nervös.

»Keine hier.« Sharpe nickte nach Süden. »Kein Rauch, keine Vögel, die aus Bäumen aufflattern, als wäre eine Katze hinter ihnen her. Und man kann französische Dragoner aus einer Meile Entfernung riechen. Ihre Pferde sind alle sattelwund und stinken wie eine Jauchegrube.«

So marschierten sie weiter. Auf dem Gras war noch Tau. Sie kamen durch ein verlassenes Dorf, das unbeschädigt wirkte. Sharpe nahm an, dass die Dorfbewohner die Franzosen hatten kommen sehen und sich versteckt hatten. Es waren gewiss Leute in dem Dorf, denn Wäsche hing zum Trocknen auf einer Leine zwischen zwei Büschen. Eines der Wäschestücke war ein feines Männerhemd mit Steinknöpfen.

Sharpe sah Cresacre trödeln, er hielt sich hinter den anderen zurück, um allein zu sein und Beute zu machen. »Die Strafe für Diebstahl ist Hängen!«, rief Sharpe seinen Männern zu. »Und hier gibt es gute Galgenbäume.« Cresacre tat, als hätte er das nicht gehört, beeilte sich aber, zu den anderen aufzuschließen.

Als sie den Douro erreichten, hielten sie an. Barca d'Avintas war noch ein Stück entfernt im Westen, und Sharpe wusste, dass seine Männer müde waren. So biwakierten sie in einem Waldstück hoch auf dem Steilufer des Flusses. Kein Boot war darauf zu sehen. Weit entfernt im Süden stieg eine einzige Rauchsäule in den Himmel, und im Westen war ein Dunstschleier zu sehen. Sharpe nahm an, dass er von Oportos Kochfeuern stammte.

Vicente sagte, Barca d'Avintas sei wenig mehr als eine Stunde entfernt, doch Sharpe entschied, bis zum Morgen zu warten, bevor sie weitermarschierten. Ein halbes Dutzend der Männer humpelte, weil ihre Stiefel zerschlissen waren, und Gataker, am Oberschenkel verwundet, empfand Schmerzen. Einer von Vicentes Männern marschierte barfuß, und Sharpe dachte daran, es wegen der Verfassung seiner Stiefel ebenfalls zu tun. Doch es gab einen noch besseren Grund für eine Verzögerung.

»Wenn die Franzosen dort sind«, sagte er, »dann würde ich mich lieber im Morgengrauen anschleichen. Und wenn sie nicht da sind, haben wir den ganzen Tag, um eine Art Floß zu bauen.«

»Und was ist mit uns?«, fragte Vicente.

»Wollen Sie immer noch nach Oporto?«

»Unser Regiment ist dort stationiert«, sagte Vicente. »Es ist seine Heimatstadt. Die Männer sind besorgt. Einige haben dort Familie.«

»Begleiten Sie uns noch bis Barca d'Avintas«, schlug Sharpe vor, »dann kehren Sie heim. Aber seien Sie auf den letzten paar Meilen vorsichtig. Es wird schon alles glattgehen.« Das glaubte er nicht, aber das konnte er nicht sagen.

So rasteten sie. Posten beobachteten vom Waldrand aus, während die anderen schliefen, und kurz nach Mittag, als die Hitze jeden schläfrig machte, glaubte Sharpe ein entferntes Donnern zu hören. Es waren keine Regenwolken in Sicht, folglich war es kein Gewitterdonnern, sondern Geschützfeuer, aber er konnte das nicht mit Sicherheit sagen. Harper schlief, und Sharpe fragte sich, ob er nur das Schnarchen des großen Iren gehört hatte, doch dann nahm er wieder das ferne Donnern war, obwohl es so schwach war, dass er es sich auch nur eingebildet haben konnte. Er stieß Harper an, um ihn zu wecken.

»Was ist?«

»Ich versuche zu lauschen«, sagte Sharpe.

»Und ich versuche zu schlafen.«

»Hören Sie mal hin!« Aber jetzt war es still bis auf das Rauschen des Flusses und das Rascheln der Blätter im Ostwind.

Sharpe überlegte, ob er eine Patrouille zur Erkundung nach Barca d'Avintas schicken sollte, doch er entschied sich dagegen. Er wollte nicht seinen bereits gefährlich kleinen Trupp teilen, und die Antwort auf die Frage, welche Gefahren im Dorf lauerten, konnte bis zum Morgen warten.

Bei Einbruch der Dunkelheit glaubte er das ferne Donnern wieder zu hören, doch dann drehte der Wind, und das Geräusch erstarb.

Die Morgendämmerung war still, und der Fluss wirkte glatt und poliert wie Stahl. Luis, der sich gut in Sharpes Team eingefügt hatte, hatte sich als geschickter Schuhmacher erwiesen und einige stark verschlissene Stiefel geflickt. Er hatte Sharpe angeboten, ihn zu rasieren, doch Sharpe hatte nur den Kopf geschüttelt. »Die Rasur kann warten, bis wir auf der anderen Seite des Flusses sind.«

»Ich bete, dass Ihnen kein Bart wächst«, meinte Vicente, und dann marschierten sie los, folgten einem gewundenen Pfad durch das hohe Terrain.

Der Weg war uneben, überwuchert und von tiefen Furchen durchzogen, und sie kamen nur langsam voran, doch sie sahen keinen Feind. Dann wurde das Land flach, der Pfad verbreiterte sich und führte an Weingärten entlang, und Barca d'Avintas, dessen weiße Häuser unter der aufgehenden Sonne leuchteten, lag vor ihnen.

Es befanden sich keine Franzosen dort. Zwei Dutzend Leute waren in die geplünderten Häuser zurückgekehrt, und sie schauten alarmiert, als die Uniformierten, die wie Landstreicher wirkten, auf der kleinen Brücke über den Fluss kamen, doch Vicente beruhigte sie.

Laut Dorfbewohner hatten die Franzosen alle Boote beschlagnahmt oder verbrannt. Sie hatten die Franzosen selten gesehen. Manchmal war eine Patrouille Dragoner durch das Dorf geritten. Sie hatten über den Fluss gespäht, etwas Proviant gestohlen und waren weitergeritten. Eine Frau, die Olivenöl, Eier und Räucherfisch auf dem Markt von Oporto verkaufte, sagte, dass die Franzosen das Flussufer zwischen der Stadt und der See unter Bewachung hielten, doch Sharpe maß ihren Worten nicht viel Gewicht bei. Ihr Mann, ein Riese mit schwieligen Händen, hielt es für möglich, aus dem Holz zertrümmerter Möbel ein Floß zu zimmern.

Sharpe stellte am westlichen Rand des Dorfes Posten auf. Er kletterte dort auf einen Baum und stellte erstaunt fest, dass er einige von Oportos Gebäuden am hügeligen Horizont sehen konnte. Das große weiße Gebäude mit dem Flachdach, das er gesehen hatte, als er Vicente zum ersten Mal begegnet war, zählte zu den auffälligsten, und er war bestürzt, dass sie sich so nahe bei der Stadt befanden. Das große weiße Gebäude konnte kaum mehr als drei Meilen entfernt sein, und gewiss hatten die Franzosen Posten am Stadtrand und beobachteten die Zufahrtsstraßen. Und er musste hier den Fluss überqueren.

Er kletterte vom Baum hinab und wollte gerade den Rock ausziehen, als ein langhaariger junger Mann in verschlissener Kleidung ihn anstarrte und muhte. Sharpe starrte erstaunt zurück. Der Mann muhte von Neuem, dann grinste er albern. Er hatte schmutziges rotes Haar, strahlend blaue Augen und einen schiefen Mund, aus dem Speichel rann, und Sharpe erkannte, dass er ein Idiot und vermutlich harmlos war. Sharpe erinnerte sich an Ronnie, den Dorfidioten in Yorkshire, dessen Eltern ihn an eine Ulme anzuketten pflegten und der die grasenden Kühe anmuhte und die Mädchen anknurrte. Dieser Mann verhielt sich ähnlich, aber er war auch lästig, zerrte an Sharpes Ellbogen und versuchte den Engländer zum Fluss zu ziehen.

»Haben Sie sich einen Freund gemacht, Sir?«, fragte Tongue amüsiert.

»Er ist ein verdammtes Ärgernis, Sir«, meinte Perkins.

»Er meint es nicht böse«, sagte Tongue, »möchte nur mit Ihnen schwimmen gehen, Sir.«

Sharpe riss sich von dem geistig Behinderten los. »Wie heißt du?«, fragte er, dann wurde ihm klar, dass es vermutlich wenig Sinn hatte, mit einem portugiesischen Schwachsinnigen Englisch zu sprechen, doch der Idiot war erfreut, dass jemand mit ihm sprach. Er grinste und hüpfte auf und ab. Dann zog er wieder an Sharpes Ellbogen.

»Ich werde dich Ronnie nennen«, sagte Sharpe. »Was willst du, Ronnie?«

Seine Männer lachten jetzt, aber Sharpe hatte ohnehin zum Flussufer gehen wollen, um zu sehen, welchen Herausforderungen sein Floß gewachsen sein musste, und so ließ er sich von Ronnie mitziehen. Der Idiot plapperte auf dem ganzen Weg, aber nichts davon ergab einen Sinn. Er führte Sharpe zum Fluss, und als Sharpe versuchte, sich aus seinem überraschend festen Griff loszureißen, schüttelte Ronnie den Kopf und zerrte ihn weiter zwischen einigen Pappeln hindurch und durch dichte Büsche. Schließlich ließ er Sharpes Arm los und klatschte in die Hände.

»Du bist überhaupt kein Idiot, nicht wahr?«, sagte Sharpe. »In Wirklichkeit bist du ein verkanntes Genie, Ronnie.«

Da war ein Boot. Sharpe hatte bei seinem ersten Besuch in

Barca d'Avintas die niedergebrannte und eingesunkene Fähre gesehen, und jetzt wurde ihm klar, dass es zwei Boote gegeben hatte und dies das andere sein musste. Es war ein flaches, breites und plumpes Boot, die Art Boot, das eine kleine Schafherde oder sogar eine Kutsche und ihre Gespannpferde transportieren konnte. Es war mit Steinen beschwert und lag in einem Graben unter den Bäumen.

Sharpe fragte sich, weshalb ihm die Dorfbewohner das Boot nicht eher gezeigt hatten. Er nahm an, dass sie alle Soldaten fürchteten und das Boot versteckt hatten, bis friedliche Zeiten zurückkehrten. Die Franzosen hatten fast alle Boote zerstört und nie erfahren, dass das zweite Boot noch existierte. »Du bist ein verdammtes Genie«, sagte Sharpe noch einmal zu Ronnie und gab ihm das letzte Stück Brot, das einzige Geschenk, das er hatte.

Jetzt besaß er ein Boot.

Und dann hörte er wieder den Donner, den er so entfernt in der vergangenen Nacht wahrgenommen hatte. Diesmal war er jedoch näher, und es war unverkennbar. Es war kein Gewitterdonner. Christopher hatte gelogen, und es gab keinen Frieden in Portugal.

Es war Kanonenfeuer.

KAPITEL 8

Das Geschützfeuer kam von Westen durch das Flusstal mit den steilen Hängen, und Sharpe wusste nicht zu sagen, ob da eine Schlacht am nördlichen oder südlichen Ufer des Douro im Gange war. Er wusste auch nicht genau, ob es wirklich eine Schlacht war. Vielleicht hatten die Franzosen Batterien errichtet, um die Stadt gegen einen Angriff vom Meer zu schützen, und diese Batterien feuerten nun auf ein Schiff oder übten nur. Eines war sicher: Er würde es nie erfahren, wenn er nicht näher ans Geschehen heranging.

Er rannte zurück ins Dorf, gefolgt von Ronnie, der seine unartikulierten Laute ausstieß.

Sharpe fand Vicente. »Die Fähre ist noch hier«, sagte er. »Er hat sie mir gezeigt.« Er wies auf Ronnie.

»Aber die Geschütze ...«

»Wir werden herausfinden, was es damit auf sich hat«, sagte Sharpe, »aber bitten Sie die Dorfbewohner, die Fähre startklar zu machen. Wir könnten sie noch brauchen. Aber erst gehen wir zur Stadt.«

»Wir alle?«, fragte Vicente.

»Wir alle. Aber sagen Sie ihnen, dass das Boot noch heute Vormittag schwimmen soll.«

Ronnies Mutter, eine runzlige und gebeugte Frau in Schwarz, zog ihren Sohn von Sharpes Seite und schalt ihn mit schriller Stimme. Sharpe gab ihr das letzte Stück Käse aus Harpers Tornister, erklärte, dass Ronnie ein Held war, und führte seine Gruppe westwärts am Flussufer entlang.

Es gab viel Deckung. Obstgärten, Olivenhaine, Schuppen und Weingärten bedeckten das ebene Land am nördlichen Ufer des Douro. Die Kanonen, nur undeutlich im Schatten des großen Hügels mit dem weißen flachen Gebäude zu erahnen, feuerten sporadisch. Ihr Beschuss schwoll zur Intensität des Beschusses in einer Schlacht an und hörte dann auf. Manchmal fiel minutenlang kein Schuss oder nur ein einzelnes Geschütz feuerte, und das Donnern hallte von den südlichen Hügeln wider und rollte durch das Tal.

»Vielleicht«, schlug Vicente vor und wies zu dem großen weißen Gebäude hinauf, »sollten wir zum Seminar gehen.«

»Dort werden die Franzosen sein«, sagte Sharpe. Er duckte sich hinter eine Hecke und sprach sehr leise, um keine Posten aufmerksam zu machen. Es war seltsam, dass es keinerlei Posten gab, doch er war überzeugt, dass die Franzosen Männer in dem großen Gebäude postiert hatten, das den Fluss östlich der Stadt dominierte wie eine Festung. »Was sagten Sie, ist es?«

»Ein Seminar.« Vicente sah, dass Sharpe damit nicht viel anfangen konnte. »Eine Schule, in der Priester ausgebildet werden. Ich wollte einst Priester werden.«

»Guter Gott«, sagte Sharpe überrascht. »Sie wollten Priester werden?«

»Ich habe mit dem Gedanken gespielt. Haben Sie was gegen Priester?«

»Eigentlich nicht. Ich mag sie aber nicht besonders.«

»Dann bin ich froh, dass ich Anwalt geworden bin«, sagte Vicente mit einem Lächeln.

»Sie sind kein Anwalt, Jorge«, sagte Sharpe. »Sie sind Soldat wie wir.« Nach diesem Kompliment wandte er sich um, als die letzten seiner Männer über eine Wiese kamen und sich hinter die Hecke duckten. Wenn die Franzosen Männer im Seminar haben, dachte er, dann schlafen sie entweder tief oder – wahrscheinlicher – sie haben die blauen und grünen Uniformen gesehen und die Röcke mit ihren eigenen verwechselt. Das portugiesische Blau war dunkler als die Röcke der französischen Infanterie, und das Grün der Schützen war viel dunkler als die Röcke der Dragoner, aber aus der Ferne mussten die Farben der Uniformen verwirrend sein. Oder hielt sich niemand in dem Gebäude auf?

Sharpe nahm das kleine Fernrohr aus der Tasche und blickte lange hindurch. Das Seminar war riesig, vier Stockwerke hoch, hatte allein an der Südseite fast hundert Fenster, doch hinter keinem war Bewegung zu erkennen. Ebenso wenig auf dem Flachdach, das sicherlich die beste Aussicht der Stadt bot.

»Sollen wir dorthin gehen?«, fragte Vicente.

»Vielleicht«, antwortete Sharpe vorsichtig. Er war versucht, weil das Gebäude einen wunderbaren Blick auf die Stadt bot, aber er konnte immer noch nicht glauben, dass die Franzosen nicht dort waren. »Erst gehen wir weiter die Uferstraße entlang.«

Er führte seine Schützen. Das Grün ihrer Uniformröcke verschmolz mit dem Blätterwerk der Bäume und bot ihnen einen Vorteil, wenn voraus französische Posten beobachteten, doch sie sahen keinen. Ebenso wenig konnte Sharpe Bewegung auf dem südlichen Ufer erkennen, aber die Geschütze feuerten immer noch, und jetzt sah er über dem Hügel mit dem Seminar eine schmutzigweiße Pulverrauchwolke, die ins Flusstal trieb.

Als sie weiter westwärts gingen, gab es mehr Gebäude, viele davon Häuser, die nahe am Fluss erbaut waren, und ihre Gärten waren ein Labyrinth von Zäunen, Weinstöcken und Olivenbäumen, die Sharpe und seine Männer verbargen. Oberhalb von Sharpe, zu seiner Rechten, ragte das Seminar in den Himmel, die geschlossenen Fenster leer, und Sharpe wurde den Verdacht nicht los, dass sich in dem Koloss aus Stein und Glas eine Horde französischer Soldaten verbarg, doch jedes Mal, wenn er hinspähte, sah er keinerlei Bewegung.

Dann tauchte voraus ein einzelner französischer Soldat auf! Sharpe war um eine Ecke gebogen, und da stand der Mann auf einem gepflasterten Weg, der vom Schuppen eines Bootsbauers zum Fluss führte. Der Mann bückte sich, um mit einem jungen Hund zu spielen. Sharpe signalisierte seinen Männern hastig, zu stoppen. Der Feind war ein Infanterist, nur sieben oder acht Schritte entfernt. Völlig ahnungslos ließ er den Hund an seiner rechten Hand lecken, während sein Helm und die Muskete auf den Pflastersteinen lagen.

Wo ein französischer Soldat war, mussten mehrere sein! Sharpe spähte an dem Mann vorbei zu einer Gruppe Pappeln und dichten Büschen am fernen Wegrand. War dort eine Patrouille? Er konnte kein Anzeichen darauf entdecken, und er sah auch keine Aktivität zwischen den baufälligen Bootsschuppen.

Dann hörte der Franzose entweder das Scharren eines Stiefels oder er spürte, dass er beobachtet wurde, und wandte sich um. Dann wurde ihm klar, dass seine Muskete noch am Boden lag. Er wollte sich danach bücken, verharrte jedoch wie erstarrt, als er in Sharpes Gewehrmündung blickte.

Sharpe schüttelte den Kopf und ruckte mit dem Gewehr. Er gab mit der Hand ein Zeichen, dass sich der Mann aufrichten sollte. Der Franzose gehorchte. Er war ein junger Hüpfer, kaum älter als Pendleton oder Perkins, mit einem runden, gutmütig wirkenden Gesicht, das jetzt Angst zeigte. Er wich unwillkürlich einen Schritt zurück, als Sharpe auf ihn zusprang, ihn am Uniformrock packte und um die Ecke zerrte. Sharpe stieß ihn zu Boden, nahm das Bajonett des Franzosen aus dem Futteral und warf es in den Fluss. »Fessels ihn«, befahl er Tongue.

»Es wäre leichter, ihm die Kehle durchzuschneiden«, sagte Tongue.

»Fesseln, habe ich gesagt! Und verpassen Sie ihm einen Knebel.« Er winkte Vicente heran. »Es war der Einzige, den ich gesehen habe.«

»Da müssen mehr sein«, meinte Vicente.

»Der Teufel weiß, wo die anderen stecken.«

Sharpe ging zur Hausecke zurück und spähte vorsichtig herum. Er sah nichts außer dem Hündchen, das jetzt versuchte, die Muskete des Franzosen am Riemen über den Asphalt zu ziehen. Sharpe befahl Harper mit einem Wink, ihm zu folgen. »Ich sehe keinen«, flüsterte er.

»Er kann nicht allein gewesen sein«, gab Harper ebenso leise zurück.

Immer noch bewegte sich nichts vor ihnen. »Ich will zwischen diese Bäume, Pat«, wisperte Sharpe und nickte zu den Pappeln am Ufer.

Die beiden hetzten über die freie Fläche und warfen sich zwischen die Bäume. Keine Muskete krachte, kein Alarmschrei ertönte, und das Hündchen, das alles für ein Spiel hielt, war ihnen gefolgt. »Geh zu deiner Mutter!«, zischte Harper. Der Hund begann zu bellen.

»Mein Gott!«, entfuhr es Sharpe. Er sagte das nicht wegen des Hundegebells, sondern weil er Boote sehen konnte. Die Franzosen sollten jedes Boot längs des Douro zerstört oder mitgenommen haben, doch vor ihm, hinter der Biegung des Flusses, lagen drei große Weinboote am schlammigen Ufer. Drei! Er fragte sich, ob sie angeschwemmt worden waren, weil sie Löcher hatten, und während Harper den Hund beruhigte, watete er durch das seichte Wasser und den Schlamm zum nächsten Boot und zog sich hinauf. Er war für jeden auf dem Nordufer durch die dicht stehenden Bäume verborgen, was vielleicht auch der Grund war, weshalb den Franzosen die drei Boote nicht bemerkt hatten, und – besser noch – das Boot, auf dem Sharpe jetzt an Bord war, wirkte unbeschädigt. Es stand viel Wasser im Kielraum, aber es war frisches Wasser, also Regenwasser, kein salziges Meerwasser, das mit der Flut in den Douro gelangte. Sharpe platschte durch den nassen Kielraum und fand keine Anzeichen auf Zerstörung durch Äxte. Es lag sogar ein kleineres Boot ordentlich vertäut an Bord.

»Sir!«, zischte Harper vom Ufer. »Sir!« Er wies über den Fluss, und Sharpe sah jenseits des Wassers einen roten Uniformrock. Ein einzelner Reiter, offenbar ein Brite, starrte ihn an. Der Mann hatte einen Zweispitz auf dem Kopf, also war er ein Offizier, aber als Sharpe winkte, erwiderte er die Geste nicht. Sharpe nahm an, dass der Offizier von seiner grünen Uniform verwirrt war.

»Holen Sie alle her, sofort«, befahl Sharpe Harper, dann blickte er wieder zu dem Reiter. Sekundenlang fragte er sich, ob es Colonel Christopher war. Doch dieser Mann war schwergewichtiger und sein Pferd hatte – wie die meisten britischen Armeepferde – einen gestutzten Schweif, während Christopher sein Pferd unkupiert gelassen hatte. Der Mann, der unter einem Baum im Sattel verharrte, wandte sich um. Anscheinend sprach er mit jemandem, aber Sharpe konnte niemanden sonst auf dem gegenüberliegenden Ufer entdecken. Dann blickte der Mann wieder zu Sharpe und gestikulierte lebhaft zu den drei Booten hin.

Sharpe zögerte. Zweifellos war der Mann ranghöher als er, und wenn er den Fluss überquerte, würde er wieder der eisernen Disziplin der Armee unterworfen sein und musste auf die Freiheit verzichten, so zu handeln, wie er es für richtig hielt. Wenn er einen seiner Männer schickte, würde es wohl das Gleiche sein, aber dann dachte er an Luis, und er rief den ehemaligen Barbier und half ihm an Bord. »Können Sie mit einem kleinen Boot zurechtkommen?«, fragte er.

Luis blickte einem Moment erschreckt, dann nickte er. »Ja, das kann ich.«

»Dann rudern Sie über den Fluss und finden heraus, was dieser britische Offizier will. Sagen Sie ihm, dass ich das Seminar erkunde. Und melden Sie ihm, dass ein anderes Boot in Barca d'Avintas liegt.« Sharpe vermutete, dass die Briten nordwärts vorgerückt und durch den Douro gestoppt worden waren. Er nahm an, dass die Kanonade von den Geschützen stammte, die sich über den Fluss hinweg beschossen hatten, aber ohne Boote würden die Briten hilflos sein. Wo war die verdammte Navy?

Harper, Macedo und Luis hoben das kleine Boot in den Fluss. Luis nahm die Riemen und lenkte mit erstaunlichem Geschick vom Ufer fort. Er blickte über die Schulter, um seine Richtung abzuschätzen, und pullte dann heftig los. Sharpe sah einen anderen Reiter hinter dem Offizier auftauchen. Der zweite Mann trug ebenfalls einen roten Uniformrock, und Sharpe hatte das Gefühl, dass die Armee ihn in ihre Schlinge zog, und so sprang er vom großen Weinboot und watete durch den Schlamm ans Ufer. »Sie bleiben hier«, befahl er Vicente. »Ich sehe mich oben auf dem Hügel um.«

Einen Moment hatte es den Anschein, als würde Vicente etwas einwenden, doch dann akzeptierte er Sharpes Anweisung, und Sharpe forderte seine Schützen mit einer Geste auf, ihm zu folgen. Als sie zwischen den Bäumen waren, blickte Sharpe zurück und sah, das Luis fast am anderen Ufer war, dann schob sich Sharpe durch eine Buschgruppe und sah die Straße vor sich. Dies war die Straße, auf der er aus Oporto entkommen war. Zu seiner Linken konnte er die Häuser erkennen, wo Vicente ihn gerettet hatte. Er sah keinen Franzosen und starrte wieder zum Seminar hoch, doch nichts bewegte sich dort. Zur Hölle damit, dachte er, geh einfach weiter.

Er führte seine Männer den Hügel hinauf. Es gab wenig Deckung. Ein paar verkrüppelte Bäume und eine verfallene Hütte standen auf halbem Weg, aber sonst war es wie eine Todesfalle, wenn es Franzosen in dem großen Gebäude gab. Sharpe wusste, dass er nicht vorsichtig genug war, doch niemand feuerte aus den Fenstern, niemand schlug Alarm, und er beschleunigte seine Schritte und spürte seine Beine, denn der Hang war steil.

Dann erreichte er den Fuß des Seminars. Das Erdgeschoss hatte acht schmale, verriegelte Fenster und sieben Türen. Sharpe versuchte, eine Tür zu öffnen, und fand sie verschlossen und so solide, dass er sich wehtat, als er sie auftreten wollte. Er duckte sich und wartete auf die Nachzügler seiner Männer. Er konnte westwärts durch ein Tal sehen, das zwischen dem Seminar und der Stadt lag, und erkannte, dass die französischen Geschütze von Oportos Hügel über den Fluss hinwegfeuerten, doch ihr Ziel war verdeckt von einer kleinen Erhebung auf dem südlichen Ufer. Ein riesiges Kloster stand auf der Erhebung, das gleiche, erinnerte sich Sharpe, wo sich die portugiesischen Geschütze mit den Franzosen an dem Tag duelliert hatten, als die Stadt eingenommen worden war.

»Alle hier«, meldete Harper.

Sharpe folgte der Mauer des Seminars, die aus massiven Blocksteinen errichtet war, westwärts zur Stadt hin. Er wäre lieber in die andere Richtung gegangen, doch er vermutete, dass der Haupteingang des Gebäudes zur Stadt blickte. Jede Tür, die er passierte, war verschlossen. Warum, zum Teufel, waren keine Franzosen hier? Er konnte keinen sehen, nicht einmal eine halbe Meile entfernt am Stadtrand. Und dann endete die Mauer, und er wandte sich nach rechts. Er sah eine

Treppe, die zu einer mit Ornamenten verzierten Tür hinaufführte. Keine Posten bewachten diese Tür, doch jetzt konnte er Franzosen sehen. Auf einer Straße, die ins Tal nördlich des Seminars führte, stand ein Konvoi von Wagen. Die Wagen, von Ochsen gezogen, wurden von Dragonern eskortiert.

Sharpe benutzte Christophers kleines Fernrohr und erkannte, dass sie mit Verwundeten gefüllt waren. Schickte Soult die Verwundeten zurück nach Frankreich? Oder leerte er seine Lazarette, bevor er in eine andere Schlacht zog? Er dachte sicherlich nicht daran, gen Lissabon zu marschieren, denn die Briten waren von Süden bis an den Douro gekommen, und das ließ Sharpe daran denken, dass Sir Arthur Wellesley in Portugal eingetroffen sein musste, um die britischen Streitkräfte schlagartig aktiv werden zu lassen.

Der Eingang des Seminars war von einer reich verzierten Fassade umgeben, die von einem steinernen Kreuz gekrönt war, das von Musketenfeuer beschädigt war. Die Haupttür, deren Holz mit Nägeln beschlagen war und zu der eine Treppe führte, hatte einen Griff aus Schmiedeeisen, und als Sharpe ihn drehte, stellte er überrascht fest, dass sie sich öffnen ließ. Er stieß die Tür mit der Mündung seines Gewehrs weit auf und sah eine gefliestе leere Halle mit grün angestrichenen Wänden. Das Porträt eines halb verhungerten Heiligen hing schief an einer Wand, und der Körper des Heiligen war mit Kugeleinschüssen übersät.

Sharpe ging durch die Halle, und seine Schritte hallten von den Wänden.

»Jesus, Maria und Joseph«, sagte Harper und bekreuzigte sich. »Ich habe noch nie einen so großen Bau gesehen. Wie viele verdammte Priester braucht ein Land?«

»Das kommt darauf an, wie viele Sünder es dort gibt«, sagte Sharpe. »Und jetzt durchsuchen wir den Bau.«

Er ließ sechs Männer als Posten in der Eingangshalle zurück und ging nach unten, um eine der Türen zu öffnen, die auf den Fluss blickten. Diese Tür würde sein Fluchtweg sein, wenn die Franzosen zum Seminar kamen, und vor dem Rückzug wollte er erst die Schlafsäle, Küchen, das Refektorium und die Bibliothek des großen Gebäudes durchsuchen. Möbeltrümmer lagen in jedem Raum, und in der Bibliothek lagen die Bücher zerrissen auf dem Boden verstreut, aber es hielt sich niemand darin auf. Die Kapelle war beschädigt, der Altar zu Brennholz zerschlagen, und der Chorraum war als Toilette benutzt worden.

»Bastarde«, sagte Harper leise.

Gataker, dessen Abzugsbügel des Gewehrs an einer letzten Schraube baumelte, starrte auf ein primitives Gemälde zweier Frauen, die sich mit drei französischen Dragonern vergnügten. Das Bild hing an einer weiß getünchten Wand, wo einst ein großes Triptychon der Heiligen Geburt über dem Altar gehangen hatte. »Das ist gut«, sagte er in einem so respektvollen Tonfall, als sei er auf einer Sommerausstellung der Royal Academy.

»Ich mag die Weiber ein wenig fülliger«, meinte Slattery.

»Kommt weiter«, blaffte Sharpe. Seine dringendste Aufgabe war jetzt, den Weinkeller des Seminars zu finden – er war überzeugt, dass es einen gab –, aber als er ihn schließlich entdeckte, stellte er mit Erleichterung fest, dass die Franzosen ihn bereits gefunden und nichts als zerbrochene Flaschen und leere Fässer zurückgelassen hatten. »Dreimal verdammte Bastarde!«, sagte Harper. Sharpe hätte die Flaschen und Fässer ebenfalls zerstört, um zu verhindern, dass sich seine Männer besinnungslos tranken. Und dieser Gedanke ließ ihn unbewusst entscheiden, so lange in dem großen Gebäude zu bleiben, wie er konnte. Die Franzosen wollten zweifellos Oporto halten, aber wer hielt das Seminar, das die östliche Flanke der Stadt beherrschte?

Die lange Fassade mit ihren unzähligen Fenstern gegenüber des Flusses war trügerisch, denn das Gebäude war sehr schmal. Gerade ein Dutzend Fenster wies geradeaus gen Oporto, und vom hinteren Teil des Seminars, am weitesten von der Stadt entfernt, ragte ein langer Flügel nach Norden. Im Winkel zwischen den beiden Flügeln gab es einen Garten. Die Apfelbäume darin waren als Brennholz gefällt worden. Die beiden Seiten des Gartens, die nicht von dem Gebäude begrenzt waren, wurden von einer hohen Steinmauer mit zwei Eisentoren geschützt, die sich zur Stadt hin öffneten.

In einem Schuppen, verborgen unter einem Netzwerk, das einst benutzt worden war, um Vögel von den Obstbäumen abzuhalten, fand Sharpe eine alte Spitzhacke, die er Cooper gab. »Fang an, Schießscharten zu machen«, sagte er und wies auf die lange Mauer. »Patrick! Suchen Sie noch mehr Werkzeuge. Teilen Sie sechs Mann als Helfer für Cooper ein, und der Rest der Männer soll aufs Dach gehen, sich aber nicht sehen lassen, verstanden? Sie sollen unsichtbar bleiben.«

Sharpe ging in einen großen Raum, der wohl das Büro des Direktors des Seminars gewesen war. Er hatte eine Bücherei gehabt, doch die Regale waren geplündert worden wie der Rest des Gebäudes. Zerrissene und zertrampelte Bücher lagen auf den Bodendielen, ein großer Tisch war gegen eine Wand geschleudert worden, und ein aufgeschlitztes Ölgemälde, das einen andächtigen Priester zeigte, lag halb verbrannt im großen Kamin. Das einzige unbeschädigte Objekt war ein Kruzifix, das rußgeschwärzt hoch an der Wand über dem Kaminsims hing.

Sharpe öffnete das Fenster direkt über der Haupttür des Seminars und benutzte das kleine Fernrohr, um die Stadt zu betrachten, die so verlockend nahe jenseits des Tals lag. Dann, seinen eigenen Befehl missachtend, dass jeder verborgen bleiben sollte, lehnte er sich über das Fensterbrett hinaus, um zu sehen, was sich am südlichen Ufer des Flusses tat, doch er konnte nichts von Bedeutung entdecken. Während er sich noch den Hals verrenkte, dröhnte die Stimme eines Fremden hinter ihm.

»Sie müssen Lieutenant Sharpe sein. Ich bin Waters, Lieutenant Colonel Waters, und gut gemacht, Sharpe, verdammt gut.«

Sharpe zog sich vom Fenster zurück und drehte sich um. Er sah einen rot berockten Offizier durch das Durcheinander weggeworfener Bücher und Papiere treten und nahm Haltung an.

»Ich bin Sharpe, Sir«, stellte er sich vor.

»Die verdammten Franzosen dösen«, sagte Waters. Er war ein stämmiger Mann mit O-Beinen von zu häufigem Reiten und wettergegerbtem Gesicht. Sharpe schätzte ihn auf gerade vierzig, doch er wirkte älter, weil sein Haar ergraut war. »Sie sollten hier ein Bataillon und ein paar Batterien Geschütze haben, nicht wahr? Unsere Feinde dösen, diese Schlafmützen.«

»Sie sind der Mann, den ich am anderen Flussufer gesehen habe?«, fragte Sharpe.

»Genau der bin ich. Ihr portugiesischer Freund kam rüber. Smarter Mann! Er ruderte mich zurück, und jetzt lassen wir diese verdammten Boote schwimmen. Das ist eine starke Entlastung für meine Jungs, und wenn wir mit den Booten zurechtkommen, dann werden wir die ›Ochsen‹ zuerst und dann den Rest der Ersten Brigade hier haben. Sollte interessant werden, wenn Marschall Soult erfährt, dass wir uns durch seine Hintertür geschlichen haben. Ist noch was zum Saufen in diesem Gebäude?«

»Alles weg, Sir.«

»Guter Mann«, sagte Waters, der irrtümlich annahm, dass Sharpe die Versuchung für seine Rotröcke bereits beseitigt hatte. Dann trat er zum Fenster, nahm ein großes Fernrohr aus seiner Schultertasche und schaute hindurch auf Oporto.

»Was tut sich, Sir?«, fragte Sharpe.

»Was sich tut? Wir werfen die Franzosen aus Portugal raus. Hopp, hopp, auf Nimmerwiedersehen, ihr Lahmärsche. Sehen Sie sich das an!« Waters wies auf die Stadt. »Sie haben nicht die geringste Ahnung, dass wir hier sind. Ihr portugiesischer Freund sagte, dass Sie abgeschnitten wurden. Ist das wahr?«

»Seit Ende März.«

»Guter Gott, da haben Sie ja überhaupt keinen Kontakt mehr!« Der Colonel wandte sich vom Fenster ab und erzählte Sharpe, dass Sir Arthur Wellesley tatsächlich in Portugal eingetroffen war. »Er kam vor knapp drei Wochen«, sagte Waters. »Und er brachte einigen Schwung in die Truppen! Cradock ist zwar ein anständiger Kerl, aber er hat keinen Mumm. So sind wir auf dem Marsch, Sharpe, links, rechts, links, rechts, und der Teufel hole die Letzten. Die britische Armee ist dort drüben.« Er wies durch das Fenster zu dem verborgenen Terrain jenseits des Klosters auf der Erhebung am Südufer. »Diese verdammten Franzmänner denken, wir kommen von der See her, und so sind all ihre Männer entweder in der Stadt oder bewachen den Fluss zwischen der Stadt und der See.«

Sharpe verspürte ein leichtes Schuldgefühl, weil er der Frau in Barca d'Avintas nicht geglaubt hatte, die ihm das Gleiche gesagt hatte.

»Sir Arthur will über den Fluss«, fuhr Waters fort. »Sie haben diese drei Boote beschafft, und Sie sagen, es gibt ein viertes?«

»Drei Meilen stromaufwärts, Sir.«

»Da haben Sie gute Arbeit geleistet, Sharpe«, sagte Waters mit einem freundlichen Lächeln. »Wir müssen nur beten ...«

»Dass die Franzosen uns hier nicht entdecken?«

»Genau. Am besten verschwindet der rote Rock aus dem Fenster, wie?« Waters lachte und durchquerte den Raum. »Beten Sie, dass sie weiterpennen, denn wenn sie aus ihren süßen Träumen aufwachen, wird es verdammt heiß sein. Wie viele Personen können diese drei Boote pro Fahrt mitnehmen? Dreißig? Und Gott allein weiß, wie lange jede Überquerung dauern wird. Genauso gut könnten wir unsere Köpfe ins Maul des Tigers schieben, Sharpe.«

Sharpe verkniff sich, zu sagen, dass sein Kopf in den letzten Wochen ständig im Maul des Tigers gesteckt hatte. Stattdessen starrte er durch das Tal, versuchte sich vorzustellen, wie die Franzosen sich nähern würden, wenn sie angriffen. Er nahm an, dass sie geradewegs von der Stadt durch das Tal den Hang heraufkommen würden, der praktisch kahl und ohne jede Deckung war. Die nördliche Flanke des Seminars blickte zur Straße im Tal, und dieser Hang war ebenso kahl außer einem einzelnen Baum auf halber Strecke des Aufstiegs. Jemand, der das Seminar angriff, würde vermutlich versuchen, durch das Gartentor oder die große Eingangstür zu kommen, und das würde bedeuten, eine breite Terrasse zu überqueren, wo Kutschen mit Besuchern des Seminars wenden konnten und wo angreifende Infanteristen von Musketen- und Gewehrfeuer aus den Fenstern oder vom Dach gestoppt werden konnten.

»Eine Todesfalle!«, sagte Colonel Waters.

Sharpe teilte seine Ansicht, denn er hatte den gleichen Gedanken gehabt. »Ich möchte nicht auf diesem Hang sein und angreifen«, pflichtete er ihm bei.

»Und ich habe keinen Zweifel, dass wir einige Kanonen auf das andere Ufer herüberbringen, um alles noch ein bisschen gefährlicher zu machen«, sagte Waters heiter.

Sharpe hoffte, das dies stimmte. Er fragte sich weiterhin, warum keine britischen Geschütze auf der breiten Terrasse des Klosters waren, auf der Terrasse, wo die Portugiesen ihre Batterien im März gehabt hatten. Das war eine nahe liegende Position, doch Sir Arthur Wellesley hatte sich entschieden, seine Artillerie unten zwischen den Hütten am Hafen in Stellung zu bringen, wo sie außer Sicht des Seminars waren.

»Wie spät haben wir?«, fragte Waters, dann beantwortete er seine eigene Frage, indem er seine Taschenuhr zog und den Deckel aufschnappen ließ. »Fast elf!«

»Sind Sie beim Stab, Sir?«, fragte Sharpe, weil Waters' roter Uniformrock zwar mit vielen goldenen Tressen geschmückt war, jedoch keine Regimentsaufschläge hatte.

»Ich bin einer von Sir Arthurs Erkundungsoffizieren«, sagte Waters heiter. »Wir reiten voraus, um das Terrain zu erkunden, wie diese Typen in der Bibel, die Josua vorausgeschickt hat, um Jericho auszuspionieren, erinnern Sie sich an diese Geschichte? Und eine Frau namens Rahab gab ihnen Unterschlupf. Das war das Glück der Juden. Das erwählte Volk wurde von einer Prostituierten willkommen geheißen und ich von einem Schützen. Ich nehme an, das ist besser als ein feuchter Kuss von einem verdammten französischen Dragoner.«

Sharpe lächelte. »Kennen Sie Captain Hogan, Sir?«

»Den Kartografie-Typen? Natürlich kenne ich Hogan. Ein famoser Kerl, wirklich ein großartiger Typ.« Waters schwieg plötzlich und sah Sharpe nachdenklich an. »Mein Gott, natürlich! Sie sind sein verlorener Schütze, nicht wahr? Ah, jetzt weiß ich Bescheid. Er sagte, Sie würden überleben. Gut gemacht, Sharpe. Ah, hier kommen die Ersten der tapferen ›Ochsen‹.«

Vicente und seine Männer hatten dreißig Rotröcke den Hügel hinaufeskortiert, aber anstatt die unverschlossene Tür, die Sharpe für den Fluchtweg vorgesehen hatte, zu öffnen, waren sie um die Frontseite marschiert und schauten nun zu Waters und Sharpe hoch, die vom Fenster auf sie hinabblickten. Die Neuankömmlinge trugen die Aufschläge des Dritten Infanterie-Regiments aus Kent, und sie schwitzten nach ihrem Aufstieg unter der heißen Sonne. Ein dünner Lieutenant führte sie, der Colonel Waters versicherte, dass zwei weitere Bootsladungen Männer bereits an Land gingen. Dann blickte er neugierig auf Sharpe. »Was, um alles in der Welt, machen die Schützen hier?«

»Als Erster auf dem Feld, als Letzter wieder daheim«, zitierte Sharpe einen der Sprüche seiner Männer.

»Als Erster? Sie müssen über den verdammten Fluss geflogen sein.« Der Lieutenant wischte sich Schweiß von der Stirn. »Habt ihr hier Wasser?«

»Ein Fass voll hinter der Haupttür«, sagte Sharpe. »Mit freundlicher Genehmigung der 95th Rifles.«

Weitere Männer trafen ein. Die Boote fuhren hin und her auf dem Fluss, und alle zwanzig Minuten mühten sich weitere achtzig oder neunzig Männer den Hügel herauf. Eine Gruppe traf mit einem General ein, Sir Edward Paget, der das Kommando über die wachsende Garnison von Waters übernahm. Paget war Ende dreißig, energiegeladen und ehrgeizig, der seinen hohen Rang dem Reichtum seiner adligen Familie verdankte, jedoch sehr beliebt bei seinen Soldaten war. Er stieg auf das Dach des Seminars, auf dem Sharpes Männer positioniert waren, und als er sah, dass Sharpe das kleine Fernrohr benutzte, bat er ihn, es ihm zu leihen. »Hab mein eigenes verloren«, erklärte er, »es ist irgendwo in Lissabon beim Gepäck.«

»Sie sind mit Sir Arthur hergekommen, Sir?«, fragte Sharpe.

»Vor drei Wochen«, sagte Paget und starrte auf die Stadt.

»Sir Edward ist Stellvertreter von Sir Arthur«, erklärte Waters.

»Was nicht viel heißt«, sagte Sir Edward, »weil er mir nie irgendwas erzählt. Was ist mit diesem verdammten Fernrohr los?«

»Die Linse verrutscht, wenn man die Fassung nicht festhält, Sir«, sagte Sharpe.

»Nehmen Sie meines.« Waters hielt Paget das bessere Instrument hin.

Sir Edward betrachtete die Stadt, dann runzelte er die Stirn. »Was tun die verdammten Franzosen?«, fragte er verwirrt.

»Sie schlafen«, antwortete Waters.

»Na, das wird ihnen nicht gefallen, wenn sie aufwachen, oder?«, bemerkte Paget. Er gab Waters des Fernrohr zurück und nickte Sharpe zu. »Es freut mich verdammt, einige Schützen hier zu haben, Lieutenant. Ich wage zu sagen, dass wir eine Schießübung haben werden, bevor der Tag zu Ende ist.«

Eine weitere Gruppe von Männern kam den Hügel herauf. Jedes Fenster an der kurzen westlichen Fassade des Seminars war inzwischen mit einer Gruppe Rotröcke besetzt, und ein Viertel der Fenster an der langen nördlichen Wand war ebenfalls bemannt. Die Mauer zum Garten hatte Schießscharten bekommen. Dort waren Vicentes Portugiesen und Waters' Grenadier-Kompanie auf Posten. Die Franzosen, die sich in Oporto sicher wähnten, beobachteten den Fluss zwischen der Stadt und dem Meer, während sich hinter ihrem Rücken, auf dem hohen östlichen Hügel, die Rotröcke versammelten.

Was bedeutete, dass die Götter des Krieges die Spannung zum Höhepunkt trieben.

Zwei Offiziere waren in der Eingangshalle des Palacio das Carrancas postiert, um sicherzustellen, dass alle Besucher ihre Stiefel auszogen. »Seine Majestät schläft«, erklärten sie und bezogen sich auf Marschall Nicolas Soult, Herzog von Dalmatien, dessen Spitzname jetzt König Nicolas war.

Die Halle war höhlenartig, hoch und gewölbt, und Stiefeltritte hallten die Treppe hinauf bis ins Schlafgemach von König Nicolas. Früh an diesem Morgen war ein Husar eilig in den Palast gekommen, seine Sporen hatten sich in dem Läufer am Fuß der Treppe verfangen, er war gestürzt, und das Poltern und Klirren von Säbel und Scheide hatte den Marschall geweckt. Daraufhin hatte er den Posten befohlen, dafür zu sorgen, dass niemand seine Ruhe störte. Die beiden Wachtposten konnten nicht verhindern, dass die britische Artillerie über den Fluss hinwegfeuerte, aber vielleicht war der Marschall nicht so empfindlich gegenüber Geschützfeuer wie gegen das laute Widerhallen von Schritten.

Der Marschall hatte ein Dutzend Gäste zum Frühstück eingeladen, und alle waren vor neun an diesem Morgen eingetroffen. Alle hatten in einem der großen Empfangssalons auf der Westseite des Palastes warten müssen, wo hohe Glastüren zu einer Terrasse führten, die mit Topfblumen und Lorbeerbüschen geschmückt war. Die Gäste, bis auf einen männlich, und alle bis auf zwei französisch, schlenderten ständig auf die Terrasse, die von der südlichen Balustrade einen Blick über den Fluss und auf die Geschütze bot, die über den Douro hinwegfeuerten.

In Wirklichkeit war nicht viel zu sehen, weil die britischen Kanonen in Vila Nova de Gaias Straßen in Stellung gebracht worden waren, und so konnten die Gäste selbst durch Fernrohre nur schmutziggraue Rauchwolken beim Abschuss sehen und das Krachen der Kanonenkugeln hören, die in den Gebäuden gegenüber von Oportos Kais einschlugen. Der einzige andere sehenswerte Anblick waren die Überreste der Pontonbrücke, die von den Franzosen Anfang April repariert, jetzt jedoch bei Sir Arthur Wellesleys Nahen gesprengt worden war. Drei ausgebrannte Pontons waren noch verankert, doch der Rest, zusammen mit der Fahrbahn, war in tausend Stücke gesprengt und von der Strömung ins nahe Meer gespült worden.

Kate war die einzige Frau, die zum Frühstück des Marschalls eingeladen war, und ihr Mann hatte eisern darauf bestanden, dass sie die Husarenuniform trug. Seine Unnachgiebigkeit wurde belohnt durch die bewundernden Blicke, welche die anderen Gäste auf die langen Beine seiner Frau warfen. Christopher selbst trug Zivilkleidung, während die anderen zehn Männer, allesamt Offiziere, Uniform trugen und – weil eine Frau anwesend war – ihr Bestes taten, um sich unbekümmert wegen der britischen Kanonade zu zeigen.

»Was sie tun, ist lachhaft«, sagte ein Dragoner-Major mit Achselschnüren und goldenen Tressen. »Sie schießen Sechspfünder auf unsere Posten. Sie könnten genauso gut mit Knüppeln auf Fliegen schlagen.« Er zündete sich eine Zigarre an, inhalierte tief und bedachte Kate mit einem langen, anerkennenden Blick. »Mit einem solchen Hintern«, sagte er leise zu seinem Freund, »sollte sie eine Französin sein.«

»Sie sollte auf dem Rücken liegen.«

»So geht es natürlich auch.«

Kate hielt sich von den französischen Offizieren weiterhin abgewandt. Sie schämte sich der Husarenuniform, die sie für unanständig hielt und – schlimmer noch – aus der man schließen musste, dass sie mit den Franzosen sympathisierte.

»Du könntest dir mehr Mühe geben«, raunte ihr Christopher zu.

»Ich gebe mir Mühe«, antwortete sie ihm bitter. »Die Mühe, nicht bei jedem britischen Schuss zu jubeln.«

»Du bist lächerlich.«

»So, bin ich das?«

»Dies ist nur eine Demonstration«, erklärte Christopher. »Wellesley hat seine Männer hermarschieren lassen und kann nicht weiter. Er hängt fest. Es gibt keine Boote, und die Navy ist nicht blöde genug zu versuchen, in den Fluss zu den Festungen zu segeln. So schießt er ein paar Kanonenkugeln in die Stadt, dann macht er kehrt und marschiert nach Coimbra oder Lissabon zurück. Beim Schach, meine Liebe, würde das als Patt bezeichnet werden. Soult kann nicht nach Süden marschieren, weil seine Verstärkung nicht eingetroffen ist, und Wellesley kann nicht weiter nördlich vorstoßen, weil er keine Boote hat. Und wenn das Militär keine Entscheidung erzwingen kann, dann werden die Diplomaten die Sachen regeln müssen. Aus diesem Grund bin ich hier, wie ich dir ja dauernd zu sagen versuche.«

»Du bist hier, weil du mit den Franzosen sympathisierst«, sagte Kate.

»Das ist eine beleidigende Bemerkung«, sagte Christopher. »Ich bin hier, weil vernünftige Leute tun müssen, was sie können, damit der Krieg nicht weitergeht, und um mit dem Feind zu reden. Aber das kann ich nicht, wenn ich auf der falschen Seite des Flusses bin.«

Kate gab keine Antwort. Sie glaubte die komplizierten Erklärungen ihres Mannes nicht mehr, warum er so freundlich zu den Franzosen war, und sie hielt auch nichts von seinem Gerede, dass die neuen Ideen das Schicksal Europas bestimmten. Sie klammerte sich stattdessen an die simple Idee, eine Patriotin zu sein, und sie wollte nur den Fluss überqueren und sich den Männern auf der anderen Seite anschließen. Aber es gab keine Boote, keine Brücke mehr und keinen Fluchtweg, um zu entkommen.

Ihre Augen füllten sich mit Tränen, und Christopher, der verabscheute, dass sie sich so trübselig zeigte, wandte sich ab.

Er stocherte mit einem Zahnstocher aus Elfenbein zwischen seinen Zähnen herum und staunte, dass eine so schöne Frau so dumm sein konnte, ihn nicht zu verstehen.

Kate wischte ihre Tränen fort und ging zu dem Gärtner, der bedächtig die Lorbeerbüsche beschnitt. »Wie komme ich über den Fluss?«, fragte sie auf Portugiesisch.

Der Mann blickte nicht auf, weiter in seine Tätigkeit vertieft. »Sie können nicht rüber.«

»Aber ich muss!«

»Dann erschießt man Sie, wenn Sie es versuchen.« Er schaute sie an, sah die Husarenuniform und wandte sich ab. »Man erschießt Sie ohnehin.«

Eine Uhr in der Halle des Palastes schlug elf, als Marschall Soult die Treppe herunterkam. Er trug einen seidenen Morgenmantel über Hose und Hemd.

»Ist das Frühstück bereit?«, fragte er.

»Im blauen Empfangsraum, Sir«, antwortete sein Adjutant, »und Ihre Gäste sind da.«

»Gut, gut!« Er wartete, bis die Türen für ihn geöffnet wurden, dann begrüßte er die Besucher mit einem breiten Lächeln. »Nehmen Sie bitte Platz. Ah, ich sehe, wir sind zwanglos.« Letzteres galt dem Frühstücksbüfett, das auf einem langen Beistelltisch auf Platten, zum Teil auf Wärmeplatten, aufgereiht war. Der Marschall ging an der Reihe entlang und hob Deckel an. »Schinken! Hervorragend. Geschmorte Nieren, ausgezeichnet! Rindfleisch! Und etwas Zunge, gut, gut. Und Leber. Das sieht köstlich aus. Guten Morgen, Colonel.« Die Begrüßung galt Christopher, der sich vor dem Marschall verneigte. »Wie gut von Ihnen, herzukommen«, fuhr Soult fort. »Und haben Sie Ihre hübsche Gattin mitgebracht? Ah, ich sehe sie. Gut, gut. Sie werden hier sitzen, Colonel.« Er wies auf einen Stuhl neben seinem. Soult mochte den Engländer, der die

Verschwörer verraten hatte, die geplant hatten, gegen ihn zu meutern, wenn er sich selbst zum König ernannt hätte. Der Marschall hatte diese Ambition immer noch, aber er wusste, dass er erst die britische und portugiesische Armee zurückschlagen musste, die es gewagt hatten, von Coimbra vorzurücken, bevor er Krone und Zepter annehmen konnte.

Soult war durch Sir Arthur Wellesleys Vorrücken überrascht worden, aber er war nicht alarmiert. Der Fluss wurde bewacht, und man hatte dem Marschall versichert, dass es keine Boote mehr auf dem anderen Ufer gab, und so konnten die Briten auf dem Südufer des Douro ewig festsitzen und Däumchen drehen.

In den hohen Fenstern klirrten die Scheiben im Takt des Beschusses. Der Marschall wandte sich vom Frühstücksbüfett ab. »Unsere Kanoniere sind heute Morgen ein bisschen lebhaft, nicht wahr?«

»Das sind meistens britische Geschütze, Sir«, antwortete ein Adjutant.

»Und was machen die?«

»Sie feuern auf unsere Posten am Kai«, sagte der Adjutant. »Sie erschlagen praktisch Fliegen mit Sechspfünderkugeln.«

Soult lachte. »So viel zu dem berühmten Wellesley, wie?« Er lächelte Kate an und forderte sie mit einer Geste auf, auf dem Ehrenplatz zu seiner Rechten Platz zu nehmen. »Sehr angenehm, eine so hübsche Frau als Gesellschaft beim Frühstück zu haben.«

»Besser, eine vor dem Frühstück zu haben«, bemerkte ein Infanterie-Colonel, und Kate, die besser Französisch sprach als die meisten der männlichen Gäste, errötete.

Soult häufte Leber und Schinken auf seinen Teller und setzte sich dann an den Tisch. »Sie erschlagen also Posten«, sagte er, »und was tun wir?«

»Batterie-Gegenfeuer, Sir«, antwortete der Adjutant. »Sie haben keine Nieren auf dem Teller? Soll ich Ihnen welche mitbringen?«

»Oh, seien Sie so nett, Cailloux. Ich liebe Nieren. Irgendwelche Neuigkeiten vom Castelo?« Das Castelo de Sâo lag am Nordufer des Douro, wo der Fluss ins Meer mündete, und war verstärkt worden, um einen britischen, von der See geführten Angriff zurückzuschlagen.

»Sie melden zwei Fregatten gerade außer Schussweite, Sir, aber kein anderes Schiff in Sicht.«

»Er kann sich nicht entscheiden, nicht wahr?«, sagte Soult mit Genugtuung. »Dieser Wellesley ist ein Zauderer. Bedienen Sie sich mit Kaffee, Colonel«, sagte er zu Christopher. »Und wenn Sie so nett wären, für mich ebenfalls eine Tasse. Vielen Dank.« Soult nahm sich eine Scheibe Brot und etwas Butter. »Ich sprach gestern Abend mit Vuillard. Er hatte Ausreden, Hunderte Ausreden!«

»Noch einen Tag, Sir«, sagte Christopher, »und wir hätten diesen Hügel einnehmen können.«

Kate, die Augen gerötet, schaute auf ihren leeren Teller hinab. »Wir«, hatte ihr Mann gesagt.

»Noch einen Tag?«, erwiderte Soult zornig. »Er hätte ihn in ein paar Minuten am ersten Tag seiner Ankunft einnehmen müssen!« Soult hatte sich an Vuillard und seine Männer von Vila Real de Zedes in dem Moment erinnert, als er erfahren hatte, dass die Briten und Portugiesen von Coimbra aus vorrückten, und er war ärgerlich gewesen, dass so viele Männer mit so wenigen Gegnern nicht fertig geworden waren. Nicht, dass es jetzt etwas ausmachte. Jetzt zählte nur, dass Wellesley eine Lektion erteilt werden musste.

Soult glaubte nicht, dass sich dies als schwierig erweisen würde. Er wusste, dass Wellesley nur eine kleine Armee und eine schwache Artillerie hatte. Er wusste das, weil Hauptmann Argenton vor fünf Tagen festgenommen worden war und jetzt all sein Wissen, das von seinem zweiten Treffen mit den Briten stammte, während des Verhörs preisgegeben hatte. Argenton hatte sich sogar mit Wellesley persönlich getroffen und die Vorbereitungen für das alliierte Vorrücken gesehen, und Argentons Aussagen hatten es den französischen Regimentern südlich des Flusses ermöglicht, der britischen Streitmacht rechtzeitig auszuweichen. Jetzt saß Wellesley auf der falschen Seite des Douro fest und hatte keinerlei Boote, um ihn zu überqueren, abgesehen vielleicht von ein paar Beibooten der britischen Marine, doch diese Gefahr bestand überhaupt nicht. Zwei Fregatten dümpelten auf See herum, weil Wellesley sich nicht entscheiden konnte!

Argenton, dem man sein Leben für Informationen versprochen hatte, war dank Christophers Enthüllungen gefangen genommen worden, und dadurch fühlte sich Soult in der Schuld des Engländers. Christopher hatte auch die Namen der anderen Verschwörer preisgegeben, Donadieu vom 47., die Brüder Lafitte vom 18. Dragonerregiment und noch einige andere Offiziere, und Soult hatte sich entschieden, nichts gegen sie zu unternehmen. Argentons Festnahme würde eine Warnung für sie sein. Sie alle waren beliebte Offiziere, und es war nicht gut für die Moral der Truppe, sie vor ein Erschießungskommando zu stellen. Er würde die Offiziere wissen lassen, dass er wusste, wer sie waren, und dann andeuten, dass ihr Leben von ihrem zukünftigen Verhalten abhing. Besser, solche Männer in der Tasche als im Grab zu haben.

Kate weinte lautlos. Die Tränen rannen über ihre Wangen, und sie rieb sie fort und versuchte, ihre Gefühle zu verbergen, doch Soult hatte es bemerkt.

»Sie hat Angst, Sir«, sagte Christopher.

»Angst?«, fragte Soult.

Christopher wies zu den Fenstern, die immer noch unter dem Donnern der Kanonen bebten. »Frauen und Schlachten, Sir, passen nicht zusammen.«

»Nur zwischen den Laken«, sagte Soult lächelnd. »Sagen Sie ihr, dass sie nichts zu fürchten braucht. Die Briten können den Fluss nicht überqueren, und wenn sie es versuchen, werden sie zurückgeschlagen. In ein paar Wochen werden wir verstärkt.« Er wartete, bis das übersetzt worden war, und hoffte, dass Verstärkungen wirklich bald eintreffen würden, denn sonst wusste er nicht, wie die Invasion Portugals fortgesetzt werden konnte. »Dann werden wir nach Süden marschieren, um die Freuden Lissabons zu genießen. Sagen Sie ihr, dass wir im August Frieden haben werden. Ah! Der Koch!«

Ein rundlicher Franzose mit üppigem Schnurrbart hatte den Raum betreten. Er trug eine blutbefleckte Schürze, und ein Tranchiermesser hing an seinem Gürtel. »Sie haben mich kommen lassen ...«, er klang widerwillig, »... Monsieur?«

»Ah!« Soult erhob sich und klatschte in die Hände. »Wir müssen das Essen planen, Deron. Ich habe vor, um sechzehn Uhr hier zu dinieren. Was schlagen Sie vor?«

»Ich habe Aale.«

»Aale«, wiederholte Soult begeistert. »Mit Pilzen, in Rotwein geschwenkt? Ausgezeichnet.«

»Ich werde ihn mit Petersilie als Filet braten und mit Rotweinsauce servieren. Für ein Entree habe ich Lamm. Sehr gutes Lamm.«

»Gut! Ich liebe Lamm. Können Sie eine Kapernsoße machen?«

»Eine Kapernsoße!« Deron blickte angewidert drein. »Der Essig wird den Geschmack vom Lamm verfälschen. Es ist gutes Lammfleisch, zart und fett.«

»Dann vielleicht eine sehr feine, nicht ganz so pikante Kapernsoße?«, schlug Soult vor.

Der Geschützdonner wurde plötzlich so stark, dass nicht nur die Fensterscheiben erzitterten, sondern auch die beiden Kristalllüster über dem langen Tisch klirrten, doch sowohl der Marschall als auch der Koch ignorierten es. »Ich werde das Lamm mit etwas Gänsefett braten«, sagte Deron mit einem Tonfall, der keinen Widerspruch zuließ.

»Gut, gut«, sagte Soult.

»Und mit Zwiebeln, Schinken und ein paar Steinpilzen garnieren.«

Ein Offizier, schwitzend und rotgesichtig von der Hitze des Tages, kam in den Raum. »Sire!«

»Einen Moment«, sagte Soult, dann sah er wieder Deron an. »Zwiebeln, Schinken und einige Steinpilze?«, wiederholte er.

»Ich werde es mit ein wenig gehacktem Schinken garnieren«, sagte Deron stoisch, »einigen kleinen Zwiebeln und ein paar Steinpilzen.«

Soult gab auf. »Ich weiß, es wird vorzüglich schmecken. Ausgezeichnet. Und, Deron, danke für dieses Frühstück, danke.«

»Es wäre noch besser gewesen, wenn ich es hätte kochen können«, sagte Deron und zog sich dann zurück.

Soult blickte dem Koch strahlend nach, dann blickte er den Offizier, der ihn unterbrochen hatte, finster an. »Sie sind Hauptmann Brossard, nicht wahr? Möchten Sie frühstücken?« Der Marschall wies mit seinem Buttermesser zum Ende des Tisches. »Wie geht es General Foy?«

Brossard war ein Adjutant von Foy, und er hatte weder Zeit für ein Frühstück noch wollte er über General Foys Gesundheit berichten. Er brachte Nachrichten, und sekundenlang wollten sie aus ihm heraussprudeln und waren kaum verständlich, doch dann brachte er sich unter Kontrolle und wies nach Osten. »Die Briten, Sire, sind im Seminar.«

Soult starrte ihn fassungslos an. »Sie sind – was?«

»Die Briten sind im Seminar.«

»Aber Quesnel hat mir versichert, dass es keine Boote mehr gibt!« Quesnel war der französische Kommandant der Stadt.

»Keines auf den Ufern, Sire.« Alle Boote in der Stadt waren aus dem Wasser gezogen und auf dem Kai aufgestapelt worden, wo sie für die Franzosen verfügbar waren, jedoch keinem nutzen konnten, der aus dem Süden kam. »Aber sie haben den Fluss trotzdem überquert«, sagte Brossard. »Sie sind bereits auf dem Hügel.«

Soult stockte der Atem. Das Seminar befand sich auf einem Hügel, der die Straße nach Amarante beherrschte, und diese Straße war sein Fluchtweg zurück zu den Depots in Spanien und ebenfalls die Verbindung zwischen der Garnison in Oporto und General Loisons Männern auf dem Tamega. Wenn die Briten diese Straße abschnitten, dann konnten sie die französische Armee Stück für Stück wegputzen, und Soults Ruf würde bei seinen Männern zerstört sein. »Sagen Sie dem General, er soll sie zurück in den Fluss werfen!«, donnerte er. »Sofort! Gehen Sie! Werft sie in den Fluss!«

Die Männer eilten aus dem Raum und ließen Kate und Christopher allein. Kate sah Panik im Gesicht ihres Mannes und empfand deswegen wilde Freude. Die Fensterscheiben klirrten, die Kronleuchter erzitterten, und die Briten kamen.

»Na gut, wir haben Schützen unter uns! Wir sind gesegnet. Ich wusste nicht, dass jemand von den 95th Rifles zur Ersten Brigade gehört.« Der Sprecher war ein stämmiger, rotgesichtiger, fast glatzköpfiger Mann. Wenn er keine Uniform getragen hätte, dann hätte er wie ein freundlicher Bauer gewirkt, und Sharpe konnte sich ihn in einer englischen Marktstadt bei einer Viehauktion vorstellen. »Sie sind äußerst willkommen«, sagte er zu Sharpe.

»Das ist Daddy Hill«, flüsterte Harris Pendleton zu.

»Moment mal, junger Mann«, sagte General Hill dröhnend, »Sie sollten nicht den Spitznamen eines Offiziers in Hörweite benutzen. Dafür könnten Sie bestraft werden!«

»Verzeihung, Sir.« Harris hatte nicht so laut flüstern wollen.

»Sie sind ein Schütze, also wird Ihnen verziehen. Und ein sehr schmutziger Schütze dazu, muss ich sagen! Was wird nur aus der Armee, wenn wir uns nicht für die Schlacht fein kleiden?« Er strahlte Harris an, fischte in seinen Taschen und zog eine Hand voll Mandeln heraus. »Etwas, um Ihre Zunge zu beschäftigen, junger Mann.«

»Danke, Sir.«

Es waren jetzt zwei Generäle auf dem Dach des Seminars. General Hill, Kommandeur der Ersten Brigade, dessen Soldaten den Fluss überquerten und der wegen seiner freundlichen Art den Spitznamen »Daddy« trug, hatte sich zu Sir Edward Paget gesellt, gerade noch rechtzeitig, um zu sehen, dass drei französische Bataillone aus den östlichen Vororten der Stadt gekommen waren und sich zu zwei Kolonnen formiert hatten, die den Seminarhügel erstürmen wollten.

Die drei Bataillone waren im Tal, und die Männer wurden von ihren Unteroffizieren in die Reihen geschoben. Eine Kolonne würde geradewegs zur Fassade des Seminars hochstürmen, während sich die andere nahe der Straße nach Amarante formierte, um die nördliche Flanke anzugreifen. Doch die Franzosen wussten, dass ständig britische Verstärkungen beim Seminar eintrafen, und so hatten sie eine Batterie Geschütze zum Flussufer geschickt, mit dem Befehl, die drei Boote zu versenken. Die Kolonnen warteten darauf, dass die Kanoniere das Feuer eröffneten, hofften vermutlich, dass sie ihre Geschütze auf das Seminar richten würden, wenn erst die Boote versenkt waren.

Und Sharpe, der sich gewundert hatte, warum Sir Arthur Wellesley seine Geschütze nicht beim Kloster jenseits des Flusses in Stellung gebracht hatte, sah, dass seine Sorgen unbegründet gewesen waren, denn als die französischen Batterien erschienen, rollte ein Dutzend britische Kanonen, die außer Sicht hinter der Klosterterrasse geparkt gewesen waren, vorwärts.

»Das ist die richtige Medizin für die Franzosen!«, erklärte General Hill, als die Reihe der Geschütze erschien.

Das erste Geschütz, das feuerte, war eine Fünfeinhalb-Zoll-Haubitze, das britische Äquivalent des Geschützes, das Sharpe auf dem Wachturmhügel bombardiert hatte. Es war geladen mit kugelförmigem Schrapnell, Munition, die nur Britannien herstellte. Die Munition war von Lieutenant Colonel Shrapnel erfunden worden, und die Art ihrer Funktion war ein streng gehütetes Geheimnis. Das Geschoss, das mit Musketenkugeln um eine zentrale Pulverladung gefüllt war, ließ diese Kugeln und die Splitter der Hülle auf die feindlichen Soldaten herunterfallen, doch um richtig zu wirken, musste es kurz vor dem Ziel explodieren, sodass der Vorwärtsschwung das tödliche Geschoss auf den Feind zutrug, und diese Präzision erforderte, dass die Kanoniere ihre Lunten mit außergewöhnlicher Geschicklichkeit schnitten.

Der Kanonier der Haubitze hatte diese Geschicklichkeit. Die Haubitze donnerte und ruckte auf der Lafette zurück, das Geschoss flog im Bogen über den Fluss, ließ die Spur der brennenden Lunte hinter sich und explodierte zwanzig Yards vor und zwanzig Fuß über dem französischen Geschütz, das gerade abgeprotzt wurde.

Die Explosion zerriss die Luft rot und weiß. Die Kugeln und die Fragmente der zerschmetterten Hülle fielen kreischend herab, und jedes Pferd in dem französischen Gespann verendete, und jeder Mann der französischen Geschützmannschaft, insgesamt vierzehn, wurde entweder getötet oder verwundet, während das Geschütz selbst von der Lafette geworfen wurde.

»Ach du meine Güte«, sagte Hill und vergaß die blutrünstige Willkommensfreude beim Anblick der britischen Batterie. »Diese armen Teufel!«

Die Hochrufe der britischen Soldaten im Seminar wurden übertönt vom gewaltigen Donnern der anderen britischen Geschütze. Mit ihrer Stellung am südlichen Flussufer beherrschten sie die französische Stellung. Gewöhnliche Granaten und Kanonenkugeln fegten die französischen Geschütze mit schrecklicher Wirkung fort. Die französischen Kanoniere verließen ihre Geschütze, verließen ihre qualvoll wiehernden und verendenden Pferde und flüchteten, und dann eröffneten die britischen Geschütze das Feuer in die Reihen der nächsten französischen Kolonne. Sie bestrichen sie von der Flanke mit Feuer, schickten Kanonenkugeln durch die dicht gedrängten Reihen, ließen Schrapnellfeuer über ihren Köpfen explodieren und töteten mit schrecklicher Leichtigkeit.

Die französischen Offiziere sahen in Panik ihre zerstörte Artillerie und befahlen die Infanterie den Hang hinauf. Trommler zwischen den beiden Kolonnen begannen mit ihrem unaufhörlichen Rhythmus, und die vordere Reihe schreckte zusammen, als eine weitere Kanonenkugel eine rote Furche in die blauen Uniformen riss. Männer schrien und starben, doch immer noch wurden die Trommeln geschlagen, und Männer stießen ihren Kriegsschrei aus: »*Vive l'Empereur!*«

Sharpe hatte schon zuvor Kolonnen gesehen und fand sie rätselhaft. Die britische Armee kämpfte gegen andere Infanteristen in zwei Reihen formiert, und jeder Mann konnte seine Muskete benutzen. Und wenn Kavallerie drohte, formierten sie sich zu einem Karree aus vier Reihen, und immer noch konnte jeder mit seiner Muskete schießen. Doch die Soldaten im Herzen der zwei französischen Kolonnen konnte nicht feuern, ohne die vorderen Männer zu treffen.

Diese Kolonnen hatten beide etwa vierzig Männer in einer Linie und zwanzig in jeder Reihe. Die Franzosen benutzten eine solche Formation, weil es einfacher war, Wehrpflichtige zu überreden, in dieser Formation vorzurücken und weil – gegen schlecht ausgebildete Soldaten – allein der Anblick einer solch großen Menschenmasse einschüchternd war. Aber gegen Rotröcke war es der reinste Selbstmord.

»Gott schütze unseren guten King George«, sang General Hill mit überraschend feiner Tenorstimme. »Lang lebe unser nobler George, schießt nicht zu hoch.« Er sang die letzten vier Worte, und die Männer auf dem Dach grinsten.

Hagman visierte einen französischen Offizier an, der mit einem Säbel in der Hand den Hang hinaufrannte. Sharpes Schützen befanden sich auf dem nördlichen Flügel des Seminars, sahen sich der Kolonne gegenüber, die nicht von den britischen Geschützen auf der Klosterterrasse gerupft worden war. Eine neue Batterie wurde gerade auf dem Südufer des Flusses eingesetzt, und sie fügte ihren Beschuss dem der beiden Batterien auf dem Klosterhügel zu, der allein mit Gewehr- und Musketenfeuer erwidert wurde.

Vicentes Portugiesen bemannten die Schießscharten an der nördlichen Gartenmauer. Und inzwischen waren so viele Männer im Seminar, dass jede Schießscharte mit drei oder vier Mann besetzt werden konnte, sodass jeder feuern, zurücktreten und laden und von einem anderen ersetzt werden konnte.

Sharpe sah, dass einige der Rotröcke grüne Aufschläge und Manschetten hatten. Die Berkshires, die den Spitznamen »Ochsen« trugen, dachte er, was bedeutete, dass die gesamten »Ochsen« jetzt im Gebäude waren und neue Bataillone eintrafen.

»Zielt auf die Offiziere!«, rief Sharpe seinen Schützen zu. »Musketen – nicht feuern! Dieser Befehl gilt nur für die Gewehre!« Er machte den Unterschied, weil ein Musketenschuss auf diese Distanz eine Vergeudung war, aber seine Schützen würden tödlich treffen. Er wartete eine Sekunde, atmete tief durch und rief: »Feuer!«

Der Offizier, auf den Hagman gezielt hatte, ruckte zurück, warf beide Arme in die Luft, und sein Säbel flog im Bogen über die Kolonne. Ein anderer Offizier sank auf die Knie und umklammerte seinen Bauch, und ein Dritter hielt seine Schulter.

Die Front der Kolonne trat über den toten Offizier hinweg, und die blau berockte Linie schien zu erschauern, als weitere Kugeln in sie hineinschlugen. Und dann feuerten die langen französischen Reihen, in Panik, weil ihnen die Kugeln der Gewehrschützen um die Ohren flogen, hinauf zum Seminar. Die Salve war ohrenbetäubend, der Rauch wallte auf dem Hang wie Seenebel, und die Musketenkugeln klatschten gegen die Seminarmauern und zerschmetterten das Glas der Fenster. Die Salve diente dazu, die Franzosen für ein paar Yards zu verbergen, doch dann waren sie wieder zu sehen, weitere Gewehre feuerten, und ein anderer Offizier brach zusammen. Die Kolonne teilte sich, um den einsamen Baum zu passieren, dann vereinigten sich die langen Reihen wieder.

Die Männer im Garten begannen zu feuern. An den Seminarfenstern drängten sich die Rotröcke, und zusammen mit

Sharpes Männern auf dem Dach drückten sie ab. Musketen krachten, Rauch verdichtete sich, die Kugeln trafen Männer in den vorderen Reihen der Kolonne, und die vorrückenden Männer dahinter verloren ihren Zusammenhalt, als sie versuchten, nicht auf ihre gefallenen oder verwundeten Kameraden zu treten.

»Feuert tief!«, rief ein Sergeant der Ochsenbrigade seinen Männern zu. »Verschwendet nicht die Munition Seiner Majestät!«

Colonel Waters verteilte Feldflaschen auf dem Dach für die Männer, die vom Aufbeißen der Patronen wie ausgedörrt waren. Der Salpeter im Schießpulver trocknete schnell den Mund aus, und die Männer schluckten gierig das Wasser zwischen den Schüssen.

Die Kolonne, die das Seminar an der westlichen Fassade angriff, war bereits von Gewehr- und Musketenfeuer dezimiert, doch die Kanonade vom Südufer des Douro war weitaus schlimmer. Kanoniere hatten selten so ein leichtes Ziel gefunden, und sie arbeiteten wie Dämonen. Schrapnellgeschosse explodierten in der Luft, Kanonenkugeln hämmerten durch die Reihen, und Granaten explodierten inmitten der Kolonne. Drei Trommler wurden durch Schrapnell getroffen, dann erschlug eine Kanonenkugel einen anderen Trommlerjungen, und als das Trommelspiel verstummte, verließ die Infanteristen der Mut und sie wichen zurück.

Musketenfeuer spuckte von den drei oberen Etagen des Seminars, das jetzt aussah, als brenne es, denn der Pulverrauch quoll aus jedem Fenster. Aus den Schießscharten blitzten Mündungsflammen, die Kugeln schlugen in wankende Reihen. Dann begannen sich die Franzosen in der westlichen Kolonne schneller zurückzuziehen, und die Rückwärtsbewegung wurde zur Panik, und sie hatte keinen Zusammenhalt mehr.

Einige der Franzosen rannten anstatt in die Deckung der Häuser an der fernen Seite des Tals zum nördlichen Angriff, der durch das Seminar vom Kanonenfeuer abgeschirmt war. Diese nördliche Kolonne rückte weiter vor. Es war eine schreckliche Strafe, denn es war praktisch ein Aufsaugen der Gewehr- und Musketenkugeln, und die Feldwebel und Offiziere schoben ständig Männer in die Lücken, um die Gefallenen und Verwundeten zu ersetzen. Die Kolonne kam schwerfällig den Hügel hinauf, aber keiner in den französischen Reihen hatte sich überlegt, was sie tun würden, wenn sie es schaffen würden und sie die Hügelkuppe erreichten. Sie fanden keine Tür, durch die sie ins Seminar eindringen konnten. Sie mussten das Gebäude umrunden und versuchen, durch die großen Tore zu gelangen, die in den Garten führten.

Als die ersten Männer sahen, dass sie nicht weiterkamen, stoppten sie und begannen zu schießen. Eine Kugel zupfte an Sharpes Ärmel. Ein kürzlich eingetroffener Lieutenant vom Northamptonshire-Regiment fiel mit einem Seufzen zurück, eine Kugel in der Stirn. Er war schon tot, bevor er auf den Rücken prallte, und sah sonderbar friedlich aus.

Die Rotröcke hatten ihre Patronen und Ladestöcke auf die Brüstung gelegt, damit das Laden schneller ging, aber jetzt waren so viele auf dem Dach, dass sie sich dabei anrempelten und behinderten, als sie in die Masse der Franzosen feuerten, die in ihren eigenen Rauch eingehüllt war. Ein Franzose rannte mutig auf die Mauer zu, um durch die Schießscharte zu feuern, doch er wurde getroffen, bevor er die Mauer erreichte. Sharpe hatte den Soldaten gestoppt, dann beobachtete er nur noch seine Männer. Pendleton und Perkins, die Jüngsten, grinsten, als sie feuerten. Cooper und Tongue luden für Hagman auf, denn sie wussten, dass er ein besserer Schütze war, und der ehemalige Wilddieb schoss ruhig einen Franzosen nach dem anderen ab.

Eine Kanonenkugel flog über das Seminar, und Sharpe fuhr herum, um zu sehen, dass die Franzosen eine Batterie auf dem Hügel im Westen am Stadtrand einsetzten. Da war eine kleine Kapelle mit einem Glockenturm, und Sharpe sah den Glockenturm in Rauch verschwinden und zusammenfallen, als die britischen Batterien beim Kloster die neu eingetroffenen französischen Geschütze beharkten. Ein Berkshire-Mann drehte sich um, um zu beobachten, und eine Kugel peitschte durch seinen Mund, traf Zunge und Zähne, und er spuckte einen Schwall Blut aus.

»Beobachtet nicht die Stadt!«, brüllte Sharpe. »Schießt weiter! Schießt!«

Hunderte Franzosen feuerten mit ihren Musketen hügelaufwärts. Die Mehrheit der Schüsse war gegen die Mauern verschwendet, doch einige fanden Ziele. Dodd hatte eine Fleischwunde am linken Arm, doch er feuerte weiter. Ein Rotrock wurde in den Hals getroffen und war sofort tot. In den einsamen Baum auf dem westlichen Hang schlugen Kugeln, und zerfetzte Blätter trieben mit dem Pulverrauch davon. Ein Sergeant brach mit einer Kugel in den Rippen zusammen, und dann schickte Sir Edward Paget, der gesehen hatte, dass die Kolonne bereits besiegt war, Männer von der Westseite des Daches zur Nordseite, um das Feuer dort zu verstärken. Die Musketen blitzten und krachten, der Rauch verdichtete sich, und Sir Edward grinste Daddy Hill an. »Brave Bastarde!« Sir Edward musste gegen den Krach von Musketen und Gewehren anschreien.

»Sie werden nicht standhalten, Ned!«, schrie Hill zurück. »Sie sind fast am Ende!«

Hill hatte recht. Die ersten Franzosen zogen sich bereits den Hügel hinab zurück, weil sie erkannt hatten, dass es sinnlos war, auf Steinwände zu schießen. Sir Edward, frohlockend über diesen leichten Sieg, ging zur Brüstung und beobachtete den Rückzug des Feindes. Er stand dort stolz auf dem Dach, seine goldenen Tressen spiegelten die Sonne durch den Pulverrauch wider, und betrachtete, wie sich die feindliche Kolonne auflöste und davonrannte, doch ein paar verbissene Franzosen feuerten immer noch, und plötzlich schrie Sir Edward erstickt auf und presste eine Hand auf seinen Ellbogen. Sharpe sah, dass sein eleganter Uniformrock zerrissen war und ein Stück Knochen durch den Stoff und die blutige Wunde ragte.

Paget fluchte. Er hatte schreckliche Schmerzen. Die Kugel hatte seinen Ellbogen zerschmettert, war vom Knochen abgeprallt und durch den Bizeps geschlagen. Er krümmte sich in seiner Qual und sah totenbleich aus.

»Bringt ihn zu den Sanis«, befahl Hill. »Sie werden wieder in Ordnung kommen, Ned.«

Paget zwang sich, sich aufzurichten. Ein Adjutant hatte sein Halstuch genommen und versuchte die Wunde seines Generals zu verbinden, doch Paget schüttelte ihn ab. »Sie haben das Kommando«, sagte er zu Hill zwischen zusammengepressten Zähnen.

»Feuert weiter!«, rief Sharpe seinen Männern zu. Es machte nichts, dass die Gewehrläufe fast zu heiß zum Berühren waren, es zählte jetzt, dass die verbliebenen Franzosen den Hügel hinabgetrieben wurden.

Weitere Verstärkung war beim Seminar eingetroffen, denn die Franzosen hatten noch keine Möglichkeit gefunden, den Verkehr über den Fluss zu stoppen. Die britische Artillerie, die Könige auf diesem Schlachtfeld, hämmerte jeden Kanonier nieder, der es wagte, sein Gesicht zu zeigen. Alle paar Minuten rannte eine tapfere französische Mannschaft zu den verlassenen Geschützen auf dem Kai in der Hoffnung, eine Kanonenkugel in eines der Boote zu schießen, doch jedes Mal wurden sie von Schrapnell oder Kartätschen getroffen, denn die neue britische Batterie unten am Flussufer war nahe genug, um die tödliche Munition über den Fluss zu schießen. Die Geschosse explodierten und töteten sechs oder sieben Männer gleichzeitig, und nach einer Weile gaben die französischen Kanoniere ihre Bemühungen auf und brachten sich in den Häusern hinter dem Kai in Sicherheit.

Und dann, ganz plötzlich, feuerte kein Franzose mehr auf dem nördlichen Hang. Das Gras bot einen grauenvollen Anblick mit Toten und Verwundeten und herumliegenden Musketen und kleinen Feuern, wo die Watte es in Brand gesetzt hatte. Die Überlebenden waren über die Straße nach Amarante ins Tal geflohen. Der einzelne Baum sah aus, als wäre er von Heuschrecken attackiert worden. Eine Trommel rollte den Hügel hinab. Sharpe sah durch den Rauch eine französische Flagge, konnte jedoch nicht erkennen, ob es einen Adler auf dem Stab gab.

»Feuer einstellen!«, rief Hill.

»Reinigt eure Läufe!«, befahl Sharpe. »Überprüft eure Feuersteine!«

Denn die Franzosen würden wiederkommen, davon war er überzeugt.

KAPITEL 9

Weitere Männer kamen zum Seminar. Ein Dutzend portugiesische Zivilisten traf mit Jagdbüchsen und Beuteln Munition ein, begleitet von einem rundlichen Priester, der von den Rotröcken herzlich willkommen geheißen wurde, als er mit einer Donnerbüchse, wie sie von Postkutschenfahrern benutzt wurde, um Räuber abzuwehren, im Garten eintraf. In der Küche waren die Feuer wieder angezündet worden, und jetzt wurden große Kannen mit heißem Tee und Töpfe mit heißem Wasser aufs Dach gebracht. Der Tee reinigte die Kehlen der Soldaten, und das heiße Wasser spülte die Läufe ihrer Waffen. Zehn Kisten mit Ersatzmunition wurden ebenfalls aufs Dach gebracht.

Die Zahl der Franzosen vermehrte sich auf der ebenen Fläche im Norden. Wenn der Feind ein bisschen Verstand hat, dachte Sharpe, dann würde er Mörser auf diesem ebenen Grund einsetzen, aber bis jetzt war keiner erschienen. Vielleicht waren alle Mörser im Westen der Stadt gegen die Royal Navy gerichtet, zu weit entfernt, um schnell herangeschafft werden zu können.

Durch die Nordmauer wurden zusätzliche Schießscharten geschaffen.

Harris brachte Sharpe einen Becher Tee, dann blickte er nach links und rechts, bevor er einen kalten Hähnchenschenkel aus seiner Patronentasche hervorholte. »Ich dachte mir, das könnte Ihnen schmecken, Sir.«

»Woher haben Sie das?«

»Gefunden, Sir«, sagte Harris vage, »und ich habe auch für Sie einen, Sarge.« Harris gab Harper einen Schenkel, holte für sich ein Stück Brust hervor, rieb etwas Pulver davon ab und biss hungrig hinein.

Sharpe stellte fest, wie hungrig er war, und der Hähnchenschenkel schmeckte köstlich. »Wo kommt er her?«, fragte er noch einmal.

»Ich glaube, der war für General Pagets Abendessen, Sir«, bekannte Harris, »aber der hat vermutlich den Appetit verloren.«

»Ja, das könnte sein, und es wäre ein Jammer, diese Köstlichkeit verkommen zu lassen, wie?« Er drehte sich um, als eine Trommel schlug, und sah, dass sich die Franzosen wieder formierten, doch diesmal auf der nördlichen Seite des Seminars. »Auf eure Plätze!«, rief er und schleuderte den Hähnchenknochen weit in den Garten.

Ein paar der Franzosen trugen jetzt Leitern, vermutlich erbeutet aus den Häusern, aus denen sie durch den Beschuss der Geschütze vertrieben worden waren.

»Wenn sie kommen, dann zielt auf die Männer mit den Leitern!« Sharpe bezweifelte, dass die Franzosen selbst ohne Gewehrfeuer nahe genug an die Gartenmauer herankamen, um die Leitern anzusetzen, doch es konnte nicht schaden, sicherzugehen.

Die meisten seiner Schützen hatten die Feuerpause genutzt, um ihre frisch gereinigten Gewehre mit lederumhüllten Kugeln zu laden, was bedeutete, dass ihre ersten Schüsse tödlich genau sein würden. Später, wenn die Franzosen näher herankamen, ging Schnelligkeit vor Genauigkeit, und sie würden darauf verzichten, die Kugeln in Leder zu hüllen und zündfertig zu machen. Sharpe lud jetzt sein Gewehr in der umständlichen Prozedur, und als er den Ladestock wieder befestigt hatte, trat General Hill neben ihn.

»Ich habe nie ein Gewehr abgefeuert«, sagte Hill.

»Das ist dem Feuern einer Muskete sehr ähnlich, Sir«, sagte Sharpe, verlegen, weil ihn ein General ansprach.

»Darf ich?« Hill griff nach der Waffe, und Sharpe überließ sie ihm. »Sehr schön«, sagte Hill und strich über das Baker-Gewehr. »Nicht annähernd so klobig wie eine Muskete.«

Hill tat, als ziele er den Hügel hinab, wollte anscheinend spannen und feuern, doch dann reichte er das Gewehr plötzlich Sharpe zurück. »Ich würde des liebend gern versuchen«, sagte er, »aber wenn ich mein Ziel verfehle, würde die gesamte Armee davon erfahren, wie? Und das könnte ich nicht ertragen.« Er sprach laut, und Sharpe erkannte, dass er unfreiwilliger Komparse bei einem Theaterstück geworden war. Hill war nicht wirklich an dem Gewehr interessiert, sondern hatte die Männer von der Bedrohung unterhalb von ihnen ablenken wollen. Zuvor hatte er ihnen indirekt geschmeichelt, indem er gesagt hatte, sie könnten etwas, von dem er keine Ahnung hatte, nämlich mit einem Gewehr schießen. Und die Männer hatten gegrinst.

Sharpe dachte über Hills Schau nach. Er bewunderte Hill deswegen, aber er bewunderte auch Sir Arthur Wellesley, der nie zu einer solchen Maßnahme gegriffen hätte. Sir Arthur ignorierte die Männer, und die Männer ihrerseits kämpften wie Dämonen, um seine widerwillige Anerkennung zu erlangen.

Sharpe hatte nie Zeit damit verschwendet, sich zu fragen, warum manche Männer geborene Offiziere waren und andere nicht. Er war aus den Mannschaften zum Offizier ernannt worden und hatte die Chance ergriffen, aber das machte das System nicht weniger unfair. Doch die Unfairness der Welt zu beklagen war das Gleiche, wie zu grollen, dass die Sonne heiß ist oder dass der Wind manchmal die Richtung wechselt. Unfairness existierte, schon immer hatte es sie gegeben, und das würde immer so bleiben. Das Wunderbare daran war in Sharpes

Augen, dass einige Männer wie Hill und Wellesley, obwohl sie durch unfaire Vorteile reich und privilegiert waren, trotzdem hervorragend in ihren Taten waren. Nicht alle Generäle waren gut, viele waren rundweg schlecht, aber Sharpe hatte ungewöhnliches Glück gehabt, dass er unter dem Kommando von fähigen Männern gestanden hatte. Es machte Sharpe nichts aus, dass Sir Arthur Wellesley ein Aristokratensohn war und sich seinen Weg auf der Beförderungsleiter erkauft hatte und so kalt war wie der Sinn eines Anwalts für Wohltätigkeit. Der langnasige Scheißer wusste, wie man ein Gewinner war, und das war es, was zählte.

Und jetzt zählte es, gegen die Franzosen zu gewinnen. Die Kolonne, viel größer als die erste, marschierte vorwärts, getrieben vom unablässigen Trommelspiel. Die Franzosen stießen Hochrufe aus, vielleicht um sich Mut zu machen, vielleicht auch weil sie ermuntert waren durch die Tatsache, dass die Kanoniere der britischen Geschütze auf der anderen Seite des Flusses sie nicht sehen konnten. Doch dann, begleitet von britischen Jubelschreien, explodierte ein Schrapnellgeschoss von einer Haubitze mitten in der Kolonne. Die britischen Kanoniere feuerten blindlings, zielten über das Seminar hinweg, doch ihr erster Schuss tötete Franzosen, die sich gerade noch mit ihren Hochrufen angespornt hatten.

»Schützen, bereitmachen zum Feuern!«, rief Sharpe. »Hagman? Zielen Sie auf den großen Mann mit dem Säbel!«

»Ich sehe ihn, Sir!«, rief Hagman, legte sein Gewehr an und zielte auf den Offizier, der vorausschritt, wohl um ein Vorbild zu sein. Er ging in den Tod, denn Hagman war ein Meisterschütze.

»Achtet auf die Leitern!«, erinnerte Sharpe die anderen Schützen. Er ging zur Brüstung und nahm das Gewehr an die Schulter. Er zielte auf einen Leiterträger, visierte den Kopf des

Mannes an, in der Erwartung, dass er den Unterleib oder die Beine treffen würde. Der Wind blies in sein Gesicht und würde den Schuss nicht seitlich beeinflussen. Er drückte ab und war sofort in Rauch gehüllt. Hagman feuerte als Nächster, dann krachten die anderen Gewehre.

Sharpe ging etwas nach links, um an dem Pulverrauch vorbeizuspähen, und sah, dass der Offizier mit dem Säbel verschwunden war wie jeder andere Mann, der von einer Kugel getroffen worden war. Sie waren von der vorrückenden Kolonne aufgesogen worden, die über die Gefallenen hinweg und an ihnen vorbeimarschiert war.

Dann sah Sharpe eine Leiter wieder auftauchen, die ein Kamerad einem Gefallenen entriss. Er begann sein Gewehr aufzuladen. Dabei sah er nicht auf die Waffe. Er tat einfach fast automatisch, was er gelernt hatte, und in diesem Augenblick krachten die ersten Musketenschüsse von der Gartenmauer, gefolgt von den Musketen aus den Fenstern und vom Dach, und das Seminar war abermals von Rauch und Lärm erfüllt.

Gewehr- und Musketenkugeln fetzten in die französischen Reihen. Fast tausend Männer befanden sich jetzt im Seminar, und sie wurden von steinernen Wänden geschützt und hatten selbst ein großes, offenes Ziel. Sharpe feuerte einen weiteren Schuss den Hügel hinab, dann ging er hinter seinen Männern auf und ab und beobachtete sie.

Slattery brauchte einen neuen Feuerstein, und Sharpe gab ihm einen, dann brach Dodds Hauptfeder, und Sharpe ersetzte die Waffe durch Williamsons altes Gewehr, das Harper seit ihrem Verlassen von Vila Real de Zedes aufbewahrt hatte.

Die Trommeln des Feindes klangen jetzt näher. Sharpe lud sein eigenes Gewehr, als die ersten französischen Musketenkugeln gegen die Wände des Seminars schlugen.

»Sie feuern blindlings«, sagte Sharpe seinen Männern. »Vergeudet nicht eure Munition. Sucht nach Zielen.« Das war schwer wegen des Rauchs, der über dem Hang hing, doch Launen des Windes lichteten manchmal den Nebel, sodass blaue Uniformen zu erkennen waren, und die Franzosen waren nahe genug, sodass Sharpe ihre Gesichter sehen konnte. Er zielte auf einen Mann mit einem gewaltigen Schnurrbart, feuerte und verlor die Sicht auf den Mann, als Rauch vor der Gewehrmündung aufwallte.

Der Lärm war schrecklich. Musketen krachten unablässig, die dumpfen Trommelschläge hämmerten, Schrapnellgeschosse explodierten, und immer wieder waren die Schreie Verwundeter und Sterbender zu hören. Ein Rotrock brach neben Harper zusammen, und Blut bildete eine Pfütze neben seinem Kopf, bis ein Sergeant den Mann fortschleifte und eine rote Spur auf dem Dach hinterließ.

In der Ferne – es musste am Südufer des Flusses sein – spielte eine Kapelle »Der Trommel-Major«, und Sharpe schlug im Takt mit dem Lied gegen den Kolben seines Gewehrs. Ein französischer Ladestock wirbelte durch die Luft und knallte gegen die Seminarwand, offenbar hatte ein Wehrpflichtiger in Panik seinen Abzug betätigt, bevor er den Ladestock aus dem Lauf entfernt hatte. Eine Musketenkugel peitschte dicht an seinem Kopf vorbei, eine andere traf die Brüstung und zerschmetterte einen Ziegel. Unten im Garten zielten Vicentes Männer und die Rotröcke nicht mit ihren Musketen, sondern schoben die Mündungen nur in die Schießscharten, drückten ab und machten für die Ablösung Platz. Es waren jetzt auch einige Grünröcke im Garten. Sharpe nahm an, dass sie zu einer Kompanie der 60th Royal American Rifles gehören mussten, die Hills Brigade angeschlossen war, und jetzt in den Kampf eingriffen.

Es wäre besser, wenn sie aufs Dach kletterten, als ihre Baker durch die Schießscharten abzufeuern, dachte Sharpe. Der einzige Baum auf dem nördlichen Hügel schwankte wie in einem Orkan, und es war kaum noch ein Blatt an seinen zersplitterten Zweigen übrig geblieben. Rauch trieb zwischen den kahlen Zweigen, die ständig unter Kugeleinschlägen erbebten.

Sharpe legte sein Gewehr an, hielt nach einem Ziel Ausschau, sah eine Ansammlung blauer Uniformen nahe bei der Gartenmauer und feuerte. Verdammt, dachte er, warum ziehen sich die Bastarde nicht zurück? Von Kugeln umschwirrt sind sie entweder tapfer oder lebensmüde.

Eine verwegene Gruppe Franzosen versuchte an der westlichen Mauer des Seminars entlangzurennen, um das große Eingangstor zu erreichen, doch die britischen Kanoniere beim Kloster sahen sie und feuerten. In all diesem Inferno von Krachen, Rauch, Schreien und Blutvergießen sah Sharpe eine Horde französischer Infanterie aus der Stadt heranströmen.

Zwei Männer in Hemdsärmeln trugen Kisten mit Munition auf dem Dach herum. »Wer kann frisches Blei gebrauchen? Frisches Blei! Neues Pulver!« Einer von General Hills Adjutanten trug Feldflaschen mit Wasser zur Brüstung, während Hill, rotgesichtig und besorgt, nahe bei den Rotröcken stand, um zu zeigen, dass er die Gefahr mit ihnen teilte. Er fing Sharpes Blick auf und schnitt eine Grimasse, wie um zu sagen, dass dies härtere Arbeit war, als er erwartet hatte.

Weitere Soldaten kamen aufs Dach, Männer mit frischen Musketen und vollen Munitionsschachteln, und bei ihnen waren die Schützen der 60th Rifles, deren Offizier erkannt haben musste, dass er am falschen Platz gewesen war. Er sah Sharpe freundlich an, dann befahl er seine Männer zur Brüstung.

Immer noch versuchten die Franzosen, das Seminar zu erstürmen, die Mauern zu überwinden und sich den Weg freizuschießen. Zwei Soldaten schafften es, die Gartenmauer über eine Leiter zu ersteigen, doch oben zögerten sie, wurden gepackt, über die Mauerkrone gezerrt und mit Schlägen der Musketenkolben in den Garten hinabgezogen, wo sie totgeschlagen wurden. Sieben tote Rotröcke wurden im Garten auf einen Kiesweg gelegt, doch die meisten der britischen Gefallenen lagen auf den Korridoren des Seminars, weggezogen von den großen Fenstern, wo sie die besten Ziele für die frustrierten Franzosen gewesen waren.

Eine ganze neue Kolonne erkletterte jetzt den Hang, um die dezimierten Reihen der ersten aufzufüllen, doch obwohl die belagerten Männer im Seminar es noch nicht wissen konnten, waren diese Neuankömmlinge das Symbol der französischen Niederlage.

Marschall Soult, verzweifelt bemüht, mit frischen Soldaten das Seminar anzugreifen, hatte alle Infanterie aus der Stadt abgezogen, und die Bürger von Oporto, zum ersten Mal unbewacht seit Ende März, strömten zum Fluss hinab und zogen ihre Boote aus Lagerhäusern, Läden und Hinterhöfen, wo sie von den Besetzern bewacht worden waren. Eine Schar dieser kleinen Streitmacht ruderte jetzt an den Trümmern der Pontonbrücke vorbei über den Fluss zu den Kais von Vila Nova de Gaia, wo die Engländer warteten. Ein Offizier spähte nervös über den Douro, um sich zu vergewissern, dass die Franzosen nicht im Hinterhalt am gegenüberliegenden Kai lauerten, dann rief er seinen Männern zu, an Bord zu gehen. Die Boote wurden zurück zur Stadt gerudert, und immer mehr Boote tauchten auf, und mehr und mehr Rotröcke setzten über. Soult wusste es nicht, doch seine Stadt füllte sich mit dem Feind.

Ebenso wenig wussten das die Männer, die das Seminar angriffen, bis die Rotröcke am östlichen Rand der Stadt auftauchten. Inzwischen war die zweite gewaltige Kolonne in den

Todeshagel aus Kugeln vom Dach und den Fenstern des Seminars marschiert. Der Geräuschpegel ähnelte dem bei der Schlacht von Trafalgar, wo Sharpe vom Donnern der großen Schiffskanonen wie betäubt gewesen war, doch dieses Geräusch klang höher durch das Musketenfeuer, das sich zum Stakkato gesteigert hatte. Der Hang vom Seminarhügel war mit Blut getränkt, und die überlebenden Franzosen benutzten die Leichen ihrer Kameraden als Schutzschild. Ein paar Trommler versuchten noch die aufgelösten Kolonnen anzutreiben, doch dann ertönte ein Alarmschrei von einem französischen Unteroffizier, und der Ruf breitete sich aus. Der Rauch löste sich auf, und der Hang leerte sich, als sie die Rotröcke sahen, die das Tal durchquerten.

Die Franzosen flüchteten. Sie hatten tapfer gekämpft, mit Musketen gegen Steinmauern, aber jetzt gerieten sie in Panik, und alle Disziplin war vergessen, als sie zur Straße rannten, die ostwärts nach Amarante verlief. Andere französische Einheiten, Kavallerie und Artillerie darunter, eilten vom höheren Teil der Stadt fort, flüchteten vor der Flut der Rotröcke, die über den Douro setzten, flüchteten vor der Rache der Bürger, die in den Gassen und Straßen nach verwundeten Franzosen suchten, die sie mit Fischmessern angriffen oder mit Knüppeln erschlugen.

Da war ein Schreien und Heulen auf Oportos Straßen, dagegen jedoch eine sonderbare Stille im von Kugeleinschlägen übersäten Seminar. Dann rief General Hill: »Folgt ihnen! Ich will eine Verfolgung!«

»Schützen zu mir!«, befahl Sharpe. Er hielt seine Männer von der Verfolgung zurück. Sie hatten bereits genug durchlitten, nahm er an, und es war an der Zeit, dass er ihnen eine Ruhepause gönnte. »Reinigt eure Waffen«, befahl er, und so blieben sie, während sich die Rotröcke und Schützen der Ersten Brigade außerhalb des Seminars formierten und dann ostwärts davonmarschierten.

Ein Dutzend Gefallener wurde auf dem Dach zurückgelassen. Lange Streifen von Blut zeigten, wo sie von der Brüstung fortgezogen worden waren. Der Rauch im Gebäude lichtete sich und zog ab, bis die Luft wieder sauber war. Auf den Hängen unter dem Seminar lagen verstreut französische Tornister und Gefallene und Verwundete. Ein Verwundeter kroch zwischen blutbefleckten Ambrosiapflanzen davon. Ein Hund schnüffelte an einer Leiche. Frauen und Kinder kamen aus den Häusern im Tal, um zu plündern. Die kleinen Feuer, die von der brennenden Watte entstanden waren, rauchten zwischen den Leichen, wo der rundliche portugiesische Priester, die Donnerbüchse noch in einer Hand, das Kreuzzeichen über den Franzosen machte, bei deren Tod er geholfen hatte.

Die Stadt Oporto war zurückerobert.

Der Brief, adressiert an Richard Sharpe, wartete auf dem Kaminsims im Salon des Hauses Beautiful, und es war ein Wunder, dass er noch unversehrt war, denn an diesem Nachmittag hatte ein Dutzend Kanoniere der Royal Artillery das Haus zu ihrem Quartier gemacht, und als Erstes hatten sie die Möbel des Salons zu Brennholz zerschlagen, um ein Feuer zu machen. Der Brief wäre ein idealer Fidibus gewesen, doch dann traf Captain Hogan ein, bevor das Feuer angezündet werden konnte, und nahm den Brief an sich. Er war gekommen, um Sharpe zu suchen, und er hatte die Kanoniere gefragt, ob irgendwelche Botschaften im Haus zurückgelassen worden waren, denn er dachte, dass Sharpe vielleicht etwas für ihn hinterlassen hätte.

»Englische Leute wohnen hier, Jungs«, sagte er zu den

Kanonieren. »Also tretet euch die Füße ab und räumt hinter euch auf.« Er las die kurze Botschaft und dachte eine Weile nach. »Ich nehme an, keiner von euch hat einen großen Schützenoffizier vom 95th gesehen? Nein? Nun, wenn er auftaucht, schickt ihn zum Palacio das Carrancas.«

»Zum – was, Sir?«, fragte ein Kanonier.

»Großes Gebäude unten am Hügel«, erklärte Hogan. »Hauptquartier.«

Hogan wusste, dass Sharpe lebte, denn Colonel Waters hatte es ihm an diesem Morgen gesagt, doch obwohl Hogan die Straßen abgesucht hatte, war Sharpe nicht gefunden worden, und so hatte Hogan zwei Ordonnanzen in die Stadt auf die Suche nach dem verlorenen Schützen geschickt.

Eine neue Pontonbrücke schwamm bereits auf dem Douro. Die Stadt war wieder frei und feierte das mit Flaggen, Wein und Musik. Hunderte französischer Gefangener wurden in einem Lagerhaus bewacht, und eine lange Reihe französischer Geschütze parkte auf dem Kai am Fluss. Und wo die britischen Handelsschiffe beschlagnahmt worden waren, als die Stadt fiel, flatterten jetzt wieder ihre eigenen Flaggen. Marschall Soult und seine Armee waren nach Osten zur Brücke nach Amarante davonmarschiert, die von den Franzosen erst vor Kurzem eingenommen worden war, und sie hatten zum Glück keine Ahnung, dass General Beresford, der neue Kommandeur der portugiesischen Armee, die Brücke zurückerobert hatte und auf sie wartete.

»Wenn sie den Fluss nicht bei Amarante überqueren können«, fragte Wellesley an diesem Abend, »wohin werden sie dann marschieren?« Die Frage wurde im blauen Empfangsraum des Palacio das Carrancas gestellt, wo Wellesley und sein Stab eine Mahlzeit zu sich genommen hatten, die offenbar für Marschall Soult gekocht worden war und noch heiß in den

Öfen geschmort hatte. Die Mahlzeit bestand aus Lammfleisch, das Sir Arthur gern aß, der Sud bestand jedoch aus zu viel Zwiebeln, Pilzen und Schinken, dass der Geschmack fast verdorben für ihn war. »Ich dachte, die Franzosen lieben die Kochkunst«, hatte er gemurrt und dann verlangt, dass die Ordonnanz ihm eine Flasche Essig aus der Küche holte. Dann hatte er das Lammfleisch mit Essig getränkt, die Pilze und Zwiebeln weggekratzt und den Geschmack viel besser gefunden.

Jetzt, nachdem das Geschirr abgeräumt worden war, versammelten sich die Offiziere um eine von Hand erstellte Landkarte, die Captain Hogan auf dem Tisch ausgebreitet hatte. »Sie werden natürlich nach Spanien zurückkehren wollen«, sagte Wellesley, »aber wie?«

Er hatte erwartet, dass Colonel Waters, der Dienstälteste der Erkundungsoffiziere, die Frage beantwortete, doch Waters war nicht anwesend, und so nickte Wellesley Captain Hogan zu, dem jüngsten im Salon anwesenden Offizier.

Hogan hatte die Wochen vor Soults Invasion damit verbracht, die Trás dos Montes, die wilden nördlichen Berge, wo die Straßen gewunden waren, die Bäche schnell flossen und die wenigen Brücken schmal waren, zu kartografieren. Portugiesische Soldaten waren jetzt losmarschiert, um den Franzosen den Weg abzuschneiden, damit sie nicht auf die Straßen gelangten, die sie zurück zu ihren Festungen in Spanien führen würden, und Hogan tippte jetzt auf die freie Fläche auf der Landkarte nördlich der Straße von Oporto nach Amarante.

»Wenn Amarante eingenommen ist und unsere Freunde morgen Braga einnehmen...«, Hogan verstummte kurz und blickte Sir Arthur an, der gereizt nickte, »... dann sitzt Soult in der Patsche, und zwar ganz schön. Er wird die Serra de Santa Catalina durchqueren müssen, und es gibt keine befahrbaren Straßen in diesen Bergen.«

»Was ist dann dort?«, fragte Wellesley und starrte auf die leere Stelle der Landkarte.

»Ziegenpfade«, sagte Hogan. »Fußpfade, Schluchten, Wölfe und sehr fremdenfeindliche Bauern. Wenn er erst hierhin gelangt, Sir...«, er tippte auf der Karte auf einen Punkt nördlich der Serra de Santa Catalina, »... kann er auf einer passablen Straße heimmarschieren, aber um sie zu erreichen, muss er seine Wagen, Geschütze und Kutschen aufgeben, praktisch alles, was kein Mann oder Maultier tragen kann.«

Donner grollte über der Stadt. Es begann zu regnen. Dann wurde der Regen stärker, prasselte auf die Terrasse und peitschte gegen die hohen Fenster. »Verdammtes Sauwetter«, grollte Wellesley. Das Gewitter würde die Verfolgung der geschlagenen Franzosen verlangsamen.

»Für die Ungöttlichen regnet es ebenso, Sir«, bemerkte Hogan.

»Dann noch mal verdammt«, sagte Wellesley gereizt. Er war sich nicht sicher, ob er Hogan, den er von Cradock übernommen hatte, gut leiden konnte. Der Mann war Ire, was Wellesley daran erinnerte, dass er selbst in Irland geboren worden war, eine Tatsache, auf die er nicht besonders stolz war. Und außerdem war Hogan nicht hochgeboren, und Sir Arthur mochte es, wenn seine Adjutanten aus guten Familien kamen. Er wusste jedoch, dass Vorurteile unvernünftig waren, und er begann den ruhigen Hogan für ziemlich kompetent zu halten, weil auch Colonel Waters, den Wellesley akzeptierte, sehr herzlich über den Iren sprach.

»Also«, fasste Wellesley die Lage zusammen, »sie sind auf der Straße zwischen hier und Amarante, und sie können nicht zurückkommen, ohne gegen uns zu kämpfen, und sie können nicht flüchten, ohne auf Beresford zu stoßen, also müssen sie nach Norden in die Hügel. Und wohin gehen sie danach?«

»Zu dieser Straße hier, Sir«, antwortete Hogan und wies mit einem Bleistift auf die Landkarte. »Sie führt von Braga nach Chaves, Sir, und wenn er es schafft, an Ponte Nova vorbeizukommen und Ruivaens zu erreichen, das ist ein Ort hier . . .«, er legte eine Pause ein, um eine Stelle auf der Landkarte zu markieren, ». . . dann gibt es dort einen Weg, der ihn nach Norden durch die Hügel nach Montalegre bringt, und das ist nur einen Steinwurf weit von der Grenze entfernt.«

Sir Arthurs Adjutanten drängten sich an dem Tisch und blickten auf die Landkarte. Nur ein dünner und blasser Mann in eleganter Zivilkleidung zeigte keinerlei Interesse, sondern streckte behaglich in einem Lehnstuhl die Beine aus und versäumte es, seine Langeweile über das Gerede von Landkarten, Straßen, Hügel und Brücken zu verbergen.

»Und diese Straße, Sir«, sagte Hogan weiter und fuhr mit dem Bleistift von Ponte Nova nach Montalegre, »ist wahrhaft teuflisch, Sir. Eine Tortur. Man muss fünf Meilen gehen, um eine halbe Meile voranzukommen. Und – besser noch – Sir, man muss ein paar Bäche überqueren, zwar kleine, doch mit reißendem Wasser und in tiefen Schluchten, und das bedeutet, dass die Brücken sehr hoch sind. Wenn die Portugiesen den Weg zu diesen Brücken abschneiden, ist Soult verloren, Sir. Er sitzt dann in der Falle. Er kann seine Männer nur durch die Berge führen, und sie werden auf dem ganzen Weg den Teufel im Nacken haben.«

»Gott sei mit den Portugiesen«, sagte Wellesley und schnitt eine Grimasse, weil der Regen prasselte, denn der General wusste, dass dies seinen Verbündeten bei dem Versuch, den Franzosen den Weg abzuschneiden, bevor sie Spanien erreichen konnten, verlangsamen würde. Sie hatten ihnen bereits den Weg nach Amarante abgeschnitten, aber jetzt würden sie weiter nördlich marschieren, während Wellesleys Armee, noch euphorisch von ihrem Triumph bei Oporto, die Franzosen jagen musste. Bei der Jagd waren die Briten die Treiber, die ihr Wild auf die portugiesischen Geschütze zutrieben. Wellesley starrte auf die Landkarte. »Sie haben das gezeichnet, Hogan?«

»Ja, das habe ich, Sir.«

»Und ist es zuverlässig?«

»Das ist es, Sir.«

Sir Arthur stieß einen Grunzlaut aus. Wenn nicht dieses Sauwetter wäre, dann würde er Soult und all seine Männer zur Strecke bringen, aber der Regen machte es verdammt schwer. Was hieß, je früher es in Angriff genommen wurde, desto besser. So erhielten die Adjutanten den Befehl, die britische Armee auf den Abmarsch im Morgengrauen vorzubereiten.

Als Sir Arthur den Befehl erteilt hatte, gähnte er. Er brauchte bis zum Morgen unbedingt etwas Schlaf, und er wollte sich gerade zur Nachtruhe zurückziehen, als die großen Türflügel aufgerissen wurden und ein sehr nasser, ungepflegter und unrasierter Schütze eintrat. Er sah General Wellesley, blickte überrascht und stand instinktiv still.

»Guter Gott«, sagte Wellesley säuerlich.

»Ich glaube, Sie kennen Lieutenant ...«, begann Hogan.

»Selbstverständlich kenne ich Lieutenant Sharpe«, blaffte Wellesley, »aber ich möchte wissen, was, zum Teufel, er hier treibt. Die 95th Rifles sind nicht bei uns.«

Hogan entfernte den Kerzenständer von der Ecke der Landkarte und ließ sie sich aufrollen. »Das ist meine Schuld, Sir Arthur«, sagte er ruhig. »Ich fand Lieutenant Sharpe und seine Männer herumirren wie verlorene Schafe und nahm sie in meine Obhut, und seither hat er mich bei meinen Ausflügen zur Grenze begleitet. Ich wäre nicht allein mit den französischen Patrouillen zurechtgekommen, Sir Arthur. Mister Sharpe war mir eine große Hilfe.«

Während Hogans Worten starrte Wellesley Sharpe an. »Sie hatten sich verirrt?«, fragte er kalt.

»Ich war abgeschnitten«, sagte Sharpe.

»Während des Rückzugs aus La Coruña?«

»Jawohl, Sir«, sagte Sharpe. In Wirklichkeit hatte sich seine Einheit nach Vigo zurückgezogen, doch der Unterschied war nicht wichtig, und Sharpe hatte längst gelernt, ranghöheren Offizieren so kurz wie möglich zu antworten.

»Und wo, zum Teufel, sind Sie in diesen letzten paar Wochen gewesen?«, fragte Wellesley scharf. »Haben Sie sich verdrückt?«

»Jawohl, Sir«, sagte Sharpe, und die Stabsoffiziere versteiften sich bei dem Hauch von Frechheit bei dieser Antwort.

»Ich habe dem Lieutenant befohlen, eine junge englische Frau zu suchen, die vermisst wurde, Sir«, beeilte sich Hogan zu erklären. »Genauer gesagt, ich befahl ihm, Colonel Christopher zu begleiten.«

Die Erwähnung dieses Namens war wie ein Peitschenknall. Alle schwiegen, und der junge Zivilist, der so gewirkt hatte, als schliefe er in dem Lehnstuhl fast ein und überrascht die Augen aufgerissen hatte, als der Name »Sharpe« zum ersten Mal gefallen war, lauschte jetzt mit großer Aufmerksamkeit. Er war ein zu dünner junger Mann mit blassem Teint, der die Sonne fürchtete, und da war etwas Katzenhaftes, fast Feminines an seiner zerbrechlichen Erscheinung. Seine Kleidung war so elegant, dass sie gut in ein Londoner Modehaus oder einen Pariser Salon gepasst hätte, doch hier, mitten unter den ungewaschenen Uniformen der sonnengebräunten Offiziere wirkte er wie ein verwöhnter Schoßhund unter Straßenkötern. Er saß jetzt gerade aufgerichtet da und starrte Sharpe aufmerksam an.

»Colonel Christopher.« Wellesley brach das Schweigen. »Sie waren also mit ihm zusammen?«, fragte er Sharpe.

»General Cradock befahl mir, bei ihm zu bleiben, Sir«, sagte Sharpe und nahm den Befehl des Generals aus seiner Tasche und legte ihn auf den Tisch.

Wellesley warf nicht mal einen Blick darauf. »Was, zum Teufel, hat Cradock gemacht?«, blaffte er. »Christopher ist nicht mal ein durch Patent bestallter Offizier, er ist ein verdammter Speichellecker vom Auswärtigen Amt!« Diese letzten Worte galten dem blassen jungen Mann, der nichts sagte, sondern eine leicht wegwerfende Geste mit den feingliedrigen Fingern seiner rechten Hand machte. Er fing Sharpes Blick auf und änderte die Geste mit einem kleinen Winken, als heiße er ihn willkommen, und Sharpe erkannte jetzt überrascht, dass es Lord Pumphrey war, den er in Kopenhagen kennengelernt hatte. Seine Lordschaft, die geheimnisvoll prominent im Auswärtigen Amt war, wie Sharpe wusste, gab keine Erklärung für seine Anwesenheit in Oporto, als Wellesley General Cradocks schriftlichen Befehl nahm, ihn las und dann auf den Tisch zurücklegte. »Und was hat Ihnen Christopher befohlen?«, fragte er Sharpe.

»In einem Dorf namens Vila Real de Zedes zu bleiben, Sir.«

»Und was dort zu tun, bitte?«

»Getötet zu werden, Sir.«

»Getötet zu werden?«, fragte Sir Arthur in gefährlichem Tonfall. Er wusste, dass Sharpe unbesonnen war, und obwohl der Schütze ihm einst das Leben gerettet hatte, war Sir Arthur bereit, ihn zur Sau zu machen.

»Er brachte eine französische Streitmacht zum Dorf, Sir. Sie griff uns an.«

»Anscheinend nicht sehr wirkungsvoll«, sagte Wellesley sarkastisch.

»Nicht sehr, nein, Sir«, stimmte Sharpe zu, »aber es waren zwölfhundert Mann, und wir waren nur sechzig.« Er schwieg, und es herrschte Stille in dem großen Raum, als einige der Offiziere das Verhältnis ausrechneten. Zwanzig zu eins. Ein weiterer Donner grollte, und ein Blitzstrahl erhellte den Himmel im Westen.

»Zwölfhundert, Richard?«, fragte Hogan, und seine Stimme verriet, dass Sharpe die Zahl nicht übertreiben sollte.

»Es waren vermutlich mehr, Sir«, sagte Sharpe stoisch. »Das 31. Léger griff uns an, aber es wurde von mindestens einem Regiment Dragoner und einer Haubitze unterstützt. Jedoch nur einer, Sir, und wir sahen sie früh genug.« Er legte wieder eine Pause ein, und von Neuem herrschte Stille. Sharpe fiel ein, dass er seinen Verbündeten vergessen hatte, und er wandte sich wieder Wellesley zu. »Ich hatte Lieutenant Vicente bei mir, vom 18. portugiesischen Regiment, und er und seine ungefähr dreißig Jungs halfen uns sehr, aber ich muss leider sagen, dass er ein paar Mann verlor, und ich ebenfalls. Und einer meiner Männer ist desertiert, Sir. Das tut mir leid.«

Wieder herrschte Stille, diesmal viel länger. Die Offiziere starrten ihn an, und er versuchte die Kerzen auf dem großen Tisch zu zählen. Dann brach Lord Pumphrey das Schweigen. »Sie sagen uns, Lieutenant, dass Mister Christopher diese Soldaten brachte, um Sie anzugreifen?«

»Jawohl, Sir.«

Pumphrey lächelte. »Hat er sie gebracht? Oder wurde er von ihnen gebracht?«

»Er brachte sie«, sagte Sharpe, »und dann hatte er den Nerv, auf den Hügel zu kommen und mir zu sagen, dass der Krieg vorüber sei und wir ins Dorf in die Obhut der Franzosen spazieren sollten.«

»Danke, Lieutenant«, sagte Pumphrey mit übertriebener Höflichkeit.

Es folgte weiteres Schweigen, dann räusperte sich Colonel

Waters. »Sie werden sich erinnern, Sir«, sagte er leise, »dass es Lieutenant Sharpe war, der uns heute Morgen die Boote besorgte.« Mit anderen Worten sagte er Sir Arthur Wellesley, dass er ein wenig dankbar sein konnte. Doch Sir Arthur war nicht in der Stimmung, Dankbarkeit zu zeigen. Er starrte Sharpe nur an.

Dann erinnerte sich Hogan an den Brief, den er aus dem Haus Beautiful gerettet hatte, und er zog ihn aus der Tasche. »Der ist für Sie, Lieutenant«, sagte er und hielt Sharpe den Brief hin. »Er war nicht versiegelt, und so nahm ich mir die Freiheit, ihn zu lesen.«

Sharpe entfaltete das Papier. »Er geht mit den Franzosen«, las er, »und zwingt mich, ihn zu begleiten, aber ich will das nicht.« Es war mit »Kate« unterzeichnet und offensichtlich in größter Eile geschrieben.

»Ich nehme an, mit ›er‹ ist Christopher gemeint?« Hogan blickte Sharpe fragend an.

»Jawohl, Sir.«

»Der Grund, weshalb die junge Dame im März von zu Hause fortlief, war also Colonel Christopher?«

»Jawohl, Sir.«

»Ist sie verliebt in ihn?«

»Sie ist mit ihm verheiratet«, sagte Sharpe und wusste nicht, warum Lord Pumphrey ihn überrascht ansah.

»Vor ein paar Wochen ...«, Hogan sprach jetzt zu Wellesley, »... hat Colonel Christopher Miss Savages Mutter den Hof gemacht.«

»Hilft uns irgendetwas von diesem albernen Gerede zu erkennen, was Christopher macht?«, fragte Sir Arthur schroff.

»Es ist zumindest amüsant«, sagte Pumphrey. Er stand auf, schnippte ein Staubkorn von seiner Manschette und lächelte Sharpe an. »Haben Sie wirklich gesagt, dass Christopher dieses Mädchen geheiratet hat?«

»Ja, das hat er.«

»Dann ist er ein böser Bube«, sagte Lord Pumphrey heiter, »denn er ist bereits verheiratet.« Seine Lordschaft genoss sichtlich seine Enthüllung. »Er heiratete vor zehn Jahren Pearce Courtnells Tochter in dem Glauben, dass sie achttausend Pfund pro Jahr wert sei, und dann stellte sich heraus, dass sie kaum einen Sixpence wert ist. Es ist, wie ich hörte, keine glückliche Ehe, und kann ich davon ausgehen, Sir Arthur, dass Lieutenant Sharpes Neuigkeiten unsere Fragen über Colonel Christophers wahre Loyalität beantworten?«

»Tun sie das?«

»Christopher kann nicht hoffen, eine Bigamie-Ehe zu überleben, wenn er seine Zukunft in Britannien oder in einem freien Portugal sieht«, bemerkte Lord Pumphrey. »Aber in Frankreich? Oder in einem Portugal, das von Frankreich regiert wird? Den Franzosen wird es gleichgültig sein, wie viele Frauen er in London verlassen hat.«

»Aber Sie sagten, er wolle zurückkehren.«

»Ich tendierte zu der Einschätzung, dass er eine Rückkehr wünschen würde«, korrigierte Lord Pumphrey den General. »Er hat schließlich auf beiden Seiten des Tisches gespielt, und wenn er denkt, wir gewinnen, dann wird er zweifellos zurückkehren wollen, und zweifellos wird er dann abstreiten, Miss Savage jemals geheiratet zu haben.«

»Sie könnte da anderer Meinung sein«, bemerkte Wellesley trocken.

»Wenn sie lebt, um das zu äußern, was ich bezweifle«, sagte Pumphrey. »Nein, Sir, man kann ihm nicht vertrauen, und ich wage zu sagen, dass meine Chefs in London enorm dankbar sein würden, wenn Sie ihn von seiner Stellung entfernen.«

»Ist es das, was Sie wollen?«

»Es ist nicht das, was ich will«, widersprach Pumphrey Wellesley, »es ist das, was London wünschen würde.«

»Sind Sie sich dessen sicher?«, fragte Wellesley, dem Pumphreys Anspielungen nicht passten.

»Er hat Wissen, das Sie in Verlegenheit bringen könnte«, gab Pumphrey zu, »einschließlich der Codes des Außenministeriums.«

Wellesley lachte wiehernd. »Die hat er vermutlich bereits den Franzosen gegeben.«

»Das bezweifle ich, Sir«, sagte Pumphrey und betrachtete mit leichtem Stirnrunzeln seine Fingernägel. »Man behält für gewöhnlich seine besten Karten bis zum Schluss. Und am Ende wird Christopher verhandeln wollen, entweder mit uns oder mit den Franzosen, und ich muss sagen, dass die Regierung seiner Majestät keine der beiden Möglichkeiten wünscht.«

»Dann überlasse ich sein Schicksal Ihnen, Mylord«, sagte Wellesley mit sichtlichem Widerwillen, »und da es zweifellos schmutzige Arbeit bedeutet, überlasse ich Ihnen besser die Dienste von Captain Hogan und Lieutenant Sharpe. Was mich anbetrifft, so gehe ich jetzt zu Bett.« Er nickte kurz allen Versammelten am Tisch zu und verließ den Raum, gefolgt von seinen Adjutanten.

Lord Pumphrey nahm eine Karaffe *vinho verde* vom Tisch und setzte sich mit einem übertriebenen Seufzen in seinen Lehnsessel zurück. »Sir Arthur lässt mich schwach in den Knien werden«, sagte er und gab vor, die geschockte Reaktion auf Sharpes und Hogans Gesichtern nicht zu bemerken. »Haben Sie ihm in Indien wirklich das Leben gerettet, Richard?«

Sharpe sagte nichts, und Hogan antwortete für ihn. »Deshalb behandelt er Sharpe so schlecht«, sagte der Ire. »Die große Nase kann es nicht ertragen, dankbar sein zu müssen, und besonders kann er es nicht ertragen, einem ausgebufften Schlitzohr wie Sharpe zu Dank verpflichtet zu sein.«

Pumphrey verzog das Gesicht. »Wissen Sie, was wir im Auswärtigen Amt am wenigsten von allem mögen? Zu auswärtigen Orten reisen. Das ist so unbehaglich. Aber hier bin ich, und ich nehme an, wir müssen uns um unsere Pflichten kümmern.«

Sharpe war zu einem der hohen Fenster gegangen und starrte in die feuchte Dunkelheit hinaus. »Was sind meine Pflichten?«, fragte er.

Lord Pumphrey schenkte sich großzügig Wein in sein Glas. »Um es nicht so fein auf den Punkt zu bringen, Richard, Ihre Pflicht ist es, Mister Christopher zu finden und dann ...« Er beendete den Satz nicht, sondern fuhr sich mit einem Finger über die Kehle, eine Geste des Kehledurchschneidens, die Sharpe im dunklen Fenster gespiegelt sah.

»Wer ist Christopher überhaupt?«, wollte Sharpe wissen.

»Er ist ein Ellbogenmensch«, sagte Pumphrey, und seine Stimme verriet Abscheu, »ein ziemlich karrieregeiler Typ im Außenministerium. Man hat ihm eine prächtige Zukunft zugetraut, wenn er nur seine Neigung zu komplizierten Affären in den Griff bekäme. Er liebt Intrigen und Liebschaften. Das Außenministerium hat zwangsläufig mit geheimen Dingen zu tun, und er hält sich nur widerwillig daran. Im letzten Jahr wurde er mit der Aufgabe der Einschätzung des Charakters der Portugiesen ins Ausland geschickt. Es gab Gerüchte, glücklicherweise unbegründet, dass eine große Anzahl Leute, besonders im Norden, mit den Franzosen sympathisieren, und Christopher sollte nur einschätzen, wie groß diese Sympathie ist.«

»Konnte das die Botschaft nicht?«, fragte Hogan.

»Nicht unbemerkt«, sagte Pumphrey, »und nicht ohne eine Nation zu beleidigen, die schließlich unser ältester Verbündeter ist. Und ich nehme an, wenn man jemanden von der Botschaft befragt, wird er nur die Antworten geben, die man seiner Meinung nach von ihm hören will. Nein, Christopher sollte als englischer Gentleman durch Nordportugal reisen, und die Gelegenheit stieg ihm zu Kopf. Cradock war schwachsinnig genug, ihm den Titularrang zu verleihen, und so begann Christopher seine Pläne auszuhecken.«

Lord Pumphrey schaute zur Decke empor, die mit feiernden Gottheiten und tanzenden Nymphen bemalt war.

»Ich vermute, dass Mister Christopher Wetten auf jedes Pferd im Rennen gesetzt hat. Wir wissen, dass er zu einer Meuterei ermuntert hat, aber ich habe den Verdacht, dass er die Meuterer verraten hat. Die Ermunterung diente dazu, uns zu versichern, dass er für unsere Interessen arbeitet, und der Verrat macht ihn lieb Kind bei den Franzosen. Er ist entschlossen, auf der Seite des Gewinners zu sein, wie gesagt. Doch die Hauptintrige war, sich auf Kosten der Savage-Damen zu bereichern.« Pumphrey machte eine Pause und lächelte verzückt. »Ich habe Bigamisten immer ziemlich bewundert. Schon eine einzige Frau wäre für mich zu viel, aber ein richtiger Mann nimmt mindestens zwei!«

»Haben Sie gesagt, er will zurückkommen?«, fragte Sharpe.

»Ich nehme es an. James Christopher ist kein Mann, der seine Brücken hinter sich abbricht, wenn er keine Alternative hat. Oh ja, ich bin sicher, er wird eine Möglichkeit finden, nach London zurückzukehren, wenn er sich nicht mit den Franzosen arrangieren kann.«

»Jetzt nehme ich an, dass ich den Bastard erschießen muss«, sagte Sharpe.

»Das ist nicht genau die Art, wie wir im Außenministerium die Sache ausdrücken würden«, sagte Lord Pumphrey, »aber es trifft den Kern. Gehen Sie und erschießen Sie ihn, Richard, und Gott segne Ihr Gewehr.«

»Und was tun Sie hier?«, fragte Sharpe.

»Außer mich unbehaglich zu fühlen? Ich wurde geschickt, um Christopher zu beaufsichtigen. Er trat an General Cradock mit der Neuigkeit einer vorgeschlagenen Meuterei heran. Cradock meldete das nach London, und London wurde nervös bei dem Gedanken, Bonapartes Armee in Portugal und Spanien anzustiften, hatte jedoch das Gefühl, dass jemand mit Klugheit und gutem Einschätzungsvermögen gebraucht wurde, um den Plan voranzutreiben, und so brachte man mich ins Spiel.«

»Und jetzt können wir den Plan vergessen«, bemerkte Hogan.

»Das können wir in der Tat«, stimmte Pumphrey zu. »Christopher brachte einen Hauptmann Argenton dazu, mit General Cradock zu reden«, erklärte er Sharpe, »und als Cradock ersetzt wurde, bahnte sich Argenton seinen eigenen Weg durch die Linien, um mit Sir Arthur zu konferieren. Er wollte Versprechungen, dass unsere Streitkräfte bei einer französischen Meuterei nicht eingreifen würden, aber Sir Arthur wollte nichts von seinen Verschwörungsplänen hören und riet ihm, den Schwanz einzuziehen und sich in die Finsternis der Hölle zurückzuziehen, aus der er kam. Also keine Verschwörungspläne, keine geheimnisvollen Boten mit Mantel und Degen, nur altmodisches Soldatentum. Anscheinend bin ich überflüssig bei diesen Anforderungen, und Mister Christopher – wenn man dem Brief Ihrer Freundin glauben kann – ist nach Frankreich gereist, was bedeuten muss, wie ich meine, dass er immer noch glaubt, die Franzosen werden diesen Krieg gewinnen.«

Hogan hatte das Fenster geöffnet, um den Regen zu riechen, doch jetzt wandte er sich zu Sharpe um. »Wir müssen gehen, Richard. Wir haben einiges zu planen.«

»Jawohl, Sir.« Sharpe nahm seinen zerschrammten Tschako, doch dann wollte er noch eine Frage stellen. »Mylord?«

»Richard?«, erwiderte Lord Pumphrey ernst.

»Erinnern Sie sich an Astrid?«, fragte Sharpe verlegen.

»Natürlich erinnere ich mich an die schöne Astrid«, antwortete Pumphrey glatt. »Ole Skovgaards nette Tochter.«

»Ich habe mich gefragt, ob Sie Neuigkeiten von ihr haben, Mylord«, sagte Sharpe, und das Blut schoss ihm in die Wangen.

Lord Pumphrey hatte Neuigkeiten von ihr, aber keine, die er Sharpe sagen wollte, denn die Wahrheit war, dass Astrid und ihr Vater in ihren Gräbern lagen, die Kehlen durchgeschnitten auf Pumphreys Befehl hin. »Ich hörte«, sagte Seine Lordschaft freundlich, »dass es in Kopenhagen eine ansteckende Krankheit gab. Malaria, vielleicht. Oder war es Cholera? Leider, Richard.« Er breitete die Hände aus.

»Ist sie tot?«

»Das befürchte ich.«

»Oh.« Sharpe blinzelte. Bis vor Kurzem hatte er noch gedacht, die Armee zu verlassen und ein neues Leben mit Astrid im sauberen, anständigen Dänemark anzufangen. »Das tut mir leid«, entfuhr es ihm.

»Mir ebenso«, sagte Lord Pumphrey leichthin. »So sehr leid. Aber sagen Sie mir, Richard, kann man Miss Savage auch als schön bezeichnen?«

»Ja«, sagte Sharpe, »das ist sie.«

»Das dachte ich mir«, sagte Lord Pumphrey resigniert.

»Und sie wird sterben«, blaffte Hogan Sharpe an, »wenn wir uns nicht beeilen.«

»Jawohl, Sir«, sagte Sharpe und beeilte sich.

Hogan und Sharpe gingen bergauf durch den nächtlichen Regen zu einem Schulgebäude, das Sharpe als Quartier für seine Männer beschlagnahmt hatte. »Wissen Sie, dass Lord Pumphrey ein Bandit ist?«, fragte Hogan ärgerlich.

»Natürlich weiß ich das.«

»Dafür kann er aufgehängt werden«, meinte Hogan ärgerlich.

»Ich mag ihn trotzdem«, sagte Sharpe.

»Er ist eine Schlange. Wie fast alle Diplomaten. Schlimmer als Anwälte.«

»Er ist immerhin nicht hochnäsig«, wandte Sharpe ein.

»Es gibt nichts, das Lord Pumphrey mehr sein möchte als hochnäsig zu Ihnen, Richard.« Er lachte. Seine Stimmung hatte sich offenbar gebessert. »Und wie, zur Hölle, sollen wir dieses arme Mädchen, diese zickige Kate, und ihren verkommenen Ehemann finden?«

»Wir?«, fragte Sharpe. »Sie kommen mit?«

»Dies ist viel zu wichtig, als es einem popeligen englischen Lieutenant zu überlassen«, sagte Hogan. »Dies ist eine Sache, die von der Klugheit eines Iren erledigt werden muss.«

Einmal im Schulhaus, ließen sich Sharpe und Hogan in der Küche nieder, wo die französischen Besatzer der Stadt einen unbeschädigten Tisch zurückgelassen hatten, und weil Hogan seine gute Landkarte im Generalhauptquartier zurückgelassen hatte, benutzte er ein Stück Kreide, um eine gröbere Version der Karte auf die geschrubbte Tischplatte zu zeichnen.

Aus dem Hauptraum der Schule, dort wo Sharpes Männer ihre Decken ausgebreitet hatten, ertönte Frauengelächter. Meine Männer, dachte Sharpe, sind kaum einen Tag in der Stadt, doch sie haben bereits ein Dutzend Mädchen gefunden.

»Die beste Möglichkeit, die Sprache zu lernen, Sir«, hatte Harper ihm versichert, »und es mangelt uns allen an Bildung, Sir, wie Sie zweifellos wissen.«

»In Ordnung!« Hogan trat die Küchentür zu. »Sehen Sie

sich die Karte an, Richard.« Er zeigte, wie die Briten von der Küste Portugals heraufgekommen waren und die Franzosen aus Oporto vertrieben hatten und wie gleichzeitig die portugiesische Armee im Osten angegriffen hatte. »Sie haben Amarante wieder eingenommen, was gut ist, denn es bedeutet, dass Soult die Brücke nicht überqueren kann. Er kann nicht mehr weiter, und so bleibt ihm keine Wahl. Er muss durch die Hügel im Norden, um ein Sträßchen hier hinauf zu finden ...«, die Kreide kratzte, als er eine gewundene Linie auf die Tischplatte zeichnete, »... und es ist eine höllisch miese Straße. Wenn die Portugiesen in diesem gottverdammten Wetter gut marschieren, können sie die Straße hier ...«, er markierte mit der Kreide ein Kreuz, »... abschneiden. Dort ist eine Brücke namens Ponte Nova. Erinnern Sie sich daran?«

Sharpe schüttelte den Kopf. Er hatte mit Hogan so viele Brücken gesehen, dass er sich nicht mehr an jede einzelne erinnern konnte.

»Die Ponte Nova«, sagte Hogan, »das heißt die Neue Brücke, und natürlich ist sie fast so alt wie die Hügel, und nur ein Fass Pulver wird sie zusammenkrachen und in die Schlucht stürzen lassen, und dann, Richard, ist Soult erledigt. Aber das ist er nur, wenn die Portugiesen früh dorthin gelangen können.« Er blickte finster drein, denn das Wetter war alles andere als günstig für einen schnellen Marsch durch die Berge. »Und wenn sie Soult nicht an der Ponte Nova stoppen können, dann besteht noch eine halbe Chance, dass sie ihn an der Saltador erwischen. An diese Brücke erinnern Sie sich doch bestimmt?«

»Ja, ich erinnere mich«, bestätigte Sharpe.

Die Saltador war hoch oben in den Bergen eine Steinbrücke, die eine tiefe und schmale Schlucht überspannte, und dieser spektakuläre Bogen hatte ihr den Spitznamen »Der Springer«, portugiesisch Saltador, gegeben. Sharpe erinnerte sich, dass

Hogan sie kartografiert hatte, sah vor seinem geistigen Auge ein kleines Dorf aus niedrigen Steinhäusern, aber hauptsächlich war ihm der reißende Gebirgsfluss in Erinnerung geblieben, der unter der erhabenen Brücke hinabstürzte.

»Wenn sie es bis zur Saltador schaffen und sie überqueren«, sagte Hogan, »dann können wir ihnen zum Abschied nur noch nachwinken und sie verfluchen. Dann sind sie entkommen.« Er zuckte zusammen, als Gewitterdonner ihn an das Wetter erinnerte. Seufzend sagte er: »Wir können nicht mehr als unser Bestes tun.«

»Und was genau werden wir tun?«, wollte Sharpe wissen.

»Das, Richard, ist eine gute Frage«, sagte Hogan. Er bediente sich mit einer Prise Schnupftabak und nieste dann heftig. »Gott helfe mir, aber die Ärzte sagen, es klärt die Atemwege, welche Wege sie auch immer damit meinen. Nun, meiner Meinung nach kann zweierlei passieren.« Er markierte mit der Kreide die Ponte Nova. »Wenn die Franzosen bei dieser Brücke gestoppt werden, dann werden die meisten kapitulieren, denn sie haben keine Wahl. Einige werden in die Hügel entkommen, aber sie werden überall auf bewaffnete Bauern stoßen, die nach Kehlen oder sonstigen Körperteilen suchen, die sie durchschneiden können. So werden wir entweder Mister Christopher bei der Armee finden, wenn sie kapituliert, oder – wahrscheinlicher – er wird flüchten und behaupten, ein entkommener englischer Gefangener zu sein. In diesem Fall reiten wir in die Berge, finden ihn und stellen ihn gegen eine Wand.«

»Wirklich?«

»Macht Ihnen das Sorgen?«

»Ich würde ihn lieber aufhängen.«

»Wir können die Methode diskutieren, wenn es so weit ist. Aber lassen Sie uns jetzt über den zweiten Punkt reden, der passieren kann. Das ist die Möglichkeit, dass die Franzosen nicht vor der Ponte Nova gestoppt werden. In diesem Fall müssen wir die Saltador erreichen.«

»Warum?«

»Denken Sie daran, wie es war, Richard«, sagte Hogan. »Eine tiefe Schlucht, steile Hänge überall, die Art Ort, wo Schützen sehr wirkungsvoll sein können. Und wenn die Franzosen die Brücke überqueren, werden wir ihn sehen, und Ihre Baker-Gewehre werden erledigen, was nötig ist.«

»Können wir nahe genug herankommen?«, fragte Sharpe und versuchte sich an das Terrain um die Brücke zu erinnern.

»Es gibt steile Abhänge und hohe Felsvorsprünge. Ich schätze, dass Sie bis auf zweihundert Schritte an die Brücke herankommen können.«

»Das reicht«, sagte Sharpe grimmig.

»Wir müssen ihn auf die eine oder andere Weise erledigen«, sagte Hogan und lehnte sich zurück. »Er ist ein Verräter, Richard, vielleicht nicht so gefährlich, wie er denkt, aber wenn er nach Paris kommt, werden Verhörspezialisten schon einige Dinge aus ihm herauskitzeln, die sie besser nicht wüssten. Und wenn er nach London zurückkommt, ist er gerissen genug, diese Narren zu überzeugen, dass er stets für ihre Interessen gearbeitet hat. Also alles in allem bedacht, Richard, würde ich sagen, dass er besser tot ist.«

»Und Kate?«

»Wir werden sie nicht erschießen«, sagte Hogan.

»Im März haben Sie mir befohlen, sie zu retten. Ist dieser Befehl noch gültig?«

Hogan starrte zur Decke. »In der kurzen Zeit, die ich Sie kenne, Richard, habe ich bei Ihnen die bedauerliche Neigung bemerkt, eine glänzende Ritterrüstung anzuziehen und nach Ladys Ausschau zu halten, die Sie retten müssen. König Arthur, er ruhe in Frieden, hätte Sie geliebt. Er würde Sie gegen jeden teuflischen Ritter im Wald kämpfen lassen. Ist es wichtig, Kate Savage zu retten? Eigentlich nicht. Die Hauptsache ist, Mister Christopher zu bestrafen, und ich befürchte, dass Miss Kate selbst für ihr Glück sorgen muss.«

Sharpe blickte auf die Kreide-Landkarte. »Wie kommen wir zur Ponte Nova?«

»Zu Fuß, Richard. Wir durchqueren die Berge. Die Pfade dort sind nicht für Pferde geeignet. Man müsste sie die Hälfte der Zeit führen, sich Sorgen um ihr Futter machen, nach ihren Hufen sehen und wünschen, man hätte diesen Ballast gar nicht. Jetzt könnten wir Maultiere gebrauchen, aber wo werden wir heute Nacht Mulis finden? Entweder Mulis oder Schusters Rappen, aber so oder so können wir nur ein paar Männer mitnehmen, Ihre besten und verlässlichsten, und wir müssen vor dem Morgengrauen aufbrechen.«

»Und was mache ich mit meinen restlichen Männern?«

Hogan dachte darüber nach. »Major Potter könnte sie gebrauchen, um hier zu helfen, die Gefangenen zu bewachen.«

»Ich möchte sie nicht wieder an Shorncliffe verlieren«, sagte Sharpe. Er befürchtete, dass das Zweite Bataillon Nachforschungen über seine verlorenen Schützen anstellen würde. Es mochte nichts ausmachen, wenn Lieutenant Sharpe vermisst wurde, doch die Abwesenheit von einigen erstklassigen Scharfschützen würde bestimmt bedauert werden.

»Mein lieber Richard«, sagte Hogan, »wenn Sie denken, Sir Arthur wird auch nur ein paar gute Schützen verlieren wollen, dann kennen Sie ihn nur halb so gut, wie Sie meinen. Er wird Himmel und Hölle in Bewegung setzen, um sie hier zu halten. Und wir müssen uns jetzt höllisch beeilen, noch vor den Franzosen zur Ponte Nova zu kommen.«

Sharpe verzog das Gesicht. »Sie haben einen Tag Vorsprung vor uns.«

»Nein, haben sie nicht. Die Blödmänner marschierten nach Amarante, was bedeutet, sie wissen nicht, dass die Portugiesen die Stadt zurückerobert haben. Inzwischen müssen sie ihre missliche Lage erkannt haben, aber ich bezweifle, dass sie vor dem Morgengrauen nach Norden starten. Wenn wir uns beeilen, schlagen wir sie.« Er runzelte die Stirn und blickte auf die Landkarte. »Es gibt nur ein wirkliches Problem, das ich sehen kann, ein anderes, als Mister Christopher zu finden, wenn wir dort sind.«

»Welches Problem?«

»Ich kann den Weg zur Ponte Nova von Braga aus finden«, sagte Hogan, »aber was ist, wenn die Franzosen bereits auf der Straße nach Braga sind? Wir werden uns in die Hügel schlagen müssen, und das ist ein wildes Gebiet, Richard, da kann man sich leicht verirren. Wir brauchen einen Führer, und wir müssen ihn schnell finden.«

Sharpe grinste. »Wenn es Ihnen nichts ausmacht, mit einem portugiesischen Offizier zu marschieren, der sich für einen Philosophen und Poeten hält, dann glaube ich, den richtigen Mann für uns zu haben.«

»Ich bin Ire«, sagte Hogan, »und es gibt nichts, was wir mehr lieben als Philosophen und Poeten.«

»Er ist auch Anwalt.«

»Wenn er uns zur Ponte Nova bringt«, sagte Hogan, »dann wird Gott ihm das zweifellos verzeihen.«

Das Gelächter der Frauen war laut, aber es war an der Zeit, die Party zu beenden. Ein Dutzend von Sharpes besten Männern musste seine Stiefel anziehen und die Patronentaschen füllen.

Die Zeit der Abrechnung war gekommen.

KAPITEL 10

Kate saß in einer Ecke der Kutsche und weinte. Die Kutsche fuhr nirgendwohin. Es war nicht einmal eine richtige Kutsche, nicht halb so komfortabel wie der zerbrechliche, zweirädrige offene Einspänner der Quinta, der in Oporto gelassen worden war, und nicht so gut wie die, mit der ihre Mutter im März den Fluss überquert hatte. Wie sehr wünschte sich Kate jetzt, mit ihrer Mutter gefahren zu sein, doch stattdessen war sie ihren romantischen Gefühlen gefolgt und überzeugt gewesen, dass sie bei der Erfüllung ihrer Liebe auf goldenen Wolken und in grenzenlosem Glück schweben würde.

Stattdessen befand sie sich in einer Mietskutsche aus Oporto, deren Lederverdeck undicht war, deren Federn knarrten und deren altersschwacher Hengst davor die Kutsche nirgendwohin zog, denn die fliehende französische Armee hing auf der Straße nach Amarante fest. Regen klatschte auf das Dach, sickerte an den Fenstern herab und tropfte auf Kates Schoß, doch sie nahm es kaum wahr, hockte nur in der Ecke und weinte.

Die Tür wurde aufgezogen, und Christopher streckte seinen Kopf herein. »Es wird gleich ein bisschen knallen«, sagte er. »Aber du brauchst nicht alarmiert zu sein.« Er schwieg einen Augenblick, hörte ihr Schluchzen und wusste nicht, was er sagen sollte. Dann konnte er es nicht mehr ertragen und schloss die Tür. Im nächsten Augenblick riss er sie wieder auf. »Sie zerstören die Geschütze«, erklärte er, »deshalb der Lärm.«

Kate interessiert das kein bisschen. Sie fragte sich, was aus ihr werden sollte, und ihre Aussicht auf die Zukunft war so schrecklich, dass sie in noch mehr Tränen ausbrach, gerade als die ersten Geschütze Mündung gegen Mündung abgefeuert wurden.

Am Morgen nach dem Fall von Oporto war Marschall Soult von der erschreckenden Nachricht geweckt worden, dass die portugiesische Armee Amarante zurückerobert hatte und dass die einzige Brücke, die er mit seinen Geschützen, Lafetten, Munitions- und Versorgungswagen und Kutschen, mit denen er zu den französischen Festungen in Spanien zurückkehren wollte, deshalb in feindlicher Hand war.

Einige Heißsporne hatten sich den Weg über den Fluss frei-kämpfen wollen, doch die Späher hatten berichtet, dass die Portugiesen in großer Stärke Amarante besetzt hielten, die Brücke vermint war und jetzt ein Dutzend Geschütze die Straße beherrschte. Es würde Tage und bittere Gefechte dau-ern, bis zur Brücke vorzudringen, und dann würde es sie wahr-scheinlich gar nicht mehr geben, denn die Portugiesen würden sie bestimmt sprengen.

Und Soult hatte keinen einzigen Tag mehr zur Verfügung. Sir Arthur Wellesley würde aus Oporto vorrücken und ihn jagen, und das ließ ihm nur eine Wahl: Er musste alle fahrbaren Transportmittel aufgeben, alle Wagen und Geschütze. All das musste zurückgelassen werden, und zwanzigtausend Mann, fünftausend Personen Tross und viertausend Pferde und fast so viele Maultiere mussten ihr Bestes tun, um nach Norden einen Weg durch die Berge zu finden.

Doch Soult würde dem Feind nicht gute französische Ge-schütze zurücklassen, die sich gegen ihn wenden würden, und so wurden sie jeweils mit vier Pfund Pulver geladen und Mün-dung gegen Mündung gestellt. Kanoniere bemühten sich im Regen, die Ladungen zu zünden, und so feuerten die beiden Geschütze ineinander und sprangen in einer gewaltigen Explosion in Rauch und Flammen mit zerrissenen Rohren zurück. Einige der Kanoniere hatten feuchte Augen, als sie ihre Waffen zerstörten, einige andere fluchten, als sie mit Messern und Bajonetten die Pulversäcke zerschnitten, die im Regen zurückgelassen wurden.

Die Infanterie erhielt den Befehl, ihre Tornister und Provianttaschen von allem außer Essbarem und Munition zu leeren. Einige Offiziere machten eine Inspektion und bestanden darauf, dass ihre Männer allen Plunder wegwarfen, den sie bei dem Feldzug gesammelt hatten. Messerschmiedearbeiten, Kerzenhalter, Schmuckteller, alles musste am Straßenrand zurückgelassen werden, als die Armee zu dem Fußmarsch zu den Hügeln aufbrach.

Die Pferde, Ochsen und Maultiere, die zum Transport der Geschütze gebraucht worden waren, wurden erschossen, anstatt dem Feind überlassen zu werden. Die verwundeten Männer, die nicht gehen konnten, wurden in ihren Wagen gelassen und erhielten Musketen, damit sie wenigstens versuchen konnten, sich vor den Portugiesen zu schützen, die sie früh genug finden und versuchen würden, die hilflosen Männer aus Rache zu töten.

Soult befahl, die Militärkasse, elf Fässer mit Silbermünzen, neben die Straße zu stellen, damit die Männer sich mit einer Hand voll davon bedienen konnten, wenn sie vorbeigingen. Die Frauen banden ihre Röcke hoch, nahmen die Münzen der Männer und gingen mit ihnen. Die Dragoner, Husaren und Jäger führten ihre Pferde. Tausende von Männern und Frauen kletterten in das öde Hügelland, ließen hinter sich Wagen zurück, beladen mit Weinflaschen, goldenen Holzkreuzen, gestohlen aus Kirchen, und antiken Gemälden, geplündert aus Portugals noblen Häusern.

Die Franzosen hatten gedacht, sie hätten ein Land erobert

und müssten nur noch auf ein paar Verstärkungen warten, um ihre Reihen aufzufüllen, bevor sie weiter nach Lissabon marschierten, und niemand verstand, warum sie plötzlich in einer solch katastrophalen Lage waren und König Nicolas sie in einem wüsten Durcheinander auf einen Rückzug durch sintflutartigen Regen führte.

»Wenn du hierbleibst«, sagte Christopher zu Kate, »wirst du vergewaltigt werden.«

»Ich bin vergewaltigt worden«, weinte sie, »Nacht für Nacht!«

»Um Gottes willen, Kate!« Christopher stand in Zivilkleidung an der offenen Kutschentür, und Regen tropfte von seinem Zweispitz. »Ich lasse dich nicht hier.« Er griff in die Kutsche, packte Kate am Handgelenk und zerrte sie heraus. »Geh, verdammt!«, schnarrte er und zog sie den Hang hinauf.

Sie war erst ein paar Sekunden aus der Kutsche heraus, als ihre blaue Husarenuniform – Christopher hatte darauf bestanden, dass Kate sie trug – bereits vom Regen durchnässt war. »Dies ist nicht das Ende«, sagte Christopher und packte ihr dünnes Handgelenk so hart, dass es schmerzte. »Die Verstärkungen sind nie eingetroffen, das ist alles! Aber wir werden zurückkehren.«

Kate horchte trotz ihres Elends bei dem »wir« auf. Meinte er sie beide? Oder sich und die Franzosen? »Ich will nach Hause«, schluchzte sie.

»Hör auf, zickig zu sein und mich zu nerven«, blaffte Christopher, »und geh weiter!« Er zog sie mit. Ihre neuen Stiefel mit den Ledersohlen glitten auf dem nassen Pfad aus. »Die Franzosen werden diesen Krieg gewinnen«, sagte Christopher. Er war sich dessen nicht mehr sicher, doch wenn er die Machtverhältnisse in Europa abwog, schaffte er es, sich einzureden, dass es stimmte.

»Ich will zurück nach Oporto!«, schluchzte Kate.

»Das geht nicht!«

»Warum nicht?« Sie versuchte, sich von ihm loszureißen. Obwohl ihr das nicht gelang, weil sein Griff zu hart war, blieb er stehen. »Warum nicht?«, fragte sie flehend.

»Es geht einfach nicht«, sagte er. »Und jetzt weiter!« Er zog sie wieder mit sich. Er wollte ihr nicht sagen, dass er nicht nach Oporto zurückgehen konnte, weil dieser verdammte Sharpe noch lebte. Er war nur ein Lieutenant, und, wie er erfahren hatte, er war aus den Mannschaften aufgestiegen, aber er wusste zu viel, was Christophers Spiel beenden konnte, und so würde er einen sicheren Hafen suchen, von dem aus er mit den diskreten Methoden, die ihm so vertraut waren, einen Brief nach London schicken konnte. Dann konnte er aus der Antwort einschätzen, wie man in London seine Geschichte, dass er gezwungen gewesen war, ein Bündnis mit den Franzosen zu demonstrieren, um eine Meuterei zu organisieren, die Portugal befreit hätte, einschätzte. Diese Geschichte klang für ihn überzeugend, abgesehen davon, dass Portugal ohnehin befreit war. Aber alles war verloren. Es würde sein Wort gegen das Sharpes stehen, und Christopher war – was immer er sonst sein mochte – ein Gentleman, und Sharpe war zweifellos keiner.

Da würde natürlich das heikle Problem sein, was er mit Kate tun würde, wenn er nach London zurückgerufen würde, aber vielleicht konnte er vertuschen oder leugnen, dass die Heirat jemals stattgefunden hatte. Er würde Berichte darüber als Kates Hirngespinste abtun. Verliebte Frauen neigten zu Schwärmereien und romantischen Träumereien. Was hatte schon Shakespeare gesagt? »Schwachheit, dein Name ist Weib« oder so ähnlich. Also würde er behaupten, dass die inszenierte Zeremonie in der kleinen Kirche von Vila Real de Zedes keine richtige Eheschließung gewesen war, dass er sie nur auf sich genommen hatte, um Kate und ihre romantischen Illusionen zu retten. Es war ein Spiel, aber er hatte es lange genug gespielt, um zu wissen, dass manchmal die Spiele mit den schlechtesten Karten die größten Gewinne erbrachten.

Und wenn das Spiel scheiterte und er seine Karriere in London nicht retten konnte, dann würde es vielleicht auch nichts ausmachen, denn er klammerte sich an den Glauben, dass am Ende die Franzosen gewinnen würden und er nach Oporto zurückkehren konnte, wo die Anwälte, wider besseres Wissen, ihn als Kates Ehemann vertreten und er reich sein würde. Kate würde sich erholen, wenn sie wieder daheim war und in Luxus lebte. Es stimmte, bis jetzt war sie unglücklich gewesen. Ihre Freude auf die Ehe hatte sich im Schlafzimmer in Entsetzen verwandelt, aber junge Stuten rebellierten oftmals gegen das Zaumzeug, doch sie wurden gefügig und gehorsam, wenn man ihnen ein paar Mal die Peitsche gab. Und Christopher wünschte sich einen solchen Ausgang für Kate, denn ihre Schönheit faszinierte ihn immer noch. Er zerrte sie zu Williamson, jetzt Christophers Diener, der sein Pferd hielt.

»Steig auf«, befahl er.

»Ich will nach Hause!«, sagte sie.

»Sitz auf!« Er schlug sie fast mit der Reitgerte, doch da ließ sie sich demütig von ihm auf das Pferd helfen. »Halte die Zügel, Williamson«, befahl Christopher. Er wollte nicht, dass Kate das Pferd wendete und westwärts davonritt. »Halt sie fest, Mann!«

»Jawohl, Sir«, sagte Williamson. Er war noch in seiner Schützenuniform, hatte jedoch den Tschako gegen einen breitkrempigen Lederhut vertauscht. Er hatte beim Rückzug aus Oporto eine französische Muskete, eine Pistole und einen Säbel aufgelesen, und die Waffen gaben Christopher ein gutes Gefühl. Der Colonel brauchte einen Diener, nachdem sein bisheriger geflüchtet war, aber mehr noch wünschte er sich einen Leibwächter, und Williamson spielte die Rolle ausgezeichnet. Er erzählte Christopher Geschichten von Kneipenschlägereien, von wilden Kämpfen mit Messern und Knüppeln, von blutigen Boxkämpfen ohne Handschuhe, und Christopher hörte sie sich so begierig an wie Williamsons bittere Klagen über Sharpe.

Christopher hatte Williamson eine goldene Zukunft versprochen. »Lerne Französisch«, hatte er dem Deserteur geraten, »und du kannst zu ihrer Armee gehen. Zeige, dass du gut bist, und sie werden dir ein Offizierspatent geben. Sie nehmen es nicht so genau in der französischen Armee.«

»Und wenn ich bei Ihnen bleiben will, Sir?«, hatte Williamson gefragt.

»Ich habe Loyalität schon immer belohnt, Williamson«, hatte Christopher gesagt. Die beiden passten zueinander, als sie jetzt mit Tausenden anderer Flüchtlinge durch Regen und Wind marschierten und nichts voraus sahen als den Hunger, kahle Hänge und die nassen Felsen der Serra de Santa Catalina.

Hinter ihnen, auf der Straße von Oporto nach Amarante, stand eine lange Kolonne aufgegebener Kutschen und Wagen im Regen. Die verwundeten Franzosen beteten ängstlich, dass die britischen Verfolger eher auftauchen würden als die Bauern, doch die Bauern waren näher als die Rotröcke, viel näher, und bald huschten ihre dunklen Schatten durch den Regen, in ihren Händen Messer.

Und im Regen würden die Musketen der verwundeten Männer nicht feuern.

So begannen die Todesschreie.

Sharpe hätte gern Hagman auf die Verfolgung von Christopher mitgenommen, doch der alte Wilderer war von seiner Brustwunde noch nicht voll genesen, und so musste Sharpe ihn zurücklassen. Er nahm zwölf Männer mit, seine besten und cleversten, und alle beschwerten sich vehement, als sie vor der Morgendämmerung wachgerüttelt wurden, weil sie einen Kater vom vielen Wein hatten und ihre Laune schlecht war. »Aber nicht so schlecht wie meine«, warnte Sharpe sie. »Verdammt, macht nicht solch ein Theater.«

Hogan kam mit ihnen, ebenso Leutnant Vicente und drei seiner Männer. Vicente hatte erfahren, dass drei Postkutschen im Morgengrauen nach Braga fuhren, und er hatte Hogan erzählt, dass sie schnell waren und auf einer guten Straße fuhren. Die Fahrer, die Säcke mit Post transportierten, die darauf gewartet hatten, dass die Franzosen verschwanden, damit die Post nach Braga geliefert werden konnte, schufen freudig Platz für die Soldaten, die auf die Postsäcke sanken und schliefen.

Im Zwielicht des Morgengrauens fuhren sie durch die Trümmer der nördlichen Verteidigungsanlagen der Stadt. Die Straße war gut, doch die Postkutschen kamen nur langsam voran, weil Partisanen Bäume gefällt und über die Fahrbahn gelegt hatten. Um all die Barrikaden wegzuräumen, brauchten sie über eine halbe Stunde.

»Wenn die Franzosen gewusst hätten, dass Amarante gefallen ist, dann hätten sie sich auf dieser Straße zurückgezogen, und wir hätten sie nie erwischt«, sagte Hogan zu Sharpe. »Und jetzt wissen wir nicht, ob ihre Garnison von Braga mit dem Rest von ihnen verschwunden ist.«

So war es jedoch, und die Post traf mit einem Trupp von Briten ein, die von jubelnden Bewohnern willkommen geheißen wurden, deren Freude auch nicht durch den Regen gedämpft wurde. Hogan, in seinem blauen Rock der Pioniere, wurde irrtümlich für einen französischen Kriegsgefangenen gehalten und mit Pferdemist beworfen, bevor Vicente es schaffte, die Menge zu überzeugen, dass Hogan ein Engländer war.

»Ire«, protestierte Hogan.

»Das ist das Gleiche«, sagte Vicente geistesabwesend.

»Guter Gott im Himmel, manche Leute sind einfach pingelig«, meinte Harper angewidert, dann lachte er, weil die Menge darauf bestand, Hogan – den irischen Engländer – auf ihren Schultern zu tragen.

Die Hauptstraße von Braga führte nach Norden über die Grenze nach Pontevedra, aber nach Osten stieg ein Dutzend Pfade zu den Hügeln auf, und Vicente versprach, dass einer davon sie nach Ponte Nova bringen würde. Aber es würde dieselbe Straße sein, welche die Franzosen zu erreichen versuchten, und so warnte er Sharpe, dass sie vielleicht einen der unbekannten Pfade in die Hügel nehmen mussten. »Wenn wir Glück haben«, sagte Vicente, »werden wir in zwei Tagen bei der Brücke sein.«

»Und wie lange dauert es bis zur Saltador?«, fragte Hogan.

»Einen weiteren halben Tag.«

»Und wie lange dauert es bis Spanien?«

»Drei Tage«, sagte Vicente. »Es müssen drei Tage sein.« Vicente bekreuzigte sich. »Ich bete, sie brauchen drei Tage.«

Sie übernachteten in Braga. Ein Flickschuster reparierte ihre Stiefel und wollte kein Geld dafür nehmen, und er benutzte sein bestes Leder für die neuen Sohlen, die er mit Nägeln beschlug, damit sie Haftung auf nassem Boden hatten. Er musste die ganze Nacht gearbeitet haben, und am Morgen präsentierte er Sharpe scheu Lederüberzüge für die Gewehre und Musketen. Die Waffen waren gegen den Regen geschützt worden, indem Korken in ihre Mündungen geschoben und Lappen um die Schlösser gewickelt worden waren. Die Lederfutterale waren jedoch weitaus besser. Der Schuster hatte die Säume mit Schafsfett wasserfest gemacht, und Sharpe und seine Männer freuten sich sehr über das Geschenk. Sie erhielten so viel Proviant, dass sie das Überflüssige einem Priester gaben, der versprach, es unter den Armen zu verteilen, und dann, im regnerischen Morgengrauen, marschierten sie los.

Hogan ritt, denn der Bürgermeister von Braga hatte ihm ein Maultier geschenkt, ein trittsicheres Tier mit störrischem Charakter und einem Glasauge, dem Hogan eine Decke auflegte. Beim Reiten reichten seine Beine fast auf den Boden. Er sagte, er wolle das Maultier lieber nutzen, um ihre Waffen zu transportieren, aber er war der Älteste, und so bestand Sharpe darauf, dass er ritt.

»Ich habe keine Ahnung, was wir finden werden«, sagte Hogan zu Sharpe, als sie in die von Felsbrocken übersäten Hügel kletterten. »Wenn die Brücke von Ponte Nova gesprengt worden ist, was jetzt der Fall sein sollte, dann werden sich die Franzosen zerstreuen. Sie werden rennen, um ihr Leben zu retten, und das wird es schwierig machen, Mister Christopher in all diesem Chaos zu finden. Dennoch müssen wir es versuchen.«

»Und wenn die Brücke nicht gesprengt worden ist?«

»Dann werden wir sie überqueren, wenn wir dort sind«, sagte Hogan und lachte. »Menschenskind, ich hasse den Regen, Richard. Haben Sie jemals versucht, Schnupftabak im Regen zu schnupfen? Das schmeckt wie Katzenschiss.«

Sie wanderten ostwärts durch ein Seitental, das von hohen, kahlen Hügeln gesäumt war. Die Straße lag südlich des Flusses Cavado, der tief und klar durch Weideland verlief, das von den Franzosen geplündert worden war, sodass kein Rind oder Schaf auf dem Frühlingsgras zu sehen war. Die Dorfbewohner waren einst wohlhabend gewesen, waren jetzt jedoch zum großen Teil verarmt und abgewandert, und die wenigen Zurückgebliebenen waren äußerst vorsichtig.

Hogan trug wie Vicente und seine Männer Blau, und das war auch die Farbe der feindlichen Uniformröcke, während die grünen Uniformen der Schützen irrtümlich für die abgesessener Dragoner gehalten werden konnten. Die meisten Leute dachten, die Briten trügen Rot.

Feldwebel Macedo, der die Verwirrung vorausgesehen hatte, hatte in Braga eine portugiesische Flagge gefunden und an einen Ast gebunden, den er von einer Esche abgehackt hatte. Die Flagge nahm den Leuten, die sie kannten, die Unsicherheit. Nicht alle kannten das Emblem, aber nachdem die Dorfbewohner mit Vicente gesprochen hatten, konnten sie nicht genug für die Soldaten tun.

»Um Gottes willen«, sagte Sharpe zu Vicente. »Raten Sie ihnen, ihren Wein zu verstecken.«

»Sie waren überfreundlich«, sagte Harper, als sie eine andere kleine Siedlung verließen, wo die Misthaufen größer als die Hütten waren. »Nicht wie die Spanier, die ziemlich unfreundlich sein konnten. Nicht alle, aber einige waren Bastarde.«

»Die Spanier können die Engländer nicht leiden«, sagte Hogan.

»Sie mögen keine Engländer?«, fragte Harper überrascht. »Dann sind sie überhaupt keine Bastarde, nur vorsichtig, wie? Aber wollen Sie damit sagen, dass die Portugiesen die Engländer lieben?«

»Die Portugiesen«, sagte Hogan, »hassen die Spanier, und wenn Sie einen größeren Nachbarn haben, den Sie verabscheuen, suchen Sie sich einen großen Freund, der Ihnen hilft.«

»Und wer ist Irlands großer Freund, Sir?«

»Gott, Sergeant«, sagte Hogan, »Gott.«

»Lieber Gott im Himmel«, sagte Harper andächtig und starrte in den Regen hinauf, »wach endlich auf.«

»Warum kämpfst du nicht für die verdammten Franzosen«, knurrte Harris wütend.

»Genug«, blaffte Sharpe, »es reicht.«

Eine Weile marschierten sie schweigend, dann konnte Vicente seine Neugier nicht mehr zügeln. »Wenn die Iren die Engländer hassen«, fragte er, »warum kämpfen sie dann für sie?«

Harper musste bei der Frage lachen, Hogan blickte zum grauen Himmel, und Sharpe blickte nur finster drein.

Die Straße, jetzt weiter von Braga entfernt, war weniger gut erhalten. Zwischen Spurrillen von Ochsenkarren wuchs Gras. Die Franzosen waren nicht so weit zum Plündern vorgedrungen, und hier und da gab es kleine Schaf- und Rinderherden, doch sobald die Hirten die Soldaten erblickten, trieben sie hastig die Tiere fort.

Vicente war immer noch verwirrt, und nachdem er keine Antwort von seinen Gefährten erhalten hatte, versuchte er es von Neuem. »Ich verstehe wirklich nicht«, sagte er sehr ernst, »warum die Iren für den englischen König kämpfen.«

Harris holte Luft, wie um zu antworten, doch dann fing er einen wilden Blick von Sharpe auf und besann sich anders. Harper begann »Over the Hills and Far Away« zu pfeifen, dann musste er über die angespannte Stille lachen, die schließlich von Hogan gebrochen wurde.

»Es ist der Hunger«, erklärte der Pionier Vicente. »Hunger und Armut und Arbeitslosigkeit. Weil es für einen guten Mann viel zu wenig Arbeit zu Hause gibt und wir immer ein Volk gewesen sind, das einen guten Kampf genießt.«

Vincent war fasziniert von der Antwort. »Und das trifft auf Sie zu, Captain?«, fragte er.

»Nicht für mich«, räumte Hogan ein. »Meine Familie hat immer etwas Geld gehabt. Nicht viel, aber wir brauchten nur das dünne Erdreich aufzukratzen, um unser tägliches Brot zu verdienen. Nein, ich ging zur Armee, weil ich gern ein Pionier bin. Ich liebe praktische Dinge, und dies war die beste Möglichkeit, zu tun, was ich gern tue. Aber jemand wie Sergeant Harper?« Er musterte Harper. »Ich wage zu sagen, dass er hier ist, weil er sonst verhungern würde.«

»Stimmt«, sagte Harper.

»Und Sie hassen die Engländer?« Vicente blickte Harper fragend an.

»Passen Sie auf, was Sie sagen«, mahnte Sharpe.

»Ich hasse den verdammten Boden, auf dem die Bastarde gehen, Sir«, sagte Harper heiter, dann sah er, dass Vicente einen bestürzten Blick zu Sharpe warf. »Ich sage nicht, dass ich alle hasse«, fügte er hinzu.

»Das Leben ist kompliziert«, sagte Hogan. »Ich meine, es gibt eine portugiesische Legion in der französischen Armee, habe ich gehört.«

Vicente blickte verlegen drein. »Sie glaubt an französische Ideen, Sir.«

»Ah! Ideen«, sagte Hogan. »Sie sind viel gefährlicher als große oder kleine Nachbarn. Ich glaube nicht an den Kampf für Ideen . . .«, er schüttelte den Kopf, ». . . und Sergeant Harper ebenfalls nicht.«

»Ich nicht?«, fragte Harper.

»Nein, verdammt nicht«, schnarrte Sharpe.

»Woran glauben Sie dann?«, wollte Vicente wissen.

»An die Dreifaltigkeit, Sir«, sagte Harper salbungsvoll.

»An die Dreifaltigkeit?« Vicente war überrascht.

»An das Baker-Gewehr«, sagte Sharpe, »das Bajonett und mich.«

»An die glaube ich auch«, gab Harper zu und lachte.

Hogan versuchte Vicente zu helfen. »Es ist so wie in einem Haus, wo es eine unglückliche Ehe gibt, und Sie stellen eine Frage über Treue. Damit verursachen Sie Peinlichkeit. Niemand will darüber reden.«

»Harris!«, sagte Sharpe, als er sah, dass der rothaarige Schütze etwas sagen wollte.

»Ich wollte nur melden, dass auf dem Hügel dort drüben ein Dutzend Reiter ist.«

Sharpe drehte sich gerade noch rechtzeitig um und sah die Reiter über die Hügelkuppe verschwinden. Der Regen war so dicht, und die Lichtverhältnisse waren zu schlecht, um zu erkennen, ob sie Uniform getragen hatten, aber Hogan meinte, dass die Franzosen Kavallerie-Patrouillen vorausgeschickt haben konnten, die ihren Rückzug sicherten. »Sie wollen wissen, ob wir über Braga gekommen sind«, erklärte er, »und wenn nicht, dann würden sie auf diesen Weg abbiegen und versuchen, nach Pontevedra zu entkommen.«

Sharpe spähte zum fernen Hügel. »Wenn Kavallerie in dieser Gegend ist, dann will ich nicht auf der Straße erwischt werden.« Es war der einzige Platz in einer albtraumhaften Landschaft, wo Reiter einen Vorteil haben würden.

Um den feindlichen Reitern auszuweichen, marschierten sie nach Norden in die Wildnis. Das bedeutete, dass sie den Cavado durchqueren mussten, was sie in einer tiefen Furt schafften. Sie gelangten nun zu hohen Sommerweiden. Sharpe blickte ständig zurück, sah aber kein Anzeichen auf die Reiter. Der Pfad in die Wildnis stieg an. Die Hügel waren steil, die Täler tief und das hohe Terrain kahl bis auf Stechginster, Farne, dünnes Gras und gerundete Felsbrocken, wovon einige so gefährlich auf anderen balancierten, dass es aussah, als könne die Berührung eines Kindes sie die steil abfallenden Hänge hinunterstürzen lassen. Das

Gras taugte nur für ein paar Schafe und wild lebende Ziegen, die von Bergwölfen und Luchsen gefressen wurden.

Das einzige Dorf, das sie passierten, war ärmlich mit ein paar kleinen Gemüsegärten und angepflockten Ziegen. Von den Bewohnern war nichts zu sehen, nur drei knochige Rinder glotzten die Soldaten an, als sie vorübergingen.

Sie kletterten noch höher, wandten sich wieder nach Osten und folgten einem felsigen Höhenrücken, wo große Felsblöcke es jeder Kavallerie schwer machten, sich zu formieren und anzugreifen, und Sharpe blickte südwärts und sah nichts, was auf eine Gefahr hinwies. Doch die Reiter waren da gewesen, und es konnten noch mehr sein, denn er verfolgte eine verzweifelte Armee, die nach anfänglichem Erfolg an einem einzigen Tag schmählich besiegt worden war.

Es war ein harter Weg durch die Hügel. Jede Stunde legten sie nach den Strapazen eine Rast ein, dann mühten sie sich weiter. Alle waren durchnässt, müde und verfroren. Der kalte Wind war jetzt nach Osten gedreht und schlug ihnen ins Gesicht. Die Gewehrriemen rieben ihnen die Schultern wund. Am Nachmittag ließ der Regen schließlich nach, doch der kühle Wind machte ihnen weiterhin zu schaffen. Bei Einbruch der Dunkelheit fühlten sie sich so erschöpft, wie sie es beim schrecklichen Rückzug nach Vigo gewesen waren. Sharpe führte sie vom dem Höhenrücken hinab zu einem verlassenen Dörfchen mit kleinen Steinhütten, deren Dächer mit Grassoden bedeckt waren.

»Genau wie zu Hause«, sagte Harper glücklich.

Die trockensten Schlafplätze waren zwei längliche Kornkammern, deren Inhalt man vor Ratten geschützt hatte, indem man die Speicher auf Pfählen errichtet hatte, und die Männer drängten sich in den engen Häuschen, während Sharpe, Hogan und Vicente die letzte verfallene Hütte teilten. Sharpe brachte aus feuchtem Brennholz ein Feuer in Gang und bereitete Tee zu.

»Die unentbehrlichste Fähigkeit eines Soldaten«, sagte Hogan, als Sharpe ihm den Tee brachte.

»Was ist das?«, fragte Vicente begierig, denn er wollte sein neues Handwerk perfekt lernen.

»Feuer aus nassem Holz machen«, sagte Hogan.

»Sollten Sie keinen Diener haben?«, fragte Sharpe.

»Ja, aber Sie ebenfalls, Richard.«

»Mir steht kein Diener zu«, sagte Sharpe.

»Mir auch nicht«, sagte Hogan, »aber Sie haben einen großartigen Job mit diesem Tee geleistet, und wenn Seine Majestät jemals entscheidet, dass er keinen Londoner Strolch mehr als einen seiner Offiziere haben will, dann werde ich Sie als Diener nehmen.«

Posten wurden aufgestellt, weiterer Tee zubereitet und feucht gewordener Tabak in Tonpfeifen angezündet. Hogan und Vicente begannen eine hitzige Diskussion über einen Mann namens Hume, über den Sharpe noch nie etwas gehört hatte. Es war ein toter schottischer Philosoph, der anscheinend gesagt hatte, »nichts ist sicher«, und Sharpe fragte sich, warum jemand sich die Mühe machen sollte, etwas von ihm zu lesen, geschweige denn über ihn zu diskutieren, doch die Debatte lenkte sie ab. Sharpe, gelangweilt von dem Gerede, ging die Posten inspizieren.

Der Regen hatte wieder eingesetzt, dann zuckte ein Blitz über den Himmel, gefolgt von rollendem Donner. Sharpe duckte sich mit Harris und Perkins in eine höhlenartige Nische, wo einige verwelkte Blumen vor einer traurig dreinblickenden Statue der Jungfrau Maria lagen.

»Jesus weint«, kündigte Harper sich an, als er durch den Regenguss platschte und sich zwischen die drei Männer quetschte. »Ich wusste nicht, dass Sie hier sind, Sir«, sagte er. »Ich habe den Jungs etwas Posten-Saft gebracht.« Er hielt eine hölzerne Feldflasche mit heißem Tee in der Hand. »Jesus«, fuhr er fort, »man kann in diesem verdammten Regen dort draußen praktisch nichts sehen.«

»Wetter wie daheim, Sergeant?«, fragte Perkins.

»Wie kannst du das sagen, Junge? In Donegal scheint immer die Sonne, die Frauen sagen alle ja, und die Wildhüter haben Holzbeine.« Er gab Perkins die Feldflasche und spähte in die feuchte Dunkelheit. »Wie sollen wir Ihren Freund in diesem Mistwetter nur finden, Sir?«

»Gott weiß, ob wir das schaffen.«

»Macht das jetzt noch was aus?«

»Ich will mein Fernrohr zurückhaben.«

»Jesus, Maria und Joseph«, sagte Harper, »Sie wollen mitten in die französische Armee spazieren und danach fragen?«

»So etwas in dieser Art«, sagte Sharpe. Den ganzen Tag hatte er über das Gefühl nachgedacht, dass es nicht sinnvoll war, sich die Mühe zu machen, doch das war kein Grund, auf die Mühe zu verzichten. Es schien richtig zu sein, dass Christopher bestraft wurde. Sharpe glaubte, dass die Loyalität eines Mannes unverrückbar sein sollte, doch Christopher glaubte anscheinend, dass sie verkauft werden konnte. Weil er clever und intellektuell war. Wenn Sharpe seine Einstellung hätte, dann wäre er längst tot.

Die Morgendämmerung war kalt und feucht. Sie kletterten wieder die mit Felsbrocken übersäten Hügel hinauf und ließen das Tal, das von Nebel erfüllt war, hinter sich. Der Regen war jetzt weich, fiel ihnen aber noch immer in die Gesichter. Sharpe ging voran und hielt angespannt Ausschau, sah jedoch niemanden. Er sah immer noch kein Anzeichen auf Gefahr, als eine Muskete krachte und Pulverrauch neben einem Felsbrocken aufwolkte. Er warf sich in Deckung, und die nächste Kugel prallte von dem Felsbrocken ab und jaulte in den Himmel.

Jeder hatte sich jetzt in Deckung geworfen außer Hogan, der noch auf seinem hässlichen Maultier hockte und den Nerv hatte, »*Inglés!*« zu rufen. Er war halb auf dem Maultier, halb abgestiegen, befürchtete eine weitere Kugel, hoffte jedoch, dass sein Ruf verhinderte, dass man noch einmal schoss.

Eine Gestalt in Ziegenleder trat hinter einem Felsen hervor. Der Mann hatte einen buschigen Bart, keine Zähne und grinste breit. Vicente rief etwas zu ihm, und die beiden hatten eine schnelle Unterhaltung, an deren Ende sich Vicente zu Hogan umdrehte. »Er heißt Javali und sagt, dass es ihm leidtut, aber er wusste nicht, dass wir Freunde sind. Er bittet Sie, ihm zu verzeihen.«

»Javali?«, fragte Hogan.

»Das bedeutet wilder Bär.« Vicente seufzte. »Jedermann in diesem Gebiet gibt sich einen Spitznamen und hält Ausschau nach einem Franzosen, um ihn zu töten.«

»Ist er allein?«, fragte Sharpe.

»Ja.«

»Dann ist er entweder verdammt blöde oder verdammt mutig«, sagte Sharpe und ließ sich von Javali umarmen. Faul riechender Atem schlug ihm ins Gesicht. Die Muskete des Mannes war alt. Beim Kolben, der von altmodischen Eisenringen zusammengehalten wurde, war das Holz gesplittert, und die Eisenringe waren rostig und locker. Javali hatte einen Beutel mit Pulver und ein Sortiment von Musketenkugeln verschiedener Größe bei sich, und er bestand darauf, sie zu begleiten, als er erfuhr, dass es möglicherweise Franzosen zu töten gab. Ein übel aussehendes Messer klemmte hinter seinem Gürtel, und eine kleine Axt hing an einer ausgefransten Kordel.

Sharpe ging voran, Javali sprach unablässig, und Vicente

übersetzte einiges von seiner Geschichte. Sein richtiger Name lautete Andréa, und er war ein Ziegenhirte aus Bouro. Mit sechs Jahren war er zum Waisen geworden, und er glaubte jetzt fünfundzwanzig zu sein, obwohl er viel älter aussah, und er hatte für ein Dutzend Familien gearbeitet, indem er ihr Vieh vor Luchsen und Wölfen geschützt hatte. Er hatte mit einer Frau zusammengelebt, wie er stolz sagte, aber die Dragoner waren gekommen und hatten sie vergewaltigt, als er nicht zu Hause gewesen war. Seine Frau – sie hatte ein Temperament, schlimmer als eine wütende Ziege, sagte er – hatte ein Messer gezogen und den Vergewaltigern angedroht, ihnen etwas abzuschneiden, und da hatten sie die Frau getötet. Javali trauerte anscheinend nicht sehr wegen des Todes seiner Frau, aber er war immer noch entschlossen, sie zu rächen. Er klopfte auf das Messer und seinen Unterleib, um zu zeigen, was er im Sinn hatte.

Javali kannte die schnellste Route durch das hohe Terrain. Sie waren weit im Norden der Straße, die sie verlassen hatten, als Harris die Reiter entdeckte, und diese Straße führte durch das breite Tal, das sich nun nach Osten verengte. Der Cavado wand sich neben der Straße und verschwand manchmal zwischen Baumgruppen, während Bäche, vom Regen angeschwollen, von den Hügeln stürzten und den Fluss speisten.

Vicentes Schätzung von zwei Tagen wurde durch das Wetter ruiniert. Sie verbrachten die nächste Nacht hoch in den Hügeln, halb geschützt vor dem Regen durch die großen Felsbrocken. Am Morgen zogen sie weiter, und Sharpe sah, dass sich das Tal so sehr verengte, dass es aussah, als würden sie sich in einer Sackgasse befinden. Am Morgen blickten sie auf Salamond, und dann, als sie durch das Tal schauten, in dem sich der letzte Morgennebel auflöste, sahen sie etwas anderes.

Sie sahen eine Armee. Sie kam auf der Straße und den Feldern zu beiden Seiten davon, eine große Masse von Männern und Pferden in keiner besonderen Ordnung, eine Horde, die versuchte, vor der britischen Armee aus Portugal zu fliehen, die sie jetzt von Braga aus verfolgte.

»Wir müssen uns beeilen«, sagte Hogan.

»Sie werden Stunden brauchen, um auf dieser Straße voranzukommen«, sagte Sharpe und nickte zu dem Dorf, das sich dort befand, wo sich das Tal zu einem Hohlweg verengte und sich die Straße, anstatt über ebenen Grund zu führen, neben dem Fluss in die Hügel hinaufwand. Im Moment konnten sich die Franzosen auf Feldern neben der Straße ausbreiten und in breiter Front marschieren, doch hinter Salamond waren sie auf die enge Straße im tief zerfurchten Gelände beschränkt.

Sharpe lieh sich Hogans gutes Fernrohr und spähte zu der Armee. Er konnte sehen, dass einige Einheiten geordnet marschierten, doch die meisten schleppten sich ungeordnet hinterdrein. Er sah keine Geschütze und weder Wagen noch Kutschen. Wenn Marschall Soult es schaffte, zu entkommen, dann würde er nach Spanien zurückkriechen und erklären müssen, warum er alles von Wert verloren hatte. »Das müssen zwanzig-, dreißigtausend dort unten sein«, sagte er staunend, als er Hogan das Fernrohr zurückgab. »Es wird den größten Teil des Tages dauernd, bis sie alle durch dieses Dorf gekommen sind.«

»Aber sie haben den Teufel auf den Hacken«, sagte Hogan, »und das ermuntert sie zur Schnelligkeit.«

Sie setzten den Weg eilig fort. Eine schwache Sonne erhellte die Hügel, obwohl im Norden und Süden graue Schauer fielen. Hinter ihnen waren die Franzosen eine große dunkle Masse, die sich auf das schmale Ende des Tals zubewegte. Wie Sandkörner durch ein Stundenglas strömten sie durch Salamond. Rauch stieg vom Dorf auf, als die passierenden Soldaten plünderten und brandschatzten.

Die Straße begann jetzt anzusteigen. Sie folgte dem Engpass, den der Cavado geschaffen hatte, der in großen Wasserfällen aus den Hügeln herabstürzte. Eine Schwadron Dragoner führte den französischen Rückzug an, ritt voraus, um Partisanen zu entdecken, die vielleicht die lange Kolonne aus dem Hinterhalt überfallen wollten. Wenn die Dragoner Hogan und seine Männer hoch in den nördlichen Hügeln sahen, dann trafen sie keine Anstalten, sie zu erreichen, denn die Schützen und portugiesischen Soldaten waren zu weit entfernt und auf zu hohem Terrain, und dann mussten sich die Franzosen um anderes sorgen, denn am späten Nachmittag trafen die Dragoner bei der Ponte Nova ein.

Sharpe war bereits oberhalb der Ponte Nova und spähte auf die Brücke hinab. Es war hier, wo der französische Rückzug gestoppt werden konnte, denn das kleine Dorf auf dem hohen Terrain jenseits der Brücke war voller Männer, und als Hogan es das erste Mal von oben in den Hügeln gesehen hatte, war er in Jubelstimmung gewesen.

»Wir haben es geschafft!«, hatte er gerufen. Doch dann richtete er das Fernrohr auf die Brücke, und seine gute Laune erstarb. »Es sind *ordenança*«, sagte er. »Keine einzige richtige Uniform dort zu sehen.« Er starrte noch eine weitere Minute dorthin. »Ich sehe auch verdammt kein einziges Geschütz«, sagte er bitter enttäuscht, »und die verdammten Narren haben nicht einmal die Brücke gesprengt.«

Sharpe lieh sich Hogans Fernrohr und starrte auf die Brücke. Sie hatte zwei gewaltige Pfeiler auf jedem Ufer, und der Fluss war von zwei großen Balken überspannt, auf der die hölzerne Fahrbahn ruhte. Die Männer der *ordenança*, die vermutlich nicht die ganze Brücke neu bauen wollten, wenn die Franzosen besiegt waren, hatten die Holzplanken der Fahrbahn entfernt, die beiden enormen Balken jedoch an Ort und

Stelle gelassen. Dann hatten sie am Ende des Dorfes auf der Ostseite der Brücke Gräben ausgehoben, aus denen sie die halb entkleidete Brücke mit Musketen beschießen konnten.

»Es könnte klappen«, murmelte Sharpe.

»Und was würden Sie tun, wenn Sie die Franzosen wären?«, fragte Hogan.

Sharpe starrte in den Engpass hinab und blickte nach Westen. Er konnte die dunkle Schlange der Franzosen auf der Straße kommen sehen, doch weiter zurück gab es keinerlei Anzeichen auf britische Verfolgung. »Warten bis zum Einbruch der Dunkelheit, dann über die Balken angreifen.«

Die *ordenança* war willig, aber es war wenig mehr als ein Pöbelhaufen, und solche Männer konnten leicht in Panik geraten. Schlimmer, dort waren nicht genug Männer bei der Ponte Nova. Es wären mehr als genug gewesen, wenn die Brücke völlig eingestürzt wäre, doch die beiden Balken waren wie eine Einladung für die Franzosen.

Sharpe richtete das Fernrohr wieder auf die Brücke. »Die Balken sind breit genug, um darauf zu gehen«, sagte er. »Sie werden in der Nacht angreifen. Hoffen wir, dass sie die Verteidiger nicht im Schlaf überraschen.«

»Hoffen wir, dass die *ordenança* wach bleibt«, sagte Hogan und glitt von dem Maultier. »Und wir werden warten.«

»Warten?«

»Wenn sie hier gestoppt werden«, erklärte Hogan, »dann ist dieser Platz so gut wie jeder andere, um nach Mister Christopher Ausschau zu halten. Und wenn die Franzosen über die Brücke gelangen ...« Er verstummte und zuckte mit den Schultern.

»Ich sollte zur *ordenança* runtergehen«, sagte Sharpe, »und ihnen sagen, dass sie die Balken entfernen müssen.«

»Und wie sollen sie das schaffen, wenn Dragoner vom anderen Ufer aus auf sie feuern?«, fragte Hogan. Die Dragoner waren abgesessen und hatten sich auf dem Westufer verteilt, und Hogan konnte die weißen Pulverrauchwölkchen ihrer Karabiner sehen. »Es ist zu spät, um zu helfen, Richard«, sagte Hogan. »Sie bleiben hier.«

Sie schlugen ein Lager zwischen den Felsbrocken auf. Die Dunkelheit brach schnell herein, denn es hatte wieder zu regnen begonnen und die Wolken verdeckten die untergehende Sonne. Sharpe ließ seine Männer Feuer anzünden, damit sie sich Tee zubereiten konnten. Die Franzosen würden die Feuer sehen, aber das machte nichts, denn die Dunkelheit hüllte das Hügelland ein und unzählige Lichtpunkte waren in den Hügeln zu sehen. Die Partisanen versammelten sich. Sie kamen aus dem gesamten nördlichen Portugal, um zu helfen, die französische Armee zu zerstören.

Eine Armee, die durchfroren, durchnässt, hungrig und völlig erschöpft war – und in der Falle saß.

Major Dulong litt immer noch an seiner Niederlage bei Vila Real de Zedes. Die Schwellung in seinem Gesicht war zurückgegangen, doch die Erinnerung an die Niederlage schmerzte noch. Manchmal dachte er an den Schützen, der ihn besiegt hatte, und wünschte sich den Mann in der 31. Léger. Er wünschte sich ebenfalls, dass die 31. Léger mit Gewehren bewaffnet werden konnte, doch das war illusorisch, denn der Kaiser wollte nichts von Gewehren hören. Zu kompliziert, zu langsam, eine Weiber-Waffe, sagte er. *Vive le fusil.*

Jetzt, bei der alten Brücke, die Ponte Nova genannt wurde, hatte man Dulong zu Marschall Soult zitiert, weil dem Marschall zu Ohren gekommen war, dass Major Dulong der beste und tapferste Soldat in seiner ganzen Armee war. Man sieht es ihm mit zerlumpter Uniform und dem narbigen Gesicht gar nicht an, dachte der Marschall. Dulong hatte den leuchtenden Federbusch von seinem Helm abgenommen, in ein Wachstuch gewickelt und an seine Säbelscheide gebunden. Er hatte gehofft, diesen Federbusch zu tragen, wenn sein Regiment in Lissabon einmarschierte, doch es hatte den Anschein, dass es nicht sein sollte. Jedenfalls nicht in diesem Frühjahr.

Soult ging mit Dulong einen kleinen Hügel hinauf, von wo aus er die Brücke mit ihren beiden Balken und jenseits davon die höhnische *ordenança* sehen konnte. »Es sind nicht viele«, bemerkte Soult, »dreihundert?«

»Mehr«, sagte Dulong, und es klang wie ein unwilliges Grunzen.

»Wie wollen Sie sie loswerden?«

Dulong schaute sich durch ein Fernrohr die Brücke an. Die Balken waren ungefähr einen halben Yard breit, mehr als ausreichend, doch der Regen würde sie zweifellos glitschig machen. Er hob das Fernrohr etwas an und sah, dass die Portugiesen Gräben ausgehoben hatten, aus denen sie direkt an den Balken entlangfeuern konnten. Aber die Nacht wird finster sein, dachte Dulong, der Mond von Wolken verdeckt.

»Ich würde hundert Freiwillige brauchen«, sagte er, »fünfzig für jeden Balken, und um Mitternacht losgehen.« Der Regen wurde stärker, und die Abenddämmerung war kalt. Die portugiesischen Musketen würden kalt und durchnässt sein, und die Männer dahinter würden frieren. »Hundert Mann«, versprach Dulong dem Marschall, »und die Brücke ist Ihre.«

Soult nickte. »Wenn Sie Erfolg haben, Major, dann lassen Sie mich sofort informieren. Aber wenn Sie scheitern, will ich nichts davon hören.« Er wandte sich um und ging davon.

Dulong kehrte zum 31. Léger zurück und fragte nach Freiwilligen. Es überraschte ihn nicht, dass das gesamte Regiment vortrat, und so bestimmte er ein Dutzend gute Feldwebel und ließ sie den Rest auswählen, und er warnte die Männer, dass es bei dem Kampf schmutzig, kalt und nass sein würde.

»Wir werden das Bajonett benutzen«, sagte er, »weil die Musketen bei diesem Wetter nicht feuern werden. Außerdem würden wir, wenn wir einen Schuss abgegeben haben, keine Zeit zum Aufladen haben.« Er spielte mit dem Gedanken, sie daran zu erinnern, dass sie ihm nach ihrem Widerwillen, in das Gewehrfeuer vom Wachturm-Hügel bei Vila Real de Zedes vorzurücken, einen Beweis ihrer Tapferkeit schuldig waren, doch dann sagte er sich, dass sie alle das ohnehin wussten, und so hielt er den Mund.

Dulong verbot seinen Männern, Feuer anzuzünden. Sie murrten, doch Dulong ließ sich nicht erweichen. Die *ordenança* auf der anderen Seite des Flusses wähnte sich in Sicherheit, und so machten sie in einer der Hütten hoch oberhalb der Brücke Feuer im Kamin, damit sich ihre Offiziere warm halten konnten. Die Hütte hatte ein kleines Fenster, und gerade genug Feuerschein fiel hinaus, dass es sich auf der Nässe der Balken, die den Fluss überspannten, widerspiegelte. Der schwache Widerschein schimmerte im Regen, aber er diente Dulongs Freiwilligen als Wegweiser.

Sie zogen um Mitternacht los, zwei Kolonnen, jede aus fünfzig Mann, und Dulong befahl ihnen, über die Balken der Brücke zu rennen. Er führte die rechte Kolonne an, den Säbel gezogen, und die einzigen Geräusche waren das Rauschen des Flusses unter ihnen, das Pfeifen des Windes zwischen den Felsen, das Hämmern ihrer Schritte und ein kurzer Aufschrei, als ein Mann ausrutschte und in den Cavado stürzte. Dann erkletterte Dulong den Hang. Er fand den ersten Graben leer vor und nahm an, die *ordenança* hätte Schutz in den kleinen Schuppen jenseits des zweiten Grabens gefunden und die Männer wären so blöde gewesen, nicht mal einen Posten bei der Brücke zu lassen. Selbst ein Hund hätte sie vor einem französischen Angriff warnen können, doch Männer und Hunde hatten Schutz vor dem Wetter gesucht.

»Feldwebel!«, zischte der Major. »Die Häuser säubern!«

Die Portugiesen schliefen, als die Franzosen kamen. Sie traten mit Bajonetten und ohne Gnade ein. Die ersten beiden Häuser fielen schnell, ihre Bewohner wurden getötet, bevor sie richtig wach wurden, doch ihre Todesschreie alarmierten den Rest der *ordenança*, die in die Dunkelheit hinausrannte, wo sich ihnen die am besten ausgebildete Infanterie in der französischen Armee entgegenstellte. Die Bajonette erledigten ihre Arbeit, und die Schreie der Opfer vervollständigten den Sieg, denn die Überlebenden, verwirrt und entsetzt von den schrecklichen Lauten in der finsteren Nacht, ergriffen die Flucht.

Eine Viertelstunde nach Mitternacht wärmte sich Major Dulong an einem Feuer, das seinen Weg zum Sieg erhellte.

Marschall Soult nahm die Medaille der französischen Ehrenlegion von seinem Uniformrock und heftete sie an den Umschlag von Major Dulongs verschlissenem Rock. Dann, mit Tränen in den Augen, küsste der Marschall den Major auf beide Wangen. Weil das Wunder geschehen war und die erste Brücke auf dem Weg zurück nach Spanien den Franzosen gehörte.

Kate, in eine feuchte Satteldecke gehüllt, stand neben ihrem erschöpften Pferd und beobachtete gleichgültig, wie französische Infanteristen Kiefern fällten, ihre Zweige entfernten, die Rinde abschälten und dann die beschnittenen Stämme zur Brücke trugen. Weiteres Bauholz wurde aus den kleinen Schuppen geholt, und die Querbretter waren gerade lang genug, um als Fahrbahn dienen zu können, aber es dauerte alles seine Zeit, denn das Bauholz musste zusammengebunden und eingepasst werden, wenn die Soldaten, Pferde und Maultiere den Fluss sicher überqueren wollten.

Die Soldaten, die nicht an der Arbeit beteiligt waren, drängten sich gegen Regen und Wind zusammen. Man hatte plötzlich das Gefühl, dass der Winter angebrochen war. Musketenschüsse fielen weit entfernt, und Kate nahm an, dass es die Landbevölkerung war, die kam, um die verhassten Invasoren zu töten.

Eine *cantinière*, eine der harten Frauen, die den Soldaten Kaffee, Tee, Nadeln, Garn und Dutzende andere kleine Annehmlichkeiten verkauften, hatte Mitleid mit Kate und brachte ihr einen Becher lauwarmen Kaffee mit Brandy. »Wenn sie noch viel länger brauchen«, sagte sie und nickte zu den Soldaten hin, die mit dem Wiederherstellen der hölzernen Fahrbahn auf der Brücke beschäftigt waren, »werden wir alle auf dem Rücken liegen mit einem englischen Dragoner darauf. So haben wir endlich auch was von diesem Feldzug!« Sie lachte und kehrte zu ihren beiden Mulis zurück, die mit ihren Waren beladen waren.

Kate nippte an dem Kaffee. Sie hatte noch nie so sehr gefroren und sich im Regen so elend gefühlt. Und sie wusste, dass sie sich alles selbst zuzuschreiben hatte.

Williamson starrte auf den Kaffee, und Kate, unbehaglich unter seinem Blick, trat auf die andere Seite ihres Pferdes. Sie konnte Williamson nicht ausstehen. Sie mochte seine lüsternen Blicke nicht und fürchtete sich vor dem enthemmten Verlangen nach ihr, das seine Augen verrieten. Sind denn alle Männer Schweine?, dachte sie. Christopher, trotz all seiner eleganten Zivilisiertheit bei Tage, hatte des Nachts gern perversen Sex. Aber dann erinnerte sich Kate an den einzigen weichen Kuss, den Sharpe ihr gegeben hatte, und sie spürte, wie sich ihre

Augen mit Tränen füllten. Und Leutnant Vicente ist ein freundlicher Mann, dachte sie. Christopher pflegte zu sagen, dass es zwei Seiten in der Welt gab, wie schwarze und weiße Figuren auf einem Schachbrett, und Kate wusste, dass sie die falsche Seite gewählt hatte. Schlimmer noch, sie wusste nicht, wie sie den Weg zur richtigen Seite zurückfinden konnte.

Christopher ritt an der stehen gebliebenen Kolonne zurück. »Ist das Kaffee?«, fragte er fröhlich. »Prima, ich brauche etwas Wärmendes.« Er nahm ihr den Becher aus der Hand, leerte ihn und gab ihn ihr zurück. »Noch ein paar Minuten, meine Liebste«, sagte er, »und es wird weitergehen. Noch eine Brücke nach dieser und wir sind über alle Berge, weit weg in Spanien. Du wirst wieder ein anständiges Bett haben. Und ein Bad. Wie fühlst du dich?«

»Kalt.«

»Kaum zu glauben, dass es Mai ist. Das Wetter ist ja noch schlimmer als in England. Aber heißt es nicht, dass Regen gut für den Teint ist? Du wirst hübscher als je zuvor werden, Liebste.« Er lauschte, als einige Musketenschüsse im Westen fielen. Das Knallen währte ein paar Sekunden, hallte dann zwischen den steilen Seiten des Engpasses hin und her, bis es verstummte. »Da ballert jemand auf Banditen«, sagte Christopher. »Die Verfolger konnten uns sicher noch nicht einholen.«

»Ich bete, dass sie uns einholen«, sagte Kate.

»Sei nicht albern, Liebste. Außerdem haben wir eine Brigade guter Infanterie und ein Kavallerieregiment als Nachhut.«

»Wir?«, fragte Kate empört. »Ich bin Engländerin!«

Christopher lächelte sie falsch an. »Ich auch, Liebste, aber was wir vor allem wollen, ist Frieden. Frieden! Und vielleicht wird dieser Rückzug das Einzige sein, was Frankreich überzeugt, Portugal in Frieden zu lassen. Darauf arbeite ich hinaus: Frieden.«

In Christophers Sattelholster hinter Kate steckte eine Pistole, und sie war versucht, die Waffe herauszuziehen, ihm in den Bauch zu stoßen und abzudrücken, doch sie hatte noch nie mit einer Feuerwaffe geschossen und wusste nicht, ob die langläufige Pistole geladen war. Und was sollte aus ihr werden, wenn Christopher nicht mehr da war? Dann würde sie Williamson ausgeliefert sein.

Plötzlich erinnerte sie sich an den Brief, den sie im Haus Beautiful für Lieutenant Sharpe heimlich ohne Christophers Wissen hatte zurücklassen können. Sie hielt den Brief jetzt für blöde. Was hatte sie Sharpe damit zu sagen versucht? Und warum ihm? Was erwartete sie denn von ihm?

Sie starrte zum fernen Hügel hinauf. Da waren Männer auf der Hügelkuppe, die sich vor dem Himmel abhoben. Christopher wandte sich um, um zu sehen, wohin sie schaute. »Weiterer Abschaum«, sagte er.

»Patrioten«, widersprach Kate.

»Bauern mit verrosteten Musketen«, sagte Christopher ätzend, »die ihre Gefangenen foltern und keine Ahnung haben, welche Prinzipien in diesem Krieg auf dem Spiel stehen. Sie sind die Kräfte des alten Europa, abergläubisch und unwissend, die Feinde des Fortschritts.« Er verzog das Gesicht. Dann schnallte er eine seiner Satteltaschen auf, um sich zu vergewissern, dass sein roter Uniformrock darin war. Wenn die Franzosen gezwungen sein würden, zu kapitulieren, dann war dieser Uniformrock sein Ausweis. Er würde in die Hügel flüchten, und wenn ihn irgendwelche Partisanen stoppten, würde er sie überzeugen, dass er ein Engländer war, der den Franzosen entkommen konnte.

»Es geht weiter, Sir«, sagte Williamson. »Die Brücke ist frei, Sir.« Er starrte Kate lüstern an. »Sollen wir reiten, Ma'am? Ich helfe Ihnen aufs Pferd, wenn Sie möchten.«

»Ich komme schon zurecht«, sagte Kate kalt. Sie musste die feuchte Decke fallen lassen, um in den Sattel zu steigen, und sie wusste, dass Christopher und Williamson auf ihre Beine in der eng sitzenden Reithose starrten.

Ein Jubelruf ertönte von der Brücke, als die ersten Kavalleristen ihre Pferde auf die gefährliche Fahrbahn führten. Das Geschrei veranlasste die Infanteristen, ihre Tornister aufzunehmen und zu dem behelfsmäßigen Übergang zu gehen.

»Noch eine weitere Brücke«, versicherte Christopher Kate, »und dann sind wir in Sicherheit.«

Nur noch eine Brücke.

Und oberhalb von ihnen, hoch in den Hügeln, marschierte Sharpe bereits darauf zu. Zur letzten Brücke für die Franzosen in Portugal.

Die Saltador.

KAPITEL 11

In der Morgendämmerung sahen Sharpe und Hogan, dass ihre Befürchtungen wahr geworden waren. Ein paar Hundert französische Infanteristen marschierten über die Ponte Nova, von der *ordenança* blieben nichts als Leichen in dem geplünderten Dorf zurück, und hart schuftende Arbeitstrupps stellten die hölzerne Fahrbahn über das weiß schäumende Wasser des Cavado wieder her. Der lange und gewundene Engpass hallte von sporadischen Musketenschüssen wider, als portugiesische Bauern, angezogen von der aufgehaltenen Armee wie Raben vom Fleisch, von Weitem schossen.

Sharpe sah an die hundert *voltigeurs* einen Hügel erstürmen, um eine tapfere Horde zu vertreiben, die es gewagt hatte, sich der aufgehaltenen Kolonne bis auf zweihundert Yards zu nähern. Es gab ein kurzes Gefecht, die französischen Plänkler durchkämmten den Hügel und kehrten dann zur überfüllten Straße zurück.

Es gab kein Anzeichen auf britische Verfolger. Hogan schätzte, dass Wellesleys Armee noch einen halben Tagesmarsch hinter den Franzosen sein musste.

»Er wird die Franzosen nicht direkt verfolgt haben«, erklärte er. »Er wird nicht die Serra de Santa Catalina durchquert haben wie sie, sondern auf den Straßen geblieben sein. So ist er zuerst nach Braga marschiert, und jetzt geht sein Marsch nach Osten. Und wir ...«, er starrte zur eingenommene Brücke hinab, »... wir sollten uns zur Saltador aufmachen«, sagte er grimmig, »denn es ist unsere letzte Chance.«

Für Sharpe hatte es den Anschein, als gebe es überhaupt keine Chance mehr. Über zwanzigtausend flüchtende Franzosen verdunkelten das Tal unter ihm, und in dieser Masse befand sich Christopher. Er hatte nicht den leisesten Schimmer, wie er den Abtrünnigen finden sollte. Aber er zog seinen abgetragenen Rock an, nahm sein Gewehr und folgte Hogan, der pessimistisch dreinblickte, während Harper sonderbar fröhlich wirkte, selbst als sie durch einen Nebenfluss des Cavado waten mussten, wo ihnen das Wasser bis zur Hüfte reichte.

Sie gelangten durch einen steilen Engpass, der zu dem größeren Fluss abfiel. Hogans Maultier bockte, schreckte vor dem kalten, reißenden Wasser zurück. Der Captain schlug vor, das Tier aufzugeben, doch dann schlug Javali dem störrischen Biest hart auf die Nüstern, und während das Maultier noch blinzelte, hob er es an und trug es durch das Wasser. Die Schützen jubelten bei Javalis Demonstration seiner Stärke, während das Muli, jetzt sicher am anderen Ufer, die gelben Zähne bleckte und nach dem Ziegenhirten beißen wollte, doch der versetzte ihm einen weiteren Schlag.

»Nützlicher Riese, dieser Javali«, sagte Harper anerkennend. Der große irische Sergeant war durchnässt und fror wie die anderen erschöpften Männer, aber er schien die harten Strapazen zu genießen. »Es ist nicht schlimmer, als zu Hause eine Herde zu hüten«, behauptete er, als sie sich weiterschleppten. »Ich erinnere mich, dass mein Onkel einmal eine Schafherde nach Belfast bringen sollte. Doch die Hälfte der blöden Viecher rannte davon, als wir noch nicht mal bei Letterkenny waren! Mann, all das Geld war futsch.«

»Habt ihr die Schafe nicht einfangen?«, fragte Perkins.

»Machst du Witze, Junge? Ich habe die halbe Nacht nach ihnen gesucht, und alles, womit mich mein Onkel belohnte, war einer hinter die Löffel. Dabei war es sein Fehler. Er hatte zuvor nie mehr gehütet als ein Kaninchen und konnte nicht mal unterscheiden, wo bei einem Schaf vorn oder hinten ist, aber man hatte ihm erzählt, dass mit Schafsfleisch viel Geld in Belfast zu machen war, und so stahl er die Herde von einer Weide in Colcarney und brach damit auf, um reich zu werden.«

»Habt ihr Wölfe in Irland?«, wollte Vicente wissen.

»In roten Röcken«, sagte Harper und sah Sharpes finsteren Blick. »Mein Großvater behauptete, ein Wolfsrudel in Derrynagrial gesehen zu haben. Mann, waren die groß und mit roten Augen und Zähnen wie Monster, und er erzählte meiner Großmutter, dass sie ihn bis zur Glenleheel Brücke gejagt hatten, aber er war betrunken. Mein Gott, konnte der saufen.«

Javali wollte wissen, worüber sie sprachen, und sofort erzählte er seine Geschichten von Wölfen, die seine Ziegen angefallen hatten, und wie er nur mit einem Stock und einem scharfkantigen Stein gegen einen gekämpft hatte. Als er behauptete, einen Wolfswelpen aufgezogen zu haben, und erzählte, wie der Dorfpfarrer darauf bestanden hatte, den Welpen zu töten, weil in den Wölfen der Teufel steckte, sagte Feldwebel Macedo, das stimme, und er erzählte, dass in einer kalten Winternacht in Almeida ein Posten von Wölfen aufgefressen worden war.

»Habt ihr Wölfe in England?«, fragte Vicente Sharpe.

»Nur Anwälte.«

»Richard!«, tadelte ihn Hogan.

Sie gingen jetzt nach Norden. Die Straße, die die Franzosen von der Ponte Nova zur spanischen Grenze benutzen würden, wand sich durch die Hügel, bis sie an einen Nebenfluss des Cavado, den Misarella, gelangte, und die Saltador-Brücke überquerte diesen Fluss. Sharpe wäre lieber zur Straße hinabgestiegen und vor den Franzosen zur Brücke marschiert, doch

Hogan wollte nichts davon hören. Der Feind, sagte er, würde Dragoner über den Cavado schicken, sobald die Brücke repariert war, und die Brücke war kein Ort, wo man sich von Reitern erwischen lassen sollte, und so blieben sie in der Wildnis auf hohem Terrain, das immer zerklüfteter, felsiger und schwieriger zu passieren war.

Sie kamen nur mühsam und langsam voran, weil sie gezwungen waren, lange Umwege zu machen, wenn Schluchten oder Geröllhalden ihnen im Weg waren und sie für jede Meile, die sie ihrem Ziel näher brachte, drei Meilen zurücklegen mussten.

Sharpe wusste, dass die Franzosen jetzt durch das Tal schneller vorankamen, denn vereinzelte Musketenschüsse von den Hügeln um den Engpass am Misarella ließen darauf schließen. Diese Schüsse, auf weite Distanz und im Hass abgefeuert, klangen immer näher, bis am späten Vormittag die Franzosen in Sicht kamen.

Etwa hundert Dragoner führten die Kolonne an, aber nicht weit dahinter folgte Infanterie, und diese Männer waren kein panischer Pöbelhaufen, sondern marschierten wohlgeordnet und diszipliniert.

Als Javali sie sah, stieß er einen grollenden Laut aus, lud hastig seine Muskete und schoss ins Tal hinab. Es war nicht zu sehen, ob er einen Feind getroffen hatte, aber er grinste zufrieden und lud die Muskete wieder auf.

»Sie hatten recht, Richard«, sagte Hogan. »wir hätten die Straße benutzen sollen.« Die Franzosen übernahmen sie jetzt.

»Nein, *Sie* hatten recht, Sir«, sagte Sharpe. »Leute wie er ...«, er nickte zu dem bärtigen Javali hin, »... hätten den ganzen Morgen auf uns geschossen.«

»Vielleicht«, sagte Hogan. Er schwankte auf dem Maultier zurück, dann blickte er wieder auf die Franzosen hinab. »Beten wir, dass die Saltador eingestürzt ist«, sagte er, aber es klang wenig optimistisch.

Sie mussten in ein Tal zwischen den Hügel hinabklettern und dann wieder hinauf zu einem langen und zerklüfteten Gebirgskamm, der mit massiven Felsbrocken übersät war. Sie konnten den schnell fließenden Misarella und die Franzosen auf der Straße daneben nicht mehr sehen, doch sie hörten die gelegentlichen Musketenschüsse, die verrieten, dass Partisanen aus dem Hinterhalt ins Tal schossen.

»Hoffentlich sind die Portugiesen zur Brücke gelangt«, sagte Hogan. Wenn alles gut gegangen wäre, dann hätten die portugiesischen Kräfte nordwärts, parallel zu Sir Arthur Wellesleys Armee, vorstoßen und die Franzosen bei Ruivaens stoppen und ihnen so den Weg zur letzten Straße ostwärts nach Spanien abschneiden können. Wenn alles gut gegangen war, dann blockierten jetzt die Portugiesen die Bergstraße mit Geschützen und Infanterie, doch das Wetter hatte ihren Marsch ebenso wie Wellesleys Verfolgung verlangsamt, und die einzigen Männer, die auf Marschall Soult bei der Saltador warteten, waren weitere Portugiesen von der *ordenança*.

Es gab über tausend Mann von der *ordenança*, nur halb ausgebildet und schlecht bewaffnet, aber ein englischer Major vom portugiesischen Stab war vorausgeritten, um sie zu beraten. Er hatte eindringlich empfohlen, die Brücke zu sprengen, doch viele von der *ordenança* kamen aus dem Hügelland des Grenzgebiets. Der schwebende Brückenbogen über den Misarella war die Lebensader ihres Handels, und so weigerten sie sich, Major Warres Rat zu beherzigen. Sie waren zu dem Kompromiss bereit, die Brückengeländer zu entfernen und die Fahrbahn zu verengen, indem sie mit großen Holzhämmern die Steine herausschlugen, doch sie bestanden darauf, einen schmalen Steinstreifen zu lassen, der die tiefe Schlucht überspannte. Um den Bogen verteidigen zu können, verbarrika- dierten sie die Nordseite der Brücke mit einem Verhau aus Dornbüschen, und hinter diesem Hindernis schütteten sie Feldschanzen auf, aus deren Deckung sie auf die Franzosen feuern konnten. Es gab keine Artillerie.

Der Streifen Brücke, der erhalten blieb, war gerade breit genug, um einen Farmerwagen über die Schlucht passieren zu lassen. Das bedeutete: Wenn die Franzosen fort waren, konnte der Handel des Tals fortgesetzt werden, während die Fahrbahn und das Geländer der Brücke erneuert wurden. Aber für die Franzosen bedeutete dieser schmale Streifen nur eines: den Weg in die Sicherheit.

Hogan war der Erste, der sah, dass die Brücke nicht völlig zerstört war. Er stieg vom Maultier und fluchte wüst, dann reichte er Sharpe sein Fernrohr, und Sharpe starrte hinab auf die Reste der Brücke. Pulverrauch wallte bereits auf beiden Flussufern, als die Dragoner der französischen Vorhut über die Schlucht feuerten und die *ordenança* in ihren behelfsmäßigen Schanzen zurückschoss. Das Knallen der Musketen klang schwach.

»Sie werden rüberkommen«, sagte Hogan traurig. »Sie wer- den viele Männer verlieren, aber sie werden den Weg über diese Brücke schaffen.«

Sharpe gab keine Antwort. Hogan hat recht, dachte er. Die Franzosen hatten offenbar nicht vor, die Brücke sofort ein- zunehmen, doch zweifellos sammelten sie ein Angriffskom- mando, und das bedeutete, dass Sharpe einen Platz suchen musste, von dem aus seine Männer auf Christopher schießen konnten, wenn er den engen Brückenbogen überquerte. Auf dieser Seite des Flusses sah er keinen geeigneten Standort, doch am gegenüberliegenden Ufer des Misarella erhob sich ein hoher Felsen, wo hundert oder mehr *ordenança* stationiert waren. Der

Felsen musste knapp zweihundert Yards von der Brücke entfernt sein, zu weit für die portugiesischen Musketen, doch das würde eine ideale Distanz für die Gewehre der Schützen sein, und wenn Christopher die Mitte der Brücke erreichte, würde er von einem Dutzend Gewehrkugeln begrüßt werden.

Das Problem war, den Felsen zu erreichen. Er war nicht weit entfernt, vielleicht eine halbe Meile, doch zwischen Sharpe und diesem erhöhten Punkt befand sich der Misarella.

»Wir müssen den Fluss durchqueren«, sagte Sharpe.

»Wie lange wird das dauern?«, fragte Hogan.

»So lange, wie wir brauchen. Wir haben keine Wahl.«

Das Musketenfeuer nahm zu. Es hörte sich an, als brenne Dornengestrüpp. Das Geräusch nahm ab und schwoll dann wieder an. Die Dragoner strömten auf das südliche Ufer, um die Verteidiger mit Feuer einzudecken, und Sharpe konnte nichts tun, um ihnen zu helfen.

So ging er für den Moment davon.

Im Tal des Cavado, nur zwölf Meilen vom Kampf entfernt, den die Vorhut der Franzosen der *ordenança* über die Schlucht des Misarella hinweg lieferte, holten die ersten britischen Soldaten Soults Nachhut ein, die die Männer und Frauen schützten, die immer noch die Ponte Nova überquerten. Die britischen Soldaten waren leichte Dragoner, und sie konnten wenig tun, außer Karabinerfeuer mit den französischen Soldaten auszutauschen, die das Tal zwischen dem Fluss und den südlichen Steilklippen füllten. Doch nicht weit hinter den Dragonern marschierte die Wachbrigade, und hinter ihr folgten zwei Dreipfünder-Kanonen, Geschütze, die so leicht waren, dass sie als Spielzeug verspottet wurden, doch an diesem Tag, an dem niemand Artillerie einsetzen konnte, waren sie ihr Gewicht in Gold wert.

Die französische Nachhut wartete, während – ein Dutzend Meilen entfernt – die Vorhut sich darauf vorbereitete, die Saltador zu stürmen. Zwei Infanteriebataillone würden die Brücke angreifen, doch es war klar, dass sie zu Hackfleisch werden würden, wenn nicht die dichte Barriere aus Dornengestrüpp am Ende der Brücke entfernt werden konnte. Die Barriere war vier Fuß hoch und ebenso dick, aus zwei Dutzend Dornenbüschen gemacht, die zusammengebunden worden und mit Gewichten beschwert waren. Sie bildete ein hervorragendes Hindernis, und so wurde ein Himmelfahrtskommando vorgeschlagen. Für gewöhnlich wurden solche Himmelfahrtskommandos gegen heftig verteidigte Breschen in feindlichen Festungen eingesetzt, aber heute musste es unter einem Hagel von Musketenfeuer die schmalen Reste einer Brücke überqueren, und während sie starben, musste die Dornenbarriere beseitigt werden.

Major Dulong vom 31. Léger, die neue Medaille der französischen Ehrenlegion noch auf der Brust, meldete sich freiwillig als Führer des Himmelfahrtkommandos. Diesmal konnte er nicht die Dunkelheit nutzen, außerdem war der Feind viel zahlreicher, doch sein hartes Gesicht zeigte keinerlei Angst, als er ein Paar Handschuhe anzog und dann die Kordel seines Säbels um sein Handgelenk drehte, damit er die Waffe nicht in dem Chaos verlor, das er erwartete, wenn die Dornenbarriere aus dem Weg geräumt wurde.

General Loison, der die französische Vorhut befehligte, befahl jeden verfügbaren Mann zum Flussufer, um die *ordenança* mit unaufhörlichem Feuer aus Musketen, Karabinern und sogar Pistolen zu beharken, und als der Krach ohrenbetäubend war, hob Dulong seinen Säbel und schwang ihn als Signal zum Vorrücken.

Die Kompanie seines eigenen Regiments rannte über die

Brücke. Drei Mann konnten gerade nebeneinander auf dem schmalen Steinstreifen gehen, und Dulong war in der ersten Reihe.

Die *ordenança* stieß einen Kriegsschrei aus, und eine Salve krachte von der nächsten Feldschanze. Dulong wurde in die Brust getroffen, er hörte, dass die Kugel gegen seine neue Medaille schlug und spürte, dass eine Rippe brach, und er wusste, dass die Kugel in seiner Lunge war, aber er verspürte keinen Schmerz. Er versuchte ein Kommando zu schreien, doch er bekam kaum Luft, und so begann er das Dornengestrüpp mit seinen behandschuhten Händen wegzuzerren.

Weitere Männer kamen, drängten sich auf dem schmalen Streifen der verbliebenen Fahrbahn. Einer der Männer rutschte aus und fiel schreiend in das weiß schäumende Wasser des Misarella. Kugeln schlugen in die Männer des Himmelfahrtskommandos, und Todesschreie gellten durch das Krachen der Schüsse.

Dann hatte Dulong es geschafft, einen ganzen Abschnitt der Barriere in den Fluss zu stoßen, und es entstand eine Lücke, die breit genug war, um einen Mann durchzulassen, und groß genug, um eine in die Falle geratene Armee zu retten, und Dulong taumelte hindurch, den Säbel erhoben und Blut spuckend.

Ein vielstimmiger Schrei ertönte hinter ihm, als das erste der Unterstützungsbataillone mit aufgepflanzten Bajonetten auf die Brücke zurannte. Dulongs überlebende Männer räumten die letzten Reste des Dornengestrüpps weg, ein Dutzend toter *voltigeurs* wurde grob von dem Streifen der Fahrbahn in die Schlucht getreten, und plötzlich war die Saltador voller französischer Soldaten. Sie stießen einen wilden Kriegsschrei aus, und die *ordenança*, von der die meisten noch beim Nachladen waren, nachdem sie versucht hatten, Dulongs Himmelfahrtskommando zu stoppen, ergriffen nun die Flucht. Hunderte von Männern rannten westwärts und kletterten in die Hügel, um den Bajonetten zu entkommen.

Dulong verharrte an der nächsten Feldschanze, beugte sich vor und rang um Atem. Sein Säbel baumelte an der Kordel, die er um sein Handgelenk gebunden hatte, und Speichel, vermischt mit Blut, sickerte aus seinem Mund. Er schloss die Augen und versuchte zu beten.

»Eine Trage!«, rief ein Sergeant. »Macht eine Trage! Und sucht einen Arzt!«

Zwei französische Bataillone jagten die *ordenança* von der Brücke fort. Ein paar Portugiesen hielten sich noch auf einer hohen Felsklippe links der Straße auf, aber sie waren zu weit entfernt für Musketenfeuer, um mehr als ein Ärgernis zu sein, und so ließen die Franzosen sie unbehelligt und beobachteten nur, wie die *ordenança* flüchtete.

Denn Major Dulong hatte die Falle aufgebrochen, und die Straße nach Norden war offen.

Sharpe, in dem rauen höheren Terrain südlich des Misarella, hörte das heftige Musketenfeuer und wusste, dass die Franzosen die Brücke stürmten. Er betete, dass die *ordenança* sie halten konnte, aber er wusste, dass sie keine Chance hatte. Es waren Amateursoldaten, die Franzosen waren Profis, und obwohl Männer sterben würden, würden die Franzosen den Fluss überqueren können, und wenn erst einige Soldaten das geschafft hatten, würde der Rest der Armee ihnen folgen.

So hatte er wenig Zeit, um den Fluss zu überqueren, und er musste über eine Meile stromaufwärts gehen, bis er eine Stelle fand, wo sie ihn durchfurten und mit den steilen Hängen und dem vom Regen angeschwollenen Wasserpegel zurechtkommen konnten. Das Maultier würden sie zurücklassen müssen, denn der Hang in die Schlucht hinab fiel zu steil ab, dass nicht einmal Javali das Tier hinab und durch das reißende Wasser bringen konnte.

Sharpe befahl seinen Männern, die Riemen ihrer Gewehre und Musketen aneinanderzubinden, um einen langen Strick zu schaffen. Javali verschmähte eine solche Hilfe, kletterte hinab in den Misarella, watete hindurch und erklomm das andere Ufer. Sharpe, der befürchtete, einen seiner Männer mit gebrochenem Bein auf dem steilen Hang zu verlieren, bewegte sich langsamer.

Die Männer benutzten ihre improvisierte Leine als Halt, um sich zum Misarella hinabzulassen, und die Letzten reichten dann die Waffen hinunter. Der kleine Fluss war kaum ein Dutzend Schritte breit, doch tief, und sein kaltes Wasser zerrte an seinen Beinen, als Sharpe beim Durchfurten voranging. Die Felsen und Steine unter seinen Füßen waren glitschig und uneben.

Tongue rutschte aus und fiel ins Wasser, die Strömung riss ihn mit, bis er es ein Stück flussabwärts schaffte, sich aufs Ufer zu ziehen. »Tut mir leid«, sagte er zähneklappernd, als Wasser aus seiner Patronentasche sickerte.

Es dauerte eine Dreiviertelstunde, bis sie alle die Schlucht überwunden hatten und die andere Seite erkletterten, wo Sharpe von einer Felsspitze soeben die Hügel von Spanien sehen konnte.

Sie wandten sich ostwärts zur Brücke. Es begann wieder zu regnen. Den ganzen Morgen hatten die dunklen Wolken etwas Drohendes gehabt, doch jetzt öffneten sie direkt über ihnen ihre Schleusen, und dann hallte ein Donnerschlag.

Voraus erhellte ein Streifen Sonnenschein die Hügel, doch über Sharpe war der Himmel dunkel, und der Regen wurde stärker. Er wusste, dass die Schützen bei einem solchen Wolkenbruch Schwierigkeiten haben würden, sagte jedoch nichts. Sie alle froren und waren niedergeschlagen. Die Franzosen entkamen, und Christopher konnte bereits über den Misarella hinweg auf dem Weg nach Spanien sein.

Zu ihrer Linken wand sich die grasbewachsene Straße in die letzten portugiesischen Hügel hinauf, und sie sahen Dragoner und Infanterie mühsam die Straße mit ihren unzähligen Kehren hinaufziehen. Diese Männer waren mindestens eine halbe Meile entfernt.

Die Steilklippe lag dicht voraus. Javali war als Erster auf dem Gipfel, und er informierte die Überreste der *ordenança*, die zwischen Farnen und Felsbrocken warteten, dass die uniformierten Männer, die sich näherten, Freunde waren. Die Portugiesen, deren Musketen im starken Regen nutzlos waren, warfen nun mit Steinen, was nichts als ein unbedeutendes Ärgernis für den Strom der Franzosen war, der den Misarella überquerte.

Sharpe warf sich auf die Steilklippe und kroch bis zur Kante. Regen peitschte auf die Felsen, rann an der Klippe hinab und trommelte auf seinen Tschako. Ein Donnerschlag krachte, und ein anderer antwortete entfernt im Südwesten, und Sharpe erkannte das zweite Donnern als Geschützfeuer. Und das bedeutete, dass Sir Arthur Wellesleys Armee die Franzosen eingeholt hatte und seine Artillerie das Feuer eröffnet hatte, doch dieses Gefecht war Meilen entfernt, jenseits der Ponte Nova, und hier, beim letzten Hindernis, entkamen die Franzosen.

Hogan, keuchend vor Anstrengung nach dem Erklettern des Hügels, ließ sich neben Sharpe sinken. Sie waren der Brücke so nahe, dass sie die Schnurrbärte in den Gesichtern der französischen Infanterie und den braun und schwarz gestreiften langen

Rock einer Frau erkennen konnten. Sie ging neben ihrem Mann und trug seine Muskete und sein Kind. Ein Hund war mit einem Strick an ihren Gürtel gebunden. Hinter ihnen führte ein humpelnder Offizier sein Pferd.

»Habe ich da wirklich eine Kanone gehört?«, fragte Hogan.

»Ja, Sir.«

»Das muss ein Dreipfünder gewesen sein«, vermutete Hogan. »Wir könnten hier ein paar von diesen Spielzeugen gebrauchen.«

Aber sie hatten keine. Sie hatten nur Sharpe, Vicente und ihre Männer.

Und eine Armee entkam.

Bei der Ponte Nova hatten die Kanoniere ihre beiden Kanonen auf einer Hügelkuppe in Stellung gebracht und blickten auf die französische Nachhut hinab. Hier regnete es nicht. Gelegentlich peitschte eine Böe ein paar Regentropfen von den Bergen herunter, doch die Musketen konnten feuern. Die Wachbrigade lud ihre Waffen, pflanzte die Bajonette auf und formierte sich zu einer Kolonne von Kompanien.

Und die Geschütze, die verspotteten Dreipfünder, eröffneten das Feuer auf die Franzosen. Die kleinen Kugeln, kaum größer als Orangen, peitschten durch die dichten Reihen oder prallten als Querschläger von Felsen ab, töteten weitere Franzosen. Die Kapelle der Coldstream Guards spielte »Rule Britannia«, und die großen Fahnen wurden in der feuchten Luft entrollt. Die Dreipfünder-Kugeln schlugen wieder ein, und jeder Schuss hinterließ eine lange Blutspur, als hätte ein gigantisches, unsichtbares Messer durch die französischen Reihen geschnitten.

Die beiden leichten Kompanien der Wachbrigade und eine

Kompanie der grün berockten 60th, die Royal American Rifles, rückten in einem Gewirr von Felsen und niedrigen Steinwänden auf der französischen linken Flanke vor, und die Musketen und Baker-Gewehre forderten ihren Tribut bei französischen Offizieren und Unteroffizieren.

Französische Plänkler, Männer des namhaften 4. Léger, ein Regiment, das Soult ausgewählt hatte, um seine Nachhut zu sichern, rannten vorwärts, um die britischen Plänkler zu vertreiben, doch die Gewehre waren zu viel für sie. Sie hatten noch nie solch ein akkurates Feuer auf Weitschussdistanz erlebt, und die *voltigeurs* wichen zurück.

»Bringen Sie sie vorwärts, Campbell, bringen Sie sie vorwärts!«, rief Sir Arthur Wellesley dem Brigadekommandeur zu, und das erste Bataillon der Coldstreamers und das erste Bataillon der 3rd Foot Guards marschierten auf die Brücke zu, und die Dreipfünder krachten wieder und hinterließen weitere blutige Furchen in den langen Reihen der Franzosen.

»Sie werden durchbrechen«, sagte Colonel Waters. Er hatte den ganzen Tag als Sir Arthurs Führer gedient und beobachtete die französische Nachhut durch sein Fernrohr. Er sah, wie sie ins Wanken geriet, sah, wie die Feldwebel neben den Reihen hin- und hereilten und Männer in die Lücken schoben. »Sie brechen durch, Sir.«

»Beten Sie, dass sie das tun«, sagte Sir Arthur. Und er fragte sich, was voraus geschah, ob die französische Flüchtlingsroute blockiert war. Er hatte bereits einen Sieg errungen, aber wie komplett würde er sein?

Die beiden Bataillone der Wachbrigade, beide doppelt so groß wie ein normales Bataillon, marschierten stetig, und ihre Bajonette waren zweitausend Lichtflecken unter dem wolkenverhangenen düsteren Himmel, und ihre Fahnen flatterten über ihnen. Und die Franzosen vor ihnen zitterten, als die

Kanonen wieder krachten und die Kugeln durch ihre Reihen pflügten.

Sir Arthur Wellesley blickte nicht einmal zu den Wachbataillonen. Er starrte in die Hügel hinauf, wo ein Wolkenbruch die Sicht verhüllte. »Gott gebe«, sagte er inbrünstig, »dass die Straße abgeschnitten ist.«

»Amen«, sagte Colonel Waters. »Amen.«

Die Straße war nicht blockiert, weil ein Steinstreifen den Misarella noch überspannte, über den eine scheinbar endlose Reihe von Franzosen flüchtete.

Sharpe beobachtete sie. Sie gingen wie geschlagene Männer, müde und verdrossen, und er konnte ihren Gesichtern ansehen, wie sie sich über die Hand voll von Pionieroffizieren ärgerten, die sie über die Brücke kommandierten. Im April waren diese Männer die Eroberer des nördlichen Portugal gewesen, und sie hatten gedacht, sie würden nach Süden marschieren und Lissabon einnehmen. Sie hatten im ganzen Land nördlich des Douro geplündert, Häuser und Kirchen ausgeraubt, Frauen vergewaltigt, Männer getötet und waren herumspaziert wie der Hahn auf dem Misthaufen, aber jetzt waren sie verprügelt worden, zerbrochen und gejagt, und das ferne Donnern der Kanonen sagte ihnen, dass ihr Martyrium noch nicht vorüber war. Und oberhalb von ihnen, auf den Hügeln, konnten sie Dutzende von Männern sehen, die nur auf Versprengte warteten, und dann würden sie ihre Messer schärfen und die Feuer anzünden, und jeder Franzose in der Armee hatte die Geschichten von schrecklich verstümmelten Leichen gehört, die im Hügelland gefunden worden waren.

Sharpe beobachtete sie nur. Dann und wann war jetzt der Brückenbogen frei, sodass ein widerspenstiges Pferd über den schmalen Brückenstreifen geführt werden konnte. Reiter wurden aufgefordert, vom Pferd zu steigen, und zwei Husaren mussten den Pferden die Augen verbinden und sie über den steinernen Streifen führen. Der Regen ließ nach und wurde dann wieder stärker. Es wurde dunkel, eine unnatürliche Dunkelheit durch schwarze Wolken und Regenschleier.

Ein General, dessen Uniform schwer von nassen Tressen war, folgte seinem Pferd, das von den beiden Husaren geführt wurde, über die Brücke. Tief unter ihm schäumte das Wasser weiß, gischtete gegen die Felsen in der Schlucht und strömte gurgelnd weiter zum Cavado. Der General eilte von der Brücke und hatte Mühe, wieder auf sein Pferd zu steigen. Die *ordenança* verspottete ihn und warf Steine nach ihm, doch sie prallten am Hang der Felsenklippe ab und rollten harmlos zur Straße hinab.

Hogan beobachtete die Franzosen, die hinter der Brücke kauerten, durch sein Fernrohr, von dem er ständig Regentropfen abwischte. »Wo bleibst du, Mister Christopher?«, fragte er ärgerlich.

»Vielleicht ist der Bastard vorausgegangen«, sagte Harper. »Wenn ich an seiner Stelle wäre, dann wäre ich als einer der Ersten abgehauen. Nichts wie weg, wird er sich gesagt haben.«

»Vielleicht«, sagte Sharpe, »vielleicht.« Harper hat vermutlich recht, dachte er, und Christopher könnte bereits mit der französischen Vorhut in Spanien sein, doch es gab keine Möglichkeit, das herauszufinden.

»Wir werden bis zum Einbruch der Dunkelheit warten«, sagte Hogan, und der Klang seiner Stimme verriet seine Enttäuschung.

Sharpe konnte eine Meile zurück auf die Straße sehen, die voller Männer, Frauen, Pferde und Maultiere war, die zum Flaschenhals der Saltador-Brücke drängten. Zwei Tragen mit

Verwundeten wurden über die Brücke getragen, und der Anblick der verwundeten Männer rief Triumphrufe der *ordenança* auf der Felsklippe hervor.

Ein Mann, offenbar mit einem gebrochenen Bein, humpelte mit einer behelfsmäßigen Krücke über die Brücke. Für den Mann war es eine Tortur, aber es war besser, die Qualen zu ertragen, anstatt zurückzubleiben und den Partisanen in die Hände zu fallen. Seine Krücke rutschte auf den Steinen der Brücke aus, und er stürzte schwer. Bei seinem Missgeschick johlten Männer der *ordenança* schadenfroh. Ein französischer Infanterist zielte mit seiner Muskete auf die höhnischen Portugiesen, doch als er abdrückte, fiel der Zündfunke auf feuchtes Pulver und nichts geschah, nur das Hohngelächter wurde lauter.

Und dann sah Sharpe Christopher. Genauer gesagt, er bemerkte zuerst Kate, die er an ihrem Gesichtsoval und dem Kontrast ihrer blassen Haut zu ihrem schwarzen Haar erkannte. Ihre Schönheit war sogar in dieser trüben und nassen frühen Abenddämmerung unter all den Flüchtlingen nicht zu übersehen, und Sharpe wunderte sich, weshalb sie eine französische Uniform trug. Doch dann sah er Christopher und Williamson neben ihrem Pferd. Der Colonel war in Zivilkleidung und bahnte sich mit den Ellbogen einen Weg durch die Menge, damit er schneller zur Brücke gelangen und sich vor seinen Verfolgern sicher fühlen konnte.

Sharpe wischte hastig die Linse von Hogans Fernrohr ab und starrte hindurch. Christopher wirkte älter, fast gealtert mit seinem grauen Gesicht. Dann schwenkte Sharpe das Fernglas ein Stück zur Seite und sah Williamsons verdrossenes Gesicht. Zorn auf den Deserteur stieg in ihm auf.

»Haben Sie ihn gesehen?«, fragte Hogan.

»Er ist da«, sagte Sharpe und legte das Fernrohr ab. Er zog

sein Gewehr aus dem neu gefertigten Lederfutteral und lehnte es an einen Felsbrocken.

Harper sah Christopher jetzt ebenfalls. »Da ist er. Tatsächlich.«

»Wo?«, wollte Hogan wissen.

»Zwanzig Yards vor der Brücke, Sir«, sagte Harper, »neben dem Pferd. Und jetzt steigt Miss Kate auf das Pferd. Und, mein Gott!« Harper hatte Williamson gesehen. »Ist das ...?«

»Ja«, sagte Sharpe, und er war versucht, auf den Deserteur zu zielen, statt auf Christopher.

Hogan starrte durch das Fernrohr. »Ein gut aussehendes Mädchen«, sagte er.

»Da schlägt einem das Herz schneller«, sagte Harper.

Sharpe hatte das Schloss des Gewehrs bedeckt gehalten und hoffte, dass das Pulver trocken geblieben war. Jetzt nahm er das Tuch weg und zielte auf Christopher, und ausgerechnet in diesem Moment krachte ein Donnerschlag, und der Regen, der bereits stark gewesen war, goss plötzlich in Strömen.

Sharpe fluchte. Er konnte Christopher in diesem Moment nicht mehr sehen. Er riss das Gewehr hoch und starrte in die verschwommene Luft, in der silberne Schleier in einem irrsinnigen Wirbel zu tanzen schienen. Verdammt! Er konnte überhaupt nichts mehr erkennen! Und dann zuckte ein Blitz über den Himmel und schien ihn zu spalten, und der Regen trommelte plötzlich wie der Hufschlag des Teufels. Sharpe richtete den Lauf des Gewehrs zu den Regenwolken und drückte ab. Er wusste, was passieren würde, und so war es. Der Zündfunken erlosch, das Gewehr war nutzlos, und so warf er es hin, richtete sich auf und zog sein Schwert.

»Was, zur Hölle, haben Sie vor?«, fragte Hogan.

»Ich hole mir mein Fernrohr«, sagte Sharpe.

Das 4. Léger, eine der besten Infanterieeinheiten in Soults Armee, brach zusammen und mit ihm die beiden Kavallerieregimenter. Die drei Regimenter waren gut postiert, beherrschten eine Anhöhe quer zur Straße, die sich der Ponte Nova näherte, doch der Anblick der Wachbrigade, das Krachen des Musketenfeuers und die Einschläge der beiden Dreipfünder-Kanonen hatten die französische Nachhut zermürbt. Ihre Aufgabe war es gewesen, die britische Verfolgung zu stoppen, sich dann langsam zurückzuziehen und die Brücke hinter sich zu zerstören, doch stattdessen ergriffen sie die Flucht.

Zweitausend Mann und tausendvierhundert Pferde trafen auf der behelfsmäßigen Straße über den Cavado zusammen. Keiner versuchte zu kämpfen. Sie flüchteten, und die ganze dunkle in Panik geratene Masse drängte sich auf dem Flussufer, als die Wachsoldaten hinter ihnen auftauchten.

»Verschiebt die Geschütze!«, befahl Sir Arthur den Kanonieren, deren Kanonen breite Grasflächen vor den Rohren verbrannt hatten. »Bringt sie näher an den Feind ran! Nicht lockerlassen!« Es begann stärker zu regnen, der Himmel verdunkelte sich, und Blitze zuckten über den nördlichen Hügeln.

Die Geschütze wurden den südlichen Hang des Tals hinauf etwa hundert Yards näher an die Brücke auf eine kleine Terrasse gerollt, von der aus sie ihre Kanonenkugeln in die Masse der Franzosen feuern konnten. Regen zischte und dampfte auf den Rohren, als die Kanonen donnerten und die ersten Geschosse in die Nachhut einschlugen. Ein Dragonerpferd wieherte schrill, bäumte sich auf und tötete einen Mann mit seinen auskeilenden Hufen. Weitere Kanonenkugeln trafen. Ein paar Franzosen, die erkannten, dass sie niemals lebend die Brücke erreichen würden, warfen ihre Musketen weg und hoben die Hände.

Die Briten öffneten ihre Reihen, um die Gefangenen durchzulassen, schlossen die Reihen und schickten eine Salve in den französischen Pöbelhaufen. Die Flüchtenden schoben und drängten, bahnten sich kämpfend einen Weg auf die Brücke. Der Andrang auf die halb abmontierte Fahrbahn ohne Geländer war so groß, dass Männer und Pferde über den Rand gedrängt wurden und in den Cavado stürzten, und immer noch donnerten die beiden Kanonen, schossen jetzt auf die Ponte Nova, und die Balken und Baumstämme auf dem einzigen Fluchtweg der Nachhut färbten sich rot vom Blut der Getroffenen.

Die Kanonenkugeln trieben mehr Männer und Pferde zum ungeschützten Rand der Brücke, sodass die vielen Toten und Sterbenden eine Art Damm unter der Brücke bildeten. Der Höhepunkt der französischen Invasion Portugals war das Massaker in Oporto gewesen, wo Hunderte in Panik ertrunken waren. Jetzt waren die Franzosen auf einer anderen fast zerstörten Brücke, und die Toten des Douro waren gerächt.

Und immer noch hämmerten die Geschütze auf die Franzosen ein, und dann und wann schoss eine Muskete oder ein Gewehr trotz des Regens. Die Briten waren eine rachsüchtige Linie, die sich dem Horror der Ponte Nova näherte.

Weitere Franzosen kapitulierten. Einige weinten vor Scham, Hunger und Kälte, als sie sich ergaben. Ein Hauptmann vom 4. Léger warf seinen Säbel zu Boden, dann hob er ihn wieder auf und zerbrach die dünne Klinge über dem Knie, bevor er sich gefangen nehmen ließ.

»Feuer einstellen!«, rief ein Offizier der Coldstreamer.

Ein sterbendes Pferd wieherte gequält. Der Rauch der Musketen und Geschütze löste sich im Regen auf. Das Stöhnen der Menschen und Tiere, die mit gebrochenen Knochen ins Flussbett gestürzt waren, klang mitleiderregend. Der Damm der Toten und Verwundeten unter der Brücke war so hoch, dass sich das Wasser staute, doch blutrotes Wasser sickerte aus dem menschlichen Abflusskanal. Ein verwundeter Franzose versuchte sich aus dem Fluss zu stemmen und starb, bevor er das Ufer erreichte, wo Mitglieder der Coldstreamer Kapelle, die zugleich als Sanitäter fungierten, ihre verwundeten Feinde einsammelten. Die Ärzte zogen ihre Skalpelle an Lederriemen ab und tranken stärkende Schlucke Brandy. Die Wachsoldaten nahmen die Bajonette von ihren Musketen, und die Kanoniere rasteten neben ihren Dreipfünder-Kanonen.

Denn die Verfolgung war vorbei, und Soult war aus Portugal vertrieben.

Sharpe rannte den steilen Hang von der Felsklippe hinab, sprang über Geröll und hetzte im Zickzack zwischen Felsbrocken hindurch. Er hoffte, dass er nicht auf Geröll oder nassem Gras ausrutschte. Der Regen strömte herab, und Donner übertönte das ferne Krachen der Schüsse bei der Ponte Nova. Die Dämmerung schritt voran, das Zwielicht wurde dunkler und breitete eine gespenstische Düsternis über Portugals wilde nördliche Hügel aus, doch es war die Intensität des Regens, der die Brücke am meisten verhüllte.

Als Sharpe den Fuß der Klippe erreichte und der Boden eben wurde, sah er, dass die Saltador plötzlich fast leer war. Ein reiterloses Pferd wurde über den schmalen Streifen der Fahrbahn geführt, und das Tier hielt die Menschen dahinter auf. Dann sah Sharpe, dass ein Husar das Pferd führte und Christopher, Williamson und Kate gleich dahinter gingen.

Eine Gruppe Infanteristen kam von der Brücke, als Sharpe durch den Regen auf sie zutrat. Sie starrten ihn an. Einer wollte ihn aufhalten, aber Sharpe sagte ihm schroff, was geschehen würde, wenn er den Weg nicht freigab, und selbst wenn der

Mann kein Englisch verstand, hatte er genügend Verstand, um zu gehorchen.

Dann war Sharpe auf der Saltador, und der Husar, der das Pferd führte, starrte ihn offenen Mundes an. Christopher sah ihn und wandte sich zur Flucht, doch weitere Männer befanden sich bereits auf der schmalen Fahrbahn, und so gab es in beide Richtungen keinen Ausweg von der Brücke.

»Tötet ihn!«, rief Christopher sowohl Williamson als auch dem Husaren zu, und es war der Franzose, der gehorsam seinen Säbel zog. Doch Sharpes Schwert peitschte durch den Regen, und die Hand des Franzosen mit dem Säbel wurde fast abgetrennt. Dann stieß Sharpe die Klinge in die Brust des Husaren, und der Kavallerist stürzte in den Misarella. Das Pferd, erschreckt von dem Blitzen und jetzt ohne Führung, wieherte auf und preschte an Sharpe vorbei, stieß ihn fast in die Tiefe. Seine Hufeisen schlugen Funken aus den Steinen, und dann stand Sharpe Christopher und Williamson auf der Brücke gegenüber.

Kate schrie beim Anblick des Schwerts in Sharpes Rechter auf.

»Kletter auf den Hügel!«, rief Sharpe ihr zu. »Schnell, Kate, geh!« Er fasste Christopher ins Auge. »Und du, Bastard, gibst mir mein Fernrohr zurück!«

Christopher streckte die Hand aus, um Kate zu stoppen, doch Williamson versperrte ihm den Weg. Kate erkannte, dass ihre Sicherheit nur ein paar Schritte entfernt war, und sie rannte an Sharpe vorbei. Williamson versuchte, sie zu packen, dann schwang Sharpes Schwert auf ihn zu, und er musste die Klinge mit seiner Muskete parieren. Der Aufprall des Schwerts auf der Muskete trieb Williamson einen Schritt zurück, und Sharpe folgte ihm bereits. Die Klinge zuckte vor wie eine zustoßende Schlange und zwang Williamson einen weiteren Schritt zurück, doch dann schob Christopher den Deserteur wieder auf Sharpe zu.

»Töte ihn!«, schrie er Williamson an, und der Deserteur tat sein Bestes, schwang die Muskete wie eine große Keule, doch Sharpe sprang vor dem wilden Hieb zurück, fing sich und griff wieder an. Das Schwert zischte durch den Regen, traf Williamson seitlich am Kopf und trennte ihm fast das Ohr ab. Williamson taumelte. Sein breitkrempiger Lederhut hatte den Hieb abgemildert, doch die Wucht des Treffers trieb ihn zur Seite auf den Rand der Brücke ohne Geländer zu.

Sharpe griff immer noch an, diesmal mit einem Ausfall, und die Säbelspitze durchbohrte den grünen Rock des Deserteurs, traf eine Rippe und stieß Williamson von der Brücke. Er schrie, als er in die Tiefe stürzte, dann war Sharpe allein mit Christopher auf der Saltador.

Christopher starrte seinen Feind an. Er konnte nicht glauben, was er sah. Er versuchte zu sprechen, denn Worte waren immer seine beste Waffe gewesen, doch er brachte kein Wort heraus.

Sharpe ging langsam auf ihn zu.

Plötzlich tauchten hinter dem Colonel einige Franzosen auf. Sie wussten nicht, was los war, wunderten sich, dass er den Weg blockierte, und drängten ihn weiter, auf Sharpes Schwert zu.

Christopher hatte nicht den Mut, seinen eigenen Säbel zu ziehen und sich dem Duell zu stellen, und so sprang er aus Verzweiflung in die regnerische Dunkelheit der Schlucht des Misarella.

Vicente, Harper und Feldwebel Macedo waren Sharpe den Hügel hinabgefolgt, und jetzt begegnete ihnen Kate.

»Kümmern Sie sich um sie, Sir!«, rief Harper Vicente zu, dann eilte er mit Feldwebel Macedo zur Brücke.

In diesem Moment sprang Sharpe von dem Streifen der Fahrbahn hinab.

»Sir!«, rief Harper. »Oh mein Gott!« Er fluchte. »Der verdammte Bastard ist in den Fluss gesprungen!« Er führte Macedo über die Straße, als eine Flut von blau berockten Infanteristen von der Brücke strömten, aber wenn irgendeiner der Franzosen es seltsam fand, dass feindliche Soldaten auf dem Ufer des Misarella waren, so zeigte er kein Anzeichen darauf. Sie wollten nur entkommen, und so eilten sie nordwärts gen Spanien, als Harper in die Schlucht spähte, um einen Blick auf Sharpe zu erhaschen. Er konnte tote Pferde und die Leichen Dutzender Franzosen sehen, die von dem hohen Bogen der Saltador gestürzt waren, aber er entdeckte weder Christopher noch Sharpe.

Williamson war in den tiefsten Teil der Schlucht und zufällig an einer Stelle ins Wasser gefallen, die tief genug war, um seinen Fall zu bremsen, zudem war er auf den Kadaver eines Pferdes gekracht, der den Aufprall weiter gedämpft hatte.

Christopher hatte weniger Glück gehabt. Er war neben Williamson gelandet, doch sein linkes Bein war über einen Felsen geschrammt. Sein Knöchel schmerzte höllisch, und das Wasser des Flusses war eiskalt. Er klammerte sich an Williamson, sah sich verzweifelt um und sah keine Anzeichen auf eine Verfolgung. Er nahm an, dass Sharpe angesichts der sich zurückziehenden Franzosen nicht lange auf der Brücke bleiben konnte.

»Bring mich zum Ufer«, sagte er zu Williamson. »Ich glaube, mein Knöchel ist gebrochen.«

»Sie werden wieder in Ordnung kommen, Sir«, sagte Williamson. »Ich bin hier, Sir.« Er legte einen Arm um die Hüfte des Colonels und half ihm zum nächsten Ufer.

»Wo ist Kate?«, fragte Christopher.

»Sie ist weggerannt, aber wir werden sie finden, Sir. Ganz

bestimmt. Hier können wir raufklettern, Sir.« Williamson zog Christopher aus dem Wasser auf Geröll und hielt Ausschau nach einem leichten Aufstieg aus der Schlucht.

Stattdessen sah er Sharpe. Er fluchte.

»Was ist los?« Christopher hatte zu starke Schmerzen, um etwas um sich herum wahrzunehmen.

»Dieser verdammte Scheißer«, sagte Williamson und zog den Säbel, den er einem toten französischen Offizier auf der Straße beim Seminar abgenommen hatte. »Der verdammte Sharpe«, erklärte er.

Sharpe war dem Ansturm der nahenden Franzosen entkommen, indem er zur Seite der Schlucht gesprungen war, wo ein junger Baum auf einem Vorsprung gewachsen war. Der Stamm hatte sich unter seinem Gewicht gebogen, doch er war nicht gebrochen, und Sharpe hatte mit den Füßen Halt auf dem Vorsprung gefunden. Von dort aus war er auf einen glatten Felsblock gesprungen und auf dessen gerundeter Seite in den Fluss gerutscht. Das Schwert war noch in seiner Hand. Vor ihm stand Williamson und neben dem Deserteur der nasse und entsetzte Christopher. Regen rauschte, und die dunkle Schlucht wurde grell von einem Blitz erhellt.

»Mein Fernrohr«, sagte Sharpe zu Christopher.

»Natürlich, Sharpe, selbstverständlich.« Christopher griff in eine der Taschen seiner Jacke und zog das Fernrohr heraus. »Unbeschädigt«, sagte er und lächelte trotz seiner Schmerzen. »Ich habe es mir nur geliehen.«

»Legen Sie es auf den Felsen dort«, sagte Sharpe im Befehlston.

»Überhaupt nicht beschädigt!«, sagte Christopher und legte das Fernrohr auf den Felsblock. »Und – Sie haben Ihre Sache gut gemacht, Lieutenant.« Christopher stieß Williamson an, der Sharpe nur beobachtete.

Sharpe trat einen Schritt näher an die beiden Männer heran. Sie wichen zurück. Christopher stieß Williamson wieder an, wollte ihn dazu bringen, Sharpe anzugreifen, doch der Deserteur war vorsichtig. Die längste Klinge, die er jemals in einem Kampf benutzt hatte, war ein Schwertbajonett gewesen, und er hatte es nie gelernt, mit einem Säbel zu kämpfen. Er trat zurück und wartete auf eine gute Gelegenheit.

»Ich bin froh, dass Sie hier sind, Sharpe«, sagte Christopher. »Ich hatte mich schon gefragt, wie ich von den Franzosen wegkomme. Sie haben mich ziemlich genau im Auge behalten, wie Sie sich vorstellen können. Ich habe Sir Arthur viel zu erzählen. Er ist ein guter General, der seine Männer gut geführt hat, oder nicht?«

»Ja, er ist prima«, stimmte Sharpe zu, »und er will Ihren Tod.«

»Seien sie nicht albern, Sharpe! Wir sind Engländer!« Christopher hatte bei seinem Sprung von der Brücke seinen Hut verloren. Sein nasses Haar klebte flach am Schädel. »Wir ermorden keine Leute.«

»Ich tue das«, sagte Sharpe. Er trat wieder einen Schritt näher, und Christopher und Williamson wichen zurück.

Christopher sah, dass Sharpe das Fernrohr aufhob. »Nicht beschädigt, sehen Sie? Ich habe es pfleglich behandelt.« Er musste laut sprechen, um im Rauschen des Regens und des reißenden Flusses gehört zu werden. Er schob Williamson wieder vor, doch der Deserteur weigerte sich weiterhin, Sharpe anzugreifen, und Christopher gab es auf, sich aus seiner verzweifelten Lage herauszureden. Er stieß den Deserteur auf Sharpe zu und schrie: »Töte ihn! Töte ihn!«

Der harte Stoß in seinen Rücken schien Williamson zu erschrecken. Trotzdem riss er den Säbel hoch und schlug nach Sharpes Kopf. Er traf jedoch nur die Klinge des Schwerts, das

Sharpe blitzschnell hochgerissen hatte. Im nächsten Augenblick trat Sharpe dem Deserteur gegen das linke Knie, sodass Williamsons Bein nachgab. Sharpe, dem keinerlei Anstrengung anzumerken war, zog das Schwert über Williamsons Hals, und als der Deserteur ins Wanken geriet, stieß er die breite Klinge durch den grünen Rock des Sergeants in seinen Bauch. Sharpe drehte die Klinge und riss sie frei, dann schaute er zu, wie Williamson in den Fluss stürzte. »Ich hasse Deserteure«, sagte er.

Christopher sah, dass sein Mann besiegt worden war und Sharpe kaum hatte kämpfen müssen. »Nein, Sharpe, Sie verstehen nichts!« Er versuchte, Worte zu wählen, die Sharpe verunsicherten, ihn nachdenken und von ihm wegtreten ließen, doch der Colonel war in Panik und konnte keine klaren Worte formulieren, die Sharpe von ihm ablenkten.

Sharpe beobachtete Williamson. Für einen Moment versuchte sich der sterbende Mann aus dem Fluss zu stemmen, aber Blut rann aus seinem Bauch und Hals, und plötzlich sank er zurück und sein Gewicht zog ihn unter Wasser.

»Ich hasse Deserteure – und Verräter«, sagte Sharpe und blickte Christopher an. »Ist Ihre Klinge gut für etwas anderes, als in Ihren Zähnen zu stochern, Colonel?«

Wie betäubt zog Christopher seinen Säbel. Er hatte in London oft mit einem Säbel trainiert. Es hatte viel Geld gekostet, in Horace Jacksons Hall of Arms in der Jermyn Street in London Privatstunden in der Fechtkunst zu nehmen, und der große Jackson selbst hatte ihn sogar gelobt, doch in dem noblen Fechtsalon Schaukämpfe zu bestreiten und mit Richard Sharpe in der Schlucht des Misarella kämpfen zu müssen, das war etwas völlig anderes.

»Nein, Sharpe«, sagte er, als der Schütze auf ihn zutrat, dann zuckte das Schwert auf ihn zu, und er hob in Panik seinen Säbel zur Parade.

Sharpes Ausfall war eine Finte gewesen, ein Test, um zu sehen, ob Christopher kämpfen würde, aber der Blick in die Augen seines Gegners sagte ihm, dass dieser Mann kampflos sterben würde.

»Kämpfe, du Feigling«, sagte er und stieß wieder zu, und abermals machte Christopher den schwachen Versuch, zu parieren, und dann sah der Colonel einen Felsbock im Fluss und dachte, er könne einfach hinspringen und von dort aus das andere Ufer erreichen und in Sicherheit klettern. Er drosch ein paar Mal wild mit dem Säbel um sich, dann fuhr er herum und sprang, doch sein gebrochener Knöchel rutschte auf dem nassen Fels ab, und er wäre in den Fluss gestürzt, wenn Sharpe ihn nicht am Kragen gepackt hätte. So landete Christopher auf dem Vorsprung, den Säbel nutzlos in der Hand, und Sharpe ragte über ihm auf.

»Nein!«, stieß Christopher hervor und sah flehend zu Sharpe auf. »Sie haben mich gerettet, Sharpe!« Es wurde ihm klar, was soeben passiert war, und eine plötzliche Hoffnung durchfuhr ihn. »Sie sind mein Retter.«

»Ich kann Ihnen nicht die Taschen ausräumen, wenn Sie unter Wasser sind«, sagte Sharpe. Und dann verzog sich sein Gesicht vor Zorn, und er stieß mit dem Schwert zu.

Christopher starb an dem Vorsprung oberhalb des Flusses, in dem Williamson ertrunken war. Der Strudel bei der Leiche des Deserteurs färbte sich mit neuem Blut, das Rot wurde zu Rosa und löste sich dann auf. Sharpe tauchte sein Schwert ins Wasser und spülte das Blut ab. Dann durchsuchte er schnell die Taschen des Colonels und fand drei Goldmünzen, eine defekte Uhr und ein Lederetui mit zusammengefalteten Papieren, die vielleicht Hogan interessieren würden.

»Verdammter Landesverräter«, sagte Sharpe zu der Leiche. Dann blickte er auf und sah einen großen Schatten am Rand der Schlucht über sich. Einen Lidschlag lang dachte er, es müsse ein Franzosen sein, dann hörte er Harpers Stimme.

»Ist er tot?«

»Ja. Er hat sich nicht mal zum Kampf gestellt. Williamson ist ebenfalls tot.«

Sharpe kletterte hoch zu Harper. Der Sergeant ließ sein Gewehr sinken und zog Sharpe den Rest des Weges hoch. Feldwebel Macedo war ebenfalls dort oben, und die drei Männer konnten nicht zur Klippe zurückkehren, denn die Franzosen waren auf der Straße, und so suchten sie Schutz vor dem Regen zwischen den Felsen oberhalb der Misarella-Schlucht. Sharpe berichtete Harper, was geschehen war. Dann fragte er den Iren, ob er Kate gesehen hatte.

»Vicente hat sich ihrer angenommen«, antwortete Harper. »Als Letztes habe ich gesehen, wie sie sich in seinen Armen ausgeweint und er ihren Rücken gestreichelt hat. Frauen lieben es, wenn sie bei jemandem Trost finden, haben Sie das schon bemerkt?«

»Das habe ich«, sagte Sharpe. »Das habe ich.«

»Dann fühlen sie sich gleich besser«, sagte Harper. »Komisch, dass es bei uns nicht funktioniert.«

Sharpe gab Harper eine von Christophers Goldmünzen, Macedo die zweite und behielt die dritte. Die Dunkelheit war hereingebrochen, und es versprach eine lange, kalte und hungrige Nacht zu werden, aber das machte Sharpe nichts aus.

»Ich habe mein Fernrohr wieder«, erzählte er Harper.

»Das dachte ich mir.«

»Es ist sogar noch intakt. Jedenfalls hat Christopher das behauptet.« Das Glas hatte nicht geklirrt, als er es geschüttelt hatte, und so nahm Sharpe an, dass es tatsächlich unbeschädigt war.

Der Regen ließ nach, und Sharpe lauschte. Er hörte nur das

Scharren von Stiefelsohlen auf den Steinen der Saltador-Brücke, das Säuseln des Windes und das Rauschen des Flusses. Er nahm keine Schüsse wahr. Der ferne Kampf bei der Ponte Nova war also vorüber, und Sharpe bezweifelte nicht, dass er mit einem Sieg der Briten geendet hatte.

Die Franzosen zogen sich zurück. Sie waren Sir Arthur Wellesley begegnet, und er hatte sie ordentlich verprügelt. Sharpe lächelte bei diesem Gedanken, denn obwohl Wellesley ein kalter Mensch war, unfreundlich und hochnäsig, war er ein verdammt guter Soldat. Er hatte König Nicolas' Utopien zerstört. Und Sharpe hatte ihm dabei geholfen.

HISTORISCHE ANMERKUNG

Sharpe ist wieder einmal schuldig, einem anderen Mann die Meriten gestohlen zu haben. Es war tatsächlich ein portugiesischer Barbier, der mit einem kleinen Boot über den Douro gerudert ist und Colonel Waters auf die Existenz dreier gestrandeter Boote auf dem Nordufer des Flusses aufmerksam gemacht hat, aber er tat es aus eigener Initiative und es waren zu diesem Zeitpunkt keine britischen Soldaten auf dem nördlichen Ufer und keine Schützen von den 95th Rifles halfen bei der Verteidigung des Seminars. Die Franzosen glaubten, alle Boote entweder zerstört oder entfernt zu haben, doch sie vergaßen diese drei Boote, mit denen die Rotröcke einen schwerfälligen Fährdienst begannen, der sie zum Seminar transportierte, das unerklärlich ungeschützt geblieben war. Die Geschichte, dass der Schrapnellbeschuss die französische Geschützmannschaft vernichtet hat, ist Omans *A History of the Peninsular war, Band II*, entnommen. General Sir Edward Paget wurde bei diesem Kampf am Arm verwundet. Er verlor den Arm, kehrte nach England zurück, um zu genesen, und kehrte dann zur Pyrenäenhalbinsel als General der Ersten Division zurück, doch sein Pech setzte sich fort, als er von den Franzosen gefangen genommen wurde.

Die Briten verloren bei dem Kampf beim Seminar siebenundsiebzig Männer – getötet oder verwundet –, während die Verluste der Franzosen mindestens drei- oder viermal so groß waren. Die Franzosen konnten auch nicht die Fähre bei Barca d'Avintas zerstören, die am Morgen des Angriffs wieder flottgemacht wurde und zwei Infanteriebataillone der Deutschen Legion des Königs und die Dragoner des 14. Leichten Regiments über den Fluss transportierte, eine Streitmacht, die den Franzosen ernsthafte Probleme bereitet haben könnte, als sie aus Oporto flohen, doch der befehlshabende General der Einheiten, George Murray, ließ den Feind untätig passieren, obwohl er nördlich der Amarante-Straße vorrückte.

Später an diesem Tag führte General Charles Stewart das 14. Leichte Dragonerregiment in einem großartigen Angriff, der die Nachhut der Franzosen aufrieb, aber Murray weigerte sich immer noch, seine Infanterie vorrücken zu lassen, und so war alles zu spät.

Ich habe vielleicht Marschall Soult verleumdet, indem ich schrieb, er sprach mit seinem Koch, als die Briten den Fluss überquerten, doch er schlief an diesem Morgen fast bis elf Uhr, und was auch immer sein Koch zum Abendessen zubereitet hatte, wurde tatsächlich von Sir Arthur Wellesley gegessen.

Das Seminar steht immer noch, obwohl es jetzt von Oportos Vorstädten aufgesogen worden ist, doch eine Gedenktafel erinnert an seine Verteidigung am 12. Mai 1809. Eine andere Gedenktafel am Kai, nahe der Stelle, an der jetzt Eiffels prächtige Eisenbrücke die Schlucht überspannt, erinnert an das Grauen am 29. März, als sich die portugiesischen Flüchtlinge auf der beschädigten Pontonbrücke drängelten.

Es gibt zwei Erklärungen für das Ertrinken der vielen Menschen. Eine behauptet, dass portugiesische Soldaten auf dem Rückzug die Zugbrücke hochgezogen hätten, um zu verhindern, dass die Franzosen sie benutzten. Die zweite Erklärung, die ich bevorzuge: Das Gewicht der Flüchtlinge versenkte die mittleren Pontons, die dann unter dem Druck der Strömung brachen. Was auch immer die Schuld daran hatte, das Ergebnis war der Tod für Hunderte Leute, die meisten Zivilisten, die von dem geborstenen Ende der Brücke in den Fluss gestürzt und ertrunken waren.

Mit diesem Kapitel von Oporto hatte Marschall Soult das nördliche Portugal erobert, und dann, als er seine Kräfte für den Marsch nach Lissabon sammelte, spielte er tatsächlich mit dem Gedanken, sich selbst zum König zu ernennen. Es war mehr als ein Gedankenspiel für ihn, denn er warb bei seinen Generälen für diese Idee, versuchte Unterstützung unter den Portugiesen zu finden und ermunterte die Zeitung *Diario do Oporto*, die während der französischen Besatzung der Stadt gegründet worden war und von einem Priester geleitet wurde, der ein Unterstützer der neuen französischen Ideen war. Wie Napoleon auf eine solche Selbsternennung reagiert hätte, ist nicht schwer zu erraten, und es war vermutlich die Aussicht auf das Missfallen des Kaisers, die Soult überzeugte, sich gegen die Ausführung seiner Idee zu entscheiden.

Doch die Idee war real, und so gab man Soult den Spitznamen »König Nicolas«. Damit provozierte er fast eine Meuterei, die von Oberst Donadieu und Oberst Lafitte und einigen unbekannten Offizieren angeführt werden sollte. Hauptmann Argenton machte zwei Ausflüge durch die Linien, um die Briten zu konsultieren. Argenton wollte, dass die Briten ihren Einfluss bei den Portugiesen nutzten, um sie zu überreden, Soult zu ermuntern, sich zum König zu ernennen, denn wenn Soult dies tat, würde die Meuterei ausbrechen, und zu diesem Zeitpunkt würden Donadieu und die anderen die Armee nach Frankreich zurückführen. Die Briten wurden gebeten, Soult zu diesem Unsinn zu ermuntern, indem sie die Straßen nach Osten gen Spanien blockierten, die nördlichen Straßen jedoch unbedroht ließen

Sir Arthur Wellesley, der in Lissabon eintraf, um Cradock abzulösen, traf Argenton und betrachtete die Verschwörungstheorie als erledigt. Argenton kehrte daraufhin zu Soult zurück, wurde verraten und festgenommen, aber man versprach, ihn am Leben zu lassen, wenn er alles, was er im Zusammenhang mit dem Verschwörungsplan wusste, preisgab. Unter seinen Enthüllungen war die Tatsache, dass die britische Armee sich nicht aus Portugal zurückziehen wollte, sondern einen Angriff im Norden vorbereitete. Die Warnung gab Soult die Chance, seine sich südlich des Douro befindlichen Streitkräfte rechtzeitig über den Fluss zurückzuziehen. Argentons Karriere war nicht vorüber. Er schaffte es, aus der Haft zu entkommen, erreichte die britische Armee und bekam eine sichere Passage nach England. Aus irgendeinem Grund entschied er sich dann, nach Frankreich zurückzukehren, wo er erneut gefangen genommen und diesmal erschossen wurde. Es ist ebenso wert, erwähnt zu werden, wenn wir über finstere Verschwörungen diskutieren, dass das Bestreben Napoleons für ein »europäisches System, eine europäische Rechtsprechung und eine einzige Nation in Europa, Europäer« tatsächlich von Bonaparte artikuliert wurde.

Sharpes Mission ist eine Geschichte, die mit Brücken beginnt und endet, und die beiden Episoden, wie Major Dulong vom 31. Léger die Ponte Nova und dann die Saltador einnahm, sind wahr. Sein Charakter ähnelte dem Sharpes ziemlich, und er genoss den Ruf, außergewöhnlich tapfer zu sein, aber er wurde bei der Saltador verwundet, und ich habe nichts über sein weiteres Schicksal erfahren können. Er hat fast ohne fremde Hilfe Soults Armee gerettet. Deshalb verdient er ein langes Leben und einen leichten Tod, gewiss nicht die Rolle des Versagers in der erfundenen Geschichte eines ebenso fiktionalen Dorfes Vila Real de Zedes.

Hagmans Schießkunst auf siebenhundert Schritte klingt ein wenig zu gut, um glaubwürdig zu sein, basiert jedoch auf einem tatsächlichen Ereignis, das im Jahr vor Sir John Moores Rückzug nach La Coruña geschah. Tom Plunkett (ein »unbezähmbarer, vulgärer Schütze«, nennt Christopher Hibbert ihn in seinem Buch *Corunna)* feuerte den »Wunderschuss« ab, der den französischen General Colbert aus ungefähr siebenhundert Yards tötete. Der Schuss wurde zu Recht berühmt unter Schützen. Ich las in einer kürzlich erschienenen Publikation, dass die äußerste Reichweite der Baker-Gewehre nur dreihundert Yards war, was die Männer in Grün überrascht hätte, denn sie betrachteten diese Distanz als mittelmäßig.

Marschall Soult, noch immer nur der Herzog von Dalmatien, war gezwungen, sich zurückzuziehen, als Wellesley den Douro überquert hatte. Die Geschichte dieses Rückzugs ist in diesem Roman beschrieben. Die Franzosen waren in der Falle und hätten kapitulieren müssen, doch es ist immer leicht, solche Kritik später zu äußern. Wenn die Portugiesen ein bisschen schneller marschiert wären oder wenn die *ordenança* entweder die Ponte Nova oder die Saltador zerstört hätten, dann wäre Soult erledigt gewesen, doch ein bisschen Glück und Major Dulongs einzigartiger Heldentum retteten die Franzosen. Das Wetter spielte zweifellos eine große Rolle bei ihrem Entkommen. Regen und Kälte Anfang Mai waren ungewöhnlich für die Jahreszeit und verlangsamten die Verfolgung, und Sir Arthur Wellesley erwähnte in einem Bericht an den Premierminister, dass eine Armee, die all ihre Geschütze, Fahrzeuge und Verwundete aufgibt, viel schneller sein kann als eine Armee, die all ihre schwere Ausrüstung behält. Dennoch war das französische Entkommen eine Schmach nach dem brillanten Sieg in Oporto.

Oporto, das heute Porto heißt, ist jetzt gewachsen und umgibt das Seminar, sodass das Terrain schwer so zu erkennen ist, wie es an dem Tag war, an dem die Briten den Fluss überquerten, doch jeder, der Interesse hat, sich das Seminar anzusehen, sollte in den Largo do Padre Balthazar Guedes gehen, ein schmales Quadrat, das den Fluss überblickt. Der beste Führer zu dem Schlachtfeld, eigentlich zu allen Schlachtfeldern von Sir Arthur Wellesley in Portugal und Spanien, ist Julian Pagets *Wellington's Peninsular War*, herausgegeben von Leo Cooper. Das Buch führt Sie über den Fluss zum Kloster de Serra do Pilar, wo es eine Gedenkstätte der Schlacht gibt, die an der Stelle erbaut worden ist, an der Wellesley seine Geschütze so vorteilhaft in Stellung gebracht hat. Und jeder Besuch dieses südlichen Ufers sollte die Besichtigung der Hafenvillen einschließen, von denen viele noch in britischem Besitz sind. Dort gibt es ausgezeichnete Restaurants am nördlichen Kai, wo eine Gedenktafel an die Ertrunkenen vom 29. Mai 1809 erinnert. Der Palacio das Carrancas, in dem sowohl Soult als auch Wellesley ihr Hauptquartier hatten, ist jetzt das Museo Nacional Soares dos Reis und befindet sich in der Rua de Dom Manuel II. Sowohl die Ponte Nova als auch die Saltador gibt es noch, doch leider existieren sie nur unter Wasser, denn beide Brücken sind untergetaucht in einer Talsperre, doch das Gebiet ist einen Besuch wegen seiner wilden und spektakulären Schönheit wert.

Soult entkam, doch seine Invasion in Portugal hatte ihn sechstausend seiner fünfundzwanzigtausend Männer gekostet, wovon fast die Hälfte während des Rückzugs getötet oder gefangen genommen wurde. Er verlor auch seine Ausrüstung, seine Transportmittel und alle vierundfünfzig Geschütze. Es war in der Tat eine gewaltige Niederlage, doch sie beendete nicht Frankreichs Pläne für Portugal. Die Franzosen würden im folgenden Jahr zurückkehren und wieder aus Portugal vertrieben werden.

Also werden Sharpe und Harper wieder marschieren.

Endlich: der erste neue SHARPE seit mehr als 15 Jahren!

Bernard Cornwell
SHARPES MÖRDER
Historischer Roman
Aus dem Englischen
von Rainer Schumacher
400 Seiten
ISBN 978-3-404-18887-1

1815. Der Staub der Schlacht von Waterloo hat sich noch nicht gelegt, und doch ist Lieutenant-Colonel Sharpe und seinen tapferen Riflemen keine Ruhepause vergönnt. Der Duke of Wellington hat erfahren, dass nach dem Untergang Napoleons und seiner Armee bereits ein anderer Feind im Verborgenen lauert – eine geheime Bruderschaft fanatischer Revolutionäre, die wild entschlossen sind, Rache zu nehmen. Er schickt Sharpe auf ein neues Schlachtfeld, ins Labyrinth der Straßen von Paris, wo die Linien zwischen Freund und Feind verwischen. Dort soll er einen gefährlichen Attentäter ausfindig machen und ihn vernichten – oder bei dem Versuch sterben ...

Lübbe